눈길

이청준 전집 13 중단편집
눈길

초판 1쇄 발행 2012년 12월 7일
초판 12쇄 발행 2024년 11월 22일

지은이 이청준
펴낸이 이광호
펴낸곳 ㈜문학과지성사
등록번호 제1993-000098호
주소 04034 서울 마포구 잔다리로7길 18(서교동 377-20)
전화 02)338-7224
팩스 02)323-4180(편집) 02)338-7221(영업)
전자우편 moonji@moonji.com
홈페이지 www.moonji.com

ⓒ 이청준, 2012. Printed in Seoul, Korea

ISBN 978-89-320-2093-8 04810
ISBN 978-89-320-2080-8(세트)

이 책의 판권은 지은이와 ㈜문학과지성사에 있습니다.
양측의 서면 동의 없는 무단 전재 및 복제를 금합니다.

이청준 전집 13

눈길

문학과지성사
2012

일러두기

1. 문학과지성사판 『이청준 전집』에는 장편소설, 중단편소설, 그리고 작가가 연재를 마쳤으나 단행본으로 발간되지 않은 작품과 미완성작 등을 모두 수록했다.
2. 전집의 권별 번호는 개별 작품이 발표된 순서를 따르되, 장편소설의 경우 연재 종료 시점을, 중단편소설의 경우 게재지에 처음 발표된 시점을 기준으로 삼았다. 단, 연재 미완결작의 경우 최초 단행본 출간 시점을 그 기준으로 삼았다. 중단편집에 묶인 작품들 역시 발표된 순서대로 수록하였으며, 각 작품 말미에 발표 연도를 밝혀놓았다.
3. 전집의 본문은 『이청준 문학전집』(열림원) 발간 이후 작가가 새롭게 교정, 보완한 내용을 충실히 반영하여 확정하였다. 특히 미발표작의 경우 작가가 남긴 관련 자료에 근거하여 수록하였음을 밝힌다.
4. 전집의 각 권에는 작품들을 수록하고 새롭게 씌어진 해설을 붙였으며 여기에 각 작품 텍스트의 변모 과정과 이청준 작품들의 상호 관계를 밝히는 글을 실었다. 이 글은 현재의 문학과지성사판 전집의 확정 텍스트에 이르기까지 주요한 특징적 변모를 잘 보여준다.
5. 이 책의 맞춤법은 국립국어연구원의 '한글 맞춤법'에 따르는 것을 원칙으로 하되, 띄어쓰기의 경우 본사의 내부 규정을 따랐다. 단, 작품의 분위기에 영향을 준다고 판단되는 방언이나 구어체 표현·의성어·의태어 등은 작가의 집필 의도를 살려 그대로 두었다 (괄호 안: 현행 맞춤법 표기).
   예) ① 방언 및 의성어·의태어: 밴밴하다(반반하다) 회멀끄럼하다(회멀겋다) 달겨들다(달려들다) 드키(듯이) 뚤레뚤레(둘레둘레) 뎅강(뎅궁) 까장까장(꼬장꼬장)
   ② 작가의 고유한 표현:
   ─그닥(그다지) 범상찮다(범상치 않다) 들춰업다(둘러업다)
   ─입물개 개엇고 아심찮게도 목짓 펀뜻 사양기
   ③ 기타: 앞옛사람 옆옛녀석 먼젓사람 천릿길 뱃손님 뒷번 그리고 나서(그러고 나서) 그리고는(그러고는)
6. 이 책의 외래어 표기는 국립국어연구원의 '외래어 표기법'에 따라 바꾸었다. 단, 작품의 제목이나 중요한 어휘로 등장하는 경우에는 원본을 그대로 살렸다.
   예) ① 맘모스(매머드) 세느(센) 뎃쌍(데생) ② 레지('종업원'으로 순화)
7. 이 책에 쓰인 문장부호의 경우 단편, 논문, 예술 작품(영화, 그림, 음악)은 「 」으로, 단행본 및 잡지, 시리즈 명 등은 『 』으로 표시하였다. 대화나 직접 인용은 큰따옴표("")와 줄표(─)로, 강조나 간접 인용의 경우 작은따옴표('')로 묶었다.

차례

예언자 7
거룩한 밤 103
눈길 135
불 머금은 항아리 169
소리의 빛—남도 사람 2 207
누님 있습니다 234
잔인한 도시 240
얼굴 없는 방문객 309
겨울 광장 339

해설 이청준 문학의 여러 얼굴들/이남호 378
자료 텍스트의 변모와 상호 관계/이윤옥 394

예언자

살롱 여왕봉에 마담이 바뀌어 오면서부터 그는 예언을 하지 않았다.

새로 온 마담이 고안해낸 그 기이한 술집 규칙 때문이었다.

예언을 하지 못하는 것은 그에겐 몹시도 견디기 어려운 고통거리로 보였다.

1

나우현(羅于賢)—, 그는 원래가 이 지하실 살롱 여왕봉을 드나드는 몇몇 단골손님들 가운데서도 유독히 별난 취미를 지닌 위인이었다.

사람들의 앞일이나 세상 돌아가는 형편을 놀라울 정도로 정확하게 예언해내는 점쟁이 놀이가 그의 희한한 취미이자 감탄할 만한 장기였다.

"이 아인 별로 오래 사귈 수가 없겠군. 두고 봐라. 오래잖아 넌 이 집을 옮겨가고 말게 될걸……"

그는 흔히 여급 아이들을 상대로 당사자조차 생각지 않은 행동을 미리 예고해주는 일이 많았는데, 그가 그런 소리를 할 때는 반 신용도 하려 들지 않던 아이가 며칠 사이에 갑자기 자취를 감춰버리고 마는 일이 허다했다.

그가 갈 거라고 하면 가리라는 사람이 가고, 그가 올 거라고 하면 오리라는 사람이 영락없이 나타났다. 언제 어디서 어떤 사고가 있으리라고 하면 그때 그곳에서 그가 말한 사고가 으레 일어났고, 누구에게 어떻게 좋은 일이 있으리라고 말하면 그 사람에게 어김없이 경사가 찾아왔다.

"저 아이 오늘은 바깥에 내보내지 않는 게 좋았을걸."

한번은 그가 느닷없이 그렇게 마담을 걱정해온 일이 있었다.

그날 저녁은 마침 국내의 두 유명 권투 선수가 세계 권투 선수권전 진출권을 놓고 자웅을 겨루는 시합 중계가 있을 예정이었다.

마담은 어쩐지 이날 밤 매상분의 술 준비가 모자란 것 같았다. 그녀는 마침 저녁 출근을 일찍 서둘러 나온 막내 당번 양 군을 보자 그런 염려가 좀더 깊어졌다.

"얘, 양 군아, 너 지금 자전거 타고 가서 맥주 두 박스만 더 가져올래?"

그녀는 생각난 김에 그 양 군에게 맥주 배달을 부탁해버렸다.

"가게에서 아직 배달이 안 왔나요?"

"아니 벌써 배달은 하고 갔어. 근데 어쩐지 오늘은 좀 모자랄 것 같구나. 양 군이 한번 더 수골 해주면 좋겠어. 양 군이 가겔 아니까 자전걸 타고 가서 말야."

"자전걸 사둔 게 탈이군."

양 군은 마음이 얼핏 내키질 않는 모양이었다.

그런데 그때 마침 여왕봉 지하실 계단을 내려오던 나우현의 귓가를 양 군의 마지막 소리가 스쳐든 모양이었다.

"자전걸 사둔 게 탈이라……"

그는 뭔가 짚이는 것이 있는 듯 발길을 문간에 머물고 서서 혼잣말처럼 중얼거렸다. 그러고는 이윽고 자전거를 끌고 나서는 양 군의 얼굴을 유심히 훑다 말고 마담에게 걱정을 해온 것이었다.

"저 아이 오늘 자전거 타고 나갔다 큰 사고 저지르겠는걸……"

말을 듣고 나니 마담도 까닭 없이 예감이 불길했다.

마담 역시 2년째나 계속 여왕봉 살롱에 얼굴 마담 노릇을 해오면서 조그맣고 초라한 얼굴의 단골 사내가 때로는 실없어 보일 정도로 함부로 내뱉은 예언이 오래지 않아 정확하게 사실로 나타난 경우를 여러 번 보아온 터이었다.

"양 군아, 그만두거라."

그녀는 결국 양 군에게 추가분 술심부름을 그만두게 하려고 했다. 하지만 그녀가 그렇게 마음을 작정하고 양 군을 붙잡으려 했을 때는 이미 늦고 있었다.

"괜찮아요. 갔다 올게요. 빌어먹을! 자전거 타고 사고 나면 죽기밖에 더하겠어요. 그래 봐야 태어나길 원래 이런 팔자로 태어난 걸요."

이번에는 양 군 쪽에서 오히려 엉뚱한 고집을 부리며 자전거를 훌쩍 몰고 가버리는 것이었다.

마담은 이제 할 수 없었다. 그녀는 마치 무슨 일이 생기더라도 자기 책임은 아니라는 듯 나우현을 바라보았다. 나우현은 여전히 뭔가 심상찮은 예감을 지워버릴 수 없는 듯한 표정이었다. 그는 아직도 그 불안스런 시선으로 양 군이 사라져간 골목 모퉁이를 지키고 서서 부정적인 고갯짓만 하고 있었다.

마담은 그렇더라도 이젠 어쩔 수가 없었다.

―설마 하면 이번에까지 저자 말대로만 될 수가 있을라구. 위인이 무슨 점쟁이 혼이 내린 산 귀신이 아닌 담에야.

마담은 오히려 사내의 예언을 무시하고 싶었다.

"내려가세요. 초여름 날씨가 너무 무덥네요."

이윽고 마담이 아무 일도 없었던 듯 사내를 이끌었다.

사내도 묵묵히 마담을 뒤따랐다.

그리고 그는 마치 자기 예언의 결과라도 기다리듯 해도 아직 떨어지지 않은 이른 저녁부터 천천히 혼자 술병을 비우기 시작했다.

한데 그 우현이 미처 두번째 병마개도 뜯어내기 전이었다.

예언의 결과가 너무도 재빨리 여왕봉으로 전해져왔다.

"나 여기 성삼파출소 김 순경인데 마담 좀 바꿔라."

계산대를 지키고 앉아 있던 여급 아이가 전화기 속의 목소리를 알아듣고 마담에게 얼른 수화기를 건넸다.

수화기를 건네받은 마담에게 급하게 알려온 김 순경의 통화 내용은 다음과 같은 것이었다.
"오 마담, 그래 오 마담이오? 나 성삼파출소 김 순경이오⋯⋯ 아니 여긴 파출소가 아니라 주유소 앞 네거리 근처요. 공중전활하고 있단 말요. 마담이 급히 이리로 와줘야겠어요. 그 살롱 양하문이란 9번 웨이터 아이 있지요⋯⋯ 아 그래 자전거로 맥줄 가지러 갔을 거요. 그 아이가 지금 자전거에 얽힌 채 버스에 깔렸어요."
양 군이 자전거를 끌고 살롱 앞을 떠난 지 정확히 12분 만이었다.
하다 보니 우현의 예언은 마치 사람들 스스로가 그의 예언에 복종하여 그것을 실현해 보여주고 있는 것처럼 정확했다. 그리고 그것이 그렇게 정확한 만큼 사람들은 그의 예언을 두려워하지 않을 수 없었다.
그가 예언을 하면 누구나 그의 예언에 복종을 해야 하고, 심지어는 그 자신의 암시에 의하여 스스로 그것을 증명해 보일 수밖에 없는 것처럼 생각될 지경이었다.
더욱이 그의 예언은 여느 시정 점쟁이들의 그것과도 다른 점이 한두 가지 있었다.
그의 예언은 시정 점쟁이들에게서처럼 물가의 변동이나 운동 시합의 승패와 같은 범상스런 시정사에서부터 가뭄이나 홍수 따위의 자연계 변화와 인간들의 만남이나 헤어짐, 그리고 그들의 질병과 죽음에 이르기까지 모든 것이 고루 망라되고 있었다.
하지만 그의 예언이 여느 시정 점쟁이들의 그것과 다른 점은 그의 지혜 가운데서 특히 그 인간들의 생각이나 행동과 관련된 행불

행의 갈림길, 또는 그 만남이나 헤어짐과 같은 숙명적인 인간사의 흐름을 정확히 앞당겨 보여주는 데서 더욱 놀라운 신통력을 발휘한다는 점이었다. 그리고 그런 점에서 그는 일종의 운명 철학자였다. 하지만 그의 예언이 시정 점쟁이들과 구별되는 또 하나 다른 점은 그의 지혜 가운데는 다가오는 운명에 대비할 사전 처방이 없다는 것이었다. 그는 다만 앞일을 예언할 뿐 점쟁이나 관상쟁이가 액막이를 처방하듯 그것을 피해낼 방법을 내놓은 적이 없었다. 그리고 그 액막이의 처방력이 없다는 점에서 그는 이를테면 저주받은 주술사인 셈이었다.

그래 사람들은 누구나 그의 예언을 달가워하지 않았다.

"미스 정, 올해 몇 살이지? ……그래그래, 그럴 때도 되었어. 내가 미스 정이라면 오늘 같은 날 술 한잔 사내고 싶겠는걸. 미스 정 얼굴을 보니 말야. 내일쯤 시골에서 미스 정 아버지가 찾아오시겠어. 미스 정 시집보내려고 말야."

나우현은 반드시 불길스런 예언만을 일삼는 게 아니었다. 그는 때로 이웃 사람들에게 행운과 기쁨을 가져다주는 일도 있었다. 하지만 사람들은 그의 그런 예언마저도 그리 달가워하지를 않았다. 자신에게 돌아온 행운과 기쁨조차도 그가 예언으로 점지해준 것 같은 생각이 들기 때문이었다. 그리고 언젠가는 또다시 그의 불길한 예언에 자신을 복종시킴으로써 우선의 행운과 기쁨에 힘든 보답을 해야 할 것 같은 두려움이 앞서기 때문이었다.

하지만 우현은 주위의 반응에 대해서는 그리 상관을 하려 하지 않는 편이었다.

―아가씬 오늘 일을 하루 쉬는 게 좋았을 뻔했군. 엉뚱한 쌈꾼한테 봉변을 당하겠어.

―오늘 밤 축구 시합은 보나 마나 뻔한 거 아닌가. 오늘은 문제가 없어. 우리 팀이 지는 건 모레의 2차 시합 땔 테니까.

마담이나 여급들을 상대로, 또는 얼굴 익은 이웃 단골 술손들을 상대로 우현은 때로 지나가는 소리처럼 실없는 말투로, 때로는 심각하고 조바심이 어린 목소리로 그 기이하고 불가사의한 예언자의 지혜를 발휘해온 것이었다.

살롱 여왕봉에서 버스 정류장 한 구간 거리도 못 되는 이 성삼동의 한 2층 슬래브 집을 사 들어온 이후로, 3년 가까운 세월 동안 별로 눈에 띄게 하는 일도 없이 한결같이 그 여왕봉 살롱을 드나들어온 단골 술손이었다. 그러나 그 나우현의 어디에서 그런 지혜가 흘러나오고 있는지 그의 능력의 내력 같은 것이 알려진 일은 거의 없었다.

여왕봉의 역대 마담이나 여급 아이들, 또는 이곳을 함께 단골로 드나들어온 이웃 술손들마저도 그것을 아는 사람은 없었다. 앞일을 뚫어보는 지혜의 근원은커녕 그의 직업이나 사생활의 주변사에 관해서도 자세한 것은 아무것도 알려진 것이 없는 편이었다.

―한때는 절에 가서 수도 생활을 한 일이 있었다지 아마?

어디서부터 흘러나온 소린지 사람들은 이따금씩 그 나우현의 전력에 대해 그가 젊었을 때 한동안 승방 생활을 했었다는 소문을 입에 올릴 뿐이었고, 그 확인도 부인도 불가능한 소문을 그의 지혜와 어렴풋이 관련 지어보곤 할 뿐이었다. 확인되지 않은 나우현의 전력 가운데는 그가 한때 승방 생활에서 환속을 결심하게 된 동기로 상상되어지는 일도 있었는데, 그 역시 어느 쪽도 확인된 일은 없었다.

우현이 자기 신상에 관한 소문에 관심을 기울이는 일이 없으니, 그런 사실들을 당사자로부터 확인받을 길이 없었고, 더욱이나 그런 남의 신상사에까지 번거로운 호기심을 발동시키고 나설 여왕봉 사람들도 아니었다.

다만 한 가지 분명한 것이 있다면 그의 취미에 관한 것이었다.

그는 여왕봉을 나와 그 주변사에 관한 예언을 일삼는 이외에 한 달에 한두 번씩은 꼭꼭 지방 여행을 다녀오는 여행벽이 있었다. 수석 채집 여행이라 하였다. 작업복 차림에 배낭 하나를 등에 메고 어느 날 문득 길을 떠났다가 짧으면 사나흘, 길면 일주일씩만큼 만에 얼굴이 거멓게 그을려가지고 돌아왔다.

그가 실제로 그런 차림으로 길을 떠나는 것을 본 사람은 없었지만(아마도 그가 길을 떠나는 것은 늘 새벽녘이기 때문이리라), 그의 여행 목적이 수석 채집이 분명한 것은 그가 그 여행에서 돌아올 때의 모습 때문이었다.

그의 여왕봉 출입이 한 며칠 뜸해졌다 하면 동네 사람들 중에서 누군가 반드시 그 피로한 여행에서 돌아오는 그의 지친 모습을 보곤 하였다.

여행에서 돌아올 때면 그는 기껏해야 모양이 특이한 돌멩이 한두 개를 배낭 속에 넣어 지고 오거나, 어떤 때는 그도 저도 아무것도 없이 그저 지친 육신만 산더미처럼 무겁게 이끌어오는 경우도 적지가 않았다. 돌멩이를 지니지 않았을 때는 배낭을 짊어진 채로 가끔 여왕봉으로 직행해 들어오는 수가 있었는데 그런 때는 더욱 더 그의 가라앉은 듯한 깊은 피곤기를 읽을 수 있었다.

어쨌거나 그가 지금까지 그런 여행을 다녀온 횟수로 보면 그의 집은 아마 돌더미에라도 묻혀 있을 터이었다. 하지만 여왕봉 주변 사람들은 실제로 그가 수집해온 수석의 가짓수나 분량이 얼마나 되며 그것을 어떻게 취급해오고 있는가를 아는 사람이 아무도 없었다. 그의 돌에 관해서도 우현은 거의 말을 한 일이 없었고, 바깥 사람들 역시도 굳이 그의 집까지 찾아가 그것을 구경한 일이 없었기 때문이었다. 따라서 그가 무엇 때문에 그토록 열심히 돌을 찾아다니는지를 이해하는 사람도 드물 수밖에 없었다.

하지만 그나마도 그 수석 채집 취미를 제외하고 나면 나우현의 신상사는 모든 것이 그저 아리송한 상태였다.

그는 그렇게 주위가 아리송한 상태로 2, 3년 동안 끈질기게 여왕봉을 드나들었다. 가족 가운데 누가 따로 생계를 꾸려가는 사람이 있는지, 특별히 하는 일도 없으면서 가계 걱정 같은 걸 하는 적도 없었다. 탐석 여행을 떠나 있는 동안을 빼고는 1년 365일 여왕봉 출입을 개근하듯 해오면서도 주머니 사정은 오히려 늘 여유가 있어 보이는 쪽이었다. 그것도 그의 취미라면 취밀 수 있을지 모르지만, 그는 이 여왕봉의 어느 단골 술꾼보다도 살롱 종업원들의 개인 신변사들을 환히 꿰뚫고 있었다.

―미스 리, 너 인마 앓고 계신 아버지를 모른 척하면 안 돼! 일주일에 한 번씩은 아버질 찾아가 위로를 드려야 해!

―미스 신은 아마 오늘이 생일이지? 내 그래서 오늘은 네게 조그만 선물을 하나 마련해왔어.

구질구질 아이들에게 보채대는 일도 없었고, 그렇다고 아이들 쪽에서 먼저 속사정을 털어놓은 일도 없었건만, 그는 어떻겐지 미리 그렇게 남의 속일을 속속들이 알고 있다가 갑자기 정곡을 꿰뚫어오는 것이었다. 아이들이 살롱을 그만두고 하향 길을 나설 때는 귀향 노자를 보태준 일도 있었고, 때로는 여급들의 남동생 아이의 일자리 마련을 주선하고 나서는 일도 있었다. 그의 예언 때문에 종업원 아이들이 그를 좋아하거나 안 하거나 그런 건 전혀 상관도 없었다.

나우현은 하여튼 그런 위인이었다.

그리고 그런 아리송한 인간성 속에서도 남의 신변사나 세상의 앞일에 관해선 신기할 만큼 정확한 예언을 행해온 위인이었다.

예언이 그의 생활의 핵심이었다.

그런데 그 우현이 문득 예언을 그쳐버린 것이었다.

홍 마담이 새로 이 여왕봉 관리를 맡아온 다음부터였다. 아니, 보다 정확히 말하자면 그녀가 그 기이한 규칙을 고안해낸 다음부터였다.

2

지난 봄철의 어느 날.

여왕봉의 영업이 시원치 않았던지 홍 마담이 새로 이 살롱의 영업을 맡아 들어왔다. 이번에는 고용 종업원으로서가 아니라 홍 마담 자신이 여왕봉의 관리와 경영을 겸한 직영 영업주로서였다.

홍 마담은 직영 영업주로서의 영업열 이외에도 술집 일을 이끌어나가는 지혜와 결단력이 남달라 보였다.

"대학물을 한 2년 먹은 여자라지 아마? 대학을 다니다가 반한 사내가 있어 냉큼 시집을 가고 말았는데, 그 사내가 몇 달도 못 가서 그만 이혼을 제의하고 나섰다는 거요. 그래 저 여자가 어쨌는고 하니, 에라 이 못난 자식 나도 너 같은 건 소용없다고 한마디 하고는 깨끗이 도장 찍어주고 물러서버렸다는 겁니다."

홍 마담이 나타난 첫날 밤부터 여왕봉 술꾼들은 어디서 어떻게 주워들은 소리들인지 그녀의 전력에 대해 이러쿵저러쿵 얘기들이 많았다.

"그런데 저 여자가 그렇게 쉽사리 도장을 찍고 물러난 이유가 뭐랜 줄 아시오? 그건 바로 저 여자가 제 사내더러 나도 너 같은 건 소용이 안 닿는다고 한 그 말속에 해답이 있어요. 저 여자 그게 굉장히 센가 본데 사내 쪽에서 그걸 영 감당할 수가 없었다 이거요. 히히…… 계집의 색을 감당 못하는 사내가 어디 소용 닿을 데가 따로 있었겠소. 저 여자 남편이란 작자도 그래서 아마 일찌감치 생목숨 건지러 나섰던 걸 게고……"

홍 마담이 그 첫 번 결혼을 실패하고 나선 아예 재혼을 단념을 한 채 주점가로 나서버린 것도 한 남자로는 도저히 그녀의 욕망을 감당시킬 수가 없었기 때문이었으리라는 것이었다.

"술집을 돌아도 한곳에서는 당최 몇 달을 잠잠히 못 지내는 여자라는데, 나이라도 이젠 한 삼십 되었으니 망정이지 우리 동네에서도 까딱하다간 생송장 몇쯤 나오게 되었어요. 허허……"

대학물을 먹었는지 어쨌는지, 그리고 그녀의 결혼이나 이혼의 곡절이 그녀의 지나친 색정 때문이었는지 어떤지는 분명치 않았지만, 어쨌거나 마담에 관한 그런 소문에서부터 그녀의 결단력은 제법 만만찮은 평가를 받고 있었던 셈이었다.

그런데 그 홍 마담이 하룻밤 가게 돌아가는 형편을 지켜보고 난 다음이었다. 그녀는 곧바로 그녀의 지혜와 결단력을 발휘하기 시작했다.

"안 되겠어. 이런 식으로는……"

첫날 저녁 영업을 끝내고 나서 그녀는 가게 안에 남아 자는 종업원 아이들을 불러 모았다. 그리고 무슨 여두목처럼 오만스럽고 위엄이 어린 목소리로 자신의 결심을 공표했다.

"내 가게를 인수받기 전서부터도 이 집 손님들에 대한 정보는 어느 정도 얻어듣고 있었지만, 오늘 저녁에 다시 보니 이만한 수와 이만한 수준의 손님들이 드나드는 곳이라면 지금까지처럼 영업 성적이 부진할 이유가 없어요. 이유는 가게 장소나 손님에 있는 것이 아니라 이 집의 서투른 영업 방법에 있었던 거야."

그녀의 말인즉, 그러니까 앞으로는 이 집의 영업 방법을 바꿀 결심이라는 것이었다.

그녀는 지금까지의 영업이 실패하게 된 이유에 대한 자신의 소견은 말을 하지 않았다. 그리고 그녀가 방침을 바꿀 작정이라는 그 새로운 영업 방법에 대해서도 당장 무슨 구체적인 방안 같은 것을 내놓지는 않았다. 그녀는 다만 그녀의 새로운 방법에 대한 무조건의 신뢰와 복종을 다짐해올 뿐이었다.

"난 아직 앞으로 내가 어떻게 이 가게를 이끌어나가겠다는 방침은 말하지 않겠어. 하지만 이 점 한 가지는 분명히 다짐을 받아두고 싶어요. 난 너희들을 내보내고 다시 어디서 새 사람을 구해 들여올 생각은 하지 않아. 하니까 가고 싶은 사람은 할 수 없지만, 있고 싶은 사람은 여기 그냥 있어도 무방할 거다. 그 대신 이 가게의 근무 규칙이 얼마간 달라지리라는 것은 미리 각오들을 해줘야겠어. 이 가게에 남아 일을 하는 한은 내 영업 방침이 어떤 것이든 내 규칙에 무조건 믿음을 가지고 따라주어야겠다 이 말이야. 너희들은 어차피 돈을 벌려고 이런 자리를 나선 사람들이야. 난 너희들을 해롭게는 안 해……"

아직은 그녀에게도 그 여왕봉의 영업 방침을 어떻게 바꿔갈 것인지 확실한 방안이 서 있지 않은 게 분명해 보였다.

그러나 그녀는 그 방법을 찾는 데에 긴 시간을 필요로 하지 않았다.

그녀는 곧 방책을 찾아냈다. 그런데 그녀의 그 새로운 영업 방법이라는 것이 또한 기상천외의 것이었다.

그녀를 도운 것은 가게 앞 도로변의 천일 문방구상 장 씨였다.

다음 날 오후 홍 마담이 그 천일 문방구 앞을 지나가고 있을 때 장 씨는 마침 꼬마 아이 두서넛을 상대로 가게 물건을 팔고 있었다. 얼굴에다 어린이 놀이용 도깨비 가면을 뒤집어쓰고서였다.

그 종이 가면으로 얼굴을 가린 사내의 얼굴에 홍 마담은 문득 어떤 심상찮은 생각이 머리를 스치는 것 같았다. 그녀는 잠시 발길을 머물러 선 채 진지한 표정으로 고개를 갸웃거리고 있었다. 가게 안에는 주인 사내의 그것 외에도 여러 가지 가면들이 줄줄이 매달려 있었다.

"아저씬 언제나 그런 모양으로 장사를 하시나요?"

홍 마담이 마침내 가게 안으로 들어서며 장 씨에게 물었다. 장 씨는 간밤에 이미 홍 마담과 면식이 있는 처지였다.

"아, 마담이시오?"

그는 이내 도깨비 가면을 이마 위로 높이 치켜 올렸다. 장 씨의 이마 위에서 아직도 무섭게 화를 내고 있는 도깨비 화상 아래로 희멀겋게 웃고 있는 장 씨의 얼굴이 드러났다.

"그러믄요. 문방구상이란 대개 꼬마 녀석들을 상대하거든요."

"꼬마들이 그런 모습에 겁을 먹진 않나요?"

여전히 진지한 홍 마담의 물음.

"겁을 먹긴요. 아주 재미있어들 하죠. 이걸 쓰고 있어야 녀석들하고 친해질 수가 있다니까요."

홍 마담은 말없이 혼자서 고개를 끄덕이고 있었다.

잠시 후 홍 마담은 결국 그 장 씨네 가게의 가면들을 남김없이 쓸어안고 그녀의 가게로 돌아왔다.

그리고 이날 저녁부터 가게의 모든 종업원들에게 그 가면의 착용을 명령했다.

"이건 그저 심심풀이 삼아 시작한 장난이 아니야. 내가 말한 새로운 영업 방침의 한 가지라는 것을 명심해야 해요."
 가면 착용을 명령한 자리에서 홍 마담은 그 착용 요령과 규칙을 이렇게 설명했다.
 "첫째로 가면을 쓰고 일하는 시간은 밤 10시 이후부터로 정한다. 10시 이전에라도 원하는 사람이 있으면 상관없지만, 10시 이후부터는 이 여왕봉에서는 맨얼굴로 손님을 맞을 수 없어. 가면을 쓰지 않고 테이블에 들어가는 것도 물론 금지다. 가면들은 보다시피 코밑을 전부 잘라내놓았으니까 그걸 쓰고서도 손님을 맞고 테이블에 들어가는 데는 지장이 없을 거다. 가면의 착용 방법은 이 귀밑에 달린 두 개의 끈을 뒤쪽으로 돌려 머리를 동여매면 그만이야. 앞을 보는 것도 가면마다 눈이 제대로 뚫려 있으니까 불편이 없을 테구. 이런 식이다."
 홍 마담은 아이들 앞에서 스스로 가면을 하나 골라 써 보이며 다음 규칙을 설명해나갔다.
 "둘째로 홀에서는 절대로 가면을 쓰는 것과 벗는 것을 금지한다. 남의 눈앞에서 가면을 쓰거나 벗는 것을 보이지 마라. 10시가 되면 누구나 탈의실로 들어가 자기 가면을 착용하고 있다가 손님을 맞아야 한다. 다음 세번째로, 가면을 쓰고 테이블에 들어가면 상대방 손님에게도 가면을 권해서 쓰게 해서 다 같이 가면이 되어야 한단 말이다. 그럴 리는 없으리라 보지만 가면을 쓰지 않으려는 손님에게는 당분간 술을 팔지 않아도 상관없다. 가면을 쓸 때도 가능하면 저쪽 행동을 지켜보지 않는 것이 좋다. 손님 쪽에서 가면 착용을 승낙하면 그 착용 요령만을 알려줄 뿐 상대방의 맨얼굴이 가면으로 바뀌는 것을 절대로 보아서는 안 된다는 얘기다. 그리고 일단 손님 쪽에서 가면을 착용하고 나면 그 손님 쪽 역시도 홀을 나가기 전에는 가면을 다시 벗는 일이 없도록 노력해라. 시간이 되어 가면을 벗을 때도 그 손님의 가면이 다시 진짜 얼굴로 바뀌는 것을 보아서는 안 되는 것 역시 마찬가지다. 마음이 그리 내키지 않을 수도 있겠고, 내게 그 까닭을 묻고 싶은 것도 많겠지만, 앞서도 말했듯이 이건 내 영업 방침의 하나이고, 그리고 또 나와 너희들의 신상에 해가 되게 할 일은 분명코 아니니까 그쯤 알고 오늘 밤부터 당장 내 규칙을 따라주기 바라겠다."

무엇 때문에 갑자기 그런 가면을 쓰게 하는지, 그것이 어떻게 이로운지, 이유는 묻질 말라는 것이었다. 이유를 모르고 있어도 해를 끼칠 일은 안 한다는 것이었다.

무슨 생각을 하고 있는지 속셈을 알 수 없는 여자였다.

하지만 홍 마담이 속으로 무엇을 생각했든 그녀의 방법만은 의외로 성공적이었다. 이후부터 여왕봉에서는 매일 밤 10시가 지나면 홀 안의 모든 아가씨들 얼굴이 한결같이 으스스한 가면으로 변해갔다.

여왕봉의 술손들은 처음 이 해괴하고 갑작스런 여자들의 장난에 어리둥절해질 수밖에 없었다. 홀 안이 온통 도깨비굴처럼 이상스런 요기가 느껴질 지경이었다. 하지만 술손들도 그걸 그리 싫어하진 않았다.

―우린 모르겠어요. 마담이 시킨 일이니까 하자는 대로 따를 뿐이에요.

―하지만 뭐 탈을 썼다고 불편할 건 없지 않아요. 손님 앞에 멀뚱멀뚱 맨얼굴을 디밀 때보다도 이걸로 얼굴을 가리고 나서니까 마음이 훨씬 편해져버려요.

가면들은 손님들의 물음에 이유를 설명하지 못했다.

손님들도 별로 가면을 허물하는 기색들이 없었다. 가면을 허물하거나 싫어하기보다 오히려 그것을 재미있어하는 편들이었다.

―그래 알겠다. 알겠어. 이유 같은 건 뭐 물으나 마나 뻔한 거 아니야. 이건 참으로 문자 그대로 안면 몰수라는 것이로구나.

―홍 마담은 과연 비상한 여자야. 얼굴로 장사하지 말라는 거 아니야. 홍 마담 그 여자 도사다, 도사야.

손님들은 공연히 알은체를 하면서 가면의 착용을 재미있어들 하였다.

그리고는 재빨리 가면을 다루는 새로운 요령을 터득해나가기 시작했다. 술손들에게 그 가면을 함께 쓰기를 권해나왔을 때도 사정은 마찬가지였다.

―딴은 그렇겠다. 한쪽이 안면 몰수를 하고 나섰다면 다른 한쪽도 얼굴을 가려주어야겠지. 사람과 가면이 어떻게 한자리에 얼굴을 마주하겠냐.

―그렇지 않아도 이놈의 얼굴이 거추장스러울 때가 많더니 그것 참 묘안이다. 자, 그럼 이제부터 우린 지금까지의 우리가 아닌 게다. 지금까지의 사람들이 아니란 말이다. 도깨비끼리 술을 먹고 도깨비끼리 노는 거다.

양쪽이 똑같이 가면을 쓰고 나선 더욱 허물없이 상대방과 친해지고 더욱더 거리낌 없이 행동이 자유로워졌다.

여왕봉이 초행인 술손 몇몇이 무슨 엉뚱스런 봉변이나 당하지 않는가 싶어 잠시 홍 마담을 불러와 사연을 따져 물었을 뿐이었다.

"이게 무슨 장난들이오? 탈을 쓰지 않으면 술을 팔지 않겠다니 마담은 그래 이 집 손님들까지 모두 도깨비로 만들 참이오?"

그 손님 앞에서 자신도 제법 험상궂은 도깨비 탈을 쓰고 나타난 홍 마담은 그러나 조금도 당황하는 빛이 없었다.

"아이, 손님께서두. 아시다시피 이건 무슨 악의가 있어서 그러는 것은 아니랍니다. 손님들께서 좀더 즐겁고 편하게 놀다 가시도록 해드리려고 제가 고심해서 만든 규칙일 뿐이에요."

"규칙은 무슨 규칙? 손님이 모두 도깨비가 되는 규칙?"

"그것도 별로 나쁠 것은 없겠네요. 우리 여왕봉에 와 계시는 동안만 잠깐 도깨비가 되어 노시는 것도 재미가 있지 않겠어요?"

"얼굴은 도깨비가 되고 아랫도리만 사람으로 놀라는 건가?"

"호호, 선생님두……"

홍 마담은 끝내 그녀의 규칙을 내세워 양보를 하려는 기색을 안 보였다.

─홍 마담, 이거 이제부터는 내가 사람까지 아주 달라져버린 느낌이 드는데…… 술 마시기가 전보다 훨씬 더 편해졌어. 지금까지는 사실 집들이 너무 가까워서 얼굴들이 서로 너무 빤한 게 탈이었지. 팁 주는 술 먹기가 아까울 지경이었다니까.

─탈을 쓰고 한 짓은 아무도 나중에 허물을 않겠다 이런 뜻 아니야. 탈을 쓰고 한 짓은 사람이 아니라 이 탈도깨비가 한 거니까

말이야.

단골손님들 가운데서도 장난을 좋아하는 위인 몇몇이 홍 마담을 보고 그런 농담을 건넸지만, 그런 때도 그녀는 그저 아리송한 대꾸로 자기 규칙만 내세울 뿐이었다.

"고마워요. 그렇게들 이해해주시니…… 하지만 어쨌든 재미있는 풍속 아니에요? 손님들이야 어쨌든 우리 여왕봉에 오셔서 즐거우시면 될 테니까 말씀이에요."

일이 그런 식으로 되어나가다 보니 가면이 들어온 첫날 밤부터도 그 도깨비 탈을 쓰기 싫어 술을 못 마시고 여왕봉을 쫓겨나간 손님은 없었다.

홍 마담의 방침은 일단 성공인 셈이었다. 성공일 뿐 아니라 대환영이었다.

다음 날 저녁부터 여왕봉 홀 안은 10시만 지나면 저절로 일시에 가면의 동네로 바뀌어져버렸다.

그리고 하루하루 날이 갈수록 여왕봉 사람들은 10시 이후의 가면의 질서를 스스로 꾸며갔다. 여왕봉을 드나드는 단골 술손은 거개가 서로 얼굴이 익은 이웃지간과 한가지였다. 그래 그랬던지 전부터도 이들은 늘 이른 저녁의 여왕봉 출입엔 은근히 남의 눈을 꺼려온 터이었다.

여왕봉과는 한 건물에다 세를 들고 있는 백양 약국의 김 씨는 말할 것도 없거니와 길 건너편 건물의 동도 체육관 우 씨나 우일 전파사의 한 사장 하며 그 천일 문방구의 장 씨에 이르기까지 모두 다 같은 처지의 술손들이었다.

예외가 있다면 그 수석 채집 여행 때를 제외하고 나면 누구의 눈길도 별로 꺼려 하는 기색이 없이 수시로 여왕봉을 찾아드는 나우현 한 사람이 고작일 정도였다.

그런데 이젠 이들의 출입 시간이 일정하게 정해진 것이었다.

그렇지 않아도 밤 10시쯤이 되고 보면 여왕봉의 손님은 대개가 그 동네 단골 일색이 되었다. 거기다 이젠 탈을 쓰는 시각이 10시부터로 정해져 있었다. 동네 단골들은 이제 그 10시를 기다렸다. 10시부터가 편하기 때문이다. 그리고 그 10시가 되면 여왕봉을 찾아가 가면을 찾아 썼다. 언제부턴가 그렇게 여왕봉 출입을 스스로 10시로 버릇 들이게 된 것이다.

자연히 그 탈을 쓰는 사람마저도 동네 단골 일색이 되어갔다. 그리고 필경엔 그 10시마저도 시간이 이른 9시쯤으로 앞당겨지기를 은근히 바랐다.

가면들이 스스로 자기 질서를 꾸며가는 두번째 현상은 누구에게서부턴가 차차로 자기 가면을 정해가는 경향이었다. 처음에는 그저 누구나 마담이 가져다주는 대로 아무것이나 무심히 하나씩 탈을 쓰고 나가는 것으로 그만이었다. 탈의실에 걸려 있는 가면에는 주인이 정해져 있질 않았다.

처음 며칠 동안 가면들은 저녁마다 주인이 바뀌었다.

다시 며칠이 지나고 나자 종업원 아이들이 탈을 고르는 경향이 엿보였다. 그리고 서서히 한 가지 탈만을 자기 것으로 정해두고 그것만 쓰기를 좋아하는 버릇들이 생기고 있었다.

홍 마담은 다시 장 씨네 문방구를 찾아갔다. 장 씨는 다시 새 가면들을 잔뜩 들여다 놓고 있었다. 자세히 살펴보니 이번에는 그 도깨비 탈 이외에도 색다른 탈들이 섞여 있었다.
"이게 진짜 우리 전래의 탈이지요. 도깨비 모양은 그저 어린애들 노리갯감일 뿐이구요."
개미 더듬이를 움직이듯 가는 눈썹을 꿈틀거리고 있는 홍 마담에게 문방구 장 씨가 새 물건을 설명했다.
"각시니 양반이니 탈마다 각각 이름도 있구요. 여기 보세요. 이 흉측스런 얼굴이 옴중이라는 것이고, 요 졸린 듯 우스운 눈을 하고 있는 게 눈끔쩍이라는 탈입니다."
장 씨가 가리킨 가면들은 아닌 게 아니라 그저 두꺼운 종잇장에 맹수나 도깨비 얼굴들을 찍어 넣은 것과는 다른 점이 많았다.
그것들은 우선 기계로 찍어낸 물건이 아니라 사람의 손 정성이 깃든 수공제품이 분명해 보였다. 더러는 제법 허연 토끼털 수염을 쏘아 박은 것도 있었고, 더러는 울긋불긋 괴상한 색칠을 올리고 개가죽 모자까지 해 씌운 것도 있었다.
"이 남자 참말 이상스레 능글맞게 생겼네요. 거기 비하면 저 여잔 뚜쟁이같이 음탕스런 여편네 모습이구요."
가면들을 들여다보던 홍 마담의 입에서 마침내 기이한 웃음이 번져났다.
홍 마담은 이번에도 그 도깨비 가면들과 함께 새로 온 가면들을 모조리 들여갔다. 하고 나니 이번에는 홀 아이들이 너도나도 서로 그 새로운 가면들만 골라 들었다.
홍 마담은 다시 문방구의 장 씨에게 더 많은 가면들을 주문해 들였다.

그리고 그 홍 마담이 주문한 탈들이 도착했을 때 여왕봉 가면들은 또 하나 새로운 질서를 이룩해갔다. 홀 아이들은 이제 각기 자신의 가면을 고정으로 정해 가진 것이었다. 그리고 그 여왕봉의 단골에게도 제각기 하나씩 자신의 가면을 고정적으로 정해 가지게끔 만들었다. 아이들은 물론 계집의 가면이었고, 술손님들의 그것은 사내의 가면이었다.

여왕봉의 10시 이후는 완전히 이제 그 가면들의 잔치였다. 게다가 이제 각기 자기 가면을 정해 가진 다음에는 손님 쪽이나 아이들 쪽이나 본얼굴을 생각할 필요가 없었다. 목중이니 옴중이니 왜장녀니 애사당이니, 어디서 어떻게 알아내왔는지, 술손과 계집들은 서로가 애초의 탈 이름으로 상대방을 부르면서 탈에 알맞은 거동을 행사했다.

그러면서 각자가 자기 가면의 내력에 복종하며 스스로 그 가면의 사연들을 닮아가고 있었다.

―너 이년, 네년의 얼굴이 오늘 밤은 어떻게 그렇게 뾰로통하고 음탕해 보이느냐.

―뾰로통하고 음탕스러운 게 죄가 되나요. 이래 뵈도 제 내력이 원래 평생 중질로 생불이 되어버린 물건에다가도 남정의 힘을 불끈 올려준 계집이 아닙니까.

―네 재주가 그만하다면 오늘 밤 내게도 한번 그 남정의 힘을 올려보려느냐.

―여부가 있겠습니까. 죽은 나무에도 꽃을 피우는 솜씨에 영감

은 아직 정기가 펄펄한 남정 아니십니까.

칸막이 속 테이블마다에서 그런 식의 수작들이 낭자했다. 엉큼하게 호탕스러운 양반의 탈을 쓴 자는 더욱더 엉큼하고 호탕스러운 양반 행세를 일삼고 있었고, 짓궂고 장난스런 오입쟁이의 탈을 쓴 자는 더욱더 짓궂고 장난스러운 오입쟁이 노릇을 서슴지 않았다.

계집들도 마찬가지였다. 계집들도 제가 쓴 탈바가지가 요염하면 요염한 만큼 행동도 함께 요염스러워지고, 탈의 표정이 음탕해 보이면 음탕해 보인 만큼 행동까지 함께 음탕해져갔다.

탈을 쓰고 있는 동안엔 사내나 계집아이나 탈로 통하고 탈로만 행세했다. 그리고 단골손님과 여급을 탈로써 기억하고 탈로써 사귀었다.

하다 보니 그 여왕봉 부근에는 또 하나 희한한 풍속이 생겨났다. 탈을 썼을 때와 벗었을 때가 분명한 구분이 지어진 것이었다. 탈을 벗으면 사람들은 서로 탈을 썼을 때의 일들은 말하지 않았다. 탈을 썼을 때의 일들은 마치 다른 사람의 그것처럼 기억도 말도 남기려 하지 않았다. 그것이 서로가 편하기 때문이었다. 그리고 그 구분이 분명하면 분명할수록 10시 이후의 가면의 세계도 자유롭고 즐거웠기 때문이다.

탈을 쓰고 간밤에 어떤 일을 저질렀건 이튿날 아침에는 서로가 그것을 말하지 않았다. 탈을 쓰지 않은 채 길에서 만났을 때도 다른 일상사들만을 이야기하는 평범한 이웃으로 돌아가 지냈다. 여왕봉을 드나드는 이웃 단골들 사이에서도 그랬고, 그 손님과 여왕봉의 계집아이들 사이에서도 그랬다.

예언자 29

홍 마담의 가면이 인연이 되어 생긴 희한스런 여왕봉의 새 질서들이었다.
그리고 그것은 그 홍 마담의 까다로운 간섭이 없이도 술꾼들 스스로 질서를 잡아간 편리한 여왕봉의 새 풍속이었다.
그것을 탐탁지 않게 여기고 있는 사람이 있었다면 그것은 오직 나우현 한 사람뿐이었다.
나우현은 웬일인지 그걸 다른 사람들처럼 달가워하는 기색이 아니었다.
그가 직접 말을 한 일은 없었다. 그의 표정이나 행동거지가 그래 보였다.
그야 물론 나우현 역시도 다른 술꾼들처럼 가면을 쓰고 술을 마신 건 마찬가지였다. 아이들이 가면을 쓰고 나타난 것을 터놓고 못마땅해하거나, 그 가면을 쓰지 않으려다가 술집을 쫓겨난 일 같은 것도 없었다.
하지만 그는 가면을 쓰고 그 가면의 계집을 상대로 술을 마시면서도 자기 가면에 그리 애착을 가지지 않고 있는 것이 다른 술꾼들과 다른 점이었다. 그는 자기 가면을 정해 가지고 있지를 못했다. 자기 가면을 정해 가지고 있지도 못했고, 그것을 머릿속에 기억해두고 있지도 못했다.
"글쎄, 아무려면 어때? 남은 거 있으면 아무거나 하나 가져다주지그래. 난 술만 마시면 그만이니까."
나우현을 단골로 맞고 있는 미스 심이라는 아가씨는 번번이 낭패를 거듭하고 있었다.

나우현은 그 자기 가면뿐만이 아니라 그를 단골로 맞고 싶어 하는 미스 심의 그것조차도 번번이 기억을 못했다. 그는 그것을 싫어하는 것이 분명했다. 그리고 왠지 긴장을 하고 있는 게 분명했다. 가면을 쓰고 술을 마시면서도 가면에 관한 이야기는 한 번도 입에 담아본 일이 없었다. 다른 일 같으면 이 기이하고 갑작스런 장난에 대해서도 몇 차례나 벌써 시비를 걸어왔을 그였다.

하지만 그는 도대체 그 가면 놀이에 대해서는 가타부타 한마디도 말이 없었다. 말이 없는 것이 오히려 심상치가 않았다.

예언을 하지 않는 것이 그가 긴장을 하고 있다는 가장 좋은 증거였다. 하지만 그가 그 가면으로 인하여 그의 예언을 중단해버린 것은 그것을 아주 단념한 때문은 아니었다. 그의 침묵은 오히려 보다 더 심각한 예언의 징조가 될 수도 있었다. 예언을 참고 있기 때문에 긴장이 되고 있을 수도 있었다.

홍 마담이 온 뒤부터는 수석 채집 여행도 떠나지 않았다. 여왕봉을 찾는 횟수만 오히려 더해가고 있었다. 그러면서 그는 늘 무엇인가를 초조하게 기다리는 사람처럼 표정이 불안했다.

뭔가 예언을 참고 있음이 분명했다.

그것이 그를 못 견디게 불안하고 고통스럽게 하고 있는 것 같았다.

3

"민 지배인, 민 지배인은 그간 이 동네 술꾼들 생리에 대해선 귀신이 다 되었겠구려."

어느 날 오후 홍 마담은 지배인 민 씨를 불러놓고 새삼스런 화제를 꺼내기 시작했다.

"그러믄요. 저야 뭐 이 여왕봉에서만 4년째니까 이 동네 터줏대감이 다 된걸요."

지배인은 홍 마담 말에 공연히 허리를 굽실거리며 송구스러운 듯 시인해 올렸다.

"그렇담 거기 좀 앉아요. 내 오늘은 지배인한테 알아보고 싶은 게 있으니까."

홍 마담은 지배인에게 담배를 권하고 나서 단도직입적으로 질문을 시작했다.

"어떻게들 생각하죠? 이 동네 술꾼들?"

지배인은 미처 그 마담의 물음의 뜻을 제대로 알아듣지 못한 모양이었다.

"이 동네 술꾼들이 어떻게 생각하다니요. 아, 그야 뭐 마담의 솜씨가 워낙 기발하니까 대단한 환영들을 하고 있는 셈이지요. 우리집 드나드는 손님이라면 대개 다 이 동네 분들이라 술손들하고 홀아이들 사이가 너무 허물이 없었거든요. 허물들이 너무 없다 보니까 거꾸로 술자리 분위기가 무척들 쑥스러운 판이었는데……"

"아니 내 말은 그게 아니에요. 술꾼들이 우리 집을 어떻게 생각하느냐가 아니라, 지배인이 그 사람들을 어떻게 보느냐, 말하자면 지배인이 그 사람들을 어떻게 알고 있느냐 말이에요."

마담이 서서히 고개를 가로저으며 같은 물음을 한 번 더 설명했다.

그러자 이번엔 지배인도 마담의 말뜻을 짐작했다는 듯 이를 허옇게 드러내고 웃었다.

"아, 이 동네 술꾼들이라면 마담도 그간 겪어보아 알고 있겠지만, 모두가 선량하고 평범한 사람들이지요. 사는 것도 술값이 그리 아쉬울 정도로 궁색한 편들이 아니구요."

"그 점은 나도 이미 짐작하고 있어요. 그보다도 그 단골들 한 사람 한 사람에 대한 구체적인 지식을 갖고 싶은데."

마담이 다시 고개를 가로저었다.

"아무래도 마담은 당할 수가 없다니까요. 그야 물론 그러셔야죠. 물장산 뭐니 뭐니 해도 손님을 알아야 하는 장사니까요."

지배인은 그러자 한 번 더 알은체하고 나서 마담이 원하는 정보들을 털어놓기 시작했다.

"하지만 그 뭐 긴 설명이 필요할 것도 없습니다. 우리 집 단골 중에서 마담이 특히 기억을 해둬야 할 괴짜 손님들은 빤한 형편이니까요. 우선에 가까운 것이 이 옆 가게 백양 약국 김 씨가 있지요······."

지배인 민 씨는 백양 약국 김 씨로 시작해서 동네 술꾼들의 신상명세를 한 사람 한 사람 설명해나갔다.

지배인이 설명한 그 동네 술꾼들의 신상 명세 보고는 대략 다음과 같이 진행되어나갔다.

먼저 그 백양 약국 김 씨—그는 전라도 쪽의 어떤 사립대학을 나온 약사로 10여 년 전 이 성삼동 일대가 신흥 개발 지역으로 소문이 났을 때 이미 약국을 차려 들어온 요령꾼으로, 시내에다가 5층짜리 빌딩까지 가지고 있는 일대의 알부자다. 여왕봉 아이들과는 그저 그렇고 그런 정도로 팁 인심이 보통인 편이나, 아이들한테는 웬일로 늘 약값 외상이 적지 않게 걸려 있어 역대 마담들의 걱정을 들어온 위인.

다음번으로 우일 전파사의 한 사장—여왕봉과는 한 블록쯤 떨어진 네거리 전파사 주인으로 자칭 사장의 쾌활한 젊은이. 자신의 주량도 대단한 편이나 수입의 규모에 비해 여왕봉 출입은 친구를 함께 동행하지 않은 적이 없을 정도로 무사태평형의 주당. 팁 인심도 후하고 성격도 시원시원하지만, 언젠가 한번 그런 성격에 반해 붙은 여급 아이에게 임신을 시켰다 혼을 뺀 후로는 술자리 버릇이 놀라울 정도로 달라진 위인.

동도 체육관의 우덕주 청년—길 건너 삼보빌딩 5층의 동도 체육관 복싱 수련생으로 나이답지 않게 무뚝뚝하고 말씨가 어눌한 편. 주로 8군 영내의 미군들 연습 상대로 생활비를 버는 모양이나, 영내를 들어갔다 올 때마다 여왕봉을 들러 그날의 수입을 깡그리 들이마시는 저돌적 폭주가. 팁을 주는 일도 없고, 아가씨를 곁에 앉히는 일도 없이 언제나 혼자서 마시는 쪽이며, 술을 마시다 말고 넋 나간 사람처럼 멍청하니 천장을 바라보고 앉았거나, 느닷없이 짐승 같은 울음소리를 깨물며 탁자 위로 머리통을 처박는 것이 장기.

천일 문방구상의 장 씨— 주위에 학교가 없어 문방구 장사가 안 되는 편이라 동네 단골 가운데서는 가계가 그리 넉넉지 못한 편. 가게에서는 언제나 종이 가면을 뒤집어쓰고 아이들을 상대하기 때문에 동네 어릿광대로 통해올 정도. 가면을 쓰고 가면을 팔 뿐만 아니라 우리나라 전래의 가면들에 대해서는 상당한 지식과 애착을 엿보이는 일종의 가면 집착증 증세가 있는 사내. 여왕봉 출입은 여편네 감시 때문에 자유롭지가 못한 편이나, 여급 아이들을 꾀는 데는 남달리 은밀스런 수법을 발휘하는 위인.

예언자 나우현— 주변사가 거의 알려지지 않은 사내. 한 달에 한두 번 수석 채집 여행을 떠나 있는 시기를 제외하고 나면 거의 날마다 여왕봉에만 엎드려져 지내다시피 하는 반건달. 여급 아이들에겐 가끔 자비 회식도 시켜주고 팁 인심도 후한 편. 자신의 신상사가 알려진 것이 없는 대신 그쪽에서는 여왕봉 아이들의 일을 개인적인 비밀까지 환히 다 꿰뚫고 있는 수점쟁이……

지배인의 설명은 끝없이 계속되어나갔다.

홍 마담은 지배인 민 씨의 설명에 유심스레 귀를 기울이고만 있었다. 그 지배인의 설명이 나우현의 차례에 접어들자 그녀는 비로소 뭔가 마음에 짚여오는 것이 있는 듯 민 씨의 설명을 중도 차단하고 나섰다.

"나우현이라면 그 남의 앞일을 잘 점친다는 사람 말이지요?"

"그렇습니다. 마담도 벌써 그 사람을 알고 계시군요. 하긴 이 여왕봉 단골들 가운데서도 그 사람만큼 눈에 띄게 별난 사람도 없으니까요. 그럼……"

지배인은 이미 홍 마담이 나우현을 알고 있는 낌새이자 그에 대한 설명은 그쯤 생략하고 다음 단골로 차례를 넘어가려고 했다.

하지만 홍 마담이 다시 그 지배인을 저지했다.

"아니 다른 단골들은 이제 필요 없어요. 지금 그 점쟁이 말인데…… 그 사람 정말로 그렇게 남의 앞일을 잘 꿰뚫어 맞히나요?"

그녀는 그 나우현에게 아무래도 뭔가 걸리는 것이 있는 사람처럼 불편스런 얼굴로 다시 물었다.

"맞히다마다요. 그 사람 아주 신통력이 대단한 것 같아요."

지배인은 아직도 그 마담의 심중을 알 수 없어 사실대로 말했다.

"날아가던 새도 그 사람이 떨어진다면 날개를 접고 떨어질 정도지요. 생긴 건 별로 그래 보이지도 않는데, 점을 치는 재주만은 겁이 날 지경이에요."

"그래, 그 사람 요즘도 그 예언이라는 걸 한 일이 있었나요?"

"글쎄요. 요즘은 별로 얘길 못 들었는데요. 왜 마담은 아직 그 사람 예언을 들은 일이 없습니까?"

"없어요. 내가 온 뒤로는 그 사람 점괘를 한번도 내보지 않았는가 봐요."

"마담이 오신 뒤로요? 글쎄 그랬을지 모르죠. 하지만 그 뭐 예언을 들으려고 하진 마십시오. 그 작자 예언은 대개 재수가 없는 편이니까요."

"글쎄요……"

마담은 그만 입을 다물어버렸다. 입을 다물고 나서도 한동안 뭔가 혼자서 미심쩍은 느낌을 감추지 못하는 표정이었다.
"왜 그자한테 무슨 걸리는 일이라도 있습니까?"
지배인이 이윽고 그 마담에게 다시 물었다.
하지만 홍 마담은 이제 왠지 대답을 자꾸 얼버무리는 눈치였다.
"아니에요. 그자한테 걸리는 게라니, 그럴 리가 없어요······."
지배인의 의심을 부인해버리면서도 얼굴엔 여전히 미심쩍은 것이 남아 있는 채였다. 하더니 마담은 이제 그런 자신을 숨기고 싶기라도 한 듯 화제를 훌쩍 바꿔버렸다.
"어쨌든 이제 그만하면 됐어요. 단골들이 모두 한동네 분들이니까 특별히 따로 걱정할 건 없겠어요. 다만 한 가지 당부를 해두고 싶은 건 그 김 씨 약국에 아이들 외상 약값 달려놓은 거 말예요. 그런 일 앞으론 안 하도록 하세요. 많지도 않은 돈 때문에 구질구질하게 그런 빚 달려놓으면 괜히 마음을 그쪽에 매달리게 되니까요······."
지배인은 이제 말이 없었다. 말없이 그저 마담의 당부만 새기는 얼굴이었다.
마담이 마침내 그 지배인을 방에서 내보냈다.
"이제 그럼 민 씨는 그만 나가보도록 하세요."
ㅡ그자 때문일 거야. 그자 때문이 분명해······
지배인이 방을 나가고 나자 홍 마담은 다시 혼자 고개를 갸웃거리고 있었다.
괴상한 일이었다.

이 여왕봉 영업권을 인수해온 이후로 홍 마담은 한동안 모든 것이 잘되어나가는 것 같았다. 전 영업주가 수완이 모자라서 그랬지 드나드는 손님들도 괜찮고 장소나 내부 시설도 나무랄 데가 그리 많지 않았다. 아닌 게 아니라 동네 술꾼들과 여급들 사이가 너무 허물들이 없어져서 술자리 분위기가 거꾸로 쑥스럽게 되는 것이나 허물이라면 허물이었달까. 하지만 그 가면의 지혜를 빌리게 된 다음부터는 그런 쑥스러움도 순식간에 다 가셔진 것 같았다. 가면의 처방은 오히려 기대 이상의 효험을 발휘해주었다.

하고 보면 애초에 그 장 씨네 가게 앞에서 홍 마담이 그것을 만나게 된 것부터가 어쩌면 이미 그 가면들의 점지된 암시에 의해서였는지도 알 수 없는 노릇이었다. 가면들을 들여온 다음부터는 모든 일이 순조로웠다. 가면 착용에 관한 규칙은 종업원이나 손님들 간에 서로 즐겁게 지켜지고 있었고, 거기다 자연히 테이블 수입이 늘게 된 아이들도 일하는 모습이 활기 있게 보였다. 홀 매상도 나날이 늘어갔다. 술손들은 술손들대로 가면을 중심으로 한 저희끼리의 편리한 질서를 만들어가고 있었다. 홀에서는 엄격히 가면끼리의 거래였다. 가면으로 서로를 알아보고 가면으로 자신의 모든 걸 대신시켰다. 가면을 신뢰하면 신뢰할수록 계집들은 그 가면으로 깊이 가려진 얼굴 이외의 모든 것을 자유롭게 해방시켰다. 상대방의 요구가 있거나 없거나 제풀에 자기 옷자락을 쉽사리 걷어올리고 상대방의 무례스러운 소망 앞에 쉽사리 자신을 용납해버렸다. 가면을 썼을 때 그 가면 속의 행동이 자유스러워진 만큼 가면을 벗고 나면 사람이 달라진 것처럼 일상의 이웃으로 돌아가 지냈다. 실제의 얼굴과 가면의 그것을 혼동하는 것은 절대 금기로 만들고 있었다. 술꾼들은 호시탐탐 하루 종일 그 자유로운 가면의 밤 시간을 기다렸다. 그리고 그 마담의 풍속에 더 많은 시간을 복종하기를 소원했다. 10시만 되고 보면 동네의 모든 술꾼들은 기다렸다는 듯이 정확하게 가면으로 변했다. 그 모두가 종업원 아이들과 술꾼들 스스로 지어낸 불문율이었다.

참으로 희한한 가면의 마력이었다.

홍 마담은 모든 것이 만족스러웠다.

―방법을 몰라 그렇지 사람들은 때로 엉뚱하게 순해질 때가 있기도 하거든.

홍 마담은 모처럼 제대로 자리가 잡혀가는 여왕봉에서 그녀의 방법을 더욱더 확고하게 가다듬어나가면서 오래 작자들을 거느리리라 생각했다.

그런데 도대체 어찌 된 일이었을까. 마담이 한동안 자신의 수완과 여왕봉의 분위기를 만족해하고 있을 때였다. 그리고 그 여왕봉의 새로운 풍속에 대해 더욱더 확고한 신념을 가지고 일사불란한 질서를 가다듬어나가고 있을 때였다.

어느 날 그녀는 밑도 끝도 없이 문득 한 가지 불길스런 예감이 들었다. 그녀의 수완과 여왕봉의 새로운 질서에 대하여 누군가가 그녀를 배반하고 나설 것 같은 이상스런 느낌, 그녀를 방해하고 술집의 분위기를 파괴하려 들 것 같은 상서롭지 못한 예감이었다.

무엇 때문에 갑자기 그런 엉뚱한 생각이 드는지 이유를 알 수 없었다. 누가 특별히 그녀의 마음에 걸릴 행동을 해온 것도 아니었다. 술집 풍속이 흐트러져가는 기미가 엿보이는 것도 아니었다. 여왕봉의 술 풍속에 관한 한 모든 것은 그저 홍 마담 생각대로였다.

―속이 편해지니까 내가 공연히 헛생각을 하는군.

홍 마담은 처음 그런 식으로 자신을 달래면서 그것이 쓸데없는 기우이기를 바랐었다. 그러나 그것도 헛수고일 뿐이었다. 대수롭지 않게 시작된 그 까닭 없는 불안기가 날이 갈수록 그녀를 괴롭혔다. 여급 아이들이나 술손들이 그녀의 규칙에 고분고분하면 할수록, 그 가면의 착용을 발단으로 하여 여왕봉 술 풍속들이 한 가지 한 가지씩 일사불란하게 다듬어져가면 갈수록 그녀의 불안기도 거꾸로 더해갔다. 무엇 때문에 그러는지 사연이나 곡절을 알 수 없었다.

홍 마담이 이날 오후 지배인 민 씨를 내실까지 불러들인 것도 그런 자신의 불안기의 정체를 알아보고 싶은 막연한 기대에서였다. 아직도 그 이유 없는 불안기가 자신의 쓸데없는 망상에서 비롯된 기우이기를 바라면서.

하지만 막상 민 씨의 이야기를 듣다 보니 그게 아니었다.

나우현―. 이상한 예언을 일삼아왔다는 수상한 사내. 그 사내가 요즘 와서 갑자기 예언을 그치고 말았다는 민 씨의 소리에 홍 마담은 마침내 확신이 선 것이었다.

―바로 그자 때문이다.

이번에도 이유 같은 건 알 수 없었다.

홍 마담도 물론 그 나우현의 됨됨이나 예언 취미에 대해서는 처음부터 이야기를 들어둔 바가 있었다. 하지만 나우현이 괴상한 예언을 일삼아온 사내라는 것, 그리고 그가 홍 마담이 온 뒤론 예언을 그치고 있다는 것이, 누군가가 자꾸 그녀를 비방하고 배반하려 들 것 같은 그 불길스런 예감하고 어떻게 상관이 되는지는 알 수가 없었다. 한데도 홍 마담은 그 지배인의 입에서 나우현의 이름을 듣는 순간, 그리고 그가 요즘엔 웬일로 그 예언을 하지 않고 있다는 소리를 듣는 순간 자신도 모를 어떤 본능적인 직감이 발동해온 것이었다. 지배인의 한마디에 불쑥 머릿속을 비집고 들어선 나우현의 그 우중충한 얼굴 모습이 고집스럽도록 또렷하게 그녀를 응시하고 있었다. 그리고 그것을 본 순간 홍 마담은 자신도 사연을 알 수 없는 어떤 기묘한 저주기 같은 것을 느낀 것이었다.

―그 화상!

홍 마담은 지배인의 설명을 듣고 있는 동안도 몇 번이나 그런 저주를 퍼부었다. 더 이상 다른 곳을 의심할 필요가 없었다.

홍 마담은 실상 처음부터도 작자의 인상이 개운칠 못했던 것 같았다. 엉큼스럽게 남의 일을 꿰뚫어 엿보고 있는 듯한 사내―, 달가운 예언이 많지 않아도 그의 예언을 피할 수는 없다는 이상스런 마력을 지녀온 사내―, 그래 그런지 홍 마담의 눈에도 뭔가를 늘 경계하면서 어딘지 늘 얼굴을 긴장하곤 하는 사내―, 분명히 의식을 못하고 지내왔을 뿐 그의 그런 인상은 처음부터 홍 마담의 심사를 묘하게 불편하게 해오고 있었던 것 같았다.

그런 식으로 하나하나 따져가다 보니 홍 마담은 또 단골손님들 가운데서 유일하게 그의 가면을 소홀히 해온 것도 작자가 아니었던가 하는 생각이 들었다. 그는 자기 가면도 분명히 정해두지 않고 마지못해 이것저것 번갈아 쓰면서, 다른 손님들처럼 가면의 이점을 즐겁게 누려오지를 않았던 것 같았다.
―게다가 또 내가 온 다음부터는 예언까지 말짱 중단을 했다고?
홍 마담은 그가 그 예언을 하지 않고 있는 것조차도 심상치가 않았다. 그의 얼굴 표정이 언제나 긴장을 하고 있는 것도 그 예언을 않고 있는 때문인 것 같았다.
―그렇다면 그는 자신의 예언을 참고 있는지도 모를 일이지. 참고 있는 만큼이나 별나고 재수가 없는 어떤 결정적인 예언을……
홍 마담은 여전히 머릿속이 어수선했다. 그녀를 그토록 불안스럽게 하고 있는 게 작자라 하더라도, 작자가 도대체 무엇 때문에 그래야 하는지 내력을 짐작할 수가 없기 때문이었다. 그리고 그가 도대체 무엇을 어떻게 그녀를 배반하려 하는지 분명한 사연을 알 수 없기 때문이었다.
뿐만이 아니었다. 그녀는 자신이 무엇 때문에 그 예언을 하지 않는 작자의 침묵을 두려워하고 있는지도 이해할 수 없었다. 그의 침묵과 말 없는 배반의 예감으로부터 무엇을 지키고 무엇을 주장하고 싶은지조차 확실한 이유를 알 수 없었다.
작자를 향한 그녀 자신의 그 까닭 모를 증오심을 해명할 길이 없는 것이었다.
하지만 이제 어쨌거나 그 불길스런 배신의 예감에 대한 홍 마담의 심증은 확실해지고 있었다. 그녀는 까닭 모를 배신의 예감으로부터 자신을 지키고 그 나우현에 대한 복수를 감행해줄 것을 결심했다.

그 역시 홍 마담 자신의 어떤 본능적인 자기 보호의 욕구에 의해서였다.

다음 날부터 그녀는 나우현의 일거일동을 보다 더 세심하게 주시했다.

물론 그 나우현에 대한 홍 마담의 태도는 한층 더 지혜로웠다. 그녀는 절대로 우현의 정면을 향해서는 화살의 시위를 당기지 않았다. 그녀는 오히려 나우현을 제외한 여왕봉 주변의 다른 질서들을 분명히 해나갔다. 주변의 질서 속에 나우현의 사지가 저절로 묶이도록 홀 일을 다스려나갔다. 배신의 혐의나 윤곽이 분명하지 않은 나우현을 다루는 데는 그 길이 가장 효과적이었다. 그녀는 때로 그런 우회적인 방법으로도 눈에 보이지 않는 그 배신의 음모에 충분히 효과적인 경고를 발할 수 있었다.

어느 날은 마침 계집아이 하나가 부주의하게도 가면을 쓰지 않은 채(10시가 지났는데도!) 홀을 가로지르고 있었다.

"넌 우리 집 규칙을 잊었구나!"

마담의 지적에 그 계집아이는 금세 탈의실로 들어가 자신의 가면을 쓰고 나왔다. 하지만 그때 마담은 그녀의 가면 속에서 혼자 몰래 수수께끼 같은 미소를 흘리고 있었다.

"가면을 벗거라!"

마담의 가면이 여급에게 말했다. 마담은 무슨 용이 아니면 옛날 기왓장의 문양을 본떠 만든 것 같은 귀면 비슷한 가면을 쓰고 있었고, 미스 전이란 여급 아이의 그것은 음탕스럽게 뾰로통한 작은 계집 얼굴의 탈을 쓰고 있었다. 칸막이 바깥 홀 가면들이 일제히

두 사람 쪽으로 시선을 향했다.

"용서해주세요."

"벗어!"

작은 가면의 음성은 잦아들듯한 애원이었고 마담 쪽의 그것은 매섭고 단호했다. 표정도 없이 서로 목소리로 맞서고 있는 두 개의 가면 뒤에서 홀 안의 다른 가면들은 물을 끼얹은 듯이 조용한 침묵 속에 싸움의 귀추를 지켜보고 있었다.

"살려주세요."

여급의 가면이 느닷없이 다시 공포에 질린 소리로 애원하고 있었다. 그러나 마담의 어조는 점점 더 싸늘했다.

"벗어!"

마담은 소리치면서 그녀가 그것을 벗기를 기다리듯 천천히 홀 안을 한 바퀴 둘러보고 있었다. 그 눈길이 잠시 구석 쪽의 나우현에게서 머물렀다 지나갔다.

여급은 이윽고 가면을 벗었다. 마담이 말없이 손을 뻗어 그녀로부터 그것을 받았다. 그리고 바로 앞 좌석의 테이블 위에서 성냥을 집어 들었다.

"넌 이제 네 얼굴이 없어! 맨얼굴을 못 견디겠으면 이 집을 나가!"

손에 든 가면에 성냥을 그어대면서 마담의 가면이 낮은 목소리로 선언했다. 그러고는 타오르기 시작한 가면을 쳐들어 그 불빛으로 홀 안을 붉게 밝히고 있었다. 너울너울 춤을 추는 듯한 불빛 속에 10여 개의 말 없는 가면들이 함께 너울거리고 있었다.

마담이 다시 그 가면들 가운데서 나우현의 것을 찾고 있었다. 그 나우현의 가면 역시 얼굴을 벗기운 여급 아이에게서 눈길을 떼지 못하고 있었다.

"흑!"

미스 전이 마침내 견딜 수가 없어진 듯 두 손으로 얼굴을 싸 덮으며 울음을 터뜨렸다.

그러다 그녀는 그 말 없는 가면들의 무거운 눈길 속에서 갑자기 몸을 날려 홀을 나갔다. 모든 가면들의 눈길이 그녀가 사라져간 어둠을 뒤좇았다.

다만 한 사람 마담의 눈길만이 그녀를 좇지 않고 있었다. 그녀의 눈길은 이번에도 나우현의 그것에 머물러 있었다. 그녀의 가면 뒤에선 또 한 번 그 수수께끼 같은 은밀한 미소가 지나가고 있었다. 하지만 물론 그 홀 안의 가면들은 그녀의 미소를 볼 수가 없었다. 그녀의 가면은 웃고 있지 않았기 때문이었다.

마담의 시위는 대단한 성공이었다.

그녀는 계집을 용서하지 않았다. 얼굴을 벗기운 여급 아이는 다음 날도 그냥 홀을 나와 마담에게 용서를 빌었지만 그녀는 새 가면을 마련해주지 않았다. 여급 아이는 맨얼굴로는 술손을 상대하기가 몹시도 고통스런 표정이었다. 술손들도 그녀의 맨얼굴을 상대하기를 거북해했다. 그녀는 결국 며칠 동안 가면 없는 얼굴을 고통스럽게 견디다가 끝내는 제풀에 지쳐서 여왕봉을 그만두고 말았다.

남은 여급 아이들은 이제 그 홍 마담에게 지레 겁을 먹고 그녀를 두려워했다. 술손들까지도 때로는 자기의 얼굴을 빼앗길까 그녀를 두려워하는 눈치들이었다.

―저희 집 풍속이 맘에 들지 않으세요? 맘에 안 드심 말씀을 하세요. 선생님 원하시는 대로 해드릴게요.

―안 되겠어요. 이러시다간 선생님 얼굴을 벗겨드릴까 봐요.

마담은 가끔 술손들에게 지나가는 소리처럼 그런 소리를 던져보는 일이 있었는데, 술손들은 마담의 그런 소리만 듣고서도 가슴이 공연히 덜컥덜컥 내려앉는 표정들이었다.

그것은 그 여왕봉의 술 풍속의 훼손을 막기 위한 가장 적절하고도 효과적인 마담의 경고가 되고 있었다. 그 일사불란한 여왕봉의 질서 위에 마담은 참으로 오만스럽도록 위엄 있게 군림하고 있었다. 표정이 움직이지 않는 그녀의 가면까지도 그런 어떤 가차 없는 위엄이 서려 있었다. 표정이 움직이지 않는 다른 모든 가면들도 그 표정이 움직이지 않는 만큼 그녀 앞에 일사불란한 복종을 보여주고 있는 것 같았다.

하지만 아무래도 알 수가 없는 노릇이었다. 마담은 아직도 마음을 놓을 수가 없었다.

나우현은 이제 그녀의 지혜로 옴짝달싹 못하게 손발을 꼭꼭 묶어놓은 꼴이었다.

작자가 그런 마담에 대항하여 보다 노골적인 태도를 취하고 나온 것도 아니었다. 여왕봉은 이제 완전무결한 그녀의 왕국이었다. 한데도 홍 마담에게는 아직 그 불길한 예감이 사라지질 않았다. 누군가가 결국 자신의 왕국을 훼방하고 나설 것 같은 꺼림칙한 배신에의 예감이 끊임없이 그녀를 괴롭혔다. 아니 나우현을 완벽하게 묶어놓으면 놓을수록 **그리**고 여왕봉의 모든 것이 그녀 앞에 고분고분해지면 질수록, 그녀는 더욱 그 나우현의 존재가 마음에 걸려들고, 여왕봉의 질서가 불안하게 느껴졌다.

한데 그러던 어느 날 마담은 그녀의 한 충직한 단골로부터 뜻밖에 희한한 진가를 발견했다.

하루 저녁은 동도 체육관의 우덕주가 배고픈 곰처럼 별스럽게 기가 죽은 모습으로 여왕봉을 들어섰다. 얼굴엔 웬일로 누구에겐지 몹시 매를 맞은 흔적이 뚜렷했다. 입술과 눈두덩이 보기 흉하게 부어올라 있었다. 미군 영내를 드나들면서도 얼굴에 상처가 남을 만큼 심한 매질을 당하고 온 일은 없었던 우 씨였다. 그건 분명히 연습 상대를 하다가 생긴 상처가 아니었다. 권투 선수가 누구하고 잠깐 주먹다짐을 벌이는 건 있을 수 있는 일이었다. 하지만 그 우 씨가 누구하고 주먹다짐을 벌인다는 건 어울리지가 않았다. 작자는 원래가 좀 바보스러워 보일 만큼 천성이 온순하고 착한 편이었다. 커다란 체구와 어눌스런 말씨를 제외하고는 도대체 무슨 운동선수다운 성깔이나 패기 같은 것이 없었다. 그가 누구에게 화를 낸다거나 주먹을 휘둘러대는 따위의 일은 상상하기가 어려웠다. 게다가 작자는 운동선수 같지 않게 겁까지 많다는 소문이 있었다.

"빌어먹을, 그저 이 주먹 한 대면 그 고릴라같이 미련한 새끼들 보기 싫은 쌍통을 요절내주고 마는 건데, 으이구!"

여급 아이들에겐 늘 혼자만 앉아 있는 그가 측은해 보일 때가 있었던 모양이었다. 그래서 가끔 틈이 생길 때 그의 술잔을 돌봐주러 가기라도 하면 작자는 그저 한다는 소리가 그 권투 이야기뿐이라는 것이었다.

"너네들 알아? 꼭 불 맞은 멧돼지같이 식식거리며 덤벼드는 그 검둥이 새끼들한테 샌드백처럼 얼굴을 내밀고 얻어맞아주기만 해야 하는 노릇을 말야. 내 주먹이 아무리 세다고 해도 소용이 안 돼. 난 얻어맞기만 하게 되어 있으니까. 그것도 꼭 고릴라처럼 덩치가 큰 녀석들한테만 얻어걸려봐…… 기가 찰 일이지. 난 그저 오늘은 덩치가 좀 작은 녀석한테 얻어걸리게 해줍소사고 기도나 드리는 게 고작이야."

영내 도장에서 작자가 연습 상대를 맡아주는 것은 늘 흑인 병사들뿐이랬다. 그는 그 덩치 큰 흑인 복서들이 은근히 겁나고 두려운 모양이었다.

"이 덩치 큰 겁쟁이 아저씨!"

여급 아이들이 그를 두고 그렇게 놀려대는 것은 물론 년들의 수작을 제대로 상대해줄 줄 모르는 위인의 얼뜬 숫기 때문이기도 하겠지만, 년들의 그런 놀림은 그 흑인 병사들을 겁내고 있는 그의 그런 어울리지 않는 엄살이 우스워서이기도 하였다.

그래저래 홍 마담은 그 우 씨만 보면 웃음이 나오곤 했었다. 「홍보가」에 홍보가 남의 매를 대신 맞아주러 가는 매 품팔이 장면이 나온다더니, 우 씨의 그 권투 연습 상대 노릇이라는 건 이를테면 바로 그 홍보 매 품팔이의 현대판 한가지였다.

우스운 직업이 아닐 수 없었다.

그런데다 이날은 명색이 권투 선수라는 작자가 그토록 얼굴이 퉁퉁 부어오르도록 심하게 매를 얻어맞고 온 몰골을 보니 마담은 저절로 웃음이 나오지 않을 수 없었다.

하지만 사람의 일이란 참 알 수가 없는 것이었다. 처음에는 그저 그렇게 우습기만 하던 홍 마담의 마음이 느닷없이 금세 조화를 일으킨 것이었다. 얼굴이 그 모양이 되어가지고도 10시까지 가면의 시간을 지켜 나와준 충직스런 마음씨가 기특해 보인 때문이었을까. 흉측스런 얼굴에 가면을 걸어 쓰고 혼자서 멍청하니 술을 따라 마시고 앉아 있는 우 씨의 그 적막스런 모습을 보자 홍 마담은 그가 갑자기 어린애처럼 측은해진 것이었다. 그리고 뭔가 위로가 될 말이라도 한마디 건네고 싶어 그의 자리로 갔을 때 그녀는 정말로 이상스런 감상에 자신을 주체할 수가 없어지고 있었다.

"전 내일부터 일을 나가지 못하게 되었어요······."

어디서 그토록 심한 매를 얻어맞았느냐는 물음에 우 씨는 한동안 멍청스레 천장을 쳐다보고만 있더니 이윽고는 제풀에 묻지도 않는 소리를 그렇게 내뱉어오는 것이었다.

"오늘 그 새낄 돼지게 패줬거든요. 핸더슨이라는 검둥이 새끼. 그 새끼가 날 죽이고 말 작정이었으니까요······."

핸더슨은 전부터도 가장 못되게 그를 괴롭혀온 작자였단다. 그런데 우 씨가 오늘은 정말로 그를 참을 수가 없었다는 것이었다. 고릴라 같은 작자가 숨도 못 쉬게 주먹으로 그를 몰아붙여오더라는 것이었다.

"쉬었다 하자고 말을 할 틈도 없었어요. 조금만 있었으면 나는 녀석한테 정말로 맞아 죽고 말았을 거요. 새끼의 눈깔을 보면 알 수가 있어요……"

하지만 우 씨가 상처를 입은 건 핸더슨에게서가 아니라 그 핸더슨이라는 작자의 비명 소리를 듣고 달려온 녀석의 동료 검둥이들에게서였다는 거였다.

떠듬떠듬 사정을 설명하고 난 우덕주는 녀석을 아예 요절을 내놓지 못한 것이 분하다는 듯 느닷없이 두 주먹으로 허공을 한차례 세차게 후려쳤다.

하더니 그는 제 분에 제가 못 이긴 듯 탁자 위로 털썩 몸을 던져 엎드러지며, 예의 그 짐승 같은 무서운 울음소리를 토하기 시작했다.

우덕주의 널찍한 등판이 한동안 마담의 눈앞에서 어린애처럼 들먹이고 있었다. 홍 마담은 그 우덕주의 멋없이 크기만 한 덩치가 새삼 외롭고 측은하게 느껴졌다.

"이 덩치 큰 아기야."

홍 마담의 손길이 이윽고 우덕주의 들먹거리는 등짝 위로 올려졌다. 테이블 위에 엎드러진 우덕주의 귓가로 그녀의 입술이 은밀하게 다가갔다.

"이젠 그만 울구 일어나도록 해요. 내 오늘 밤 젖 먹여줄게…… 덩치가 크고 나면 여자 젖을 먹어야 진짜 어른이 되는 거예요."

그리고 그날 밤―, 영업시간이 끝난 후 홍 마담은 근처의 한 호텔 방에서 진짜로 우덕주에게 그녀의 젖을 먹여주었다. 우덕주는 아직도 눈물이 가시지 않은 듯한 젖은 표정으로, 그리고 정말로 여자의 젖에 굶주려온 어린애처럼 허겁지겁 그녀의 젖을 탐내고 들었다. 그러나 그는 대체로 성깔이 양순한 아기였다. 그는 참으로 얌전히 젖을 먹었다. 그리고 젖밖엔 먹을 줄을 모르는 아기였다.

"젖을 먹었으면 사내가 되어야지."

마담이 그를 나무라고 들었을 때야 그는 비로소 겁을 먹은 듯 체면을 아는 사내가 되었다. 이번에도 그는 참으로 복종심이 많은 고분고분한 사내였다. 마담은 그에게 여러 가지 사내의 모습을 주문했고, 그는 그 마담의 주문에 성의껏 열심히 자신을 봉사시켰다. 그리고 그 마담의 주문이 끝장날 때까지 놀랍도록 충직스런 참을성을 발휘했다.

홍 마담은 그의 충직스런 복종심과 참을성에 감복하지 않을 수 없었다. 바로 그것이 그녀가 발견한 가장 소중한 우덕주의 미덕이자 그의 진가였다.

"내일부터 우 씬 클럽 나가지 않더라도 걱정할 것 없어요."

마담은 마침내 그를 곁에다 잡아두기로 했다.

"우 씨만 괜찮다면 우리 여왕봉에서 함께 지내줘요. 우 씨는 그저 지금까지처럼 내 곁에서 술만 마셔주면 되는 거니까. 내 주위나 여왕봉 술장사를 방해하는 작자들이나 가끔 돌보아주면서……"

"마담을 누가 건드려? 마담을 괴롭히는 놈은 내가 그냥 박살을 낼 거야."

우덕주도 짐작했던 대로 마담의 제의를 간단히 응낙했다.

4

 나우현이 드디어 다시 예언을 시작했다.
 어느 날 밤 나우현이 가면 속에 흥건히 술이 취해가고 있는 백양 약국의 김 씨 테이블을 은밀히 찾아들었다. 그리고는 괴로운 목소리로 저주하듯이 말했다.
 "홍 마담 저 여잔 살인을 하게 될 거요."
 김 씨는 일순 예기치 않은 그의 예언에 술잔을 멈추며 긴장하는 눈치였다.
 "살인을 하다니. 홍 마담이 왜요?"
 "저 여잔 여왕봉의 진짜 여왕벌이 되어야 할 테니까."
 나우현이 좀더 괴로운 목소리로 대답했으나 백양 약국의 김 씨는 여전히 그의 말뜻을 종잡을 수가 없었다.
 "여왕벌이 된다는 건 또 무슨 소리요?"
 그가 어리둥절한 목소리로 우현에게 물었다. 목소리는 분명 긴장하고 있었지만 그의 얼굴은 그가 쓴 양반의 탈 때문에 시뻘건 웃음을 그치지 않고 있었다.
 "저 여자가 여왕벌이 되는 건 여왕벌과 일벌의 관계처럼 우리가 바로 저 여자의 종벌이 된다는 거 아니오. 저 여잔 왕이 되어서 우리를 그녀의 종벌로 만들고 싶어 하는 거요."
 나우현의 표정도 그가 쓴 그 문둥이의 탈 때문에 진짜 표정을 잃고 있었다. 두 가면은 그렇게 표정의 변화가 없이 한쪽은 계속 호탕한 웃음 속에, 다른 한쪽은 흉측스런 상처 속에 심상찮은 실랑이를 주고받고 있었다.

"에이 여보슈, 저 여자가 그래 우리들의 여왕이 되고 싶어서 살인을 한다는 거요?"

"저 여잔 이미 그렇게 되어가고 있소."

"그렇담 여왕이 되면 그만이지 어째서 살인은 한다는 거요?"

"살인은 저 여자의 지배력의 완성을 뜻하기 때문이오. 가장 완벽한 지배의 방식은 죽음 이상의 방법이 없는 거요. 저 여잔 살인으로 그녀의 지배력을 완성시킬 것이오. 그리고 그녀는 진짜 여왕봉의 여왕벌이 됩니다."

"살인은 그렇다면 그녀가 우리들의 여왕이 된다는 신호가 되는 거요?"

"신호일 뿐 아니라 증거도 됩니다."

"그러면 그 살인의 대상은 누구가 됩니까?"

"그건 당연히 이 여왕봉을 찾아오는 가면들 가운데의 하나가 되겠지요."

"살인을 통해서 그녀가 우리들의 왕이 된다. 그것도 이 여왕봉의 단골을 택해서. 그것 참 아무래도 알 수가 없는 얘기로군."

김 씨는 끝끝내 미심쩍은 어조였다.

하지만 한번 입을 열기 시작한 나우현은 이제 그의 예언을 그치지 않았다.

그는 이날 밤 안으로 다시 전파사의 한 사장을 만나고 천일 문방구의 장 씨를 만났다. 그리고 그 약국의 김 씨에게처럼 그의 예언을 되풀이 말했다.
 ―저 여자가 얼마나 무서운 왕국을 꿈꾸고 있는가. 저 여자가 고용한 우 씨를 보아라. 우 씨가 얼마나 그녀를 충직스럽게 보호하고 있는가. 우덕주는 느닷없이 저 여자의 종이 되었다. 그리고 그 여자는 그에게 곰의 탈을 씌워주었다. 저 여자는 그를 진짜 곰으로 만들어갈 것이다. 그리고 우덕주는 저 여자 소원대로 즐겁게 스스로 곰이 되어갈 것이다.
 ―하지만 허물은 저 여자에게 있는 것이 아니다. 애초의 허물은 우리들 쪽에서 비롯한 것이다. 우리들이 저 여자에게 즐겁게 복종을 해 보였기 때문이다. 저 여잔 이제 우리의 복종이 즐거워진 것이다. 우리들의 복종을 즐기고 싶은 것이다. 더욱더 철저한 복종을 원하고 있는 것이다…… 결국은 살인이 일어날 것이다……
 언제나처럼 그의 예언에는 사태를 예방할 처방이 없었다. 여왕봉의 단골들은 두려움을 느끼지 않을 수 없었다. 하지만 한동안은 아직 반신반의였다. 마담이 무슨 여왕이 되고 싶어 하다니, 말 같지도 않은 잠꼬대만 같았다. 그녀가 누구를 괴롭히려 하고 있단 말인가. 아니 그녀가 지금까지와 같은 식으로만 그녀의 손님을 즐겁게 해준다면, 그녀가 술꾼들의 여왕이 되고 여왕봉의 단골들이 그녀의 종이 된들 무슨 상관이 있겠는가 말이다. 그녀의 방식을 즐겨온 자 누구라서 부질없이 그녀를 마다하며 그녀에게 즐거운 복종을 바치지 않겠는가 말이다. 여왕봉의 술손들은 처음 그녀의 속심을 크게 걱정하지 않았다. 마담이 여왕이 되고 그녀에게 복종심을 맹세해야 하는 일에 대해서는 우현의 예언도 두려워할 것이 없었다. 하지만 살인에 대한 우현의 예언이 문제였다. 여왕봉에 살인이 일어나리라는 그의 예언 역시 여느 사람의 말이었다면 믿어지지가 않을 소리였다. 살인이 일어나야 할 이유라는 것도 납득하기 어려웠고, 실제로 그런 일이 일어날 조짐도 안 보였다. 하지만 나우현의 예언은 역시 무시할 수가 없었다. 그의 예언은 빗나간 일이 없었다. 여왕봉의 술손들은 긴장이 되지 않을 수 없었다.

게다가 그 마담의 괴이한 마력 때문이었을까. 혹은 우현의 예언이 언제나 그랬던 것처럼 스스로 어떤 암시를 행사한 탓이었을까. 단골들은 살인의 예언 앞에 자신을 피해나갈 엄두를 못 냈다. 여왕봉 출입을 중단하지도 않았고 홍 마담의 가면을 거부하지도 못했다. 그들은 마치 독사의 눈독에 쏘인 개구리처럼, 또는 마담과 우현에게 이중의 최면을 당해버린 무리처럼 속수무책으로 두려워하고만 있었다.

그리고 무력하고 초조하게 살인을 기다렸다.

우현의 표정은 갈수록 긴장을 더해갔다. 예언을 시작한 뒤로는 더욱더 열심히 여왕봉을 지켰다. 그는 그렇게 여왕봉을 드나들며 사태의 진전을 주시하고 있었다. 그는 마치 스스로의 힘으로 그 자신의 예언을 실현시키려는 것처럼 보이고 있을 지경이었다.

그러자 홍 마담의 거동이나 말씨들에는 아닌 게 아니라 우현의 예언이 맞아떨어져 들어가는 듯한 몇 가지 심상찮은 조짐이 나타났다.

귀면의 탈을 쓴 홍 마담의 곁에는 언제나 말이 없는 우 씨가 주위를 맴돌고 있었다.

마담이 어디선지 짤막한 가죽 회초리를 구해 들고 다니면서, 마치도 곰을 다루는 여자 조련사처럼 우 씨 앞에 군림해 보이기 시작한 것도 이 무렵부터의 일이었다.

"조심해요, 조심해!"

마담은 우 씨의 모습이 눈에 띨 때마다 버릇처럼 늘상 조심해, 소리를 연발하고 다녔다. 그러면서 가면 쓴 우 씨의 안면을 그녀의 회초리로 찰싹찰싹 두들기고 지나갔다. 그녀의 그 조심해요, 소리와 우 씨에 대한 회초리질은 여왕봉의 분위기를 까닭 없이 섬찟섬찟 긴장시키곤 했다. 그녀가 우 씨에게 조심해요, 소리를 연발하고 다니는 것은 우 씨더러 어떻게 무엇을 조심하라는 것인지 뜻이 전혀 분명치가 않았다. 마담이나 우 씨가 그처럼 늘상 조심을 해야 할 일은 없었다. 그녀는 그저 장난 삼아서 그런 소리를 입에 달고 다니고 있는 것 같기도 했다. 그러나 홍 마담에게서 되풀이되는 조심해요, 소리는 홍 마담 자신과 우 씨 앞에 어떤 위험이 도사리고 있는 것 같은, 그래서 그 마담과 우 씨를 위험스런 피해자처럼 느끼게 만드는 기묘한 분위기를 자아냈다. 마담과 우 씨가 피해자라면 어딘가에 가해자가 숨어 있어야 마땅했다. 가해자는 그러나 눈에 보이지 않았다. 술손들은 그 가해자가 눈에 보이지 않는 것이 더욱더 불안했다. 자신들이 그 가해자가 될 수도 있었고, 어쩌면 그렇게 될 수밖에 없을 수도 있었다. 조심해요, 조심해! 술손들은 그 우 씨에 대한 마담의 경고가 자신들을 향한 모종 위험스런 적대감의 암시처럼 들렸다.

게다가 마담은 그때마다 그 우 씨의 얼굴에다 회초리질을 일삼았다. 조심해요! 조심해! 그것은 필경 우 씨의 신경을 사납게 건드릴 게 틀림없었다. 우 씨는 그러나 제 얼굴을 갈기는 마담에 대한 저항의 기미를 엿보이지 않았다. 회초리질을 당할 때마다 그는 거의 반사적인 몸짓으로 홀 안의 술손들 쪽을 위협적으로 휘둘러 보곤 할 뿐이었다.

마담의 경고는 자연히 그 술꾼들에게도 신경이 뻗쳤다. 마담의 경고가 발해질 때마다 우 씨와 술손들 사이엔 어떤 반사적인 경계심과 적대감 같은 것이 섬광처럼 스쳐 지나가곤 하였다. 마담의 경고와 회초리질은 우 씨에게 그런 식으로 집요한 불안감을 심어주고 있었고, 그것은 술손들에게도 우 씨의 불안감을 상상한 만큼의 불안을 안겨주었다.

하지만 홍 마담은 아직도 모든 것을 장난처럼 행동했다. 그녀는 그 우 씨의 불안감과 술손들의 두려움은 아랑곳도 하질 않았다. 그녀는 그 모든 것이 한낱 실없는 유희처럼 천연스럽게 호호거렸다. 어떤 때는 마치 아양기만 믿고 덤비는 늙은 뚜쟁이처럼 술손의 얼굴에까지 함부로 회초리질을 겨누고 들었다.

"호호호…… 조심하세요, 조심해! 선생님을 보고 회초리가 울어요. 이 회초린 사람을 알아봐요. 이놈에게 걸리면 용서가 없어요."

무당처럼 뜻도 모를 소리들을 지껄여대면서 술손들의 눈앞을 함부로 후려쳐 보이는 것이었다. 그리고는 이내 실없는 장난처럼 아양스런 웃음으로 깔깔거렸다.

그 역시도 술손들에겐 기묘한 위협이 되었다. 그녀는 웃으면서도 군림하는 것이었다.
 여왕봉의 술손들은 끝끝내 속수무책이었다. 술손들은 여전히 여왕봉을 떠날 수가 없었다. 홍 마담의 도저한 군림을 거부할 수도 없었고, 우 씨의 그 위협적인 적대감 앞에 자신들을 보호할 대비책을 마련해낼 수도 없었다. 가면을 벗어던지고 옛날의 여왕봉 풍속으로 되돌아갈 생각은 더더구나 엄두조차 내볼 수가 없는 일이었다. 언젠가 그 여급에게 행해 보인 것처럼 그래 봐야 마담의 가차 없는 책벌만 뒤따르게 마련이었겠지만, 술손들 가운덴 그 가면의 착용 풍속에 맞서 나서려는 사람이 아무도 없었다. 그녀의 압도적인 군림 앞에 누구도 감히 그녀의 질서를 넘보고 나서는 자가 없었다. 술손들은 그녀 앞에 함부로 말을 건넬 수도 없을 지경이었다. 그것은 스스로 그녀 앞에 불손을 드러내는 모험으로까지 느껴지고 있었다.
 술손들은 그렇게 여왕봉의 모든 것에 자신을 잘 순종시키면서 무기력하게 살인을 기다리고 있었다.
 불안스런 날들이 며칠을 더 흘러갔다.
 한데도 아직 살인은 일어나지 않았다.
 조심해요, 조심해! 마담의 경고만 날이 갈수록 늘어갔고, 그 장난스런 회초리질이 지닌 두려움과 잔인성의 정도만큼이나 그녀의 위엄만 절대화되어가고 있었다.
 어느 날 밤이었다.
 여왕봉에 마침내 끔찍스런 일이 벌어졌다.
 ―조심해요! 조심해!

마담은 이날도 그녀의 술손들 앞에서 우 씨의 면상을 가죽 회초리로 찰싹찰싹 후려치며 장난스럽게 웃고 있었다. 그러나 그녀의 웃음에는 이날 밤따라 어딘지 더욱 심상찮은 잔인성이 엿보이고 있었다. 여느 때처럼 회초리질이 한두 차례로 끝나질 않았다. 그녀는 계속해서 우 씨의 얼굴을 찰싹찰싹 후려쳤고, 우 씨는 그때마다 그녀의 회초리를 피하려 이리저리 얼굴을 도리질치고 있었다. 마담의 매질은 서두름이 없는 대신 그칠 줄을 몰랐고, 그 기묘한 얼굴의 웃음기도 사라질 기미가 조금도 안 보였다. 서두름도 없고 지침도 없는 끈질긴 매질이 그녀의 기이한 웃음기와 함께 이상스런 살기와 공포감을 자아내고 있었다.
　처음에는 그저 여느 때와 같은 장난기에서거니 여기고 있던 술손들마저도 마침내는 그녀의 그 잔인스런 표정에 몸서리를 치기 시작했다. 그리고 그 도리질 치는 우 씨와 한가지로 자신들의 얼굴에도 함께 그녀의 잔인스런 회초리질을 당하는 느낌들이었다.
　마담의 회초리가 마침내 우 씨의 얼굴 위에서 가면을 찢어냈다. 마담은 그러나 여전히 매질을 계속하고 있었다. 그녀의 회초리는 이제 우 씨의 살에서 피를 묻혀냈다. 우우우— 우 씨의 입에선 마침내 그 짐승의 울음소리와도 같은 비명이 새어 나오기 시작했지만, 위인 역시 기묘하게도 그녀의 학대를 잘 견뎌내고 있었다. 고통스런 비명 소리를 깨물며 회초리를 피하기 위해 이리저리 머리를 도리질 쳐댈 뿐 더 이상 몸을 피해 달아나려 하거나 그녀의 학대에 반항하고 나설 기미는 없었다. 술손들 역시 마찬가지였다. 술손들 역시 누구 한 사람 그 잔인스런 마담의 유희를 가로막고 나서려는 사람이 없었다. 방해를 하고 나서기는커녕 감히 자리를 일어서 홀을 나가거나 시선을 외면하려는 사람조차 없었다.

술손들은 이미 공포로 사지가 꽁꽁 묶인 상태였다. 무엇인가를 매섭게 찾아 헤매고 있는 듯한 그 웃음기 어린 마담의 눈길을 두려움에 떨면서 지켜보고 있을 뿐이었다. 그리고 미구에 어떤 잔혹스런 비극이 일어날 것 같은 불안스런 예감 속에 잔인스런 유희의 귀추를 초조하게 기다렸다. 우 씨는 필경 그녀의 학대를 중지시켜야 할 터이기 때문이었다. 그것은 두 사람의 유희가 이미 상식을 넘어선 짓이었던 만큼 그가 그녀의 학대를 중지시킬 방법에 대해서도 상상을 절할 만큼 참혹스런 것이 예감되고 있었다.

술손들은 이미 그 우 씨를 통하여 죽음의 공포를 느끼고 있었다. 동시에 그의 처참스런 복수심의 폭발을 두렵게 기다렸다.

하지만 도대체 불가사의한 일은 그 우 씨의 살인적인 복종심이었다. 그는 완전히 쇠사슬에 매인 짐승이었다. 얼굴이 터지고 피가 튀어도 그녀를 저지시킬 몸짓을 안 보였다.

그러다 끝끝내 그녀의 발밑에 실신을 하고 나둥그러져버렸다.

끔찍하고 잔학스런 유희였다. 그리고 그것은 참으로 완벽하고도 압도적인 지배력의 시위였다.

술손들은 우 씨가 마담의 발밑으로 거대한 덩치를 내던지고 쓰러지자 비로소 간신히 안도의 한숨들을 내쉬고 있었다.

우선은 살인을 피했기 때문이었다.

하지만 문제는 일이 그것으로 끝날 수가 없는 것이었다. 이날 밤엔 그런 식으로 살인이 모면될 수 있었다 해도 나우현의 예언은 아직 여전히 살아 있는 상황이었다. 게다가 이날 밤 그 기이한 유희가 끝나고 났을 땐 관할 경찰서 형사 한 사람이 마침 여왕봉 홀 문을 들어서고 있었다.

5

"다시 말씀드리지만 거기서는 그런 일이 일어날 수 있습니다."
강 형사의 계속적인 추궁에 마담은 그저 태연하기만 했다.
강 형사는 납득할 수가 없다는 듯 다시 고개를 기웃했다.
―여기에는 필시 어떤 이상스런 마술기가 숨어 있는 것 같군.
"거기서는 그런 일이 일어날 수 있다면…… 살인도 일어날 수가 있다는 말인가?"
"살인이라고는 말하지 않았어요."
"그러나 고발인은 어젯밤 거기서 살인이 있을 거라고 말을 했소. 그리고 당신의 어젯밤 행동은 실제로 살인을 연상할 만큼 잔인스런 것이었구."
"……"
마담은 말없이 고개만 가로젓고 있었다.
강 형사가 답답한 듯 다시 물었다.
"좋아요. 그럼 당신은 그잘 죽일 생각은 아니었다 해둡시다. 하지만 당신의 그 잔학 행위의 동기가 무어요? 그에게 원한이 있었던 거요?"

"특별히 말씀드릴 동기나 원한 같은 건 없어요. 다만 저와 그 사람 사이엔 그런 약속이 있었을 뿐이에요."
"약속? 그렇게 매질을 하고 얻어맞아줄 약속?"
"……"
"그런 약속 때문에 그자는 죽도록 매를 맞으면서도 마담을 피할 생각을 않았단 말인가? 도대체 마담은 무엇 때문에 그런 약속을?"
강 형사의 연거푸 추궁에도 마담은 여전히 태연스런 얼굴이었다.
"말씀드려도 선생님은 이해를 못하십니다. 저 역시 지금은 생각이 분명하질 못하구요. 아까도 말씀드렸듯이 거기서는 다만 그런 일이 일어날 수 있다는 것뿐……"
"거기서는 그런 일이 일어날 수 있다…… 거기서는…… 그렇다면 그 탈바가지들은 무엇이오? 마담과 손님들은 왜 모두 가면을 쓰고 있었소?"
"그게 우리 집의 풍속이니까요."
"그런 풍속이 생긴 이유는?"
"장사가 잘되거든요."
"마담이 만든 풍속인가?"
"그렇답니다."
"탈바가지 때문에 장사가 잘될 까닭이 뭐요?"
"사람들에겐 가면이 편하니까요."
"가면이 어떻게 편해진다는 건가?"
"그건 가면을 써보지 않으면 알 수가 없습니다."
"나더러도 그걸 써보라는 얘긴가?"

"진짜 기분을 알고 싶으시다면요……"
"고발인은 마담이 가면을 이용하여 여왕봉의 여왕이 되고 싶어 한다는데?"
"……"
"그런 고발을 해온 사람이 누군지 짐작하고 있소?"
"나우현, 그 점쟁이겠지요."
"그자가 어떻게 어젯밤의 일을 미리 알고 우리한테 연락을 했는지 알겠소?"
"그는 점쟁이니까요."
"그의 점괘가 그렇게 정확한가?"
"대개의 경우는……"
"마담은 그럼 그가 그걸 알아차릴 줄 알면서도 그런 짓을 했단 말인가?"
"그는 전부터도 저에 관한 예언을 흘리고 다녔으니까요. 어젯밤에도 누군가 그걸 제게 귀띔해주더군요."
"그가 마담에 관해 예언을 한 내용은?"
"선생님 말씀처럼 제가 그곳의 여왕이 될 거라고…… 그리고 제가 살인을 할 거라는 것이었지요."
"마담은 그래서 어젯밤 그의 예언을 실현시켜주려고 했다는 건가?"
"아까도 말씀드렸지만 전 살인을 생각하진 않았습니다."
"살인을 생각하지 않았다면?"
"지금은 역시 설명할 수가 없어요. 다만 우리들 사이엔 그런 약속이 있었고 거기서는 그런 일이 일어날 수가 있다는 것뿐……"
"당신들의 그 가면에 대해서 설명해줄 수 있겠소? 마담이나 손님들의 가면에 대해서 말이오."
"그것도 여기서는 말할 수 없습니다."
"이유는?"
"거기서는 가면이 그들의 인격이기 때문입니다. 물론 그들이 그것을 쓰고 있을 때에 한한 것이지만."
"마담이 그 가면에 착안을 하게 된 동기나 경위는?"
"문방구점을 지나다가 그걸 보았기 때문입니다."
"문방구점에는 다른 물건들도 있었을 텐데?"
"문방구점 주인 장 씨가 그걸 쓰고 있었어요."
"우덕주를 미워하는가?"
"아뇨."
"점쟁이 나우현은? 마담을 예언한 그 나우현은 어떻소?"
"그 사람도 지금은 그런 것 같지 않습니다."
"그렇다면 지금 그의 예언에 대해선 어떻게 생각하고 있소? 앞으로라도 살인은 정말 일어나리라 생각하오?"
"그건 제가 말할 일이 아니지요. 그건 그의 일이니까요. 그리고 어젯밤엔 아직 살인이 일어나진 않았지 않습니까?"
"그럼 마담이 그 여왕봉의 진짜 여왕이 될 거라는 예언에 대해선요? 마담은 그의 예언대로 그 사람들의 진짜 여왕이 되어볼 작정인가?"
"……"

"알았어요. 나중에 다시 부르겠소."

강 형사는 그만 마담을 돌려보냈다. 그리고 이번에는 그녀로부터 직접 피해를 당한 우덕주를 불러들였다.

치료가 진행 중인 우덕주의 얼굴은 붕대투성이의 괴물 형상이었다.

"고발인 말로는 마담이 당신을 죽일 작정이었다는데?"

강 형사는 거두절미하고 홍 마담에 이어 우덕주에 대한 본격적인 신문을 시작했다.

하지만 우덕주의 태도는 앞서 나간 마담보다도 더욱 아리송했다. 그는 그 강 형사의 첫 번 질문에서부터 고개를 가로저었다.

"아닙니다. 그럴 리가 없어요. 마담이 절 죽이려 했다곤 생각할 수 없어요."

"마담이 그렇게 생각되는 이유는?"

"마담은 전부터도 늘 그런 식으로 회초리 장난질을 했지만 그걸로 절 해친 적은 없었어요."

"약속 말인가? 마담하고 당신 둘 사이에 두들기고 두들겨 맞기로 한 약속?"

"……"

"마담은 당신하고 자기 사이에 그런 약속이 있었다고 말하던데."

"말로 한 약속은 아니지만 전 마담의 매질을 참아낼 수 있었으니까요……"

"하지만 어젯밤엔 마담이 당신한테 참말로 상처를 입히고 까무러치게까지 했는데?"

"그건 저도 어떻게 그렇게 되었는지 알 수가 없어요."

"알 수가 없다니……"

"지금은 탈을 쓰고 있지 않으니까요. 이상하게 들리실지 모르지만 탈 속의 행동은 자신도 잘 납득이 안 갈 때가 있거든요. 기억도 별로 희미한 편이구요."

"하지만 매를 맞을 땐 아팠겠지?"

"그랬을 겁니다."

"그런데 왜 피하려고 하질 않았지?"

"아마 그럴 수가 없었겠지요."

"그것도 가면 때문인가?"

"아까도 말씀드렸듯이 그게 아마 사실일지 모르겠습니다."

"언제나 그 가면이 말썽이로군. 어쨌든 좋아요. 그렇담 당신도 예언자 나우현을 알고 있겠지?"

"알고 있습니다."

"그가 마담이 당신들의 여왕이 될 거라고 했다는데? 그리고 그래서 당신들에게 그 가면을 쓰게 했다는데?"

"알고 있습니다. 하지만 전 마담이 우리들 여왕이 되는 것에 대해서는 상관을 하지 않습니다."

"이유는?"

"마담은 우리를 편하게 해주니까요."

"마담이 당신들의 여왕이 된다는 것은 다시 말해 당신들이 그 마담의 종이나 노예가 된다는 뜻일 텐데?"

"상관없는 일이지요. 어쨌든 우리는 마담을 믿습니다."

"그렇다면 또 하나— 나우현은 미구에 여왕봉에 살인이 일어나리라는 예언을 하고 있었는데, 그 사실도 알고 있는가?"

"알고 있습니다."

"당신은 그걸 언제 알았지?"

"어젯밤 그런 일이 있기 조금 전이었습니다."

"그 예언이 실현되리라고 믿었는가?"

"그랬을지도 모릅니다."

"그렇다면 그 예언 속의 살인은 마담과 당신을 두고 한 말일 수도 있지 않은가? 마담이 당신들의 여왕이 되고 나면 그 여잔 그 증거로 살인을 할 거라고 했다는데, 어젯밤엔 마담이 정말로 그 예언대로 당신을 죽이려 했었는지도 모르는 일 아닌가."

"마담이 정말 그랬대도 전 걱정하지 않았을 겁니다."

"마담의 뜻대로 죽어줄 수도 있었다는 뜻인가?"

"아니, 그 반댑니다. 마담이 정말로 절 죽이려 했다면 그전에 제가 먼저 마담을 죽였을 겁니다."

"……"

강 형사는 거기서 한동안 말을 끊고 혼자서 뭔가를 골똘히 생각하고 있었다. 하더니 이윽고 뭔가 짚여오는 것이 있는지 다시 질문을 계속했다.

"당신은 전에 미군 복싱 클럽 스파링 파트너로 일해온 적이 있었다는데?"

이번에는 그의 전력에 관한 것이었다.

"맞습니다."

우덕주도 이번에는 대답이 분명했다.
"그 일을 그만두게 된 동기는?"
"핸더슨이란 새끼— 그 새낄 제가 패줬기 때문이었지요. 스파링 파트너는 상대방을 쓰러뜨려서는 안 되는 직업이거든요."
"그런 금기를 깨뜨린 이유는?"
"그 새낀 절 죽이려 했습니다."
"겁이 났는가?"
"그랬던 것 같습니다."
"그래서 그쪽에서 먼저 죽이려 했는가?"
"죽이려고 그런 건 아니었습니다."
"그때 말고 또 누군가 당신을 죽이려는 것 같은 생각이 들 때는 없는가?"
"가끔은…… 하지만 별루요."
"어젯밤에 마담이 당신을 때릴 때는? 그리고 그녀가 정말로 당신을 죽일 작정이었다면?"
"제가 먼저 마담을 해치고 말았겠지요. 하지만 마담은 정말로 절 죽이려 하진 않았을 겁니다."
"마담이 살인을 하리라는 예언이 있었는데도?"
"그건 저를 두고 한 예언이 아닐 테지요."
"다른 사람들 말로는 당신은 이미 무섭게 겁을 먹고 있는 것 같았다는데? 그리고 마담을 금세 해치려 들 것 같아 보였다는데?"
"기억이 잘 나지 않습니다."
"아직은 참을 만했다는 뜻인가?"

"기억이 잘 나지 않습니다."

"좋아, 이젠 돌아가봐요. 다시 부를 때까지."

강 형사는 다음번으로 다시 문방구상 장 씨를 불렀다.

아무래도 도깨비 같은 탈바가지의 내력부터 알아볼 필요가 있었기 때문이다.

"선생은 그 여왕봉에 살인이 있으리라는 걸 알고 있었소?"

강 형사는 우선 그 나우현의 예언에 관한 장 씨의 생각부터 확인하려 들었다.

하지만 그 장 씨 역시도 강 형사에겐 앞의 두 사람과 마찬가지로 태도가 몹시 불분명해 보였다.

"알고 있었지요. 그건 아시다시피 나 씨의 예언이었으니까요."

"예언을 알고 있었다면, 그럼 어젯밤엔 그 예언이 실현된다고 생각했소?"

"아마 그런 느낌을 가졌을 겁니다."

"마담이 정말로 우덕주를 죽이려는 것처럼 보였소?"

"그건 제가 말할 수 없어요. 마담이 누구를 죽이려 했는지는요……"

"선생은 방금 살인을 기다리고 있었다고 했는데?"

"하지만 그 살인은 마담이 우 씨를 죽이는 쪽만은 아니었습니다. 그땐 그저 살인의 냄새가 예감되고 있었을 뿐, 우리는 차라리 그 우 씨를 두려워하고 있었던 것 같습니다."

"그건 우덕주가 거꾸로 마담을 해칠 것 같았다는 뜻이오?"

"우 씨가 누굴 해칠지는 알 수가 없었어요. 하지만 그건 마담은 아니었을 겁니다."

"나우현의 예언은 마담이 살인을 한다고 했는데?"

"어젯밤엔 어차피 그의 예언이 실현되진 못했습니다. 실제로 살인이 일어난 건 아니었으니까요."

"앞으로는 어떻소?"

"앞으로는 모르지요. 하지만 만약 어젯밤 일이 나 씨의 예언과 관계가 있는 일이라면 그의 예언은 실패를 한 거죠."

"살인은 이제 없을 거라는 뜻이오?"

"그렇기를 바라는 겁니다. 그리고 그가 거짓말쟁이이기를 바라는 겁니다."

"그렇다면 마담이 당신들 여왕이 되리라는 예언에 대해서도?"

"그건 별로 상관하지 않습니다. 우리는 그 마담을 두려워하진 않습니다. 우리는 다만 살인이 있으리라는 그의 예언을 두려워해 온 것뿐입니다. 그는 살인의 예언으로 우리를 협박한 것입니다."

"당신들은 그 여자의 노예 처지가 되어도 상관이 없다는 말인가?"

"살인만 없다면 그건 별로 상관할 일이 못 됩니다. 그 여잔 우리를 편하게 해주거든요."

"당신들의 그 가면 때문에? 당신들의 가면을 설명해줄 수 있겠소? 마담은 애초에 선생이 가면을 쓰고 있는 걸 보고 첫 번 생각이 떠오른 것처럼 말했는데 말이오."

"제 책임은 아니지요."

"선생은 왜 가면을 썼지요?"

"아이들이 좋아하니까요."
"전에도 선생은 가면을 좋아한 일이 있었소?"
"좋아하다니요. 가면을 제가 왜요? 어림도 없는 말씀입니다."
장 씨의 부인하는 말투가 필요 이상으로 완강했다.
강 형사는 잠시 입을 다문 채 장 씨의 그런 표정을 물끄러미 살피고 있었다.
그러다 그가 이윽고 다시 물음을 계속했다.
"좋아한 일이 없었다면 싫어한 일은 있었겠군요."
"싫어한 일이라니, 그런 일도 없어요."
"아니 선생은 가면을 지극히 싫어한 일이 있어요."
"없다고 말했소."
"잘 생각해보시오. 뭣하면 그 나우현 씨에게 선생에 관한 예언이라도 시켜볼까요? 그는 이번 일에 내게 매우 협조적인 사람이니까."
강 형사가 천천히 여유 있게 말했다.
장 씨는 잠시 무슨 생각엔가 잠기는 듯하다가 어물어물 비로소 사실을 털어놓기 시작했다.
"아, 그러고 보니 옛날 일 한 가지가 생각나는 게 있구먼요."
"옛날에 어떤 일?"
"제 어렸을 적 모친께서 가면을 몹시 좋아하셨어요."
"선생의 어머니께서요? 선생의 어머니께서 어떻게요?"
"제 어머닌 시집온 지 2년 만에 남편을 잃은 청상과부가 되었지요. 저 하날 기르면서 10년 가까이나 혼자서 과수댁 살림을 참아낸 분이었어요."

"그분이 어떻게 가면을 좋아하셨죠?"

"어머닌 저녁만 먹고 나면 자주 신문지 조각 같은 데다 이상한 가면의 얼굴을 그리고 있었어요. 그리고 밤이 한참 깊어진 다음에 그걸 얼굴에 뒤집어쓴 모습으로 동네 마실을 나가는 것이었어요. 전 나중에야 들어 안 일이지만 어머닌 그러고서 이 집 저 집 남의 집 방문 앞에 나타나 자는 사람들을 자주 놀라게 하곤 했다는 거예요. 낮에는 내외가 몹시 심하던 처지에도 밤만 되면 그렇게 엉뚱한 장난질을 일삼고 다녔다구요. 하지만 이튿날 아침만 되면 어머닌 그토록 얌전하고 정숙한 여인네일 수가 없어 누구도 감히 제 어머닐 허투루 대할 수가 없었다는 겁니다. 그런 마을 사람들 간엔 어머니의 장난이 불가사의한 수수께끼가 되고 있었지요. 하지만 전 어느 날 그 어머니의 비밀을 보았어요."

"비밀이라뇨?"

"어머니가 그 종이 가면을 썼을 때의 변신 말입니다."

"어머니가 어떤 식으로 변신을 했길래요?"

"어느 해 가을, 달이 몹시 밝은 밤이었어요. 자다가 일어나 보니 곁에 주무시던 어머니가 또 없어졌더군요. 난 달빛을 쫓아 사립문을 나섰어요. 우리 집은 원래 마을 입구 쪽이었는데, 동네로 들어가는 언덕길이 있었어요. 달빛을 따라 언덕길을 오르는데, 마을 쪽에서 어머니가 언덕을 내려오는 기척이 들리더군요. 얼떨결에 얼른 언덕 밑으로 몸을 숨기고 기다리고 있으려니까 어머니가 정말로 허정허정 길을 내려오고 있었어요. 난 으레 장난기에 흥이 난 걸음걸이일 줄 알았는데, 이상스레 힘없이 기가 죽은 모습이었어요. 그런데 문득 그 어머니가 언덕을 내려오다 말고 발길을 멈춰 서버리더군요. 그리고는 말없이 달을 높이 쳐다보는 것이었어요. 한숨 소리가 들리더군요. 난 숨을 죽이며 하얗게 달빛을 받고 선 어머니의 가면 쓴 얼굴을 지켜보고 있었어요. 그러다 전 생각했습니다. 어머닌 울고 있다구요. 정말로 전 그때 그 어머니의 가면이 하얀 달빛을 받으며 소리 없이 울고 있는 게 보이는 것 같았어요. 가면이 울다니…… 하지만 그건 아마 틀림없는 사실이었을 겁니다. 어쨌거나 전 그때부터 어머니의 비밀을 알게 되었지요. 어머니의 비밀을 이거다, 라고 집어 말할 수는 없었지만, 당신이 어째서 그런 가면을 그려 쓰고 밤마다 동네를 돌아다니고 있었는지, 어린 마음에도 그 어머니의 심정이 분명히 가슴에 와 닿는 게 있었거든요."

장 씨는 땀을 흘리고 있었다.

"그렇다면 선생의 그 가면의 기억은 그리 싫은 것도 아니겠군요?"

"아니지요. 그렇다고 즐거운 것이 될 수도 없는 것이지요. 어머니가 그 가면 놀음에 지쳐날 때쯤 해선 절 버리고 재혼을 해 갔으니까요. 그리고 그 가면의 기억이 싫었든 좋았든 그게 내가 가게에다 가면을 가져다 파는 일하곤 더구나 무슨 상관이 있을 수가 없는 일이구요."

"가면의 기억이 좋지 않았다면 가게에다 그걸 가져다 놓고 싶지도 않았겠지요. 더더구나 그걸 뒤집어쓰고 싶은 생각 같은 건 엄두조차 내볼 수가 없었을 테구요……"

"그야……"

"알겠소. 어머니의 가면은 아직도 선생에게 어떤 마력을 발휘하고 있는 것 같군요. 선생의 어머니에게도 그것이 그랬던 것처럼 말이오. 선생이 아직도 그걸 원하고 있기 때문일 거요."

"그렇다고 그게 허물이 될 수는 없을 게 아니오?"

"물론 허물을 삼자고 이러는 건 아니오. 가면의 곡절을 알자는 것뿐이오."

"그렇다면 전 이제 더 말씀드릴 것이 없겠군요."

장 씨는 제풀에 자리를 일어서며 형사의 눈치를 살피고 있었다.

강 형사는 그를 내보냈다.

강 형사가 다음번으로 불러들인 사람은 점쟁이 나우현이었다.

"당신은 도대체 어떻게 어젯밤 일을 미리 점치고 있었소?"

강 형사는 이제 숫제 도깨비장난에라도 홀려든 느낌이었다.

사건의 내용은 조금도 대수로울 것이 없었다. 살인이 실제로 있었던 것도 아니고, 참고인들의 진술도 상식적으론 오히려 문제가 될 만한 대목이 거의 없었다.

피해자의 고소가 없었고 보면, 이만 정도의 상해 사건으로 그토록 이 사람 저 사람을 불러다 괴롭혀댈 일도 아니었다. 그 나우현의 예언 따위를 수사의 근거로 삼을 수는 더욱더 없었다.

한데도 강 형사는 뭔가 자꾸 손을 털고 일어서기가 미심쩍어지고 있는 자신이 우스웠다. 눈에 드러나 보이진 않았지만 말로는 설명할 수 없는 어떤 기묘한 범죄의 냄새가 주위에 맴돌고 있는 것 같은 자신의 기분 역시 그러했다. 그는 아무래도 직무를 떠난 자신의 호기심을 즐기고 있는 느낌이었다.
—호기심이든 무엇이든 이자와 한 번 더 부딪쳐보리라.
그는 아리송한 기분 속에서도 다시 한 번 자초지종을 확인해나갔다.
그러나 그 나우현이야말로 강 형사의 그런 아리송한 기분을 더욱 요령부득의 것으로 만들어버린 결정적 인물이었다.
"전에도 말씀드렸듯이 전 예언을 한다고들 소문이 나 있는 사람입니다."
"그건 나도 듣고 있어요. 하지만 그 예언의 능력이 어디서 생기느냐 이 말이오. 당신의 직업이 원래 뭐라고 했지요?"
"한때뿐이었지만 소설을 몇 편 쓴 적이 있었지요."
"소설을 왜 그만두었소?"
"소설을 쓸 때마다 그 소설 속의 이야기가 사실로 실현되어 나타나기 때문이었소."
"그렇다면 당신은 그 소설로도 이미 예언을 하고 있었던 셈이구료."
"그랬는지도 모르지요."
"좋아요. 당신은 자주 탐석 여행도 다닌다고 들었는데, 수석을 채집하는 일하고 당신의 예언하고는 상관되는 데가 없습니까?"
"쓸데없는 추측입니다."
"그저 돌을 좋아해섭니까? 돌을 그렇게 좋아하게 된 특별한 이유나 동기라도?"

"그건 돌을 좋아해보지 않은 사람은 모릅니다. 이를테면 돌을 좋아하는 사람은 그 돌의 세월을 느낍니다. 긴 세월은 불변성을 뜻하지요. 변하지 않는 것은 진리일 수 있구요. 돌은 일종의 생명의 진립니다."

"돌에도 생명이 있다는 겁니까?"

"알 수 없는 건 알려고 하지 마시오. 느낄 수 없는 사람은 알 수도 없습니다."

"난 당신의 예언의 내력을 알고 싶은 것뿐이오."

"그것도 당신은 알 수가 없는 거요. 예언은 원래 설명을 하지 않는 법입니다. 설명하지 않기 때문에 예언인 것입니다."

"설명할 수도 있다는 말이겠군요."

"나는 그저 정직하려고 할 뿐입니다. 자신의 정직은 설명할 수가 없는 것이지요."

"당신은 너무도 자신을 믿는군요. 하지만 어젯밤엔 당신도 실패를 하지 않았소? 어젯밤 그곳에서 살인은 없었어요."

강 형사는 다시 화제를 바꿨다. 하지만 우현은 이번에도 별로 자신의 실패를 시인하고 싶지 않은 어조였다.

"그건 아직 장담할 수 없는 일입니다."

"그러나 당신은 어젯밤 우리에게 살인을 예고하지 않았소."

"살인이 일어나지 않은 건 어젯밤까지뿐이었습니다."

"그리고 여왕봉 사람들에 대한 당신의 예언은 마담의 살인이었지요. 하지만 어젯밤에 여왕봉 사람들이 두려워한 건 마담이 아니라 우덕주 쪽이었소. 살인의 위험은 마담이 아니라 우덕주 쪽에서 일어날 수 있었다는 거요. 당신의 예언은 그 점에서도 실패하고 있었소."

"우덕주가 살인을 한 것이 마담의 살인이 되지 말라는 법은 없지요."

"하지만 우덕주는 바로 그 마담을 해칠 수도 있었소."

"그건 바로 마담에 대한 내 경고이기도 했으니까요. 마담이 살인을 저지르게 된다는 내 예언은 그녀 자신이 해를 당할 수도 있다는 경고를 함께 포함하고 있었어요. 문제는 마담도 그걸 알아차리고 있다는 점이지요. 그렇기 때문에 그녀는 화를 당하지 않습니다. 우덕주 쪽에서도 그건 가능한 일이 아니구요."

"우덕주는 어째서?"

"그는 이미 마담의 노예가 되어버린 위인입니다."

"마담의 제물은 역시 우덕주 그가 되어야 한다는 건가요?"

"아니오."

이번에도 우현은 고개를 가로저었다.

"복종하는 제 종을 죽이는 주인은 없습니다."

"그렇다면 누구요? 누가 누구를 죽인다는 거요? 당신도 그건 아직 모르고 있는 일 아니오?"

"글쎄요, 증거를 원하는 쪽은 마담이 분명할 테지만, 왕은 원래 자신의 손에 피를 묻히지 않는 법이지요."

"그렇다면 그 마담의 제물이 되어야 할 사람은?"

"그건 나보다 마담에게 물으시오. 마담의 제물은 자신이 정할 테니까."

"당신은 그럼 끝내 그 살인을 믿고 있다는 거요?"
"마담이 여왕이 되고 싶어 하는 한은."
"사람들은 별로 그걸 싫어하지 않고 있는데도? 그들은 마담이 그들을 괴로운 노예로 만들려 하고 있다고는 생각하지 않았어요. 마담은 다만 그들을 편하게 해주고 싶어 하고 있다는 것뿐, 그런 뜻에서는 그 마담의 종이 된다고 해도 상관없다고 말하는데 말이오."
"……"
"그들이 두려워하고 있는 건 다만 당신의 그 살인의 예언뿐이었어요. 당신은 그 여자가 그들을 종으로 만든 증거로 살인을 보일 거라고 말했다지요? 그렇다면 살인은 그 예언의 목적이 아니라 증거에 불과할 뿐이 아니오? 사람들은 바로 그 예언의 목적이 아닌 증거만을 두려워하고 있어요. 그들이 이미 즐겁게 마담의 종이 되고 있다면 당신의 증거는 필요가 없어요. 살인으로 그걸 증거하는 것은 이미 필요 없는 일이 되어버렸다는 말이오."
"증거는 아직도 필요해집니다. 마담이 그걸 원하게 될 테니까."
"하지만 사람들은 실상 이제 당신의 예언을 증거할 살인마저도 두려워하지 않게 되었어요. 어젯밤 당신의 예언이 빗나간 것을 보았으니까요."
"그러나 살인은 일어나고 맙니다."
"당신이 그걸 바라고 있겠지요."
"그 여잔 결국 여왕이 될 테니까요."
"살인이 그토록 분명한 사실이라면 당신은 그걸 막을 방법도 알고 있을 거 아니오?"

"난 그저 살인을 알고 있을 뿐이오."

"당신은 정말로 자신이 그 살인을 원하고 있는 것 같구료……"

"원하든 원하지 않든 살인은 결국 일어나고 맙니다."

"이거 참 아무래도 내가 도깨비 굴을 잘못 들어왔다니까……"

강 형사는 그만 제풀에 맥이 풀리고 말았다.

그는 숫제 이제 우현을 원망하는 듯한 한마디를 마지막으로 기가 차다는 듯 멍청스럽게 그를 바라보고만 있었다.

"도깨비 굴에 끌려든 기분이더라도 거기서 일어난 일들은 도깨비장난으로만 보아선 안 될 겁니다."

지치지 않은 것은 오히려 나우현 쪽이었다. 그는 그 강 형사에 경고라도 주듯 새삼스레 진지해진 어조로 그를 부추기고 나섰다.

"거기서는 충분히 그럴 수가 있으니까요. 거기선 그런 일이 일어날 수 있어요."

"당신 정말로 끝끝내 그걸 믿을 수 있소?"

강 형사가 마치 애원이라도 하듯 우현에게 다시 다짐을 하려 들었다.

"도대체 거기가 어떤 곳이길래 말이오. 어째서 당신들은 마지막에 가선 모든 것을 그 여왕봉이란 장소에다 미루고 마는 거요? 거기서는 그런 일이 일어날 수 있다. 거기서는…… 도대체 그 여왕봉이란 곳이 어떤 곳이오?"

"여왕봉은 바로 그 홍 마담이 여왕이 되려는 곳이지요. 그리고 지금은 가면들을 쓰고 술들을 마시구요."

"가면이 무어요? 그 가면이 무어길래 걸핏 하면 가면 탓들만 하려 드는 거요?"

"가면이란 이를테면 우리들 인간의 본능적 욕구의 발산을 규범화시켜주는 풍속적 방편이지요. 그 서양의 가면무도회라든가 우리나라의 탈춤처럼…… 가면은 어떤 추악스런 본능적 욕구의 발산도 그것을 덮어씀으로 하여 하나의 당당한 풍속으로 용납받을 수 있습니다. 음흉스런 지혜지요."

"그래서 여왕봉에선 가면을 쓰기 때문에 아가씨들의 치마가 그렇게 짧아진 거요? 때로는 속옷을 입지 않아도 부끄럼들이 없어지구?"

"가면은 얼굴을 가려주니까요. 사람들은 얼굴을 가리는 것으로 자신의 인격을 가리거든요."

"그럼 그 가면을 썼을 때는 기억도 안 남깁니까? 가면을 썼을 때의 일은 어째서 말들을 않으려는 거지요?"

"기억이 안 나는 게 아니라, 기억해내기가 싫겠지요. 기억을 해내도 불편할 뿐이구요."

"기억해낼 수는 있다는 뜻입니까?"

"기억이 나는지 안 나는지는 선생도 그걸 써보면 알게 되겠지요. 지금 선생이 두루 알고 싶은 것들도 그 사람들에게 다시 그걸 쓰게 해보면 뜻밖에 이야길 쉽게 기억시킬 수 있을는지 모르구요."

"당신도 내게 그걸 쓰라는 거요? 그 당신들의 도깨비 탈을 나에게도 말이오?"

"그걸 써보면 그 도깨비장난의 진실을 알 수 있을지 모르니까요."

6

　마담은 더 이상 강 형사를 걱정하지 않았다. 그를 경계할 필요가 없었다.
　강 형사는 살인을 경계하지 않았다. 그리고 그 자신이 모범적인 여왕봉의 술 단골이 되어버렸다.
　"나 참 알 수가 없단 말야. 처음부터 그런 엉터리 신고 내용을 믿은 건 아니었지만 내가 이 집 술 단골이 되고 말다니, 무엇인가 내가 이 집에 홀려든 거야. 마담이 날 호리고 말았어."
　강 형사는 틈만 나면 여왕봉을 찾아왔다. 그리고 그도 다른 사람들처럼 가면을 쓰곤 술을 마셨다.
　강 형사가 처음 가면을 쓴 것은 두번째 마담을 신문할 때부터였다. 그가 이번에는 스스로 여왕봉을 찾아와 가면을 요구했다. 그리고는 마담에게도 그녀의 가면을 쓰게 해놓고 이야기를 시켰다.
　―글쎄요. 전 아마 기다리고 있었을 거예요. 우 씨의 폭발을 말예요. 하지만 그는 끈질기게 견디고만 있더군요. 제가 오히려 안타깝고 초조해 미쳐날 지경이었지 뭐예요.
　홍 마담은 비로소 그녀의 심정을 솔직하게 고백했고, 강 형사도 여러 번 그녀를 수긍했다. 그는 그런 식으로 우덕주와 다른 참고인들에 대해서도 같은 신문을 되풀이해나갔다.
　―전 아마 죽이고 말았을 거예요. 제가 죽기 전에…… 전 죽을 것만 같았으니까요. 하지만 전 잘 생각이 나지 않았어요. 절 죽이

려고 한 것이…… 마담은 아닌 것 같았어요.

우덕주는 마치 신들린 사람처럼 당시의 심정을 잘도 상기해내고 있었다.

신문을 끝내고 강 형사가 돌아갔을 때 홍 마담은 그 일을 몹시 후회했다. 그 빌어먹을 가면의 마술 때문이었는지 모르지―그녀는 괜히 안 할 소리들을 하고 만 것이었다. 우덕주의 경우도 마찬가지였다.

그러나 참으로 뜻하지 않은 일이 일어났다.

"마담, 오늘 밤엔 나도 그 탈바가질 쓰고 술 한잔합시다."

이튿날 저녁부터 강 형사가 다시 여왕봉엘 나타나 다른 술꾼들처럼 가면을 쓰고 술을 마시기 시작한 것이다.

"왜 이제 더 조사할 게 없으세요?"

마담은 그를 경계하지 않을 수 없었다. 하지만 그는 그럴 필요가 없었다.

"글쎄…… 마담이 원한다면 다시 모셔다 조사할 수도 있겠지. 하지만 난 이걸로 그만이야. 나 자신부터 이해난이거든. 어젠 말야, 어제 마담의 얘기를 들을 때는 사실이 제법 분명한 것 같았거든. 한데 본서로 돌아가 생각해보니 모든 게 다시 아리송해지고 말지 않아. 아닌 게 아니라 거기서는 모든 게 그럴 수가 있을 것처럼 말야. 다시 한 번 탈을 쓰고 술이라도 함께 마셔봐야겠어."

처음에는 제법 장난 삼아 가면의 경험을 되풀이해보고 싶다는 명목이었지만, 그걸로 그는 여왕봉의 다른 술손들과 똑같은 단골이 되어버린 것이었다. 그리고 마담만 보면 자신의 변화가 스스로도 납득이 되지 않는다는 듯 악의 없는 푸념들을 늘어놓는 것이었다.
"알 수가 없어. 도대체 알 수가 없어. 마담이 날 호리고 만 거야. 하지만 난 상관하지 않겠어. 이렇게 날 호리게 만든 마담이 좋으니까……"
어느 날 저녁 홍 마담은 그 강 형사 앞에서 우덕주에 대한 그녀의 가차 없는 지배술을 한 번 더 완벽하게 시범해 보였다. 주홍색이 무겁게 일렁여대는 어두컴컴한 조명 아래 그녀는 무섭게 우덕주의 면상을 후려쳤고, 우덕주는 그녀의 비정스런 회초리질을 공포스러울 만큼 끈질긴 인내로 잘 견뎌나갔다.
두 사람의 기괴한 유희를 지켜보고 있던 강 형사의 표정엔 그때 스스로도 납득할 수 없는 기이한 감동과 감탄기가 어리고 있었던 것. 홍 마담은 이제 그 강 형사를 걱정할 필요가 없었다.
"강 선생님은 참 모르시는 것도 많으시네요. 그렇게 모르시는 게 많았다간 자신이 불편스러워서 어떻게 세상을 살아나가시나요. 이렇게 술이라도 기분 좋게 마실 수 있으시면 그만이지. 그렇지 않으세요, 강 선생님?"
홍 마담은 강 형사를 더욱 안심시켜주었다.
"그럼, 그럼, 그렇지 않고. 난 어쨌든 마담만 보면 마음이 무척은 편해지고 마니까."
강 형사는 사람 좋게 그녀에게 감사했다. 그리고 그 여왕봉의 풍속을 허물없이 즐겼다.
홍 마담은 만족했다.
강 형사의 그런 변화는 여왕봉의 다른 술꾼들에게도 적잖은 영향을 끼치고 있었다. 강 형사의 태도는 다른 사람들에게 더없는 안도감을 주고 있었다.

여왕봉에 살인은 있을 수 없었다. 강 형사가 바로 그 증거였다. 그가 여왕봉을 드나들고 있는 한 살인의 음모가 그에게 감지되지 않을 리 없었고, 그가 그것을 용납할 리 없었다. 그리고 그의 여왕봉 출입은 이제 그 나우현의 예언이 실패로 끝나고 있음을 무엇보다 분명히 증거하고 있었다. 나우현이 살인을 제보한 날에 여왕봉에 살인이 일어나지 않았음을 그들은 알고 있었다. 그들은 이제 나우현의 예언을 두려워하지 않았다. 그리고 여왕봉에선 이후로도 실제로 살인이 일어나지 않았다. 살인이 일어날 새로운 징조도 나타나지 않았다.

술꾼들은 안심이었다. 안심하고 홍 마담의 규칙과 가면의 풍속을 즐겼다.

"조심해요, 조심해……"

마담은 열심히 회초리를 휘두르고 다니면서 매상을 올렸다. 날씨가 점점 더워져가는 계절인데도 그녀는 어느새 그 가죽 회초리 이외에 목이 긴 장화와 짧고 번쩍거리는 가죽 스커트로 더욱 다부진 몸단장을 하고 다녔다. 어둡고 무거운 주홍색 조명 아래서 그녀의 귀면형 가면은 갈수록 압도적인 위엄을 지녔다.

나우현의 예언 따위는 이제 터무니없는 우스개가 되어가고 있었다.

하지만 홍 마담은 아직도 불안했다.

나우현만 마주치면 아직도 까닭 없이 기분이 꺼림칙하고 초조해졌다.
　나우현은 이제 완전히 무력해져 있었다. 그의 예언이 그녀들을 방해할 수도 없었고, 강 형사를 더 이상 경계할 일도 없었다. 우덕주조차도 이제 더 이상의 심한 매질은 필요가 없을 지경이었다.
　그런데도 그녀는 기분이 아직 미심쩍기만 하였다.
　"조심해요, 조심해……!"
　그래 그런지 회초리를 함부로 휘두르고 다니는 홍 마담의 표정엔 아직도 어떤 순간 심상찮은 사념의 흔적 같은 것이 재빨리 스쳐갈 때가 있었다. 그런 때 그녀는 고개를 반쯤 기울인 채 자기 회초리로 자신의 손바닥을 찰싹찰싹 두들기곤 하였다. 홍 마담이 무심스레 그 가죽 회초리로 자신의 손바닥을 두들기고 있을 때는 그녀가 아직도 무언가를 몹시 초조해하고 있다는 증거였다.
　마담은 날이 갈수록 자신의 손바닥을 두들기며 무심히 홀 안을 오가는 때가 빈번해지고 있었다.
　그러던 어느 날 마담이 또 그 자신의 손바닥에 찰싹찰싹 회초리질을 하면서 하릴없이 홀을 가로질러 가고 있을 때였다.
　"마담은 늘 뭘 혼자서 그렇게 골똘히 생각하고 다니는 거요?"
　느닷없이 앞자리의 테이블에서 그녀의 발길을 머물러 서게 한 목소리가 있었다.
　정신을 차리고 보니 우덕주의 곰탈이었다.
　주의가 좀 해이해진 탓인가. 요즘 와서 우덕주는 자주 마담 곁을 떠나 있었다.
　마담이 무얼 하든 그 혼자서 테이블로 가 취해버리는 수가 많았다.

그 우덕주가 이날 밤엔 제법 술손 행세까지 하고 든 것이었다.
"마담한테 아직 걱정거리가 남아 있소? 안심해도 좋을 거요. 마담은 이제 여왕이 된 거요. 여기 우리들의 여왕이 된 거란 말이오. 우리는 이제 영락없는 마담의 종이오. 안 그렇소, 여러분?"
우덕주가 주위를 돌아보며 커다랗게 소리치자 다른 술손들도 거기 따라 함성과 박수로 왁자하게 호응을 했다.
이상스러운 것은 그런데 마담의 태도였다.
마담은 그때 우덕주의 말에는 아무런 반응도 나타내질 않았다. 술손들의 함성에도 대꾸가 없었다. 그녀는 잠시 조심스런 눈초리로 주위를 천천히 한번 휘둘러보았을 뿐 발길을 이내 계산대 쪽으로 되돌려 가버렸다.
"버릇들이 없어졌군."
계산대로 돌아가면서 마담의 입에서 무심히 내뱉어진 한마디였다.
그녀는 공연히 기분이 언짢았다. 모욕이라도 당한 느낌이었다. 그들이 스스로 그녀를 여왕이라 부른 것은 그것이 처음이었다. 하지만 그녀는 그게 오히려 맥살이 풀렸다. 자신이 정말로 여왕을 꿈꾸고 있었더란 말인가. 그들이 그녀를 여왕이라 말할 때 그녀는 거꾸로 지금까지의 그 여왕의 자리에서 무참히 내쫓김을 당한 것 같은 이상스런 낭패감이 들어온 것이었다. 그들은 그녀를 여왕이라 부름으로써 오히려 그 여왕의 위엄으로부터 자신들을 해방시킬 음모를 꾸미고 있는 것 같았다.
—정말로 살인이 일어나지 않았기 때문이라는 건가.
마담은 이날 밤 모처럼 만에 우덕주와 동침했다.

그의 진심을 확인하기 위해서였다.

그러나 홍 마담은 다시 한 번 놀라지 않을 수 없었다.

우덕주의 변화는 그녀의 예상을 뛰어넘고 있었다. 전에는 매번 홍 마담 쪽에서 그를 복종시켰고, 우덕주는 그녀의 주문에 따라 참을성 있게 다섯 명 여섯 명의 사내가 되었다. 하지만 이번에는 입장이 반대였다.

"난 나의 여왕을 받드는 거라구."

말은 여전히 받든다 하면서도 우덕주는 이제 자신이 마담에게 명령하고 싶어 했다.

"다른 여자가 좀 되어보라구요. 여러 가지 여자가 되어갈수록 즐거움도 그만큼 커지는 거라구요."

그는 한 사람의 홍 마담에게 다섯 사람 여섯 사람의 여자를 주문하고 있었다.

그것도 그녀를 받들기 위해서랬다.

홍 마담은 비로소 다시 가죽 회초리를 생각했다.

다음 날부터 그녀는 다시 우덕주의 얼굴에 심한 회초리질을 시작했다.

어느 때보다도 더 매섭고 혹독스런 매질이었다.

우덕주의 태도는 오래지 않아 다시 충직스럽고 고분고분해졌다.

그래도 그녀는 작자의 면상에 매질을 그치지 않았다.

—조심해요, 조심해!

"우 씨도 저 나우현이란 작자가 뭐라고 예언을 했는지 알고 있겠지."

틈 있을 때마다 마담이 그 나우현의 예언을 상기시켜주는 것도 그녀의 새로운 버릇에 속했다. 그것도 거의 노골적으로 우덕주를 위협하듯 하는 말투를 서슴지 않으면서.
"뭐라고들 말한 줄 알아요? 내가 우 씨를 죽일 거라는 거예요. 어때요, 기분이 이상하지 않아요, 우 씨는? 그 사람 예언은 빗나간 일이 없다는데 내가 우 씨를 정말 죽이게 될까?"
그런 식으로 공연히 우덕주의 신경을 건드리려 들거나, 혹은,
"난 오히려 우 씨가 염려스러워요. 그 작자 예언이 아무래도 불길하거든요. 그 작자 예언이 정말로 그렇게 용한 것이라면 살인은 정말 일어나고 말지도 몰라요. 하지만 그건 결코 내가 아닐 거예요. 내가 우 씨를 해칠 생각이 없다면…… 다른 누군가가 우 씨를 해치려 노리고 있을 수도 있는 일이겠지…… 그게 바로 나우현 자신일지도 모르는 일이구요. 살인을 예언한 게 바로 그 사람이니까."
나우현을 은근히 지목해대면서 그 우덕주에 대한 자신의 불안을 씻으려고도 하였다.
우덕주는 그러면 역시 그 심통 난 짐승처럼 무뚝뚝하게 고개를 휘저어버리면서도 불안스런 기색을 감추진 못했다.
"그럴 리는 없을 거예요. 그 사람 날 해치려 했다간 제 놈이 먼저 골로 간다구요."
"그랬으면야 오죽 다행일까. 하지만 난 아무래도 작자가 불길스러워요. 작자의 예언과 지혜가 말예요. 우 씨가 그자의 지혜를 당할 수 있을까. 작자가 정말 우 씨를 해칠 마음이라면 말예요. 하지

만 뭐 너무 걱정할 건 없어요. 지혜가 모자란다면 나라도 우 씨를 도와야 할 테니까."

그런 식으로 마담은 끊임없이 우덕주의 주의를 우현 쪽으로 돌리게 하였고, 그런 소리와 회초리질로 그를 완벽하게 순종시켜나갔다.

우덕주는 너무도 충직스러웠고 그녀의 단골들도 전날과 별로 달라진 데가 없었다.

하지만 홍 마담은 아직도 불안했다. 그녀는 더욱더 초조하고 신경질적인 매질을 휘두르고 다녔다. 그만큼 자신의 불안감에 쫓기기 때문이었다.

그러던 어느 날 밤.

홍 마담은 마침내 그 모든 불안기의 정체를 알아차리게 되었다.

마담은 이날 밤도 그 무심스런 회초리질을 찰싹거리며 홀을 거닐고 있었다. 한참 그렇게 홀을 오가다 보니 그녀는 문득 누군가가 뒤에서 그녀의 일거일동을 유심히 숨어 보고 있는 것 같은 수상한 느낌이 들었다.

그녀는 곧 발길을 멈추고 서서 회초리로 찰싹찰싹 손바닥을 두드리며 주위를 유심히 휘둘러보았다.

그녀의 예감은 과연 빗나가지 않았다.

어두컴컴한 구석 쪽 테이블에서 동그랗게 그녀를 쏘아보고 있는 가면 속의 눈동자가 있었다.

나우현이었다. 탈바가지의 두 눈구멍 속에 독사의 그것처럼 까맣게 반짝이고 있는 두 개의 눈동자가 어찌나 당돌스럽고 도전적이었던지 마담은 처음 가슴이 섬찟했다.

―역시 저자였구나.

마담은 곧 정신을 가다듬고 그 나우현 쪽으로 천천히 발길을 움직였다.

그래도 그 우현의 눈길은 마담을 계속 응시하고 있었다.

가까이 다가가 보니 우현의 눈길에선 숫제 어떤 무서운 독기가 뿜어져 나오고 있는 것 같았다.

그 눈은 그녀에 대한 적개심 때문에 스스로 고통을 참지 못하고 있는 것같이도 보였고, 또 어떻게 보면 그녀에 대한 어떤 깊은 절망감과 호소 같은 것을 담고 있는 것처럼도 보였다.

―네가 날 그토록 불안하게 해왔지. 하지만 넌 이제 끝장이 나고 말았어.

마담은 비로소 속으로 중얼거렸다. 그리고 알 듯 모를 듯 가면 속 숨은 미소를 지으며, 우현의 눈빛에 이끌려들기라도 하듯 그의 앞으로 불쑥 자리를 잡아 앉았다.

그래도 우현은 시선을 비키지 않았다.

불현듯 어떤 기묘한 공범 의식 같은 것이 마담의 뇌리를 스쳐 갔다.

―그렇구만. 이자는 뭔가 내게 호소를 하고 있어.

마담은 그 우현의 움직이지 않는 눈빛 속에서 예기치 않았던 자신의 공범 의식 같은 걸 읽고 있었다.

―그래 나더러 무엇을 어떻게 해달라는 거지?

그녀는 다시 마음이 불안해지기 시작했다.

"그래, 나 선생님은 아직도 선생님의 예언이 실현되리라 믿고 있어요?"

마담은 마치 침묵하고 있는 우현에게 일방적으로 말을 강요당하고 있기라도 하듯 느닷없이 질문을 쏘아대기 시작했다.

우현이 비로소 눈길을 조금씩 움직이기 시작했다. 그러나 그 마담의 물음에 대한 그의 대답은 아직도 훨씬 뜻밖의 것이었다. 그는 조용히 머리를 끄덕여 마담의 물음에 대한 대답을 대신했다.

"어떻게요? 선생님은 이제 끝장이 나신걸요. 살인은 일어나지 않았지 않아요."

"아직은…… 하지만 살인은 결국 일어나고 맙니다."

우현은 모처럼 입을 열어 주장했다. 눈길은 여전히 마담을 쏘아 보고 있는 채였다.

마담은 그 우현의 눈길에 현기증이 일 것 같았다. 그러나 그녀는 이를 악물고 우현에게 대들었다.

"그렇겠군요. 세상은 아직 종말이 아니니까. 하지만 언젠가는 결국 여기서 그 살인이 일어난다 하더라도 댁에선 이제 그 예언의 방향을 바꿔야 할 거예요."

—무엇 때문에?

움직이지 않는 우현의 시선이 그렇게 묻고 있었다.

"댁에선 자신의 예언을 정직하게 말하지 않았어요. 댁에선 내가 그 살인을 할 거라고 했었지요? 하지만 아마 댁에서 원하고 있는 건 그게 아닐 거예요. 댁은 내가 그 살인의 제물이 되기를 바라고 있어요. 난 그걸 알고 있어요. 댁에선 그 예언으로 우 씨를 자극하

예언자 91

여 나를 해치게 할 작정이 아니던가요?"

―당신을 어째서?

"댁에선 내가 이 여왕봉의 여왕이 되는 걸 누구보다 싫어해왔으니까요."

―내가?

"하지만 이젠 댁에서도 그 예언을 바꿔야 할 때가 왔어요. 댁에서 바라고 있는 대로 정직하게 말이에요."

"마담은 정말로 내가 예언을 바꾸기를 바라고 있습니까?"

우현이 모처럼 무거운 목소리로 되물어왔다.

"난 살인을 저지르진 않을 테니까요."

마담은 제정신이 아니었다.

"그렇담 나보다도 마담이 더욱 불안하고 섭섭해질 텐데요?"

"하지만 난 당신의 예언을 알고 있어요."

"그래도 마담은 여전히 우리들의 여왕이 되고 싶을 텐데?"

"어쨌든 난 살인을 하진 않아요. 댁에서 바라는 대로는 되지 않아요."

"그러나 살인은 여왕의 증겁니다. 증거가 있어야 만인이 마담을 진짜 여왕으로 받들게 됩니다. 증거를 보여주지 않으면 그들은 다시 마담을 배반합니다······"

말을 하고 있는 동안 우현의 얼굴엔 자신의 임종이라도 보고 있는 사람처럼 참혹스런 고통의 빛이 스쳐가고 있었다. 그러나 그의 말에 그토록 완강하던 홍 마담의 태도가 속절없이 무너져 내리는 기색을 보이기 시작하자, 나우현은 그때부터 거꾸로 그 자신의 고통으로부터 서서히 벗어져나가고 있었다.
 나우현의 눈빛에는 마침내 희미한 웃음기가 떠오르고 있었다. 홍 마담은 그 우현의 웃음기에 자신도 모르게 소름이 돋았다.
 "난 예언을 바꿀 수도 있습니다. 하지만 마담은 아마 그걸 원하진 않을 겁니다. 내가 내 예언을 바꾸지 않는 한 살인은 어차피 일어나고 맙니다. 그리고 그때 마담은 비로소 여왕이 됩니다……"
 두 사람은 다시 상대방의 시선을 맞붙들고 말없이 치열한 싸움을 시작했다. 고통스런 소망과 눈에 보이지 않는 몸부림 같은 것이 무서운 독기처럼 두 사람의 눈길에 번갈아 교차하고 있었다. 그리고 그 나우현의 눈길에서 홍 마담은 똑똑히 그녀 자신도 알 수 없는 그 기이한 공범 의식 같은 것을 확인하고 있었다.

7

 나우현은 여전히 참담스럽도록 고통스런 나날을 보내고 있었다. 홍 마담이 마지막 결의를 굳힌 듯한 태도를 보면 그는 더욱 심정이 괴롭고 불안했다. 그녀는 분명 여왕이 될 결심을 굳히고 있었다. 그리고 노골적으로 그렇게 행동했다.
 하지만 우현은 아직도 자신의 결심을 후회하진 않았다.
 그밖엔 달리 어쩔 수가 없는 일이었다.
 기묘한 운명이었다.
 예언이 너무 결정적인 것이었을까.

이젠 아무도 그를 믿으려 하지 않았다. 그에겐 증거만을 요구하고 있었다. 그는 그들에게 증거를 보여주지 않으면 안 되었다. 어떤 식으로든지 예언은 실현이 되어야 했다. 그는 마담과의 공모가 불가피해지지 않을 수 없었다.

마담이 그의 공모에 가담을 해준 것은 어쨌든 고마운 일이었다. 그것으로 보아도 홍 마담은 그에게 예언을 바꾸지 못하게 할 결심이 선 게 분명한 것이었다. 이젠 그녀에게도 증거가 필요했을 테니까. 그래서 그녀도 공모를 응낙하고 나섰던 터이니까.

마담의 허물은 아니었다. 그녀를 그렇게 만든 사람들의 허물이었다. 뿐더러 그녀는 우현과의 공모에서 그녀가 해야 할 일을 알고 있었다.

마담은 다시 늠름해졌다. 그녀는 마치 마지막 일격을 아끼면서 춤을 추고 돌아가는 망나니처럼 그녀의 회초리를 휘두르고 다녔다.

―조심해요. 조심하라구. 저자의 불길한 예언을 말야요. 저잔 아직도 누군갈 해치고 싶어 하고 있어요. 그의 예언을 가지고 말예요. 아직도 저잔 우리 여왕봉의 살인을 예언하고 있지 않아요? 작자는 필시 우 씨를 겨냥하고 있음에 틀림없어요. 하지만 우 씨를 해치고 싶은 건 내가 아냐요. 난 우 씨를 해치진 않아요. 작자의 불길한 예언을 조심해야 해요……

마담은 우 씨의 주변을 끊임없이 맴돌았다. 그리고 그의 면상에다 회초리를 휘둘렀다. 멀리서 보아도 그녀가 그에게 속삭이는 소리들을 환히 알아들을 수 있을 것 같았다.

그녀의 가죽 장화와 금속광의 스커트가, 그리고 자꾸만 더 길어져가는 그녀의 기다랗고 흰 종아리까지도 비정스럽도록 당당한 위엄이 감돌았다.
"조심해요, 조심하라구……!"
홀을 지나가며 우현을 스치는 그녀의 눈초리에 얼마간 불안스런 긴장기가 끼고 있는 것도 그녀가 우현에게 그의 예언을 바꾸지 않게 하려는 결의 때문이었다.
술손들은 여전히 그녀를 경계하지 않았다. 술손들은 그저 즐겁고 편안해 보였다. 증거를 보기 전에는 절대로 그 즐거운 환락을 단념하지 않을 위인들이었다. 우현의 예언을 신용하지 않을 작자들이었다. 그들은 이제 살인 같은 건 까맣게 잊어버리고 있었다.
우현도 다시는 작자들에게 그의 예언을 말하지 않았다. 작자들에겐 이미 같은 예언을 되풀이할 필요가 없었다. 증거만 보여주면 그만인 것이었다.
우현은 자신의 결심을 후회할 수가 없었다. 그의 작업이 조금은 괴롭고 힘이 들 뿐이었다.
그리고 무섭게 외로울 뿐이었다.
예언을 말하는 사람의 외로움이 어떤 것인가를 다시 배우고 있는 것 같았다. 그의 예언을 믿어주는 사람이 없었기 때문이었다. 그의 예언을 실현해줄 사람이 없었기 때문이었다.
하지만 그쯤은 오히려 다행일 수도 있었다. 우현이 비로소 깨달은 바로는, 진실을 알고도 그 진실을 말하지 못하는 불행한 예언자도 많을 것 같았다. 거기 비하면 나우현은 자신의 그 마지막 예언까지 끝을 내었고, 스스로 그것을 증명해 보일 수도 있는 처지었다. 그리고 그런 뜻에서 그는 그리 운이 나쁘기만 한 예언자는 아닌 셈이었다.

보다 더 그를 끝끝내 외롭게 한 것은 그 예언의 방법이었다.

예언자는 때로 그가 지닌 진실을 지키기 위해 그 진실과 오히려 거꾸로 예언을 말해야 할 때가 있는 것 같았다. 그런 때 그는 절대로 그 예언자로서의 자신의 능력이나 지혜를 증거할 수가 없는, 증거를 하려 해서도 안 되는 가장 외롭고 불행스런 예언자가 되어야만 하였다. 그 불행스런 예언의 운명을 스스로 감수해야 하는 비극적인 예언자가 될 수밖에 없었다. 뛰어난 예언자들 중에서도 그런 운명의 배반으로 하여 그의 이름을 기억할 수 없게 된 사람들이 얼마든지 많을 수 있을 것 같았다.

우현 자신은 그리 지혜가 많은 예언자는 아니었다. 그는 현명한 예언자도 아니었고 현명한 예언자의 줄에 끼어 서기 위해 자신의 진실을 일부러 거꾸로 말하려 했던 것도 아니었다. 또는 뛰어난 예언자로 사람들의 기억 속에 살아남지 못하게 될 것을 두려워하지도 않았다. 그는 그저 정직한 예언자가 되려고 애를 써온 것뿐이었다. 그런데 바로 그 자신에 대한 정직성 속에 외로움이 있었다. 자신의 진실을 거꾸로밖에 말할 수 없는 불행스런 예언자가 될 수밖에 없다는 데에 그의 마지막 외로움이 있었다.

하지만 그는 그럴 수밖에는 도리가 없었다. 무엇보다도 그 예언의 완성은 예언자 자신의 일은 아니기 때문이었다. 어떤 예언의 마지막 완성자는 그 예언을 말한 예언자가 아니라, 그의 예언을 살고 그 증거를 만나게 될 사람들 자신의 몫이 되어야 하였다. 그리고 그런 의미에서 그의 예언도 다만 예언 자체의 행위로 끝날 뿐 그것을 스스로 완성해낼 수는 없었다. 그 예언은 여왕봉의 술손들에게서 마지막 완성을 기다리게 해야 했다.

그의 예언이 스스로 진실을 말하지 않는 대신, 그것의 완성으로 진실을 만나게 해야 했다. 그럴 경우 우현은 자신의 예언이 아무쪼록 그들 가운데서 뜻깊게 이루어지기를 바랄 수 있을 뿐이었다.

하지만 마담은 아직도 여전히 기다리고만 있었다.

—조심해요, 조심해……

칼춤은 끊임없이 그를 맴돌고 있었다. 고통스럽더라도 나우현 역시 기다리지 않으면 안 되었다.

그는 기다리면서 마침내 그의 수석들을 하나하나 여왕봉으로 날라 내갔다. 그리고 그 여왕봉의 단골에게 그의 돌들을 하나하나 미련 없이 나누어주었다. 그러면서 나우현은 그 자신의 고통을 돌과 함께 서서히 조금씩 덜어나가고 있었다.

—이건 단양 자석입니다. 뚜렷한 형상이 없어서 아쉬울 테지만 돌이란 원래 사물을 닮으면 2급에 속합니다. 돌은 그 자신의 모양으로 있어온 것인데, 다른 사물을 닮는다는 건 그 자신의 모습을 잃어버리는 것이 되거든요.

—이건 색깔이 좀 고르지 못한 것 같아 3년 동안이나 정원에다 비바람을 맞혀봤어요. 그래도 색깔이 고르게 되질 않더군요. 거기서 난 배웠지요. 수억 년을 지녀온 제 색깔인데, 3, 4년 비바람으로 그걸 바꿔보려는 생각이 얼마나 어리석은 것인가를 말입니다. 돌은 그것이 무슨 색깔을 지녔든 그건 사람의 눈을 위해 지닌 색깔

은 아니지요. 우리가 아무리 싫더라도 돌의 색깔은 돌 자신의 색깔인 거지요.

우현은 돌을 나누어줄 때마다 그런 설명을 몇 마디씩 덧붙였다. 그러면서 마치 생명의 옹이를 차례차례 한 토막씩 잘라나가듯 무서운 아픔의 고비들을 넘기고 있었다.

여왕봉의 단골들은 영문을 알 수가 없었다. 아닌 게 아니라 우현이 자신의 생명처럼 아끼면서 생애를 지켜온 그 수석들을, 구경조차 함부로 시켜주지 않으려던 그의 돌들을 미련 없이 나눠주고 나서는 행동에 놀라움을 금할 수가 없었다.

나우현은 그들을 위해 말해주었다.

"난 이제 주는 법을 배워보기로 했답니다. 난 너무 줄 줄을 몰랐어요. 얻기만 해왔지요. 이젠 내가 줄 차례가 된 겁니다."

여왕봉의 이웃들은 모두가 그의 돌을 한두 점씩 얻어갔다. 원하기만 하면 석 점이나 넉 점씩도 얻어갈 수 있었다. 여왕봉의 웨이터나 아가씨들에게도, 약국의 김 씨나 전파사의 한 사장이나 그리고 문방구점의 장 씨 들에게도 우현은 서슴없이 그렇게 돌을 나눠주었다. 그러면서 그는 하루하루 조금씩 조금씩 마음이 편해져가고 있었다.

그러던 어느 날 우현은 마침내 그의 마지막 돌을 여왕봉으로 가져갔다. 그리고 그 마지막 돌을 마담에게 건네면서 말했다.

"이게 내 마지막 돌이오. 마지막 돌이자 나의 평생석이라는 겁니다. 평생석이란 돌장이가 일생을 걸어 만나게 된다는 가장 뛰어난 한 점의 걸작품을 말하지요. 평생석은 돌장이들의 가장 깊은 생명의 사랑을 잉태하게 마련인 겁니다. 이건 2년 전 여름 태백산 정봉 근처에서 일주일을 걸려 뙤약볕 속을 등덜미로 짊어져 내려온 내 평생석에 해당한 돌입니다. 오늘 마지막으로 이 돌을 마담에게 드리는 것이오."

말을 하고 난 우현은 이제 비로소 그의 모든 생명의 부채에서 풀려나기라도 한 듯 지극히 홀가분한 표정이 되고 있었다.

그러나 마담은 그 우현의 말에 별다른 대꾸를 보내지 않았다. 그녀는 다만 아득한 표정으로 그의 얼굴을 한동안 묵묵히 건너다보고 있을 뿐이었다. 그리고는 뭔가 마침내 우현의 심중을 알아차리기라도 한 듯 조용히 두어 번 고개를 끄덕여 보였을 뿐이었다.

이날 밤 홍 마담은 다시 우덕주를 그녀의 단골 호텔 방으로 불러들였다. 그리고 그에게 단호하게 명령했다.

"우 씬 이제 날 떠나줘야겠어요."

그리고 그녀는 간단히 이유를 설명했다.

"내일부턴 나우현 그 사람이 날 찾기로 돼 있으니까……"

우덕주는 아무 말도 없었다. 마담의 결단이니 어쩔 수가 없는 것 같기도 했고, 혹은 그녀의 말을 처음부터 깡그리 무시하고 있는 것 같기도 했다. 어쨌거나 그는 더 이상 마담에게 사연을 물으려 하질 않았다.

마담은 우덕주의 태도가 미심쩍어졌는지 제풀에 몇 마디 덧붙이고 있었다.

"그러니까 이게 우 씨완 마지막 밤인 거예요. 알았어요? 내일부턴 날 찾으려 하지도 말고, 그보다는 아예 여왕봉을 떠나버리는 게 기중 좋을 거예요."

우덕주는 그래도 별다른 반응이 없었다. 홍 마담도 이젠 그것으로 그뿐 더 이상의 다짐이나 설명을 덧붙이지 않았다.

어떻게 보면 모든 것을 서로 미리 그렇게 각오해두고 있었던 사람들 같았다.

그리고 그다음 날 저녁이었다.

우덕주는 여전히 여왕봉을 떠나지 않고 있었다.

홍 마담 역시도 사전 예정이 그렇게 약속되어 있었던 것처럼 우덕주를 특별히 나무라는 기색이 없었다. 그녀는 그저 여느 때처럼 이따금씩 우덕주의 눈앞에 회초리를 휘둘러댈 뿐 그는 거의 안중에도 두고 있지 않은 듯 혼자서 골똘히 홀을 이리저리 누비고 다닐 뿐이었다.

그녀는 무엇인가를 혼자 초조히 기다리고 있는 게 분명해 보였다. 회초리를 휘두르며 홀을 거닐면서도 그녀의 주의는 늘상 출입구 쪽에만 매달려 있었다.

이윽고 그 마담이 더 이상 참을 수가 없어진 듯 발작적으로 우덕주를 계산대 앞으로 불러 세웠다. 그리고는 그의 얼굴을 예의 회초리로 토닥토닥 두들겨대면서 차갑게 명령했다.

"나가!"

그러나 우덕주는 반응이 없었다. 짐승처럼 커다랗게 버티고 서서 묵묵히 그녀의 매질을 얼굴에 견디고 있었다

그때 가면에 싸인 마담의 눈빛이 갑자기 한번 매섭게 빛났다.

그리곤 그녀의 가죽 회초리가 더욱 발작적으로 우덕주의 얼굴을 휘갈기기 시작했다.

"나가! 오늘부턴 여길 떠나랬지 않아!"

그녀의 매질은 쉽사리 멈춰질 것 같지가 않았다.

우덕주의 눈빛에 비로소 서서히 공포감이 어리기 시작하고 있었다. 그리고 그것은 마담의 학대가 가혹스러워져감에 따라 불현듯 무서운 살기로 변해갔다. 그것은 일종의 작은 불씨였다.

마담의 매질은 그 불씨를 살려내려는 풀무질 한가지였다. 그녀는 그 불씨가 스러져들지 않게 하기 위하여 이를 악물며 매질을 계속했다.

그래도 우덕주는 움직일 줄을 몰랐다. 그 역시 이를 악물며 그녀의 매질을 얼굴로 견뎠다. 마담의 눈앞에서 마침내 불빛이 활활 타오르고 있었다. 마담은 금세 그 불길에 자신이 휩싸여버릴 것만 같았다.

이번에는 그 마담의 얼굴이 오히려 공포로 질려가고 있었다.

그녀는 이미 그 불길의 노예가 되어 있었다. 손을 멈출 수가 없었다. 불길이 꺼지게 할 수가 없었다.

그 불길 속에서 마침내 우덕주의 커다란 그림자가 천천히 그녀 쪽으로 다가들고 있었다.

그녀는 그만 눈을 감았다. 그리고 기다렸다.

한동안 기다려도 기척이 없었다. 아무 일도 일어나지 않았다.

그녀는 다시 눈을 떴다. 그리고 그때 그녀는 보았다.

출입구 쪽에 나우현이 서 있었다.

예언자 101

오랜만에 혼자서 가면을 벗은 얼굴이었다.

가면을 벗어버린 그의 얼굴이 전에 없이 침착하고 평온해 보였다. 그리고 그녀는 또 보았다. 그 평온스런 나우현을 향해 곰처럼 육중스런 우덕주의 몸집이 한 발자국 한 발자국씩 위태롭게 다가들어가고 있는 모습을.

(『문학사상』 1977년 8월호~9월호)

거룩한 밤

1

 자정— 작자는 오늘도 길목을 지나가는 기척이 없다.
 나는 마침내 불을 끄고 창문 밑 침대 위로 몸을 비스듬히 걸터앉혔다. 침대를 벽 쪽으로 바싹 붙여놓은 터라 침대 위로 걸터앉기만 하면 창문이 곧 턱 앞으로 와 닿는다.
 불빛이 남아 있는 창문은 이제 한 곳도 찾아볼 수가 없다. 앞 동도 그렇고 옆 동도 그렇다. 온 단지 안이 그저 공동묘지처럼 깜깜하고 조용하다. 하나의 거대한 콘크리트 무덤처럼 황량하고 음산하다.
 이 아파트 단지의 밤은 언제나 그랬다. 밤잠들이 한결같이 이른 사람들뿐이었다. 독서철이 되어도 『삼국지』나 『청춘 극장』 같은 소설 한 권 읽는 사람이 없는 듯싶다. 술에 취해 귀가가 늦는 사람도 드물었고 밤공부를 하는 학생 아이들도 없는 것 같았다. 일찍 자고 일찍 일어나는 것이 건강의 기본—(!) 밤 10시가 넘기 무섭게 창문의 불빛이 하나하나 사라지기 시작한다. 11시가 넘으면 불을 켜놓고 있기가 오히려 쑥스러울 정도로 모든 창문들이 적막스런 어둠에 싸이고, 단지 일대는 거대한 콘크리트의 무덤으로 변해 버린다.

  12시를 넘긴 우리 집 불빛은 차라리 견딜 수 없는 두려움이 되고 만다. 그 12시를 넘길 수는 없었다. 잠이 오지 않더라도 불을 꺼놓고 기다리는 수밖에 없는 것이다. 잠이 쉽사리 와줄 리 없다. 그래 5층 창문의 어둠 속에 숨어 행여나 어느 창문에서 불빛이 다시 살아나기를(밤늦은 주정뱅이들이여, 아침을 못 기다릴 급체 환자들이여! 당신들의 잠든 아내를 두들겨 깨우라) 기다리는 취미가 생기고 만 것이다. 낮일들이 피곤해서겠지— 내일 일을 위해서 충분한 휴식이 필요한 사람들이겠지— 나는 이 아파트촌 사람들의 재빠른 잠을 사랑하고 싶었다. 하지만 나는 끝내 이 아파트 동네의 조용한 밤을, 이 사람들의 재빠른 잠을 사랑할 수가 없었다. 첫째는 우선 이 적막하고 어두운 밤들이 실상은 너무나도 악착스럽고 음흉스런 음모들을 꿈꾸고 있기 때문이었다. 이 아파트촌의 밤이 얼마나 악착스럽고 음흉스런 음모들을 꿈꾸고 있는지는 아침이 되면 누구나 금세 알아차릴 수 있는 일이다. 교회에선 아마 이 아파트촌 안에 유난히 주님의 은총을 필요로 하는 사람이 많은 것으로 아는가 보았다. 단지 주위엔 동서남북 사방으로 교회당들이 포위를 하듯 몰려들어 있었다. 그리고 새벽 4시만 되면 그 껄껄하고

뚝뚝 끊어지는 저질 스피커 소리로 귀청을 후벼 파듯 아침 찬송을 쏟아내는 것이다. 4시까지의 통행금지 해제 시각까지는 누구를 막론하고 미리 충분한 잠을 자둬야 한다는 그 도매금 은혜받이에로의 가차 없는 질타였다. (예배당 사람들은 4시까지의 통행금지 시간만 아니라면 밤새도록이라도 종악을 울려 주민의 안식과 은총을 기원했으리라. 글쎄, 어떻게 조바심이 나서 그 4시를 참고 기다린단 말인가! 그 4시까지도 아직 잠자리의 작은 안식조차 못 얻고 끙끙대는 가엾은 영혼을 상상이나 할 수 있을까?) 어쨌거나 그 4시의 교회당 스피커 소리로부터 본색을 드러내기 시작한 밤의 음모는 잠시 후에 곧 길 건너 동회 건물 옥상에 설치된 고성능 스피커의 「서울의 찬가」로(패티 김이여, 길옥윤이여, 당신들은 이제 모두 서울을 떠났지 않은가?) 해서 초등학교 꼬마둥이 녀석들(과연 건강하게 일찍 일어난 대한의 꽃들!)의 텔레비전 꼭두각시놀음, 이를테면 왕년의 타잔(타잔이 언제 이은관의 서도창 발성법을 배워갔던가!)에서부터 근래의 6백만 불짜리 오스틴 대령(저주스런 장난감이여! 이제 그만 지옥으로나 꺼져 없어지거라, 오버!)에 이르기까지 갖가지 흉내와 광고 노래의 합창 따위로 그 정체를 유감없이 드러내고 만다. 해가 서서히 중천으로 떠오르고 아빠들과 아이들의 출근 등교 시각이 지나고 나면 이 괴로운 아파트의 광상곡은 더한층 극성스런 위세를 떨쳐댄다. 3층 여자는 4층에서 아래로 휴지를 버렸다고 4층 여자와 싸우고, 2층 여자는 3층 여자가 발코니 너머로 이불을 널었다고 3층 여자와 싸우고, 일부러 계단을 땅땅거리며 플라스틱제 슬리퍼 소리를 즐기고 다니는 가정부 아가씨들, 놀이터의 꼬마를 부르는 5층 아주머니의 고함 소리, 2차 지망으로 음대 성악과를 들어간 목청 나쁜 여대생 아가씨의 발악적인 발성 연습, 앞동과 뒷동 아주머니의 유리창을 통한 아이들 성적표 자랑, 기세 좋은 다듬이질 소리, 잔디와 꽃밭을 이겨대는 아이들의 저녁 축구 놀이, 피아노 소리, 텔레비전 소리…… 그리고 하루 몇 차례씩 되풀이되는 관리소의 단수 예고와 정전 예고, 아파트 관리 시책에 협조를 호소하는 느리고 점잖은 관리소장 영감의 방송 연설(관리소장 영감은 무슨 출마 같은 걸 꿈꾸고 있는 모양이나, 글쎄 요즘 선거가 어디 그렇게 많은 마이크 연설 연습이 필요하던가?)…… 거기다 밤낮을 가리지 않고 신고가 들어오는 족족 마이크로 불어대는 부녀회장의 친절한 안내 방송.

　―이름이 개똥이라는 아이를 찾습니다.

　―놀이터에 빨간 비닐 시장바구니를 두고 가신 주부님은 관리실로 연락 바랍니다.

　―오늘 오후 3시 ×동 ×호실에서 요리 강습회가 있으니 주부 여러분께서는 빠짐없이……

　그러나 서울 사람들은 원래가 소음을 이기는 극기의 천재들이다. 아무도 이 소음들에 불평을 하지 않는다. 교회의 새벽 종소리도, 끊임없는 고성능 스피커 소리에도……「서울의 찬가」를 불평할 사람은 더구나 있을 수가 없다. 불평을 하는 사람이 비정상이다. 불평을 하면 당신이 반장을 하라는 눈으로 쳐다본다. 여기가 무슨 맨션아파튼 줄 아느냐, 맨션아파트로 이살 가란다. 나라의 꽃인 꼬맹이들에겐 더욱이 말을 조심해야 한다. 나라의 꽃이요 희망인 아이들은 우리가 그렇게 못해온 것을 곱빼기로 누리면서 자라야 마땅하다. ……그야 넓거나 좁거나 아파트가 어디 밥 먹고 잠자는 장소일 뿐이지, 규모 있는 생활을 꾸려 살 집이라 할 수 있을까마는 그래서 이 아파트의 하루는 더욱더 소란하고 어수선해져야 마땅한가 보다.

한데 이 아파트 단지는 밤만 되면 희한하게도 창문의 불들이 거짓말같이 일찍 꺼지는 것이다.

일상의 생활을 사랑하는 사람들은 물론 그 밤을 사랑할 것이다. 사랑해야 할 것이다. 나도 물론 그것은 알고 있다. 한데도 나는 그것을 사랑할 수가 없는 것이다. 너무도 일찍 죽어버리는 밤이 까닭 없이 불안하고 두려운 것이다. 내일 아침에 또 보자— 밤이 그 내일을 걸어 일찌감치부터 또 흉악한 음모를 꿈꾸고 있는 것 같기 때문이다. 그 밤을 사랑할 수가 없었다. 그러나 내가 그 밤을 사랑할 수 없는 보다 더 큰 이유는 물론 나 역시 다른 사람들처럼 일찍부터 잠이 들 수가 없기 때문이라고 말하는 편이 더 자연스러울는지 모른다.

남들이 다 잠들어 쉬는 밤을 혼자서 늦게까지 불안하게 지키고 앉아 있어야 하는 괴로움 말이다. 그야 물론 전부터도 나는 그렇게 잠자리를 일찍 찾아드는 편은 못 되었지만, 이 아파트 단지로 이사를 오고 난 다음부터는 별스럽게 더욱 밤잠이 늦어졌다. 언제나 밤잠이 너무 늦는다는 사실의 확인은 나를 더욱더 불안스런 불면증에 시달리게 만들었다. 12시만 넘으면 마지못해 불을 끄고 침대로 올라가보지만, 그건 번번이 허사일 뿐이었다. 요즘처럼 아내의 친정 나들이가 길어지고 있을 땐 차라리 다행이지만 여느 때 같으면 11시쯤부터 잠귀가 멀어버린 그 아내에게까지 신경이 몹시 쓰이곤 하였다. 그래저래 나는 아예 창문 유리에 몸을 붙이고 기대앉아 무작정 바깥 어둠을 지키는 버릇이 생기고 만 것이다. 그러고 앉아서 행여나 어느 집 창문에 불빛이 문득 되살아나주는가 숨을 죽이며 기다리는 것이다. 그런 식으로 그냥 밤을 홀딱 지새우고 마는 때마저 허다했다. 다만 내 그런 불면의 괴로움을 달래주는 예외적인 일이 한 가지 있었다.

―문패도 번지수도 없는 주막에……

자정이 가까워지면 며칠에 한 번씩 그 술에 취한 사내의 유행가 소리가 아파트 골목의 어둠을 뚫고 지나가주는 것이 그거였다. 엉망으로 술이 취해가지고 잠든 사람 약을 올리듯 고래고래 고함을 쳐대는 막노랫소리였다. 그것도 한두 소절을 부르다가 그냥 중간에서 그치는 것이 아니라, 노래의 전 소절을 2절까지 확실히 불러 젖히는 것이었다. 위인은 아마 그 노래 한 가지에 마음이 빠진 듯 노래가 끝나고도 갈 길이 남으면 '문패도 번지수도……' 하는 그 첫머리부터 같은 노래를 몇 번이고 다시 반복해서 불렀다. 작자의 노랫소리가 단지 입구에서부터 천천히 위쪽으로 다가오기 시작하면 나는 공연히 가슴을 두근대며 기묘한 흥분기에 휩싸이기 시작했다.

작자의 노랫소리를 처음 만난 날 밤 나는 영락없이 그 노랫소리가 아파트의 잠을 깡그리 깨워놓을 줄만 알았었다. 잠자고 있던 사람들이 한꺼번에 불을 켜고 일어나 창문과 창문에서 그 무례한 주정뱅이를 향해 심한 욕설들을 퍼부어댈 줄 알았다. 하지만 그날 밤도 어느 한 곳 불빛이 켜지는 집이 없었고, 작자에게 욕설을 쏟 아부은 창문도 없었다.
―귀밑머리 쓰다듬어 맹서는 길어, 못 믿겠소, 못 믿겠소오, 울 던 사람아……
작자는 그 적막한 어둠 속을 천하태평 거리낌이 없는 목소리로 2절까지 유유히 만인의 잠을 압도하고 지나갔다.
두번째로 위인의 노랫소리가 들려오던 날 밤 역시 마찬가지였 다. 위인의 노랫소리는 더욱더 방자하고 기승스러워져가는데 까만 창문들의 침묵은 여전히 그의 절창에 귀를 막고 침묵만 지켰다. 세번째 네번째도 나의 기대는 번번이 허사였다. 그럴수록 위인의 노랫소리는 그 적막한 잠자리의 침묵을 비웃듯 더욱 극성스럽고 방자스러워져가고 있었다.
내가 그 방자스런 노랫소리를 기다리기 시작한 것은 위인의 그 런 요란스런 주정이 지나간 날 밤이면 신통하게도 제법 잠이 일찍 찾아오는 자신의 변화를 알아차리게 된 다음부터의 일이었다. 시 끄러운 노랫소리 때문에 잠들이 깨고, 불 켜진 유리창으로 저주의 욕설이 쏟아져 내려주기를 바라는 나의 기대는 번번이 허사가 되 고 말았지만, 그래도 그 주정뱅이가 지나간 날 밤이면 나까지 턱 없이 기분이 후련해져서 잠자기가 조금은 쉬웠기 때문이었다. 글 쎄, 그 견딜 수 없는 한낮의 소란에 진력이 난 처지에 또다시 밤의 정적을 깨뜨리는 그의 노랫소리에 거꾸로 가슴속이 후련해지고 오 히려 거기서 안면을 얻는다니 설명이 얼핏 쉽지는 않다. 하지만 나는 어쨌거나 그걸 안 뒤부터는 좀더 노골적으로 위인의 주정을 기다리게 되었고, 그 난폭스런 무법성에 속으로 혼자 통쾌한 갈채를 보내곤 하였다. 그리고 그 요란스런 주정이 지나간 다음 텅 빈 어둠 속에 침묵만 가득 차오르고 있는 길모퉁이 쪽을 내려다보면서 나의 하루를 천천히 닫아거는 것이었다.

하지만 그가 그 요란스런 주정을 떠메고 아파트로 오는 것은 유감스럽게도 어쩌다 한 번씩뿐이었다. 주정은 그저 사흘이나 나흘쯤 만에 한 번, 그것도 늦으면 일주일 만에 한 번 정도가 고작이었다. 어디를 나다니고 있는 사람인지 아닌지도 확실치가 않지만, 어디를 나다니는 위인이라면 다른 날은 술을 마시지 않고 일찍 귀가를 하고 마는 모양이었다. 혹은 나처럼 나다니는 곳이 따로 없는 작자라면 그가 바깥나들이를 다녀오는 게 그만큼 빈도가 뜰 수도 있었다.

어쨌거나 나는 그가 술이 취해 돌아오는 날만큼씩밖에 잠자리가 편해지질 못했고, 다른 날은 그 괴로운 불면의 밤을 참아 견디면서 하염없이 작자의 주정만을 기다리는 것이었다.

오늘 밤도 물론 마찬가지다. 하지만 위인은 아직도 소식이 없다. 자정을 넘은 지도 벌써 10분이나 되었다. 이쯤 되면 거의 희망을 걸 수가 없다.

이번엔 특히 기간이 뜨고 있었다. 위인의 주정을 못 들은 지가 벌써 열흘 가까이나 되는 것 같다. 열흘까지는 날짜가 떠본 일이 없었다. 마지막 날 노랫소리가 심상치 않더니 아무래도 위인에게 무슨 변고가 생긴 게 분명했다.

—무슨 일일까? 정말로 작자에게 무슨 변이라도 생겼단 말인가?

나는 다시 한 번 눈을 크게 뜨고 위인이 늘상 주정을 흘리며 지나가던 길목 쪽을 내려다보았다. 어둠에 싸인 그쪽 길목은 사람의 발소리 하나 스치지 않은 텅 빈 정적뿐이었다.

2

—종이 울리네 꽃이 피네, 새들의 노래 웃는 그 얼굴……
—잃어버린 책가방을 찾습니다……
—집을 잃은 아이를 찾습니다……

동회 건물 위의 고성능 스피커는 날마다 아침 6시의 「서울의 찬가」를 계속했다. 관리 사무소 안내 방송도 쉴 틈이 없었고, 그 느릿느릿 점잖은 소장 영감의 연설 연습도 지치는 기색이 전혀 없었다.

—친애하는 입주자 여러분, 우리 아파트의 긍지와 자랑은 아시다시피…… 에에또, 아시다시피……

통행금지 시간 해제와 더불어 튀어나오는 교회당의 찬송 소리, 피아노 소리, 성대 나쁜 음대생의 발악적인 발성 연습(저주받을 예술이여) 소리도 모두 다 여전했다. 수돗물만 끊어졌다 하면 동네방네 떠들썩하게 물통을 둘러메고 급수차로 달려가는 아저씨들의 질풍노도 같은 질주 하며, 일요일 저녁 같은 때 반바지 슬리퍼 차림으로 아이스크림을 핥으며 놀이터에서 배드민턴을 즐기는 다정파 부부들의 극성들로 아파트 단지 안은 여전히 여전히 활기가 넘쳤다. 그리고 그 들썩거리던 아파트 단지가 밤 11시만 되면 갑자기 거대한 죽음의 도시로 변해버리는 것도 여전한 현상의 하나였다. 내 불면증도 물론 나날이 정도가 더해가고 있었다. 나는 밤마다 불 꺼진 창가에 붙어 앉아 무한정 작자의 주정이 지나가기만을 기다렸다. 위인의 주정이 없는 자정의 시멘트 길목은 더욱더 허전하고 황량스러워만 보였다. 불안하고 답답하고 어쩌면 마냥 서글프기까지 한 심사로 창문에 붙어 앉은 채 밤을 꼬박 새우는 날이 갈수록 빈번해졌다.

아무래도 작자에게 무슨 변이 생기고 있는 게 분명했다. 그의 주정을 마지막 듣던 날에 벌써 그런 심상찮은 징조가 있었던 것 같았다. 내 기분이 점차 그렇게 변해간 탓인지는 모르되, 고래고래 악을 써질러대던 위인의 그 저주 어린 술주정이 언제부턴가는 내게 문득 이상스런 느낌을 갖게 해오고 있었다. 악을 써도 써도 불이 켜지지 않는 창문들에 위인은 마침내 제풀에 힘이 파해진 것일까? 그의 노랫소리가 나에게는 차츰 어떤 애원과 호소를 담은 절규 같은 것으로 들려오기 시작한 것이었다.

―궂은비 나리는 이 밤도 애절쿠려……

노랫가락 속에 나오는 궂은비에라도 젖은 듯 촉촉하게 가라앉은 그의 목소리에는 영락없이 그런 어떤 애원과 호소 같은 것이 담겨 있었다. 그 목소리가 깊은 애원을 담으면 담아갈수록, 그의 호소가 깊어지면 깊어질수록 작자의 주정이 지나가는 빈도는 점점 더 간격이 떠가고 있었다. 그러다 바로 그 마지막 날, 위인의 주정은 마침내 듣는 사람의 가슴이 다 섬찟해올 만큼 목소리의 힘이 급작스럽게 무너져 내리고 있었다.

―문패도…… 무운패도 번지잇수도 어헝 어헝…… 문패, 무운패.

술이 너무 취해 좀처럼 소절을 이어나가지 못하고 있는 그의 노랫소리는 차라리 어떤 울부짖음과 흡사하게 들렸다. 상처 입은 맹수가 안간힘을 다하여 마지막 울부짖음을 토하는 듯한 노랫소리는 이를테면 그의 혼신의 호소와 애원에도 불구하고 끝끝내 깨어나지 않는 그 잠든 창문들을 향한 울음기 섞인 원망의 절규였다. "문 열어라. 제발 문을. 문을 열어라……" 작자의 그 어눌스럽고 답답한 노랫가락을 내가 그렇게 잠든 창문들을 향한 호소와 원망으로 바꿔 듣고 있었던 것도 전혀 무리가 아니었다.

하지만 그날 밤도 끝끝내 창문이 열리는 곳은 없었고, 불이 켜지며 욕이 쏟아져 내리는 창문도 없었다. 작자는 헛된 울부짖음만 계속하면서 그렇게 어두운 길목을 지나가고 말았다. 텅 빈 어둠과 황량스런 정적이 재빨리 그의 주정의 흔적을 지워 삼킨 채, 거리와 창문들은 여전히 그 거대한 시멘트 무덤들의 잠을 계속하고 있을 뿐이었다. 그리고 그것을 마지막으로 작자의 주정이 다시는 그 길목을 지나간 일이 없는 것이다. 무슨 변이 생겼음에 틀림없었다.

하지만 나는 아직도 그를 기다리고 있었다. 기다릴 수밖에 도리가 없었다. 위인의 주정이, 그 자정의 주정을 기다리는 일이 나의 생활에 그토록 큰 비중을 차지해오고 있었던 사실에 새삼 놀라움을 금할 수가 없었다. 작자가 누군데? 그가 도대체 어떤 인물이며, 무엇 때문에 그런 주정을 일삼고 지나다닌 위인인데? 그리고 난 무엇 때문에 작자의 우악스런 주정에 스스로 위안을 받아왔으며, 내 잠자리의 안식까지 그에게 의지해야 한다는 것인가…… 작자의 주정이 내 생활의 중요한 한 부분이 되어오고 있었음을 깨닫게 되자 나는 당연히 위인에 대한 그런 의문이 생길 수밖에 없었다. 나는 새삼스레 작자의 정체가 궁금해지기 시작했다. 그리고 그의 주위나 인물의 됨됨이를 알고 싶었다. 작자가 나타나주지 않으니 나의 그런 풀 길 없는 궁금증은 갈수록 정도가 깊어만 갔다. 혼자서는 물론 그런 궁금증을 풀 길이 없었다. 며칠을 혼자 끙끙대고만 있었다. 끝없는 불면증의 괴로움에 시달리면서, 그리고 그 창문의 어둠을 원망하면서 나는 작자의 주정을 기다렸다.

그러던 어느 날이었다. 뜻이 있는 곳에 길이 있나니— 그날은 아무래도 소장 영감의 연설을 더 이상 참아낼 수가 없었다. 추석절을 즈음하여 아파트 주변을 깨끗이 청소하고 수상한 사람의 출입을 경계하여 명랑하고 자랑스런 단지 환경을 조성해나가자는 소장 영감의 무한정한 연설 방송을 들으면서는 솜방망이로 귀를 틀어막고서도 더 이상 내 원고 번역 일을 계속할 수가 없었다. 나는 마침내 쫓겨나듯이 집을 빠져나갔다. 그리고 밤중까지 무작정 술을 마셨다. 그런데 그렇게 술걸레가 되어 그날 밤 막차를 내려 단지 길목을 들어섰을 때였다. 뜻밖에도 술에 취한 사내 하나가 나를 앞질러 단지 길을 올라가고 있었다. 나는 번쩍 술기가 달아나는 것 같았다. 그 시각에 술이 취해 아파트로 들어오고 있는 작자라면 그 사내밖에 다른 사람을 생각할 수가 없었다. 나는 가슴을 두근거리며 사내를 급히 뒤쫓아 올라갔다. 그리고 사내에게서 노랫가락이 시작되기를 기다리면서 그의 뒤를 조용조용 뒤따르기 시작했다. 하지만 사내는 이날 밤도 노래를 부르지 않았다. 뭔가 입속으로 흥얼흥얼 흥얼거림 소리를 흘리고 있었지만, 정작 내가 바라는 노래를 시작할 기미는 안 보였다. 단지 길을 반쯤 올라가 사내와 나는 미구에 길을 갈라서야 할 처지였다. 나는 오른쪽 동으로 길을 돌아서야 하는데, 작자의 주정이 사라져가던 방향으로 보아 사내는 좀더 뒷동 쪽으로 큰길을 따라 올라가야 하였다. 할 수 없었다.

—무운패도 번지잇수도 없는 주우마악에……
나는 마침내 내 쪽에서 먼저 노래를 시작했다.
—구즈은비이 나리이는……
결과는 예상대로였다. 노래를 미처 두 소절도 다 부르기 전에 앞서 가던 사내가 문득 발길을 멈춰 섰다. 그리고는 천천히 몸을 돌이켜 어둠 속으로 나를 무섭게 노려보기 시작했다. 내처 노래를 떠지르며 그 위인 앞을 지나쳐 가려다 말고, 나 역시 그 자리에 발길을 멈춰 섰다. 발길을 멈추고 서선 서너 발짝 앞에 나를 잔뜩 노리고 서 있는 작자를 마주 노려보기 시작했다.

그리고 그때, 나는 드디어 위인의 모든 것을 알아차리고 말았다. 그는 용케도 내가 언젠가 이상한 인연으로 그 얼굴을 똑똑히 기억해두고 있던 사내였다. 그는 이 아파트 단지 내의 사내들이 아파트의 입주권을 얻기 위해 누구나 한번은 거쳐야 했던 어떤 장소, 그래서 우리들 중의 많은 사람이 그곳에서 스친 얼굴을 기억하고 있기가 십상인, 그 장소와 함께 기억되고 있는 사내들 중의 한 사람이었다. 그것도 그의 남다른 행동 때문에 더욱 기억이 역력할 수밖에 없었던 얼굴이었다.
—그러면 그렇지.
나는 어둠 속으로 사내의 얼굴을 본 순간 입이 다 금세 얼어붙는 것 같았다. 나는 말을 잊은 채 계속 작자의 얼굴만 노려보고 있었다. 하지만 사내 쪽에선 아직도 내 얼굴을 알아보질 못한 모양이었다. 그야 그때 거기서 남다른 행동을 한 것은 위인 쪽이었고, 나는 그의 행동을 뒤에서 엿본 구경꾼 쪽이었으니까.
"이 동네에 나하고 똑같이 미친 주정뱅이가 또 하나 있었던 모양이군."
사내는 마침내 흥미가 떨어진 듯 한마디를 내뱉고는 이내 몸을 돌이켜 길을 올라가버렸다. 노래는 이미 단념을 하고 만 거동새였다.
나는 금세 몸을 움직여 돌아설 수가 없었다. 어깨를 축 늘어뜨린 모습으로 허정허정 어둠 속으로 기가 죽어 걸어가고 있는 작자의 모습이 그처럼 서글프고 가엾어 보일 수가 없었다. 나는 그가 어둠 속으로 완전히 모습이 사라져갈 때까지, 발소리마저 어둠 속으로 흔적이 지워져 들리지 않을 때까지 한 식경이나 멍청하니 그렇게 사내가 사라져간 어둠 속을 응시하고 서 있었다. 그리고 마침내 25동인가 26동 어느 동인가의 5층 창문 한 곳에서 밤늦은 불빛이 반짝 켜지는 것을 보고서야 간신히 발길을 돌이켜 세웠다. 하지만 그것으로 나는 이미 그 사내와 나 자신에 대한 일련의 의문들에 대한 해답을 얻고 있었다.

　사내를 만났던 곳은 다른 곳이 아니었다. 이 아파트는 원래 입주 우선 순위자 결정 요건으로 남자들에게 모종의 특수한 수술을 요구했었다. 아파트 입주 희망자들은 분양 광고가 난 그날로부터 부랴부랴 수술을 서둘렀고, 급기야는 시내의 모든 보건소와 병원들이 그 수술 희망자들로 줄을 이었다. 그것도 보건소에서 직접 수술을 받은 사람은 수술 확인증을 즉석에서 발행해주었지만 일반 병원에서 수술을 받은 사람들은 다시 구청 보건소의 확인을 받는 절차가 필요했다. 이중의 업무가 겹쳐든 보건소에는 아파트 분양 신청 업무가 끝날 때까지 며칠 동안 시장 바닥처럼 사람들이 들끓었다. 그런 어느 날 나도 그 아파트 분양 신청 건 때문에 근처 보건소를 한 곳 찾아 나섰다. 미안하고 송구스런 일이지만 주머니 속에는 친구 한 녀석을 며칠 동안 협박해서 반강제로 얻어낸 수술 확인서를 휴대하고서였다. 나는 그 수술 확인서를 보건소에서 다시 확인받는 절차가 남아 있었다.

　보건소를 들어서니 분양 신청 마감 날짜가 박두해 그런지 예상 이상으로 사람들이 붐볐다. 개인 병원에서 수술을 받고 보건소의 확인을 받으러 온 사람, 보건소에서 직접 수술을 받고 가랑이를 엉거주춤 어기적대면서 확인증이 나오기를 기다리는 사람, 그리고 아직 수술을 못 받고 몇 시간씩 시간을 허비하면서 차례를 기다리고 있는 사람들로 보건소 안은 온통 수라장처럼 들끓고 있었다. 개인 병원들에는 이미 며칠씩 예약 손님이 밀려 있어 그나마 보건소밖에는 기다릴 곳이 없는 사람들이었다. 그런데 차례가 밀리는 곳엔 언제나 그런 일이 벌어지게 마련이지만, 남자들이 대부분인 그 보건소 안에서까지 심심찮을 정도로 새치기 소동이 벌어진 것이었다. 수술을 기다리는 사람과 확인 절차를 밟으려는 사람들이 함께 섞이다 보니 사실 아닌 오해가 발생할 수도 있었지만, 어쨌거나 사람들은 너나없이 자기 차례를 도둑맞지 않을까 신경들을 잔뜩 곤두세우고 있었다.

—거, 왜 또 뒤에 온 사람이 먼저야. 먼저 와서 기다리는 사람은 바지저고리들뿐인 줄 알아!

—차례대로 해, 차례대로. 줄도 서지 않고 옆문을 통해 들락거리는 친구들은 뭣 하는 치들이야. 이런 제기랄!

그런 틈바구니에서 기어코 한 사내가 얌체 짓을 하려다가 발각이 나고 말았다.

"여봐요, 당신 뭐요. 당신은 분명 아까 나보다 늦게 왔는데 어떻게 당신이 앞이란 말요."

"알 게 뭐요. 당신이 먼전지 내가 먼전지 어떻게 내가 그걸 기억한단 말요."

"잔말 말고 뒤로 물러가 서요."

"이 양반이 아침부터 이거 왜 이리 딱딱거려. 당신 정말 이럴 테야. 당신이 이곳 통장이야 뭐야!"

줄 뒤쪽에서 사내 두 사람이 점점 언성을 높여가는 바람에 사람들의 주의가 모두 그쪽으로 쏠리고 있었다.

"끌어내라, 끌어내. 여기까지 와서 새치기가 다 뭐야."

"그렇게도 까고 싶은 위인이면 먼저 까고 가게 해주지 뭣들 그러는고……"

농담 반 비아냥 반으로 곁에서들 한마디씩 시비를 부추기는 소리를 보태고 있을 때였다.

"에이 빌어먹을 인간들!"

갑자기 어디선가 악을 버럭 떠지르는 소리가 들려왔다. 수술 차례를 거의 눈앞에 두고 있던 앞쪽 사내 하나가 얼굴이 사납게 일그러져가지고 장내를 무섭게 노려보고 있었다.

"작자들이 이거 알들을 까니까 영락없이 모두 계집년 한가지가 되는군. 내 더럽고 치사해서 이 짓 안 한다!"

사내는 뭔가 자신을 견딜 수 없다는 듯 저주 어린 한마디를 내뱉고는 제물에 씨근벌떡 사람들 사이를 제치고 보건소를 나가버리는 것이었다. 그렇게 저주를 퍼붓고 미련 없이 보건소를 나가버린 사내가 바로 이날 저녁의 그자였던 것이다.

3

위인의 정체를 확인하고 난 날 밤엔 모처럼 만에 나도 좀 편안한 잠을 잘 수 있었다. 그것은 내가 그를 직접 만남으로 하여 그의 그 요란스런 주정을 보다 깊이 이해하게 되었고, 또 내가 왜 그토록 이 아파트와 아파트의 밤을 견디지 못하고 기묘하게도 그의 주정 따위를 기다리게 되고 있는가에 대한 여러 의문들을 풀어버릴 수 있었기 때문이었다.

그 해답은 바로 그가 그때 그 보건소를 나가면서 저주스럽게 내뱉고 간 한마디 속에서도 찾아낼 수 있었다.

―알들을 까니까 영락없이 모두 계집년 한가지가 되는군.

그것은 한마디로 사내들의 여성화 현상에의 저주였다. 알을 까면 수컷은 당연히 수컷의 특색을 잃게 마련이었다. 그래서 사내들은 자신의 수컷을 바치기로 결심하고 온 그 보건소에서부터 이제 수컷의 위엄을 포기하고 암컷을 닮기 시작한 것이었다. 그 얌체머리 없는 새치기 놀음 하며, 사내의 욕설을 듣고 나서도 차례를 하나쯤 앞당겨 갈 수 있게 된 것을 오히려 다행스러워하던 그 뻔뻔스럽고 무기력한 표정들······

위인들이 이 아파트 단지로 입주를 해 들어온 다음부터 더욱 철저한 여성화 현상이 단지 안에서 구가되어왔음은 재언을 불요한다. 잠옷 차림으로 길목을 나서거나, 어린이 놀이터의 그네를 타거나 길목에 앉아 아이스크림을 핥거나(신생아가 안 생기니까 유모차 끌고 골목길을 서성대는 꼴들을 볼 수 없는 것이나 다행스럽다 할 수 있을지) 물차가 오면 바께쓰를 들고 뛰어다니거나······ 그것은 이를테면 요즘 유행하는 가정적인 남편의 표상일 수도 있었다. 하지만 가정이란 언제나 '여성'의 공간이다. 남성 성격의 가정화 현상은 바로 그 '여성화' 현상에 다름이 아니요, 이기적이고 소극적인 왜소화 현상이 아닐 수 없었다. 그래서 남자들은 성미들이 모두 고분고분 양순해지고, 주변의 불의나 비리에도 대항할 기백을 잃게 되고, 참을성만 늘게 되고, 밤의 어둠만을 찾아 헤매게 되고, 주정도 함부로 못 하게 되고, 그리고 모든 남성의 창조를 잃게 되는 것이었다.

 이 아파트의 현상들은 바로 그 아파트의 모든 남자들이 자신의 남성을 제거당해버린 사실에 사연이 있었던 것이다. 특히 그 밤의 불빛이 일찍 꺼지는 이유인즉 이미 남성을 포기한 잠자리를 그 남성들 스스로가 더욱 안심해버린 비겁성에 있었다. 그야 수술을 받은 쪽이 반드시 남성들뿐이라고 단정할 수는 없겠지만, 이 단지의 전반적인 여성화 현상을 보면 수술을 받은 쪽은 여자보다 남자들 쪽이 압도적임도 불문가지의 사실인 터이다. 아파트 단지의 여러 현상들은 바로 그 전반적이고 거대한 여성화 현상의 증거일 뿐이었다. 그리고 내가 그 아파트의 낮과 밤을 견딜 수 없는 것도 바로 그 여성화 현상의 압력 때문이었다.

 사내의 주정은 그 단지의 여성화 현상에 대한 유일한 저항이 아닐 수 없었다. 어떻게 그가 요령을 부렸는지는 알 수 없었다. 그야 물론 나의 전례가 있고 보면 그의 요령을 굳이 물을 필요는 없었다. 어쨌거나 그는 나처럼 '사내'를 포기하지 않은 채 이 아파트로 입주를 해온 희귀한 사내였다. 그의 주정이 그것을 무엇보다 분명히 증거해주고 있었다. 사내를 깠다면 그런 주정을 할 수가 없었다. 그 사내의 주정에 내가 위안을 받게 되는 것도 당연한 이치가 아닐 수 없었다. 나는 사내가 고맙지 않을 수 없었다.

 ―내가 이런 치사스런 비리를 서슴지 않으면서까지 이 아파트를 얻어 들어와야 할 필요가 있었을까?

 친구를 못살게 굴어가면서 부정한 방법으로 아파트를 얻어 들어온 데 대한 그간의 회의와 꺼림칙스런 기분마저도 이날 밤엔 거꾸로 떳떳한 긍지와 자랑스러움 쪽으로 변해감을 느낄 정도였다. 그리고 나는 그 사내와 함께 단지 안에서 진짜 남성을 포기하지 않은 떳떳한 사내라는 사실에 기분이 몹시 흐뭇해져서 오랜만에 제법 편안스런 잠자리를 가질 수가 있었다. 하지만 그보다도 내가 이날 밤 그토록 잠자기가 쉬웠던 것은 오히려 그 사내의 창문에 켜진 불빛 때문이었는지도 또한 알 수 없었다.

―이 아파트에 아직도 꺼지지 않은 불빛이 남아 있다!

그날 밤 그 사내의 창문을 흘러나오고 있던 불빛은 내가 그곳을 떠나 집으로 돌아와서도, 그리고 침대로 올라가 잠자리를 잡고 누울 때까지도 계속해서 나를 눈부시게 밝히고 있었던 것이다. 나는 아마도 그 불빛을 믿고, 그 불빛에 의지하여 안심하고 하룻밤의 안면을 즐겼는지 모른다.

그러나 편한 잠을 잔 것은 역시 그 하룻밤뿐이었다.

다음 날부터는 다시 불면의 밤이 계속되었다. 날만 새면 여전히 교회당과 동회와 관리 사무소의 스피커들이 새벽부터 저녁까지 단지 안을 떠들어 눕혔고, 꼬마 녀석들의 텔레비전 꼭두각시놀음과 광고 노래와 축구 놀이가 변함없이 계속되었고, 목청 나쁜 음대생의 발성 연습과 전축 소리와 다듬이질 소리와 아낙네들의 악다구니도 끊일 새가 없었다. 낮의 소동이 끝나고 나면 단지의 밤은 또 거짓말처럼 일찍부터 거대한 공동묘지의 침묵에 싸였다. 내일에 대한 음흉스런 음모를 꿈꾸기 시작했다. 나는 밤마다 그 어두운 창가에 붙어 앉아 사내를 기다렸다. 하지만 사내는 지나가지 않았다. 사내의 창문에서 흘러나오던 불빛의 기억도 더 이상 나의 어둠을 밝혀주지 못했다. 희망이 없었다.

─작자가 왜 주정을 그쳐야만 했을까? 위인이 아주 노래를 포기하고 만 것이 아닐까?

나는 새삼스럽게 다시 작자의 노래가 끊어지게 된 이유가 궁금해지기 시작했다. 지나고 보니 그야말로 진짜 내가 사내에게서 알아뒀어야 할 것이 작자의 내력이었다. 나는 더욱더 마음이 초조해졌다. 사내를 쫓아가 따질 수도 없는 일이었다. 사내의 정체를 알게 된 것이 결국은 더욱 불행스런 결과였다. 단지 안에서 진짜 사내를 단념하지 않은 사람이 작자와 나 둘뿐이라는 사실이 나를 자랑스럽게 만든 것도 하루 이틀뿐, 더 이상 사내의 주정을 들을 수 없으리라는 사실이 분명해져가면서부터 그게 오히려 나를 더 외롭고 불안하게 만들고 있었다. 단지의 그 거대한 여성화 현상이라는 것도 사실을 모르고 지내올 때보다 더욱 역겹고 절망적으로 나의 신경을 괴롭히고 들었다. 무엇보다도 그 얄밉게 끈적거리는 여편네들의 눈길─ 구역질 나는 멸시와 짓궂은 농지거리 같은 것이 담긴 여편네들의 성가신 눈길을 나는 더 이상 견딜 수가 없었다.

─이 씨 없는 수박아.

─씨 없는 수박인데 어때. 염사 있으면 한번 눈길만 주어보시라구.

만나는 여자마다 모두 그런 음탕스런 속말을 던지며 은근히 나를 비웃고 헬끔거리는 것 같았다.

한데도 작자의 주정은 여전히 소식이 없었다. 아니 소식이 없는 것만이 아니었다. 불행스럽게도 나는 끝끝내 안 보았어야 할 작자의 꼴을 보고 만 것이다. 그리고 마침내 작자가 그의 주정을 중단한 이유를 찾아내고 만 것이다. 그는 분명히 주정을 더 이상 보일 수가 없게 되어 있었다. 주정을 그만 단념해버린 작자임이 분명했다. 그리고 이미 그 자신의 사내도 단념을 해버린 게 분명한 위인의 꼴이었다.
  어느 날 오후 나는 우연히 단지 앞 거리 담뱃집을 가다가 그를 보았다. 그는 그날 아파트를 찾아온 물차 뒤에 서 있었다. 부엌데기 계집아이들과 실내복 차림의 아낙네들과 그리고 그 부엌데기 아낙네들보다도 더 신이 나서 킬킬거리면서 떠들어대는 사내들 사이에 기가 죽어서 줄을 서 있었다. 커다란 팥죽색 플라스틱 물 바께쓰를 앞에 놓고서 어깨를 힘없이 늘어뜨리고 멍청스런 눈길로 하염없이 차례를 기다리고 서 있었다.

4

  그로부터 며칠 후 나는 또 우연히 단지 앞 가게에 담배를 사러 가던 길에 그 사내의 마지막 모습을 보았다. 하지만 내가 그날 우연히 담배를 사러 가다 위인을 본 것은 그나마 다행이었다.
  내가 그날 위인을 본 것은 이삿짐을 싣고 단지를 빠져나가는 삼륜차의 짐짝 더미 위에서였다. 길목을 내려가는 삼륜차 위의 이삿짐짝 위에 그가 우두커니 이쪽을 내려다보고 앉아 있었다. 위인이 결국 동네를 못 견디고 쫓겨간 것이었다. 나는 문득 작자가 몹시도 안되어 보였다. 그에게 뭔가 내 위로 같은 걸 보내고 싶었다. 차가 멀어져갈수록 그런 마음이 더해갔다. 나는 자신도 모르게 멀어져가는 차 위의 위인에게 손을 흔들어 신호를 보냈다. 다행히 그 사내 쪽에서도 내 손짓을 알아본 모양이었다. 그렇게 먼 거리에서 언젠가 잠깐 어둠 속에 얼굴을 마주했던 내 얼굴을 기억할 리가 없었겠지만, 그는 문득 손을 흔들어 나의 신호에 응답을 해왔다.

한데 막상 그렇게 사내를 보내고 나서 담배를 사 들고 집으로 돌아오니, 나의 기분이 정반대로 뒤바뀌어버렸다. 작자가 떠나가는 것을 안돼했던 것은 위인을 위해서가 아니었던 것 같았다. 위인은 아직도 자신을 단념하지 않고 있었다. 그는 아직도 자신의 사내를 단념하지 않기 위해 이 아파트를 떠나간 것이었다. 동정을 보낼 쪽은 오히려 사내였다. 나는 오히려 사내의 동정을 받아야 할 처지였다. 그러고 보면 사내가 짐차 위에서 누군 줄도 모르는 나의 손짓에 답신을 보내온 것도 뜻이 전혀 달랐던 것 같았다.

―잘들 해보시라구. 나는 가네!

동네를 떠나면서 비로소 자신의 사내를 지키게 된 안도감에 싸여 누구에게랄 것도 없이 그저 단지에 남아 있는 위인들에게 후련스런 저주를 보내고 있었음이 분명했다.

이런저런 생각을 하다 보니 나는 더 이상 참을 수가 없었다. 자신의 처지가 처량하고 원망스러웠다. 나는 결국 집을 뛰쳐나가 이 날 하루를 또 엉망으로 퍼마셨다. 그리고 끝내 자정이 다 되어서야 할 수 없이 그 저주스런 소굴로 되찾아들었다.

단지는 물론 쥐 죽은 듯 고요한 어둠 속에 잠이 들어 있었다. 사내마저 떠나고 없는 단지의 침묵은 더욱더 두껍고 요지부동이었다.
─문패도 번지잇수도……
나는 사내를 대신하여 노래를 부르기 시작했다. 고래고래 악을 쓰며 노래를 부르기 시작했다. 발걸음을 되도록 천천히 술 취한 노랫소리가 소절을 이어나가지 못하는 것처럼 비틀비틀 길을 아끼며 걸었다. 예상대로 아무도 창문을 내다보는 기척이 없었다. 불을 밝히는 창문이 없었다. 욕설이 쏟아져 내리는 창문이 없었다. 나는 사내가 그랬듯이 더욱더 바락바락 악을 쓰며 노래를 불렀다. 악을 쓰며 비웃음을 던지고 호소하고 애원을 했다. 그래도 아무도 나를 간섭하려 드는 사람이 없었다. 길이 다했다. 어느새 나의 집 앞 21동 504호 입구까지 발길이 와 닿아 있었다. 마침 잔디밭 한 구석에 맨홀 뚜껑이 어둠 속에 시커멓게 엎드려 있었다. 나는 그 맨홀 뚜껑을 힘껏 끌어 올렸다가 박살을 내듯 냅다 내리꽂아버렸다. "찡그렁―" 쇠붙이 부딪는 소리가 깨진 종소리처럼 단지 안을 휘저어 흘렀다. 나는 계속해서 몇 차례 같은 짓을 되풀이했다. 그래도 창문들은 반응이 없었다. 껌껌한 침묵 속에 아파트 건물만 요지부동으로 버티고 서 있었다.
"야―!"
나는 마침내 발작이라도 일으키고 말 것 같았다. 시커멓게 잠든 창문들을 향해 미친개처럼 무턱대고 욕지거리를 짖어대기 시작했다.
"왜 조용히 하라고 말들을 못해! 왜 미친놈 주정뱅이라고 욕을 해주지 못하느냐 말이다. 당신들은 그래 이런 소란도 모른단 말이야? 이런 소란도 못 들은 척 입을 다물고 있어야겠느냐 말이다."
잠시 말을 끊고 주의를 기울여보았지만 역시 반응이 없었다.
"좋다. 하지만 이 난장판 중에 설마 아직도 잠을 깨지 않은 작자가 있을라구. 술 취한 미친개를 잘못 건드렸다가 엉뚱한 봉변을 당할까 봐 참는다, 이거겠지. 구경이나 해두자 이런 거겠지. 그 커튼들 뒤에 쥐새끼들처럼 숨을 죽이고 숨어 서서 말이다. 점잖들 하시군. 하지만 기억해두라구. 이 미친개의 발광이 두려워 창문 뒤에 숨을 죽이고 숨어 서 있기나 해야 하는 인간들이라면, 그것도 제법 시비를 붙어주는 쪽이 미친놈이라고 꼴 같지 않게 점잖은 구실들이나 마련하기 바쁜 인간들이라면, 나도 더 이상 아까운 주정 거둬야겠다구. ……그게 이 술 취한 미친개가 점잖은 양반들께 보내는 마지막 모욕이라는 걸 알아두란 말이다. 이런 모욕이 싫거든 어디 지금이라도 당장 한번 창문 뒤에서 나와들 보시라구!"
역시 아무런 대꾸가 없었다. 적막한 침묵이 단지 안을 온통 짓누르고 있을 뿐이었다. 그것은 참으로 소름이 끼치도록 두껍고도 거대한 어둠의 벽이었다.
—이곳이 그래 진짜 공동묘지가 되고 만 건가?
나는 마침내 두려움 때문에 제풀에 몸이 떨려오기 시작했다. 그 어둠과 침묵의 두려움에 쫓기듯이 후닥닥 계단을 쫓아 올라가, 집 안을 들어서자마자 전화기부터 집어 들었다. 누구라도 깨어 있는 사람을 찾아내야만 했다. 이런 땐 여편네라도 곁에 자고 있으면 두들겨 깨워 일으킬 수 있으련만 웬일로 이 여자는 친정 나들이가 무한정 길어지고 있었다. 전화가 아니고는 이 시간에 깨어 있는 사람을 만날 수가 없었다. 깨어 있는 사람의 목소리라도 들어야만 했다. 전화기를 집어 들고 나서도 나는 당장 번호를 돌릴 곳이 없었다. 얼핏 얼굴이 떠올라와주는 사람이 없었다. 그러나 바로 그때 내 머릿속으로 전광석화같이 떠오른 전화번호가 하나 있었다. 바로 아파트의 관리 사무소였다. 나는 재빨리 다이얼을 돌렸다. 드르륵드르륵…… 몇 번씩 신호가 울리고 난 다음에야 방금 잠 속에서 깨어난 듯한 사내의 졸음에 겨운 목소리가 수화기를 울려왔다.

"아아, 여보세요."

나는 그만만 해도 우선 한숨을 돌릴 수 있을 것 같았다. 그러나 하고 싶은 말은 그 관리소 전화번호를 생각해냈을 때부터 이미 내 머릿속에 준비되어 있어온 것이었다.

"아 여보세요."

나는 곧 말을 하기 시작했다.

"나, 이 단지 안 주민인데요. 밤늦게 죄송합니다만, 급한 신고를 드릴 게 있어서 전활 드렸습니다."

"급한 신고라니 무슨 일입니까?"

상대방의 목소리가 좀더 또록또록해지고 있었다.

"다른 게 아니라 말씀예요……"

나는 참으로 급한 용무가 있는 것처럼 목소리를 훨씬 서둘러대며 조급하게 말했다.

"야간이라 안됐지만 광고 방송을 한 가지 부탁드릴까 하구요. 광고 내용은 다름이 아니라 단지 내의 가구 중에 수캐를 기르는 집이 있으면 우리 집으로 급히 좀 연락을 주시라구요."

"……?"

"사실은 집에서 암캐 한 마릴 기르고 있어요. 한데 이년이 밤중에 갑자기 발정을 시작하는군요. 수컷을 찾아주지 않으면 미쳐버릴 것 같아요. 발작이 이만저만 심하지 않은데 어떻게 좀 안 되겠습니까?"

"……그건 좀 곤란한 일인데요."

장난 전화가 아닌가 싶어 이쪽의 본심을 점쳐낼 속셈으로 한동안 잠잠히 침묵을 지키고 있던 관리소 사내가 아직도 뭔가 분명한 확신이 서지 않는 듯한 목소리로 어정쩡하게 대꾸해왔다. 나는 그럴수록 더욱 정색을 한 목소리로 정중하게 따지고 들었다.

"안 되다니요. 관리소 방송 시설은 이런 긴급 시에 대비하여 마련되어 있는 것 아닙니까. 낮에는 아이들 머리핀을 찾아주는 방송까지 내보내면서 이런 긴급 사항을 알려주지 못하시겠단 말입니까?"

"댁이 어디십니까? 몇 동 몇 호지요?"

사내는 이제 확신이 생긴 듯 우리 집 호수부터 묻고 들었다. 사내가 이제 이쪽의 본심을 알았다면 나도 더 이상 이야길 우회할 필요가 없었다.

"여기가 어딘진 당신이 알 필요가 없소. 안내 방송도 필요 없구요. 하지만 그 안내 방송을 못 해줄 당신 이유나 한번 들어봅시다."

"방송을 해주더라도 댁의 동 호수를 알아야 할 것 아니오."

"방송은 이제 소용없다지 않소."

"그만둡시다. 우리도 피곤해요. 이 밤중에 그런 장난 전화질이나 하는 걸 보니 선생은 아마 이 아파트 수준엔 맞지가 않는 사람 같아요."

사내는 거침없이 단정했다. 그럴수록 나는 물러설 수가 없었다.

"아파트 수준? 그럼 하루 종일 관리소장 영감 연설 연습이나 듣고 아이들 손수건이나 찾아주는 방송 같은 걸 열심히 들을 줄 알아야 이 동네 수준에 맞는단 말인가?"

"이것 봐요. 단지 내 방송 시설은 우리 생활을 좀더 효율적으로 관리해나가자고 마련한 공동 시설 아니오. 그런데 선생은 그런 공공의 편의를 부인하고 있지 않소. 게다가 이런 밤중에 점잖지 못한 장난 전화질까지 하면서…… 역시 선생은 이 수준 높은 아파트엔 살 자격이 없는 분일 게요."

"이거 왜 이래요. 댁은 이 아파트가 무슨 소학교 운동장 바닥인 줄 알오? 합리적이고 수준 높은 생활이 하루 종일 관리 안내 방송이나 듣고 지내는 건 줄 아는가 말요. 아파트 수준 좋아하네. 그따위 야만스런 취미들을 어디서 배워온 거요?"

이쪽 말투가 험해지니까 사내 쪽도 거의 비슷한 반말투가 되면서 새삼스레 다시 이쪽 호수를 묻고 들었다. 하지만 나는 물론 그걸 대줄 수는 없었다.

"동네 사람들이 모두 불알을 깠다더니, 계집처럼 그런 건 왜 자꾸 캐묻는 게요?"

"동네 모두가 불알을 깠다더라니 누군 아직도 그게 온전하단 말인가?"

"그렇구말구지요. 내가 왜 불알을 깠겠소. 난 아직도 멀쩡한 남자요."

"게다가 선생은 부정 입주자까지 되는가 보구려. 그러니까 자꾸 제 집 호수를 숨기는 거 아니오?"

"그런지도 모르겠소. 그리고 내가 이 아파트에 살 자격이 없다면 불알을 까지 않은 거 그 점에서는 아마 사실이 그럴 거요. 이제 더욱 호수를 알고 싶어지지 않소?"

"그야 이젠 선생이 그걸 절대로 말해줄 리가 없다는 걸 알고 있으니까. 하지만 선생 집 동 호수를 알려는 건 내가 그게 필요해서가 아니라, 이 아파트에 무슨 불평이 있거든 자기 집 호수를 대고 정정당당하게 신고를 하라고 일러주고 싶어서요."

"신고는 백 번 해도 소용이 없었소. 소용이 없길래 이러고 있는 거란 말이오."

"할 말 다 했으면 이제 난 전화 끊으오. 전화 끊을 테니 선생도 찬물 한 사발 마시고 잠이나 자시구려. 이 부정 입주자, 무자격자 양반아!"

"누구 맘대로 잠을 자? 넌 아직 내 말을 들어야 할 의무가 있단 말야. 넌 바로 내가 내는 관리비로 월급을 받고 있다는 사실을 기억하란 말이야!"

"역시 상대를 못할 저질이로군. 개새끼!"

전화가 불쑥 끊기고 말았다. 전화가 끊어지고 나서도 나는 한동안 빈 수화기를 들고 멍청하니 천장만 바라보고 앉아 있었다.

개새끼, 무자격자— 무자격자, 개새끼……

사내가 마지막으로 내뱉은 그 개새끼 소리와 무자격자란 단어가 아직도 귓속에 쟁쟁하게 맴돌고 있었다. 개새끼, 무자격자, 무자격자, 개새끼…… 뿐더러 나는 위인의 단언처럼 정말로 이 아파트엔 거주할 자격이 없는 것 같았고, 그리고 혼자서 그 개새끼 처지가 되고 있는 것 같았다. 이 아파트의 모든 사람들 가운데에 나 혼자만 이곳을 살아갈 자격이 없고, 그리고 개새끼가 되어 살고 있는 것 같았다. 하지만 이젠 숫제 그런 사실에조차도 나는 화가 나질 않았다. 사실을 똑똑히 확인해버리고 난 후련스러움 같은 것이 오히려 나를 턱없이 편하게 해주고 있었다. 사지가 온통 무너질 듯이 피곤했다.

두 눈에서 문득 뜨거운 눈물이 천천히 볼을 흘러내리기 시작하고 있었다. 나는 이제 그 눈물까지도 비로소 어떤 진실을 터득하고 난 다음의 기쁨의 샘물이듯 마음이 무한정 편해지고 있었다.

나는 이윽고 다시 관리소의 전화번호를 돌렸다.

이번에는 좀더 긴 시간이 흐른 다음에 상대방 사내의 목소리가 수화기를 울려 나왔다. 이번에는 먼젓번의 그 사내의 목소리와 다른 목소리였다.

"나 조금 전에 전화 걸었던 사람인데 아깟번에 전화 받은 양반 좀 바꿔주십시오."

나는 다시 정중하고 차분한 목소리로 사내에게 부탁했다. 하지만 사내는 먼젓번 사내가 이미 잠이 들었노라며 대주기를 거절했다.

"누구신지 모르지만 밤이 너무 늦었으니 선생도 이제 그만 주무시지요."

이쪽 말씨가 공손해서 그런지 사정을 곁에서 다 엿듣고 있었을 저쪽 사내도 목소리가 무척 침착하게 들렸다. 나 역시도 물론 더 이상 시비를 계속할 의사가 없었다.
그러나 마지막으로 사내에게 들려줄 말이 있었다.
"아, 알겠습니다. 저도 곧 자지요. 하지만 아까 그 동료분께 할 말이 한 가지 남아 있군요. 제 말을 그분께 좀 전해주시면 좋겠어요."
"무슨 말씀입니까?"
상대방 사내는 계속 자신을 억제하고 있는 듯한 낮은 목소리였다. 나는 그 사내의 비위를 건드리지 않도록 되도록 정중하게, 그리고 내 진심을 다하여 마지막 부탁을 말하기 시작했다.
"전 사실 아까 자신을 오해하고 있었어요. 전화가 끊어지고 생각해보니 그 동료분 말씀이 전혀 옳았어요. 전 이 동네에 살 자격이 없었던 겁니다. 무엇보다도 전 저 혼자서 불알을 까지 않고 부정하게 이곳을 입주해 들어온 무자격자였으니까요."
"……"
"아니 이건 무슨 동료분한테서 개새끼 소리를 듣고 기분이 언짢아져서거나 그 말을 비아냥대고 싶어 하는 소리가 아닙니다. ……이건 정말 제 진심이에요. 방금 전에 전 모든 걸 깨달았습니다. 동료분 말씀처럼 아닌 게 아니라 전 개새끼가 분명했어요. 그래서 방금 결심을 했는데요. 저도 이젠 이 아파트의 떳떳한 주민으로 살아갈 자격을 얻기로 작정을 내렸어요. 그러자면 무엇보다 우선 불알부터 까야겠지요. 그럴 결심입니다. 그러면 저도 더 이상은

거룩한 밤 133

이 질서 잡힌 아파트 동네에 말썽스러운 개새끼 노릇을 그치고 떳떳한 주민의 자격을 갖추게 되겠지요. 부정 입주자의 허물도 벗겠구요. 그러니 동료분한테 그 점 안심해도 좋을 거라는 저의 다짐과 함께 아깟번 실수에 대해서도 부디 너그러운 용서를 빌고 싶다는 저의 심심한 사죄의 말씀을 전해 올려주십시오."

(『뿌리 깊은 나무』 1977년 11월호)

눈길

1

"내일 아침 올라가야겠어요."

점심상을 물러나 앉으면서 나는 마침내 입속에서 별러오던 소리를 내뱉어버렸다.

노인과 아내가 동시에 밥숟가락을 멈추며 멀거니 내 얼굴을 건너다본다.

"내일 아침 올라가다니. 이참에도 또 그렇게 쉽게?"

노인은 결국 숟가락을 상 위로 내려놓으며 믿기지 않는다는 듯 되묻고 있었다.

나는 이제 내친걸음이었다. 어차피 일이 그렇게 될 바엔 말이 나온 김에 매듭을 분명히 지어두지 않으면 안 되었다.

"예, 내일 아침에 올라가겠어요. 방학을 얻어 온 학생 팔자도 아닌데, 남들 일할 때 저라고 이렇게 한가할 수가 있나요. 급하게 맡아놓은 일도 한두 가지가 아니고요."

"그래도 한 며칠 쉬어 가지 않고…… 난 해필 이런 더운 때를 골라 왔길래 이참에는 며칠 좀 쉬어 갈 줄 알았더니……"

"제가 무슨 더운 때 추운 때를 가려 살 여유나 있습니까."

"그래도 그 먼 길을 이렇게 단걸음에 되돌아가기야 하겠냐. 넌 항상 한동자로만 왔다가 선걸음에 새벽길을 나서곤 하더라마는…… 이번에는 너 혼자도 아니고…… 하룻밤이나 차분히 좀 쉬어 가도록 하거라."

"오늘 하루는 쉬었지 않아요. 하루를 쉬어도 제 일은 사흘을 버리는걸요. 찻길이 훨씬 나아졌다곤 하지만 여기선 아직도 서울이 천릿길이라 오는 데 하루 가는 데 하루……"

"급한 일은 우선 좀 마무리를 지어놓고 오지 않구선……"

노인 대신 이번에는 아내 쪽에서 나를 원망스럽게 건너다보았다.

그건 물론 내 주변머리를 탓하고 있는 게 아니었다. 내게 그처럼 급한 일이 없다는 걸 그녀는 알고 있었다. 서울을 떠나올 때 급한 일들은 대충 다 처리해둔 것을 그녀에겐 내가 미리 말을 해줬으니까. 그리고 이번엔 좀 홀가분한 기분으로 여름 여행을 겸해 며칠 동안이라도 노인을 찾아보자고 내 편에서 먼저 제의를 했었으니까. 그녀는 나의 참을성 없는 심경의 변화를 나무란 것이었다. 그리고 그 매정스런 결단을 원망하고 있는 것이었다. 까닭 없는 연민과 애원기 같은 것이 서려 있는 그녀의 눈길이 그것을 더욱 분명히 하고 있었다.

"그래, 일이 그리 바쁘다면 가봐야 하기는 하겠구나. 바쁜 일을 받아놓고 온 사람을 붙잡는다고 들을 일이겠냐."

한동안 입을 다물고 앉아 있던 노인이 마침내 체념을 한 듯 다시 입을 열어왔다.

"항상 그렇게 바쁜 사람인 줄은 안다마는, 에미라고 이렇게 먼 길을 찾아와도 편한 잠자리 하나 못 마련해주는 내 맘이 아쉬워 그랬던 것 같구나."

말을 끝내고 무연스런 표정으로 장죽 끝에 풍년초를 꾹꾹 눌러 담기 시작한다.

너무도 간단한 체념이었다. 담배통에 풍년초를 눌러 담고 있는 그 노인의 얼굴에는 아내에게서와 같은 어떤 원망기 같은 것도 찾아볼 수가 없었다. 당신 곁을 조급히 떠나고 싶어 하는 그 매정스런 아들에 대한 아쉬움 같은 것도 엿볼 수가 없었다. 성냥불도 붙이려 하지 않고 언제까지나 그 풍년초 담배만 꾹꾹 눌러 채우고 앉아 있는 노인의 눈길은 차라리 무표정에 가까운 것이었다.

나는 그 너무도 간단한 노인의 체념에 오히려 불쑥 짜증이 치솟았다.

나는 마침내 자리를 일어섰다. 그러고는 그 노인의 무표정에 밀려나기라도 하듯 방문을 나왔다.

장지문 밖 마당가에 작은 치자나무 한 그루가 한낮의 땡볕을 견디고 서 있었다.

2

 지열이 후끈거리는 뒤꼍 콩밭 한가운데에 오리나무 무성한 묘지가 하나 있었다. 그 오리나무 그늘에 숨어 앉아 콩밭 아래로 내려다보니 집이라고 생긴 게 꼭 습지에 돋아 오른 여름 버섯 형상을 닮아 있었다.
 나는 금세 어디서 묵은 빚 문서라도 불쑥 불거져 나올 것 같은 조마조마한 기분이었다.
 애초의 허물은 그 빌어먹게 비좁고 음습한 단칸 오두막 때문이었다. 묵은 빚이 불거져 나올 것 같은 불편스런 기분이 들게 해오는 것도 그랬고, 처음 예정을 뒤바꿔 하루 만에 다시 길을 되돌아갈 작정을 내리게 한 것 역시 그러했다. 하지만 내게 빚은 없었다. 노인에 대해선 처음부터 빚이 있을 수 없는 떳떳한 처지였다.
 노인도 물론 그 점에 대해선 나를 완전히 신용하고 있었다.
 "내 나이 일흔이 다 됐는데, 이제 또 남은 세상이 있으면 얼마나 길라더냐."
 이가 완전히 삭아 없어져서 음식 섭생이 몹시 불편스러워진 노인을 보고 언젠가 내가 지나가는 말처럼 권해본 일이 있었다. 싸구려 가치라도 해 끼우는 게 어떻겠느냐는 나의 말 선심에 애초부터 그래 줄 가망이 없어 보여 그랬던지 노인은 단자리에서 사양을 해버리는 것이었다.
 "이럭저럭 지내다 이대로 가면 그만일 육신, 이제 와 늘그막에 웬 딴 세상을 보겠다고……"
 한번은 또 치질기가 몹시 심해져서 배변을 힘들어하시는 걸 보고 수술 같은 걸 권해본 일도 있었다.
 노인은 그때도 역시 비슷한 대답이었다.
 "나이를 먹어도 아녀자는 아녀자다. 어떻게 남의 눈에 궂은 데를 보이겠더냐. 그냥저냥 참다 갈란다."
 남은 세상이 얼마 길지 못하리라는 체념 때문에도 그랬겠지만, 그보다 노인은 아무것도 아들에겐 주장하거나 돌려받을 것이 없는 당신의 처지를 감득하고 있는 탓에도 그리 된 것이었다.
 고등학교 1학년 때 형의 주벽으로 가계가 파산을 겪은 뒤부터, 그리고 마침내 그 형이 세 조카아이와 아이들의 홀어머니까지 포함한 장남의 모든 책임을 내게 떠맡기고 세상을 떠난 뒤부터 일은 줄곧 그렇게 되어온 셈이었다.
 고등학교와 대학교와 군영 3년을 치러내는 동안 노인은 내게 아무것도 낳아 기르는 사람의 몫을 못했고, 나는 또 나대로 그 고등학교와 대학과 군영의 의무를 치르고 나와서도 자식 놈의 도리는 엄두를 못 냈다. 노인이 내게 베푼 바가 없어서가 아니라 그럴 처지가 못 되었기 때문이다. 나는 나대로 형이 내게 떠맡기고 간 장남의 책임을 감당하기를 사양치 않을 수가 없었기 때문이다.
 노인과 나는 결국 그런 식으로 서로 주고받을 것이 없는 처지였다. 노인은 누구보다 그것을 잘 알고 있었다. 그렇기 때문에 내게 대해선 소망도 원망도 있을 수가 없었다.
 그런 노인이었다. 한데 이번에는 웬일인지 노인의 눈치가 이상

눈길 139

했다. 글쎄 그 가치나 수술마저 한사코 사양을 해온 노인이, 나이 여든에서 겨우 두 해가 모자란 늘그막에 와서야 새삼스레 다시 딴 세상 희망이 생긴 것일까.

노인이 아무래도 엉뚱한 꿈을 꾸고 있는 것 같았다. 그것도 너무나 엄청난 꿈이었다.

지붕 개량 사업이 애초의 허물이었다.

"집집마다 모두 도당 아니면 기와들을 얹는단다."

노인은 처음 남의 말을 하듯이 집 이야기를 꺼냈었다. 어제저녁 때 노인과 셋이서 잠자리를 들기 전이었다. 밤이 이슥해서 형수는 뒤늦게 조카들을 데리고 이웃집으로 잠자리를 얻어 나가고, 우리는 노인과 셋이서 그 비좁은 오두막 단칸방에 잠자리를 함께 폈다.

어기영차! 어기영…… 그때 어디선가 밤일을 하는 남정들의 합창 소리가 왁자하게 부풀어 올랐다. 귀를 기울이고 듣고 있다가 무슨 소리냐니까 노인이 문득 생각난 듯이 귀띔을 해왔다.

"동네가 너도나도 집들을 고쳐 짓느라 밤잠들을 안 자고 저 야단들이구나."

농어촌 지붕 개량 사업이라는 것이었다. 통일벼가 보급된 후로는 집집마다 그 초가지붕 개초가 어렵게 되었댔다. 초봄부터 시작된 지붕 개량 사업은 그래저래 제격이랬다. 지붕을 개량하면 정부 보조금 5만 원을 얻는다는 것이었다. 모심기가 시작되기 전 봄철 한때하고 모심기가 끝난 초여름께부터 지금까지 마을 집들 거의가 일을 끝냈댔다.

나는 처음 그런 노인의 이야기를 들었을 때 무턱대고 가슴부터

덜렁 내려앉고 있었다. 노인에 대한 빚 생각이 처음으로 머릿속에 떠오른 순간이었다. 이 노인이 쓸데없는 소망을 지니면 어쩌나. 하지만 나는 곧 마음을 가라앉혔다. 무엇보다도 나는 노인에 대해 빚이란 게 없었다. 노인이 그걸 잊었을 리 없었다. 그리고 그런 아들에게 섣부른 주문을 내색할 리 없었다. 전부터도 그 점만은 안심을 할 만한 노인의 성깔이었다. 한데다 노인이 설령 어떤 어울리잖을 소망을 지닌다 해도 이번에는 그 집 꼴이 문제 밖이었다. 도대체가 기와고 도당이고 지붕을 가꿀 만한 집 꼴이 못 되었다. 그래저래 노인도 소망을 지녀볼 엄두를 못 낸 모양이었다. 이야기하는 말투가 영락없는 남의 일이었다.

하지만 사실은 그게 오해였다. 노인의 속마음은 그게 아니었다.
"관에서 하는 일이라면 이 집에도 몇 번 이야기가 있었겠군요?"
사태를 너무 낙관한 나머지 위로 겸해 한마디 실없는 소리를 내놓은 것이 내 실수였다.

노인은 다시 자리를 일어나 앉았다. 그리고 머리맡에 놓아둔 장죽 끝에다 풍년초 한 줌을 쏘아 박기 시작했다.
"왜 우리 집이라 말썽이 없었더라냐."
노인은 여전히 남의 말을 옮기듯 덤덤히 말했다.
"이장이 쫓아와 뜸을 들이고, 면에서 나와서 으름장을 놓고 가고…… 그런 일이 한두 번뿐이었으면야…… 나중엔 숫제 자기들 쪽에서 사정조로 나오더라."
"그래 어머닌 뭐라고 우겼어요?"
나는 아직도 노인의 진심을 모르고 있었다.

"우길 것도 뭣도 없는 일 아니겄냐. 지놈들도 눈깔이 제대로 박힌 인간들일 것인디…… 사정을 해오면 나도 똑같이 사정을 했더니라. 늙은이도 사람인디 나라고 어디 좋은 집으로 손봐 살고 싶은 맘이 없겄소. 맘으로야 천번 만번 우리도 남들같이 기와도 입히고 기둥도 갈아내고 하고는 싶지만 이 집 꼴을 좀 들여다보시오들, 이 오막살이 흙집 꼴에다 어디 기와를 얹고 말 것이 있겄소……"

"그랬더니요?"

"그랬더니 몇 번 더 발길을 스쳐가더니 그담엔 흐지부지 말이 없더라. 지놈들도 이 집 꼴을 보면 사정을 모를 청맹과니들이더라냐?"

노인은 그 거칠고 굵은 엄지손가락 끝으로 뜨거운 장죽 끝을 꾹꾹 눌러대고 있었다.

"그 친구들 아마 이 동네를 백 퍼센트 지붕 개량으로 모범 마을을 만들고 싶어 그랬던 모양이구만요."

나는 이제 그만 기분이 씁쓸해져 그런 식으로 슬쩍 이야기를 얼버무려 넘기려 하였다.

그런데 그게 오히려 결정적인 실수였다.

"하기사 그 사람들도 그런 소리들을 하더라. 오늘 밤일을 하는 저 집을 끝내고 나면 이 동네서 인제 지붕 개량을 안 한 집은 우리하고 저 아랫동네 순심이네 두 집밖엔 안 남는다니 말이다."

"그래도 동네 듣기 좋은 모범 마을 만들자고 이런 집에까지 꼭 기와를 얹으라 하겠어요."

"글쎄 말이다. 차라리 지붕에 기와나 도당만 얹으랬으면 우리도 두 눈 딱 감고 한번 저질러보고 싶기도 하더라마는, 이런 집은 아예 터부터 성주를 다시 할 집이라 그렇제……"

모범 마을이 꼬투리가 되어 이야기가 다시 엉뚱한 곳으로 번지고 있었다. 나는 비로소 다시 가슴이 섬찟해왔다. 하지만 이미 때가 너무 늦고 말았다.

"하기사 말이 쉬운 지붕 개량이제 알속은 실상 새 성주를 하는 집도 여러 집 된단다."

한번 이야기를 꺼낸 노인이 거기서부터는 새삼 마을 사정을 소상하게 털어놓기 시작했다.

그 지붕 개량 사업이라는 것은 알고 보니 사실 융통성이 꽤나 많은 일이었다. 원칙은 그저 초가지붕을 벗기고 기와나 도당을 얹는 것이었지만, 기와의 하중을 견디내기 위해선 기둥을 몇 개쯤 성한 것으로 갈아 넣어야 할 집들이 허다했다. 그걸 구실로 대부분의 사람들은 성주를 새로 하듯 집들을 터부터 고쳐 지어버렸다. 노인에게도 물론 그런 권유가 여러 번 들어왔다. 기둥이 허술해서 기와를 못 얹는다는 건 구실일 뿐이었다. 허술한 기둥을 구실로 끝끝내 기와 얹기를 미뤄온 집이 세 가구가 있었는데, 이날 밤에 또 한 집이 새 성주를 위해 밤일을 벌이고 있다는 것이었다. 노인이 기와 얹기를 단념한 것은 집 기둥이 너무 허해서가 아니었다. 노인은 새 성주가 겁이 나 일을 단념할 수밖에 없었던 셈이다. 허술한 기둥만 믿을 수는 없었다.

일은 아직도 낙관할 수 없었다. 나는 불시에 다시 그 노인에 대한 나의 빚만을 생각하고 있었다.

노인도 거기서 한동안은 그저 꺼져가는 장죽 불에만 신경을 쏟고 있는 기색이었다. 하더니 이윽고는 더 이상 소망을 숨기기가 어려운 듯 가는 한숨기를 삼켰다. 그러고는 그 한숨기 끝에 무심결인 듯 덧붙여왔다.
　"이참에 웬만하면 우리도 여기다 방 한 칸쯤이나 더 늘려 내고 지붕도 도당으로 얹어버리면 싶긴 하더라만……"
　마침내 노인이 당신의 소망을 내비친 것이었다.
　"오늘 당할지 낼 당할지 모를 일이기는 하다만, 날짐승만도 못한 목숨이 이리 모질기만 하다 보니 별의별 생각이 다 드는구나. 저런 옷궤 하나도 간수할 곳이 없어 이리 밀치고 저리 밀치다 보면 어떤 땐 그저 일을 저질러버리고 싶은 생각이 꿀떡 같아지기도 하고……"
　노인은 결국 그런 식으로 당신의 소망을 분명히 해버리고 만 셈이었다. 지금은 아니더라도 적어도 그런 소망을 지녔던 것만은 분명히 한 것이다.
　나는 이제 할 말이 없었다. 눈을 감은 채 듣고만 있었다. 노인에 대해선 빚이 없음을 골백번 속으로 다짐하고 있었다.
　"이번에는 면에서도 그냥 흐지부지 지나가주더라만 내년엔 또 이번처럼 어떻게 잠잠해주기나 할는지. 하기사 면 사람들 무서워 집을 고친다고 할 수도 없지마는, 늙은이 냄새가 싫어 그런지 그래도 한데서 등짝 붙이고 누울 만한 방 놔두고 밤마다 남의 집으로 잠자릴 얻어 다니는 저것들 에미 꼴도 모른 체하지는 못할 일이더니라."

내가 아예 대꾸를 않으니까 노인은 이제 혼잣말 비슷한 푸념을 계속했다. 듣다 보니 노인의 머릿속엔 이미 꽤 구체적인 계획표까지 마련되어 있었던 것 같았다.

"나라에서 보조금을 5만 원이나 내주겠다, 일을 일단 저지르고 들었더라면 큰돈이야 얼마나 더 들 일이 있었을라더냐…… 남정네가 없어 남들처럼 일손을 구하기가 쉽진 않았겠지만, 네 형수가 여름 한철만 밭을 매주기로 했으면 건넛집 용석이 아배라도 그냥 모른 체하지는 않았을 것이다……"

흙일을 돌볼 사람은 그 용석이 아버지에게 부탁을 하고 기둥을 갈아낼 나무 가대는 이장네 산에서 헐값으로 몇 개 부탁해볼 수 있었다는 거였다.

노인의 장죽 끝에는 이제 불기가 꺼져 식어 있었다. 노인은 연신 그 불이 꺼진 장죽을 빨아대며, 예의 면 보조금 5만 원과 이웃 도움이 아까워서라도 일을 단념하기가 아쉬웠다는 투였다.

하지만 노인은 그러면서도 끝끝내 내게 대한 주장이나 원망의 빛을 보이진 않았다. 이야기의 형식은 어디까지나 과거의 일로써 그런 생각을 해봤을 뿐이고, 그럴 뻔했다는 말일 뿐이었다. 그리고 그런 식으로 나에 대해선 어떤 형식으로도 직접적인 부담감을 느끼게 하지 않으려는 식이었다. 말하는 목소리도 끝끝내 그 체념기가 짙은 특유의 침착성을 잃지 않은 채였다.

"하지만 다 소용없는 일이다. 세상일이 그렇게 맘같이만 된다면야 나이 먹고 늙은 걸 설워 안 할 사람이 있을라더냐. 나이를 먹으면 애기가 된다더니 이게 다 나이 먹고 늙어가는 노망기 한가지제."

종당에는 그 은밀스런 당신의 소망조차 당신 자신의 실없는 노망기 탓으로 돌려버리고 있었다.

하지만 나는 이제 노인의 내심을 못 알아볼 리 없었다. 한마디 말참견도 없이 눈을 감고 잠이 든 척 잠잠히 누워만 있던 아내까지도 그것을 분명히 눈치채고 있었다.

"당신, 어젯밤 어머니 말씀에 그렇게밖에 응대해드릴 방법이 없었어요?"

오늘 아침 아내는 마당가로 세숫물을 떠 들고 나왔다가 낮은 소리로 추궁을 해왔다. 그때 나는 아내에게 그저 쓸데없는 참견 말라는 듯 눈매를 잔뜩 깎아 떠 보였었다. 하니까 아내는 그러는 나를 차라리 경멸조로 나무랐다.

"당신은 참 엉뚱한 데서 독해요. 늙은 노인네가 가엾지도 않으세요. 말씀이라도 좀더 따뜻하게 위로해드릴 수 있었을 텐데 말예요."

아내도 분명 노인의 말뜻을 알아듣고 있었다. 그리고 나보다도 더 노인의 일을 걱정하고 있었다. 노인에 대한 내 속마음도 속속들이 모두 읽고 있는 게 당연했다. 내일 아침으로 서둘러 서울로 되돌아가겠노라는 나의 결정에 아내가 은근히 분개하고 나선 것도 그런 사연을 모두 알고 있기 때문이었다. 한다고 그녀들 무슨 뾰족한 수가 있을 수가 있는가.

어쨌든 노인이 이제라도 그 집을 새로 짓고 싶어 하고 있는 건 분명했다. 아무래도 알 수가 없는 일이었다. 아닌 게 아니라 나이를 먹으면 노인들은 모두 어린애가 되어가는 것일까. 노인이 정말로 내게 빚이 없다는 사실을 잊어버리고 만 것인가. 노인의 말처럼 그건 일테면 노망기가 분명했다. 그런 염치도 못 가릴 정도로 노인은 그렇게 늙어버린 것이었다. 하지만 나는 굳이 노인의 그런 노망기를 원망할 필요도 없었다. 문제는 서로 간의 빚의 문제였다. 노인에 대해 빚이 없다는 사실만이 내게는 중요했다. 염치가 없어져서건 노망을 해서건 노인에 대해 내가 갚아야 할 빚만 없으면 그만이었다.

―빚이 있을 리 없지. 절대로! 글쎄 노인도 그걸 알고 있으니까 정면으로는 말을 꺼내지 못하질 않던가 말이다.

어디선가 무덥고 게으른 매미 울음소리가 들렸다.

나는 비로소 마음을 굳힌 듯 오리나무 그늘에서 몸을 힘차게 일으켜 세웠다. 콩밭 아래로 흘러 뻗은 마을이 눈앞으로 멀리 펼쳐져 나갔다. 거기 과연 아직 초가지붕을 이고 있는 건 노인네의 버섯 모양 오두막과 아랫동네의 다른 한 채가 전부였다.

―빌어먹을! 그 지붕 개량 사업인지 뭔지 하필 이런 때 법석들 일구?

아무래도 심기가 편할 수는 없었다. 나는 공연히 그 지붕 개량 사업 쪽에다 애꿎은 저주를 보내고 있었다.

3

해가 훨씬 기운 다음에야 콩밭을 가로질러 노인의 집 뒤꼍으로 뜰을 들어서려다 보니, 아내는 결국 반갑지 않은 화제를 벌여놓고 있었다.

"이 나이에 내가 살면 얼마나 더 좋은 세상을 살겠다고 속없이 새 방 들이고 기와지붕을 덮자겠냐…… 집 욕심 때문이 아니라 나 간 뒷일이 안 놓여 그런다……"

뒤꼍에서 안뜰로 발길을 돌아 나서려는데, 장지문을 반쯤 열어 제친 안방에서 노인의 말소리가 도란도란 흘러나오고 있었다.

"날씨가 선선한 봄가을철이나, 하다못해 마당에 채일(차일)이라도 치고들 지내는 여름철만 되더라도 걱정이 덜하겠다마는, 한겨울 추위 속에서 운 사납게 숨이 딸깍 끊어져봐라. 단칸방 아랫목에다 내 시신 하나 가득 늘여놓으면 그 노릇을 어찌할 것이냐."

이번에도 또 그 집에 관한 이야기였다. 노인을 어떻게 좀 위로해드린다는 것인가. 아니면 아내는 내가 그 노인의 소망을 더 어떻게 외면할 수 없도록 드러내버리고 싶었던 것일까. 답답하게 눈치만 보고 도는 내게 대한 아내의 원망은 그토록 뿌리가 깊고 지혜로웠더란 말인가. 노인의 이야기는 아내가 거기까지 유도해낸 게 분명했다. 노인은 그 아내 앞에 당신의 집에 대한 소망을 분명한 목소리로 털어놓고 있었다.

그리고 이젠 당신의 소망에 대한 솔직한 사연을 말하고 있었다. 노인의 그 오랜 체념의 습관과 염치를 방패 삼아 어물어물 고비를 지나가려던 내 앞에 노인의 소망이 마침내 노골적인 모습을 드러낸 것이었다. 노인의 소망은 이미 짐작하고 있었지만, 설마 하면 그렇게 분명한 대목까지 만날 줄은 몰랐던 일이었다. 나는 마치 마지막 희망이 무너진 느낌이었다. 하지만 그 노인의 설명에는 나에게도 마침내 분명해진 것이 있었다. 노인이 갑자기 그 집에 대한 엉뚱한 소망을 지니게 된 내력이었다. 노인은 아직도 당신의 삶을 위해서는 새삼스런 소망을 지니고 있지 않았다. 노인의 소망은 당신의 사후에 내력이 있었다.

"떠돌아들어 살아오긴 했어도, 난 이 동네 사람들한테 못할 일은 한 번도 안 해보고 살아온 늙은이다. 궂은 밥 먹고 궂은 옷 입고 궂은 잠자리 속에 말년을 보냈어도 난 이웃이나 이 동네 사람들한테 궂은 소리는 안 듣고 늙어왔다. 이 소리가 무슨 소린고 하니 나 죽고 나면 그래도 이 동네 사람들, 이 늙은이 주검 위에 흙 한 삽, 뗏장 한 장씩은 덮어주러 올 거란 말이다. 늙거나 젊거나 그렇게 날 들여다봐주러 오는 사람들을 어찌할 것이냐. 사람은 죽어서 고단해지는 것보다 더 고단한 것도 없는 법인디, 오는 사람 마다 할 수 없고 가난하게 간 늙은이가 죽어서라도 날 들여다봐주러 오는 사람들한테 쓴 소주 한잔이나마 대접해 보내고 싶은 게 죄가 될 거나. 그래서 그저 혼자서 궁리해본 일이란다. 숨 끊어지는 날 바로 못 내다 묻으면 주검하고 산 사람들이 이 방 하나뿐 아니냐. 먼 데서 온 느그들도 그렇고…… 그래서 꼭 찬바람이나 막고 궁둥이 붙여 앉을 방 한 칸만 어떻게 늘려봤으면 했더니라마는…… 그게 어디 맘 같은 일이더냐. 이도저도 다 늙고 속없는 늙은이의 노망길 테이제……"

노인의 소망은 바로 그 당신의 죽음에 대한 대비에서 비롯된 것이었다.

알 만한 노릇이었다. 살림이 망하고 옛 살던 동네를 나와 떠돌기 시작하면서부터 언제나 당신의 죽음에 대한 대비를 게을리해오지 않던 노인이었다. 동네 뒷산 양지바른 언덕 아래다 마을 영감 한 분에게 당신의 집터(노인은 당신의 무덤 자리를 늘 그렇게 말했다)를 미리 얻어놓고 겨울철에도 날씨가 좋으면 그곳을 찾아가 햇볕 바라기를 하다 내려온다던 노인이었다. 노인은 이제 당신의 죽음에 마지막 준비를 서두르고 있는 것이었다. 나는 더 노인의 이야기를 엿듣고 있을 수가 없었다. 발길을 움직여 소리 없이 자리를 피해버리고 싶었다.

한데 그때였다. 쓸데없는 일에 공연히 감동을 잘하는 아내가 아무래도 견딜 수가 없어진 모양이었다.

"전에 사시던 집은 터도 넓고 칸 수도 많았다면서요?"

아내가 느닷없이 화제를 바꾸고 나섰다. 별달리 노인을 달랠 말이 없으니, 지나간 일이나마 그렇게 넓게 살던 옛집의 기억을 상기시켜서라도 노인을 위로하고 싶어진 것이리라. 그것은 노인도 한때 번듯한 집 살림을 해온 기억을 되돌이키게 하여 기분을 바꿔드리고 싶어서이기도 하겠지만, 그 외에도 그건 또 언제나 가난한 살림만을 보고 가게 하는 부끄러운 며느리 앞에 당신의 자존심을 얼마간이나마 되살려내게 할 가외의 효과도 있을 수 있었다. 어쨌거나 나는 당분간 다시 자리를 피할 필요가 없어진 셈이었다.

"옛날 살던 집이야, 크고 넓었제. 다섯 칸 겹집에다 앞뒤 터가 운동장이었더니라…… 하지만 이제 와서 그게 다 무슨 소용이냐. 남의 집 된 지가 20년이 다 된 것을……"

"그래도 어머님은 한때 그런 좋은 집도 살아보셨으니 추억은 즐거운 편이 아니시겠어요? 이 집이 답답하고 짜증나실 땐 그런 기억이라도 되살려보세요."

"기억이나 되살려서 어디다 쓰게야. 새록새록 옛날 생각이 되살아나다 보면 그렇지 않아도 심사가 어지러운 것을."

"하긴 그것도 그러실 거예요. 그렇게 넓은 집에 사셨던 생각을 하시면 지금 사시는 형편이 더 짜증스러워지기도 하시겠죠. 뭐니 뭐니 해도 지금 형편이 이렇게 비좁은 단칸방 신세가 되고 마셨으니 말씀예요……"

노인과 아내는 잠시 그렇게 위론지 넋두린지 분간이 가지 않는 소리들을 주고받고 있었다. 한동안 그렇게 오가는 이야기를 듣다 보니, 나는 그 아내의 동기가 다시 의심스러웠다. 아내의 말투는 그저 노인을 위로하기 위해서가 아니었다. 노인을 위로해드리긴커녕 심기만 점점 더 불편스럽게 하고 있었다. 노인에게 옛집을 상기시켜드리는 것은 당신의 불편스런 심기를 주저앉히기보다 오늘을 더욱더 비참스럽게 느끼게 만들고 있었다. 집을 고쳐 짓고 싶은 그 은밀스런 소망을 자꾸만 밖으로 후벼대고 있었다. 아내의 목적은 차라리 그쪽에 있었던 것 같았다.

아내에 대한 나의 판단은 과연 크게 빗나가지 않았다.

"방이 이렇게 비좁은데 그럼 어머니, 이 옷장이라도 어디 다른 데로 좀 내놓을 수 없으세요? 이 옷장을 들여놓으니까 좁은 방이 더 비좁지 않아요."

아내는 마침내 내가 가장 거북스럽게 시선을 피해오던 곳으로 화제를 끌어들이고 있었다.

바로 그 옷궤 이야기였다. 17, 18년 전, 고등학교 1학년 때였다. 술버릇이 점점 사나워져가던 형이 전답을 팔고 선산을 팔고, 마침내는 그 아버지 때부터 살아온 집까지 마지막으로 팔아넘겼다는 소식이 들려왔다. K시에서 겨울방학을 보내고 있던 나는 도대체 일이 어떻게 되어가는지나 알아보고 싶어 옛 살던 마을엘 찾아가보았다. 집을 팔아버렸으니 식구들을 만나게 될 기대는 없었지만, 그래도 달리 소식을 알아볼 곳이 없기 때문이었다. 어스름을 기다려 살던 집 골목을 들어서니 사정은 역시 K시에서 듣고 온 대로였다. 집은 텅텅 빈 채였고 식구들은 어디론지 간 곳이 없었다. 나는 다시 골목 앞에 살고 있던 먼 친척 간 누님을 찾아갔다. 그런데 그 누님의 말을 들으니, 노인이 뜻밖에 아직 나를 기다리고 있다는 것이었다.

"여기가 어디냐. 네가 누군데 내 집 앞 골목을 이렇게 서성대고 있어야 하더란 말이냐."

한참 뒤에 어디선가 누님의 소식을 듣고 달려온 노인이 문간 앞에서 어정어정 망설이고 있는 나를 보고 다짜고짜 나무랐다. 행여나 싶은 마음으로 노인을 따라 문간을 들어섰으나 집이 팔린 것은 분명해 보였다.

그날 밤 노인은 옛날과 똑같이 저녁을 지어 내왔고, 그날 밤을 거기서 함께 지냈다. 그리고 이튿날 새벽 일찍 K시로 나를 다시 되돌려 보냈다. 나중에야 안 일이지만 노인은 그렇게 나에게 저녁밥 한 끼를 지어 먹이고 마지막 밤을 지내게 해주고 싶어, 새 주인의 양해를 얻어 그렇게 혼자서 나를 기다리고 있었다 했다. 언젠가 내가 다녀갈 때까지는 하룻밤만이라도 내게 옛집의 모습과 옛날 같은 분위기 속에 맘 편히 눈을 붙이고 가게 해주고 싶어서였을 터이다. 아무리 그렇더라도 문간을 들어설 때부터 썰렁한 집안 분위기가 이사를 나간 빈집이 분명했건만.

한데도 노인은 그때까지 매일같이 그 빈집을 드나들며 먼지를 털고 걸레질을 해온 것이었다. 그리고 그때 노인은 아직 집을 지켜온 흔적으로 안방 한쪽에 이불 한 채와 옷궤 하나를 예대로 그냥 남겨두고 있었다. 이튿날 새벽 K시로 다시 길을 나설 때서야 비로소 집이 팔린 사실을 분명히 해온 노인의 심정으로는 그날 밤 그 옷궤 한 가지로나마 옛집의 분위기를 되살려내 괴로운 잠자리를 위로하고 싶었음에 분명한 물건이었다.

그런 내력이 숨겨져온 옷궤였다. 떠돌이 살림에 다른 가재도구가 없어서도 그랬겠지만, 이 20년 가까이를 노인이 한사코 함께 간직해온 옷궤였다. 그만큼 또 나를 언제나 불편스럽게 만들어온 물건이었다. 노인에게 빚이 없음을 몇 번씩 스스로 다짐하고 지내다가도 그 옷궤만 보면 무슨 액면가 없는 빚 문서를 만난 듯 기분이 꺼림칙스러워지곤 하던 물건이었다.

이번에도 물론 마찬가지였다. 노인의 방을 들어선 순간에 벌써 기분을 불편스럽게 해오던 옷궤였다. 그리고 끝내는 이틀 밤을 못 넘기고 길을 다시 되돌아갈 작정을 내리게 한 것도 알고 보면 바로 그 옷궤의 허물이 컸을지 모른다.

아내도 물론 그 옷궤에 관한 내력을 내게서 들을 만큼 듣고 있었다. 그리고 그걸 알고 있는 여자라면 그 옷궤에 대한 내 기분도 짐작을 못할 그녀가 아니었다. 아내는 일부러 그 옷궤 이야기를 꺼냈음이 분명했다. 더욱이 내가 바깥에서 두 사람의 이야기를 엿듣고 있는 걸 알고서 그랬을 수도 있었다.

나는 어느새 콧속을 후벼대는 못된 버릇이 되살아날 만큼 긴장하고 있었다. 생각지도 않았던 곳에서 갑자기 묵은 빚 문서가 튀어나올 것 같은 조마조마한 기분이었다. 노인이 치사하게 그 묵은 빚 문서로 나를 궁지에 몰아넣으려 덤빌 수도 있었다.

―그래 보라지. 누가 뭐래도 내겐 절대로 빚진 게 없으니까. 그래 본들 없는 빚이 생길 리가 있을라구.

나는 거의 기구를 드리듯 눈을 감고 기다렸다.

하지만 다행스러운 것은 아직도 그 무심스러워 보이기만 한 노인의 대꾸였다.

"옷궤를 내놓으면 몸에 걸칠 옷가지는 다 어디다 간수하고야? 어디다 따로 내놓을 데가 있는 것도 아니지만, 그걸 어디다 내놓을 데가 생긴다고 해도 그것 말고는 옷가지 나부랑일 간수해둘 데는 있어얄 것 아니냐."

알고 그러는지 모르고 그러는지 노인이 그 옷궤 쪽에는 그리 신경을 쓰고 있지 않은 것 같았다.

"옷이야 어떻게 못을 박아 걸더라도, 사람이 우선 좀 발이라도 뻗고 누울 자리가 있어야잖아요. 이건 뭐 사람보다도 옷장을 모시는 꼴이지 뭐예요."

아내는 거의 억지를 부리고 있었다. 옷궤에 대한 노인의 집착심을 시험해보기 위한 수작임이 분명했다.
하지만 노인의 반응은 여전히 의연했다.
"그건 네가 모르는 소리다. 그 옷궤라도 하나 없으면 이 집을 누가 사람 사는 집이라 할 수 있겠냐. 사람 사는 집 흔적으로 해서라도 그건 집안에 지녀야 할 물건이다."
"어머님은 아마 저 옷장에 그럴 만한 사연이 있으신가 봐요. 시집오실 때 해오신 건가요?"
노인의 나이가 너무 높다 보니 아내는 때로 그 노인 앞에 손주 딸처럼 버릇이 없어지기도 했지만, 이번에는 숫제 장난기 한가지였다.
"내력은 무슨……"
노인은 이제 그것으로 그만 입을 다물어버리고 말았다. 옷궤 이야기는 더 이상 들추고 싶지가 않은 모양이었다.
하지만 아내 쪽도 그쯤 호락호락 물러설 여자가 아니었다. 노인이 입을 다물어버리자 아내도 잠시 할 말을 잃은 듯 침묵을 지키고 있더니, 이윽곤 다시 새판잡이 공세를 펴기 시작했다.
"하긴 어쨌거나 어머님 마음이 편하진 못하시겠어요. 뭐니 뭐니 해도 옛날 사시던 집을 지켜오시는 게 제일 좋으셨을 텐데 말씀예요. 도대체 그 집은 어떻게 해서 팔리게 되었어요?"
다시 그 집 얘기였다. 그 역시 모르고 묻는 소리가 아니었다. 아내는 그 옷궤의 내력과 함께 집이 팔리게 된 사정에 대해서도 모두 알고 있었다. 하면서도 그녀는 다시 노인에게 그것을 되풀이시키려 하고 있었다. 옷궤를 구실로 그 노인의 소망을 유인해내려는 그녀 나름의 노력의 연장이었다.
 하지만 노인의 태도도 아직은 그 아내에 못지않게 끈질긴 데가 있었다.
 "집이 어떻게 팔리기는…… 안 팔아도 좋을 집을 뭔 장난 삼아 팔았을라더냐. 내 집 지니고 살 팔자가 못 돼 그리 된 거제……"
 알고도 묻는 소릴 노인은 또 노인대로 내력을 얼버무려 넘기려고 하였다.
 "그래도 사정은 있었을 게 아녜요? 그 집을 지을 때 돌아가신 아버님이 몹시 고생을 하셨다고 하던데요."
 "집이야 참 어렵게 장만한 집이었지야. 남같이 한 번에 지어 올린 집이 아니고 몇 해에 걸쳐서 한 칸씩 두 칸씩 살림 형편 좇아서 늘려간 집이었더니라. 그렇게 마련한 집이 결국은 내 집이 못 되고…… 그런다고 이제 그런 소린 해서 다 뭣을 하겠냐. 어차피 내 집이 못 될 운수라 그리 된 일을 이런 소리 곱씹는다고 팔려간 집 다시 내 집이 되어 돌아올 것도 아니고……"
 "하지만 그리 어렵게 장만한 집이라 애석한 생각이 더할 게 아녜요. 지금 형편도 그럴 수밖에 없고요. 어떻게 되어 그리 되고 말았는지 그때 사정이라도 좀 말씀해보세요."
 "그만둬라, 다 소용없는 일이다. 이제는 그럭저럭 세월이 흘러서 기억도 많이 희미해진 일이고……"
 한사코 이야기를 피하려는 노인에게 아내는 마침내 마지막 수단을 동원하고 있었다.
 "좋아요. 어머님께선 아마 지난 일로 저까지 공연히 속을 상하게 할까 봐 그러시는 모양인데요. 그래도 별 소용이 없으세요. 저도 사실은 이야기를 대강 다 들어 알고 있단 말씀예요."
"이야기를 들어? 누구한테서?"
노인이 비로소 조금 놀라는 기미였다.
"그야 물론 저 사람한테지요."
노인의 물음에 아내가 대답했다. 눈에는 보이지 않았지만, 밖에서 엿듣고 있는 나를 지목한 말투가 분명했다. 짐작대로 그녀는 벌써부터 내가 밖에서 엿듣고 있는 낌새를 알아차리고 있었음이 분명했다.
"제가 알고 있는 건 그 집을 팔게 된 사정만도 아니에요. 어머님께서 저 사람한테 그 팔려간 집에서 마지막 밤을 지내게 해주신 일도 모두 알고 있단 말씀예요. 모른 척하고 있기는 했지만 저 옷장 말씀예요. 그날 밤에도 어머님은 저 헌 옷장 하나를 집 안에다 아직 남겨두고 계셨더라면서요. 아직도 저 사람한텐 어머님이 거기서 살고 계신 것처럼 보이시려고 말씀이에요."
아내는 차츰 목소리가 떨려 나오고 있었다.
"그렇담 어머님, 이제 좀 속시원히 말씀해보세요. 혼자서 참아 넘기려고만 하지 마시고 말씀이라도 하셔서 속을 후련히 털어놔보시란 말씀이에요. 저흰 어머님 자식들 아닙니까. 자식들한테까지 어머님은 어째서 그렇게 말씀을 참아 넘기려고만 하세요."
아내의 어조는 거의 울먹임에 가까웠다.
노인도 이젠 어찌할 수가 없는지, 한동안 묵묵히 대꾸가 없었다.
나는 온통 입안의 침이 다 말랐다. 노인의 대꾸가 어떻게 나올

지 숨도 못 쉰 채 당신의 다음 말만 기다리고 있었다.

하지만 그 아내나 나의 조바심과는 아랑곳없이 노인은 끝내 심기를 흩트리지 않았다.

"그래 그 아그(아이)도 어떻게 아직 그날 밤 일을 잊지 않고 있더냐?"

"그래요. 그리고 그날 밤 어머님은 저 사람이 집을 못 들어가고 서성대고 있으려니까 그 집이 아직 안 팔린 것처럼 저 사람을 안으로 데려다가 저녁까지 한 끼 지어 먹이셨다면서요?"

"그럼 됐구나. 그렇게 죄다 알고 있는 일을 뭐 하러 한사코 나한테 되뇌게 하려느냐."

"저 사람은 벌써 잊어가고 있거든요. 저 사람한테선 진짜 얘기를 들을 수도 없고요. 사람이 모질어 저 사람은 그런 일 일부러 잊어요. 그래 이번엔 어머님한테서 진짜 이야길 듣고 싶은 거예요. 저 사람 얘기 말고 어머님의 그날 밤 진짜 심경을 말씀이에요."

"심경이나 마나 저하고 별다른 대목이 있었을라더냐. 사세부득해서 팔았다곤 하지만 아직은 그래도 내 발길이 끊이지 않은 집인데, 그 집을 놔두고 그 아그가 그래 발길을 주춤주춤 어정대고 서 있더구나……"

아내의 성화를 견디다 못해 노인은 결국 마지못한 어조로 그날 밤 일을 얼핏 돌이키고 들었다. 어조에는 아직도 그날 밤의 심사가 조금도 실려 있지 않은 채였다.

"그래 저를 나무래서 냉큼 집 안으로 데리고 들어갔더니라. 그리고 더운밥 지어 먹여서 그 집에서 하룻밤을 재워가지고 동도 트기 전에 길을 되돌려 떠나보냈더니라……"
"그래 그때 어머님 마음이 어떠셨어요?"
"마음이 어쩌기는야. 팔린 집이나마 거기서 하룻밤 저 아그를 재워 보내고 싶어 싫은 골목 드나들며 마당도 쓸고 걸레질도 훔치며 기다려온 에미였는디, 더운밥 해 먹이고 하룻밤을 재우고 나니 그만만 해도 한 소원은 우선 풀린 것 같더구나."
"그래 어머님은 흡족한 기분으로 아들을 떠나보내셨다는 말씀이시군요. 하지만 정말로 그게 그러실 수 있었을까요? 어머님은 정말로 그렇게 흡족한 마음으로 아들을 떠나보내실 수 있으셨을까 말씀이에요. 아들은 다시 학교로 돌아가는 길이었다 치더라도 어머님 자신은 그때 변변한 거처 하나 마련해두시지 못하셨을 처지에 말씀이에요."
"나더러 또 무슨 이야길 더 하라는 것이냐."
"그때 아들을 떠나보내실 때 어머님 심경을 듣고 싶어요. 객지 공부 가는 어린 아들을 그런 식으로 떠나보내시면서 어머님 자신도 거처가 없이 떠도셔야 했던 그때 처지에서 어머님이 겪으신 심경을 말씀예요."
"그만두거라. 다 쓸데없는 노릇이니라. 이야기를 한들 그때 마음이야 네가 어찌 다 알아들을 수가 있겠냐."
노인이 다시 이야기를 사양했다. 그러나 그 체념기가 완연한 노인의 어조에는 아직도 혼자 당신의 맘속으로만 지녀온 어떤 이야기가 남아 있는 것 같았다.
나는 이제 더 기다리고 있을 수가 없었다. 아내는 내 기미를 눈치채고 있었다 하더라도 노인만은 아직 그걸 알지 못하고 있었다. 노인의 말을 그쯤에서 그만 중단시켜야 했다. 아내가 어떻게 나온다 하더라도 내게까지 그것을 알게 하고 싶지는 않을 노인이었다. 내 앞에선 더 이상 노인의 이야기가 계속되어갈 수 없었다.

나는 이윽고 헛기침을 한 번 하고서 그 노인의 눈길이 닿고 있는 장지문 앞으로 모습을 불쑥 드러내고 나섰다.

4

위험한 고비는 그럭저럭 모두 지나가고 있었다.

저녁상을 들일 때 노인은 언제나처럼 막걸리 한 되를 가져오게 하였다. 형의 술버릇 때문에 집안 꼴이 그 지경이 되었는데도 노인은 웬일로 내게 그리 술 걱정을 하지 않았다. 집에만 가면 당신이 손수 막걸리 한두 되씩을 꼭꼭 미리 마련해다 주곤 하였다.

— 한잔 마시고 잠이나 자거라.

그러면서 낮참부터 늘 잠자기를 권했다.

이날 저녁도 마찬가지였다.

"그래, 정 내일 아침으로 길을 나설라냐?"

저녁상이 들어왔을 때 노인은 그렇게 조심스런 목소리로 나의 내심을 한번 더 떠왔을 뿐이다.

"가야 할 일이 있으니까 가겠다는 거 아니겠어요."

나는 노인에게 공연히 짜증기 선 목소리로 퉁명스럽게 대꾸했다.

하니까 노인은 그것으로 그만이었다.
"그래 알았다. 저녁하고 술이나 한잔하고 일찍 쉬거라."
 아침부터 먼 길을 나서려면 잠이라도 일찍 자두라는 단속이었다. 나는 말없이 노인을 따랐다. 저녁 겸해서 술 한 되를 비우고 그리고 술기를 못 견디는 사람처럼 일찍감치 잠자리를 펴고 누웠다. 이윽고 형수님이 조카들을 데리고 잠자리를 찾아 나가자 이날 밤도 우리는 세 사람 합숙이었다.
 어쨌거나 이제 위태로운 고비는 그럭저럭 거의 다 넘겨가고 있는 셈이었다. 눈을 붙였다 깨고 나면 그것으로 모든 건 끝난다. 지붕이고 옷궤고 더 이상 신경을 쓸 일이 없어진다. 노인에게 숨겨진 빚 문서가 있을까. 하지만 이날 밤만 무사히 넘기고 나면 노인의 빚 문서도 그걸로 영영 휴지가 되는 것이다.
 ─잠이나 자자. 빚이고 뭐고 잠들면 그만이다. 노인에게 빚은 내가 무슨 빚이 있단 말인가……
 나는 제법 홀가분한 기분으로 눈을 감고 잠을 청했다. 술기 탓인지 알알한 잠기운이 이내 눈꺼풀을 덮어왔다.
 한데 얼마쯤 그렇게 아늑한 졸음기 속을 헤매고 났을 때였을까. 나는 웬일인지 문득 다시 잠기가 서서히 엷어져가고 있었다. 그리고 아직도 그 어렴풋한 선잠기 속에 도란도란 조심스런 노인의 말소리가 들려왔다.
 "그날 밤사말로 갑자기 웬 눈이 그리도 많이 내렸던지 잠을 잤으면 얼마나 잤겠느냐마는 그래도 잠시 눈을 붙였다가 새벽녘에 일어나 보니 바깥이 왼통 환한 눈 천지로구나…… 눈이 왔더라도 어쩔 수가 있더냐. 서둘러 밥 한술씩을 끓여다가 속을 덥히고 그 눈길을 서둘러 나섰더니라……"

나는 다시 정신이 번쩍 들고 말았다. 어찌 된 일인지 노인이 마침내 그날 밤 이야기를 아내에게 가닥가닥 털어놓고 있는 중이었다.

"처지가 떳떳했으면 날이라도 좀 밝은 다음에 길을 나설 수도 있었으련만, 그땐 어찌도 그리 처지가 부끄럽고 저주스럽기만 했던지…… 그래 할 수 없이 새벽 눈길을 둘이서 나섰지만, 시오리나 되는 장터 차부까지 산길이 멀기는 또 얼마나 멀더라냐."

기억을 차근차근 더듬어나가고 있는 노인의 몽롱한 목소리는 마치 어린 손주 아이에게 옛얘기라도 들려주는 할머니의 그것처럼 아늑한 느낌마저 깃들이고 있었다.

아내가 결국은 노인을 거기까지 유도해냈음이 분명했다.

— 이야기를 한들 네가 어찌 다 알아들을 수가 있겠냐……

낮결에 노인이 말꼬리를 한 가닥 깔고 넘은 기미를 아내가 무심히 들어 넘겼을 리 없었다.

그날 밤—아니 그날 새벽—아내에겐 한 번도 들려준 일이 없는 그날 새벽의 서글픈 동행을, 나 자신도 한사코 기억의 피안으로 사라져가주기를 바라오던 그 새벽의 눈길의 기억을 노인은 이제 받아낼 길 없는 묵은 빚 문서를 들추듯 허무한 목소리로 되씹고 있었다.

"날은 아직 어둡고 산길은 험하고, 미끄러지고 넘어지면서도 차부까지는 그래도 어떻게 시간을 대어 갈 수가 있었구나……"

이야기를 듣고 있는 나의 머릿속에도 마침내 그날의 정경이 손에 닿을 듯 역력히 떠올랐다. 어린 자식 놈의 처지가 너무도 딱해서였을까. 아니 어쩌면 노인 자신의 처지까지도 그밖엔 달리 도리가 없었을 노릇이었는지도 모른다. 동구 밖까지만 바래다주겠다던 노인은 다시 마을 뒷산 잿길까지 나를 좀더 바래주마 우겼고, 그 잿길을 올라선 다음엔 새 신작로가 나설 때까지만 산길을 함께 넘어가자 우겼다. 그럴 때마다 한차례씩 애시린 실랑이를 치르고 나면 노인과 나는 더 이상 할 말이 있을 수 없었다. 아닌 게 아니라 날이라도 좀 밝은 다음이었으면 좋았겠는데, 날이 밝기를 기다려 동네를 나서는 건 노인이나 나나 생각을 안 했다. 그나마 그 어둠을 타고 마을을 나서는 것이 노인이나 나나 마음이 편했다. 노인의 말마따나 미끄러지고 넘어지면서, 내가 미끄러지면 노인이 나를 부축해 일으키고, 노인이 넘어지면 내가 당신을 부축해가면서, 그렇게 말없이 신작로까지 나섰다. 그러고도 아직 면소 차부까지는 길이 한참이나 남아 있었다. 나는 결국 그 면소 차부까지도 노인과 함께 신작로를 걸었다.

　아직도 날이 밝기 전이었다.

　하지만 그러고 우리는 어찌 되었던가.

　나는 차를 타고 떠나갔고, 노인은 거기서 다시 어둠 속의 눈길을 되돌아서야 했다……

　내가 알고 있는 건 거기까지뿐이었다.

　노인이 그 후 어떻게 길을 되돌아갔는지는 나로서도 아직 들은 바가 없었다. 노인을 길가에 혼자 남겨두고 차로 올라선 그 순간부터 나는 차마 그 노인을 생각하기가 싫었고, 노인도 오늘까지 그날의 뒷얘기는 들려준 일이 없었다. 그런데 노인은 웬일로 오늘사 그날의 기억을 끝까지 돌이키고 있었다.

"어떻게 어떻게 장터거리로 들어서서 차부가 저만큼 보일 만한 데까지 가니 그때 마침 차가 미리 불을 켜고 차부를 나오더구나. 급한 김에 내가 손을 휘저어 그 차를 세웠더니, 그래 그 운전사란 사람들은 어찌 그리 길이 급하고 매정하기만 한 사람들이더냐. 차를 미처 세우지도 덜하고 덜크렁덜크렁 눈 깜짝할 사이에 저 아그를 훌쩍 실어 담고 가버리는구나."

"그래서 어머님은 그때 어떻게 하셨어요?"

잠잠히 입을 다문 채 듣고만 있던 아내가 모처럼 한마디 끼어들었다.

나는 갑자기 다시 노인의 이야기가 두려워졌다. 자리를 차고 일어나 다음 이야기를 가로막고 싶었다. 하지만 나는 이미 그럴 수가 없었다. 사지가 말을 들어주지 않았다. 온몸이 마치 물먹은 솜처럼 무겁게 가라앉고 있었다. 몸을 어떻게 움직여볼 수가 없었다. 형언하기 어려운 어떤 달콤한 슬픔, 달콤한 피곤기 같은 것이 나를 아늑히 감싸오고 있었다.

"어떻게 하기는야. 넋이 나간 사람마냥 어둠 속에 한참이나 찻길만 바라보고 서 있을 수밖에야…… 그 허망한 마음을 어떻게 다 말할 수가 있을 거나……"

노인은 여전히 옛애기를 하듯 하는 그 차분하고 아득한 음성으로 그날의 기억을 더듬어나갔다.

"한참 그러고 서 있다 보니 찬바람에 정신이 좀 되돌아오더구나.

정신이 들어보니 갈 길이 새삼 허망스럽지 않았겠냐. 지금까진 그래도 저하고 나하고 둘이서 함께 헤쳐온 길인데 이참에는 그 길을 늙은것 혼자서 되돌아서려니…… 거기다 아직도 날은 어둡지야…… 그대로는 암만해도 길을 되돌아설 수가 없어 차부를 찾아 들어갔더니라. 한 식경이나 차부 안 나무 걸상에 웅크리고 앉아 있으려니 그제사 동녘 하늘이 훤해져오더구나…… 그래서 또 혼자 서두를 것도 없는 길을 서둘러 나섰는데, 그때 일만은 언제까지도 잊힐 수가 없을 것 같구나."

"길을 혼자 돌아가시던 그때 일을 말씀이세요?"

"눈길을 혼자 돌아가다 보니 그 길엔 아직도 우리 둘 말고는 아무도 지나간 사람이 없지 않았겠냐. 눈발이 그친 그 신작로 눈 위에 저하고 나하고 둘이 걸어온 발자국만 나란히 이어져 있구나."

"그래서 어머님은 그 발자국 때문에 아들 생각이 더 간절하셨겠네요."

"간절하다뿐이었겠냐. 신작로를 지나고 산길을 들어서도 굽이굽이 돌아온 그 몹쓸 발자국들에 아직도 도란도란 저 아그 목소리나 따뜻한 온기가 남아 있는 듯만 싶었제. 산비둘기만 푸르르 날아올라도 저 아그 넋이 새가 되어 다시 되돌아오는 듯 놀라지고, 나무들이 눈을 쓰고 서 있는 것만 보아도 뒤에서 금세 저 아그 모습이 뛰어나올 것만 싶었지야. 하다 보니 나는 굽이굽이 외지기만 한 그 산길을 저 아그 발자국만 따라 밟고 왔더니라. 내 자석아, 내 자석아, 너하고 둘이 온 길을 이제는 이 몹쓸 늙은것 혼자서 너를 보내고 돌아가고 있구나!"

"어머님 그때 우시지 않았어요?"

"울기만 했겄냐. 오목오목 디뎌논 그 아그 발자국마다 한도 없는 눈물을 뿌리며 돌아왔제. 내 자석아, 내 자석아, 부디 몸이나 성히 지내거라. 부디부디 너라도 좋은 운 타서 복 받고 살거라…… 눈앞이 가리도록 눈물을 떨구면서 눈물로 저 아그 앞길만 빌고 왔제……"

노인의 이야기가 거진 끝이 나가고 있는 것 같았다. 아내는 이제 할 말을 잊은 듯 입을 조용히 다물고 있었다.

"그런디 그 서두를 것도 없는 길이라 그렁저렁 시름없이 걸어온 발걸음이 그래도 어느 참에 동네 뒷산까지 당도해 있었구나. 하지만 나는 그길로는 차마 동네를 바로 들어설 수가 없어 잿등 위에 눈을 쓸고 아직도 한참이나 시간을 기다리고 앉아 있었더니라……"

"어머님도 이젠 돌아가실 거처가 없으셨던 거지요."

한동안 조용히 입을 다물고 있던 아내가 더 이상 참을 수가 없어진 듯 갑자기 노인을 채근하고 나섰다. 그 목소리가 울먹임 때문에 떨리고 있었다.

나 역시 더 이상 노인을 참을 수가 없었다. 이제나마 노인을 가로막고 싶었다. 아내의 추궁에 대한 그 노인의 대꾸가 너무도 두려웠다. 노인의 대답을 들을 수가 없었다. 하지만 그 역시도 불가능한 일이었다.

나는 아직도 눈을 뜰 수가 없었다. 불빛 아래 눈을 뜨고 일어날 수가 없었다. 사지가 마비된 듯 가라앉아 있는 때문만이 아니었다. 졸음기가 아직 아쉬워서도 아니었다. 눈꺼풀 밑으로 뜨겁게 차오르는 것을 아내와 노인 앞에 보일 수가 없었다. 그것이 너무도 부끄러웠기 때문이다. 아내는 이번에도 그러는 나를 알고 있었던 것 같았다.
"여보, 이젠 좀 일어나보세요. 일어나서 당신도 말을 좀 해보세요."
그녀가 느닷없이 나를 세차게 흔들어 깨웠다. 그녀의 음성은 이제 거의 울부짖음에 가까웠다. 그래도 나는 일어날 수가 없었다. 뜨거운 것을 숨기기 위해 눈꺼풀을 꾹꾹 눌러 참으며 내처 잠이 든 척 버틸 수밖에 없었다.
음성이 아직 흐트러지지 않고 있는 건 오히려 노인뿐이었다.
"가만두거라. 아침 길 나서기도 피곤할 것인디 곤하게 자고 있는 사람 뭣 하러 그러냐."
노인은 일단 아내의 행동을 말려두고 나서 아직도 그 옛얘기를 하는 듯한 아득하고 차분한 음성으로 당신의 남은 이야기를 끝맺어가고 있었다.
"그런디 이것만은 네가 좀 잘못 안 것 같구나. 그때 내가 뒷산 잿등에서 동네를 바로 들어가지 못하고 있었던 일 말이다. 그건 내가 갈 데가 없어 그랬던 건 아니란다. 산 사람 목숨인데 설마 그때라고 누구네 문간방 한 칸이라도 산 몸뚱이 깃들일 데 마련이 안 됐겠냐. 갈 데가 없어서가 아니라 아침 햇살이 활짝 퍼져 들어 있는디, 눈에 덮인 그 우리 집 지붕까지도 햇살 때문에 볼 수가 없더구나. 더구나 동네에선 아침 짓는 연기가 한창인디 그렇게 시린 눈을 해갖고는 그 햇살이 부끄러워 차마 어떻게 동네 골목을 들어설 수가 있더냐. 그놈의 말간 햇살이 부끄러워져서 그럴 엄두가 안 생겨나더구나. 시린 눈이라도 좀 가라앉히자고 그래 그러고 앉아 있었더니라……"

(『문예중앙』 1977년 겨울호)

불 머금은 항아리

　완구 수출업에 상당한 이재 능력을 발휘하여, 대학 졸업 7, 8년 만에 제법 눈총깨나 받아온 고급 아파트 한 칸을 장만해 들어 살고 있는 민경섭은 근자 그의 집을 찾아온 친지들마다 똑같은 자랑을 듣고 가게 하는 새로운 취미가 생겼다.
　—이 항아리를 지닌 사람은 부자가 된다.
　경섭의 아파트 거실 한쪽 구석엔 언제부턴가 늘 그런 괴상한 사기장(沙器匠)의 낙서가 설채(設彩)된 요강 단지만 한 크기의 백자 항아리 한 점이 탁자 위에 놓여 있었다.
　경섭의 자랑거리는 바로 그 희한한 낙서가 설채된 백자 항아리에 대한 것이었다. 그야 경섭의 설명이 아니더라도 자신의 생업에 대한 자포자기적인 회의와 저주 같은 것이 한데 얼룩진 독백을 그렇게 함부로 내갈겨놓은 사기장의 괴벽만 보아도 항아리 내력은 벌써 심상치가 않아 보이게 마련이었다. 힘들여 지어낸 물건에 그런 낙서를 써넣은 사기장의 심사라니, 그런 낙서로 이미 온전한 물건을 완성해내려는 사람의 것은 아닐 터였다.

물건을 대하는 사람들은 대개 그 물건의 완벽성에 대한 아쉬움보다도 오히려 그런 의도적인 사기장의 파행이나 항아리의 결함 쪽에 훨씬 너그러운 관심들이 쏠렸다.

하지만 그 항아리의 내력에 대한 경섭의 설명은 보다 더 친절했다. 그리고 그의 그런 친절한 설명은 날이 갈수록 물건의 진가를 배가시키고 있었다. 바로 그 경섭의 설명에 의하면, 항아리의 내력은 그가 매번 친구들에게 자랑을 늘어놓고 싶어 하는 동기나 의도에 관계없이 친구들을 상당히 감동시키는 바가 있었다. 그리고 그의 친지들은 항아리에 대한 내력을 하필이면 그 경섭으로부터 듣게 된 것을 묘하게 어색하고 쑵쓰레해하는 것이었다.

"그 물건은 한때 제법 호경기를 누리던 어느 가발 업체 사장의 소유로 있었지요."

경섭은 거의 언제나 항아리의 옛 소유주에게서 자신이 그것을 입수하게 된 경위에서부터 자신의 자랑을 시작하곤 하였다.

그는 그 가발 업체 사장에게 사채를 얼마간 융통해주고 있었는데, 위인의 능력이 신통칠 못했던지 멀쩡해 보이던 작자의 회사가 어느 날 갑자기 억대의 부도를 내고 도산을 하고 말았다고 했다. 그래 꾸어준 돈을 받아낼 길이 없고, 그렇다고 그냥 발을 개고 물러앉아버릴 수도 없어, 하루는 그냥 분풀이 삼아 작자의 집을 쳐들어갔다는 것이다.

"그래 봐야 물론 별 볼일은 없었지요. 돈푼이나 될 만한 작자의 집칸은 은행에 이미 근저당권 설정이 되어 있었으니까요. 가재도구도 돈푼이나 될 만한 것은 자리를 모두 비켜냈더군요. 한데 그 집 응접실 구석에 저 항아리가 아직 커튼 자락에 가려 먼지를 뒤집어쓰고 남아 앉았더란 말씀예요. 그래 난 화풀이 삼아 그거라도 그냥 약탈자 한가지로 들집어왔지요. 그땐 물론 항아리의 진가를 알고서 한 노릇이 아니었어요. 들은 풍월로 그저 이거나마 뜻밖에 돈푼이나 돼줄 물건일지 모른다는 생각은 있었지만, 내가 이런 물건의 진가를 압니까. 그땐 아직 저런 낙서가 들어 있는 것조차도 알질 못했구요."

낙서가 들어 있는 것을 발견한 것은 옹기점에서 오지단지를 사들이듯 항아리를 아무렇게나 집으로 들집어간 다음 일이었는데, 집엘 가서 그런 낙서가 물건 짝에 들어 있는 것을 알게 된 민경섭, 처음 한동안은 그 낙서 때문에 오히려 실망을 하고 있었노라 하였다. 물건에 그런 실없는 낙서가 들어 있으니 그나마 별 볼일 없으리라 여기고, 낙서가 들어 있는 쪽이 일부러 벽면을 향하도록 선반 위에다 높지막이 올려두고 말았다는 것이다. 항아리의 전 소유자였던 파산한 가발 회사 사장이 그것을 경섭에 대한 빚 갚음으로 여기고 싶었던지, 혹은 항아리의 값어치가 뒷소리를 할 필요도 없을 만큼 대단칠 못했던지, 하여간 그 물건의 전 소유주로부터 별다른 뒷말이 없는 것도 경섭의 실망을 거들었다 하였다.

그리고 나서 3년여. 그때쯤 해선 선반 위에 올려놓은 항아리의 존재조차 까맣게 잊고 지내는 판이었는데, 경섭은 어느 날 그가 즐겨 읽는 석간신문 광고란에서 뜻밖의 광고문을 발견하게 되었다.

경섭은 그날 저녁 화장실 안에서 30분 이상이나 신문을 보면서 그의 오랜 변미증(便美症)을 즐기고 있었다. 경섭은 그렇게 화장실 안에서 편안하게 석간신문의 광고들을 훑는 것이 변미증 못지않은 오랜 취미가 되어 있었다. 한데 그날 저녁 민경섭이 석간신문의 세 페이지 광고를 깡그리 훑고 나서 마지막 네 페이지분으로 눈을 돌렸을 때였다.

"사기 항아리를 찾습니다."

새까맣게 나열된 수많은 광고문들 사이에 문득 시선을 붙드는 글귀가 하나 있었다.

  좌고 30센티미터 정도의 사기물 항아리. 모양은 둥글거나 타원형. 표면 색조는 순백 또는 유백색. 번조(燔造) 연대 1920년경. 특징으로는 항아리 동체에 '이 항아리를 사간 사람은 큰 부자가 되어라'는 뜻의 문구가 설채되어 있음. 이런 사기 항아리를 소장하신 분은 다음 주소로 연락 주시면 소지자의 소망에 따라 고가 매입하거나 다른 진품과 교환하여드리겠습니다. 항아리의 제작 내력과 관계된 일이오니 소지자는 일차 연락 주시고 의논 가지시기 바랍니다.
  —경기도 여주군 ××면 ×리 분매산(分梅山) 가마주 백.

낙서 부분은 눈에 띄기 쉽게 일부러 고딕 활자를 박은 2단짜리 광고였다.

경섭은 금방 눈알이 번쩍 튀어나오는 것 같았다. 광고문의 내용은 몇 개의 항아리가 아니라, 그런 낙서가 있는 항아리 하나를 찾고 있었다. 선반 위에 볼일 없이 내팽개쳐둔 경섭 자신의 물건을 찾고 있는 게 분명했다. 낙서의 내용은 다소 차이가 있었지만, 항아리에 대한 기억이 아리송해지고 있는 흔적은 물건의 색조나 제작 연대에 대한 제작자 자신의 설명 가운데서도 몇 곳이 엿보이고 있었다. 비슷한 낙서가 들어 있는 항아리가 여러 개 나돌고 있을 리는 없었다.

경섭은 광고문을 읽자마자 변미증의 즐거움도 단념한 채 부리나케 화장실을 뛰쳐나왔다. 그리고는 그 선반 위에 3년씩이나 먼지를 뒤집어쓰고 얹혀 있던 항아리를 내려다 광고문의 설명을 다시 확인해보았다. 먼지를 털고 조사해보니 어렴풋한 유백색의 색조하며 완만한 타원형 모양새가 영락없는 광고문 그대로의 물건이었다. 1920년경이라는 항아리의 제작 연대까지야 자세히 알 길이 없었지만, 자로 재어본 물건의 높이 33센티미터까지도 광고문의 설명에 크게 빗나가지 않았다.

—이 물건을 고가로 매입하거나 다른 진품과 교환을 해준다? 도대체 이 항아리가 무슨 내력을 지녔길래!

경섭은 이날 밤 갑자기 알 수 없는 요술 단지로 변한 그 백자 항아리를 전에 없이 소중스레 머리맡에 모셔둔 채 가슴을 두근두근 온밤을 거의 뜬눈으로 지새웠다. 그리고 다음 날 아침이 밝기 무섭게 회사 일도 그만두고 곧장 여주로 달려갔다. 물론 그 백자 항아리를 자주색 보자기에 곱게 싸들고서였다.

분매산 가마는 광고된 주소지에서 금세 찾아졌다. 여주군 일대에 집결된 기업형의 여러 가마들과 달리 항아리를 찾는 분매산 가마는 ××면 ×리 후사면 산골짜기에 호젓하게 따로 자리 잡고 있는, 규모가 조그만 단독 가마였다. 작은 가마의 규모치고는 깨뜨려버리는 물건의 수효가 너무 엄청나 보일 만큼 거대한 파편들의 무더기가 여기저기 흩어져 있었고, 가마 종사자들의 공방(工房)을 겸한 거처용 창고가 그 거대한 파편 더미들 사이로 조그맣게 비집고 들어앉은 형국이었다.

 경섭이 가마를 찾아들었을 때 그를 맞은 사람은 젊은 사기장 두 사람이 전부였다. 경섭이 찾아온 내력을 말하고, 그의 항아리를 내보이자 두 사람은 바로 광고를 낸 게 자신들이 틀림없다며 경섭의 항아리에 천하라도 얻은 듯 그를 반기고 나섰다.

 그러나 경섭이 정작 만나야 할 사람은 그 젊은이들이 아니었다. 경섭이 만나야 할 인물은 가마 사람들의 일방 겸 거처로 쓰고 있는 그 창고 쪽에 따로 있었다. 그곳에 그 젊은이들에게 사기장 일을 가르치는 70대 노인 한 사람이 혼자 앓고 누워 있었다. 정작에 그 항아리를 소망해왔고 그 물건의 내력을 지녀온 사람은 방 안에 누워 있는 그 늙은 사기장이었다. 바깥 젊은이들은 오랫동안 그 노인의 깊은 소망을 지켜보다가 근자에 이르러 노인의 병세가 점점 심상찮아져감을 보고, 당신의 그 조그만 소망이라도 풀어주는 게 좋겠다 싶어 대신 광고를 냈다는 것이었다. 그래 경섭은 곧 자신의 항아리와 함께 노인에게로 안내되어 갔는데, 사정을 대충 설명 듣고 난 노인의 반가워하는 모습은 물론 젊은이들에 비할 바가 아니었다.

 "걸레 조각처럼 야위고 지친 노인의 몰골은 젊은이들 얘기처럼 여명이 그리 길 것 같지가 않아 보였어요. 목구멍에 가래까지 심하게 끓어올라 말도 제대로 못하는 형편이었지요. 하지만 난 항아리를 보고 노인이 얼마나 감격하고 있다는 걸 알 수 있었어요."

경섭의 자랑이 이쯤에 이르면 그 자랑을 듣는 사람들 쪽에서도 항아리의 내력이 점점 더 궁금해지지 않을 수 없었다. 그러면 경섭은 이때야말로 항아리의 진가를 결정적인 것으로 만들 기회라는 듯 목소리를 더욱 엄숙하게 가다듬는 것이었다.

"노인은 한동안 그저 눈물만 흘렸어요. 잃었던 자식이 되돌아오기라도 한 듯 항아리를 부드럽게 어루만지면서 하염없이 눈물만 흘리는 거예요……"

그리고 그때부터 경섭은 아예 화자로서의 자신과 노인의 존재조차 구분할 수 없어진 듯 스스로의 이야기에 자랑스럽게 취해들었다.

"지금부터 대략 60년쯤 전. 삼일만세 사건이 있은 지 한두 해 뒤의 일이었었지요…… 노인이 이윽고 눈물을 그치고 이야기를 시작하더군요. 가래가 끓어올라 숨을 쉬기도 불편스런 목소리로…… 하지만 노인은 중도에서 가끔 이야기를 쉬어가면서 기어코 내게 그 항아리의 내력을 전하고자 했어요…… 하니까 지금부터 거의 60년 전—60년 전이라면 노인이 기억하고 있는 삼일만세 사건과 광고에서 밝힌 그 1920년대의 어느 한 해가 엇비슷하게 맞아떨어지는데, 그 어느 해 노인의 나이 아직 스무남은 살 남짓 하던 무렵의 일이었습니다……"

경섭이 그런 식으로 자신의 일처럼 감동에 겨워 전하는 노인의 이야기와 항아리의 사연은 대충 줄거리가 이런 것이었다.

지금부터 그 60년 전쯤의 일이었다. 그 60년 전에도 분매산 기슭엔 지금과 비슷한 가마가 있었다. 가마의 주인은 그때 이미 70이 넘은 허봉도라는 노인이었고, 허 노인 이외의 가마 일꾼으로는 어려서부터 그 허 노인을 선생으로 가마 일을 배워온 백용술이라는 스물 안팎의 청년이 한 사람 있었을 뿐이었다. 허 노인과 백 가 청년은 물론 선생과 전수공 사이라곤 하지만 선생이나 제자나 두 사람 이외에는 서로 별다른 살붙이가 있는 것도 아니어서 그냥 그대로 부자간 한가지로 살아온 터였다. 그런데 그 백 가 청년의 가슴속엔 언제부턴가 허 노인에 대해 이런저런 불만들이 쌓여오고 있었다.

백용술은 이미 어렸을 때부터 수없이 느껴온 일이었지만, 허봉도 노인은 말이 그저 선생일 뿐이지, 그가 원하는 가마 일에 대해서는 정작 아무것도 배워주는 것이 없었다. 노인은 그저 아무것도 가르쳐주는 것 없이 허구한 날 귀찮은 잡일만 시켰다. 산엘 가서 나무를 해오게 하거나 밤새도록 잠을 설치며 아궁이 불이나 지키게 하였다. 그런 일만을 몇 년이나 시켰다.

용술이 가마의 일을 익히게 된 것은 허봉도 노인의 가르침보다도 자신의 눈썰미와 노력 덕분이었다. 그는 허 노인이 흙이나 쇳물을 찾아 산야를 헤매거나 나뭇잎을 태워 사기물의 색깔을 받아내는 일에서부터, 그 흙을 이겨 반죽을 하고 물레를 돌려 그릇 모양을 지어내는 일들을, 그리고 그 그릇의 모양에 무늬를 새기고 유약을 입혀 가마에 넣는 과정들을 하나하나 눈치껏 손을 따라 익혔다. 그의 호기심과 매운 눈썰미, 거기다 그 힘든 노력의 기나긴 세월들이 그의 솜씨를 익혀준 것이었다.

 노인의 특별한 가르침이 없더라도 그렇듯 용술 자신이 이것저것 눈치껏 일을 익혀오지 않았다면, 허봉도 노인은 아마 당신이 돌아가실 때까지도 용술에게 그 가마의 불만 지키게 했을지 몰랐다. 그 지긋지긋한 아궁이 일에 파묻혀 지내던 시절을 생각하면 용술은 아직도 허봉도 노인에 대한 원망이 금세 되살아나곤 하였다.

 게다가 노인은 또 그 용술의 아궁이 일에 만족해하는 일이 거의 없었다. 노인은 용술에게 그 보람도 없이 곤욕스러운 노릇만 시키면서도 일이 잘못되어 나온 허물은 한결같이 죄 그의 탓으로 돌렸다. 며칠 밤낮 불을 때다가 가마를 열어보면 사기물의 색깔이나 모양이 애초의 의도대로 구워져 나오질 못한 것이 허다했다. 그러면 노인은 그 허물을 하나같이 모두 용술에게로 돌렸다. 가마를 여는 것은 바로 그 허 노인에게 잔소리와 꾸중을 시작하게 해주는 일에 다름 아니었다.

 ─결을 보고 나무를 골라야지……

 ─불길이 네게로 옮겨 타야 하는데, 마음의 불은 까마득하구나.

 언제나 되풀이되는 그 노인의 뜻도 잘 알 수 없는 나무람은 세월이 아무리 흘러도 그칠 줄을 몰랐다. 그리고 거기서 또 한 가지 용술로선 참으로 견디기 어려운 노인의 괴팍스런 성벽이 발동했다. 마음에 들지 않는 사기들은 하나같이 모두 박살을 내고 마는 행투였다. 가마를 열고 나면 노인은 벌써 눈빛이 달라져서 사기를 때려 부술 채비부터 하였다. 그리곤 웬만큼 모양을 지니고 나온 사기물들도 미련 없이 차례차례 박살을 내버렸다. 용술이 보기엔 아무렇지 않은 그릇들도 노인은 그저 타작하듯 간단간단 깨부쉈다. 노인의 손길에 남아나는 사기는 가마를 통틀어 매번 몇 점도 안 되었다. 어느 땐 아예 한 점도 남김없이 깡그리 요절을 내고 마는 때도 있었다. 그런 땐 노인의 눈에 이상스럽게 무서운 광기가 뻗치고, 이마엔 송글송글 땀방울까지 맺혔다. 용술은 그 노인의 심보를 헤아릴 수가 없었다. 불길에 넣어졌던 물건이 가마를 나와 박살이 난다면, 그 허물은 물론 가마불을 지킨 용술 자신에게서밖에 찾을 길이 없었다.

용술은 그저 뭔가 자신의 잘못이 있거니 싶으면서도, 그렇다고 너무 손대가 거친 노인의 고집통을 이해할 수는 없었다.

문제는 가난이었다. 노인의 그런 옹고집 때문에 두 사람의 호구지책도 마련하기가 힘들었다. 때로는 두 사람이 먹고 입을 것을 바꿔올 그릇조차 모자랐다. 노인은 도대체 그런 일에는 아랑곳을 안 했다. 살길 마련은 늘 용술의 일이었다. 물건을 내고 생활 용구를 바꿔 들이는 것도 모두 용술의 요령에 떠맡겨지고 있었다.

하다 보니 용술은 노인의 고집이 더욱 불만이 아닐 수 없었다. 이름이 새겨지는 것도 아니고 되돌아올 일이 생길 것도 아닌 물건을, 웬만하면 밥술거리라도 바꿔오게 내보내면 그만일 것을, 노인은 한사코 자기 고집에 못 이겨 용술의 애를 태우는 것이었다. 가마 일에 웬만큼 요령이 트인 값으로 해서는 이제 그만 어디 다른 데로 가서 따로 가마를 내고 싶어지기도 했지만, 노인의 나이나 주변머리로 보아 차마 그럴 수도 없는 노릇이었다. 그런 노인의 성벽을 참으면서 가마를 지키려니 용술의 불만은 이만저만이 아니었다.

 그리고 그런 불만 속에서도 용술은 어느덧 건장한 청년기로 접어들고 있었다.
 그러던 어느 해 가을. 부근 마을을 지나가던 허름한 옷차림의 한 중년 고개의 사내가 우연인 듯 염치없이 가마를 찾아들었다. 가마를 찾아온 손님이 염치없다 말한 것은 그 무렵 그렇게 가마를 찾아오는 손님 가운데는 자주 엉뚱한 청을 해오는 사람들이 많았기 때문이다.
 "혹시 물건이 잘못되어 나와버려도 좋은 것이 있으면 그거라도 한 점 얻어가고 싶습니다."
 가마를 찾아온 사람들은 그런 식으로 생각 없이 죽은 사기 얻어가기를 소망하는 일이 많았다.
 "기왕 저렇게 깨부술 것이면 그런 거라도 몇 점 덤으로 끼워줄 수 있는 거 아니오."
 사기물을 홍정하러 가마를 찾아온 사람들 가운데도 그런 말을 해오는 사람이 심심칠 않았다.
 하지만 물론 허 노인이 그걸 용납한 적은 한 번도 없었다. 노인은 애초부터 사기물 거래엔 자신이 얼굴을 내밀고 나타나는 일이 없었다. 그렇게 고집스럽도록 사람을 만나는 일을 꺼려 해서 물건 홍정은 언제나 용술의 일이었고, 가마를 드나드는 사람 가운데서 노인의 얼굴을 가까이 대면해본 사람은 열 손가락 안에나 들 수 있을 정도였다. 용술은 어느 면 그게 다행스럽게 생각될 때도 있었다. 그리고 그런 기회에 용술은 허 노인 모르게 자신들 두 사람

살 마련을 위하여 제법 융통성을 발휘하기도 하였다. 근자에 와선 한때 노인의 눈길이 닿기 전에 그렁저렁 죽은 사기 몇 점씩을 눈속임해내기도 했던 것. 하지만 허 노인 자신이 용술에게 그걸 용납한 적은 한 번도 없었다. 그건 물론 허 노인의 자신에 대한 가혹한 엄격성과 결벽증 때문이었다. 아니면 어떤 선천적인 인색스러움 때문으로 여겨질 수도 있었다. 노인이 실로 그 자신에 대한 엄격성 때문에 죽은 사기를 내놓을 수가 없다면, 대신 자신이 용납할 수 있는 다른 사기로 그의 아량을 보여줄 수도 있었다. 하지만 노인은 그 죽은 사기 대신 제대로 된 물건으로 자신의 아량을 보여준 일도 없었기 때문이었다.

그날 그 가마를 찾아온 손님 역시 그런 허 노인과 용술에 대하여 비슷한 소망을 지니고 온 위인이었다.

"혹 마음에 들지 않아서 버릴 사기가 있으시면 조그만 접시 하나라도 얻어가고 싶습니다만—"

그날사 마침 새 가마에 불을 때기 시작한 용술을 아궁이 앞까지 쫓아와서 사내는 공손히 그렇게 청했다. 용술은 물론 처음부터 어림이 없는 일이라 웃음을 지으며 고개를 흔들었다. 그러자 사내는 방금 그가 지나온 길가에 버려진 커다란 사기 파편의 더미들을 가리켰다.

"전 좋은 걸 원하진 않습니다. 그저 저렇게 깨버릴 사기가 있으시면……"

사내의 간청이 너무 공손하였으므로 용술은 차라리 자신의 입장이라도 밝혀주는 것이 예의일 것 같았다.

"그런 물건이 남을 수도 있지만 저의 선생님이 그걸 원하지 않으십니다."

용술은 허 노인을 구실로 사내의 간청을 완곡하게 거절했다. 한데도 사내가 다시 매달리고 들었다.

"노형의 스승 되시는 분이 따로 계십니까? 그렇다면 직접 선생님을 뵙고 청해보고 싶습니다만……"

여느 방문객들과는 달리 간절하고 끈질긴 데가 있는 위인이었다. 하지만 그 역시도 어렵없는 일이었다.

"선생님은 사람을 잘 만나시지 않습니다. 만나시더라도 소용이 없으실 테구요."

"사람을 몹시 꺼리는 분이신 모양이군요. 무슨 특별한 사연이라도 있으신가요?"

"글쎄요, 그건 저도 알 수가 없지요. 그저 만나기가 싫으니까 안 만나시는 것 아니겠습니까."

"그렇다면 더욱 한번 뵙고 싶군요. 그릇을 얻을 수는 없더라도 말씀입니다. 뵙고 싶다는 말씀이라도 한번 여쭤봐주시겠습니까. 전 그저 이렇게 이곳저곳을 떠돌아다니는 뜨내기 신세에 불과한 위인입니다만……"

용술이 구실을 마련하면 할수록 사내의 청원은 더욱 간곡해지고 있었다. 용술은 이제 더 거절할 수가 없었다.

"정 그러시다면 여기에 좀 기다리고 계셔보십시오."

용술은 결국 사내를 가마 앞에 남겨둔 채 노인의 일방 쪽으로 올라갔다. 노인에게로 가면서도 용술은 그게 다 부질없는 노릇임이 너무도 뻔했다.
　—이 미욱한 인간아, 어찌 그리 할 일이 없더란 말이냐……
　노인은 물론 그런 일로 함부로 화를 내는 일은 없었다. 그를 터놓고 꾸짖은 적도 없었다. 노인은 그저 말없이 그의 전갈을 못 들은 척 돌아앉아 흙일을 계속하는 게 고작이었다. 하지만 용술은 매번 그 말 없는 노인의 눈길 속에 뜨겁게 타오르고 있는 분노의 불길 같은 걸 읽을 수 있었다. 그리고 그 눈길 속에서 그를 꾸짖는 노인의 소리를 들었다.
　한데 이날만은 용술로서도 미처 상상하지 못한 뜻밖의 일이 일어났다.
　"손님 한 분이 뵙고 가고 싶답니다."
　"……"
　용술이 노인 앞에 사내의 전갈을 전했을 때 노인은 예상대로 역시 아무 대꾸가 없었다.
　"처음엔 그저 죽은 사기나 탐내러 온 줄 알고 따돌려 보낼까 했습니다만 위인의 품이 그런 것 같지만은 않습니다."
　용술은 그저 사내의 말이나 전해주자고 그렇게 한두 마디 덧붙여 건넸다. 그리고는 곧 몸을 되돌려 문을 나서려던 참이었다.
　"네가 그걸 어떻게 아느냐."
　무슨 생각이 들었는지 그의 말에 노인이 모처럼 알은체를 해왔다. 용술은 갑자기 발길이 얼어붙은 듯 그 자리에서 다시 몸을 돌이켜 세웠다. 노인은 여전히 일손을 놓지 않은 채였다.
　"손님이…… 손님이 그렇게 말을 했습니다. 어른을 한번 뵙고 가기만 하면 된다구요."
 용술은 다소 말을 더듬거렸다. 그러자 노인은 그 용술의 틈을 재빨리 추궁하고 들었다.
 "그래 그 밖엔 다른 말은 없더냐?"
 할 수 없었다. 용술은 더 이상 속일 수가 없었다. 속여야 할 필요도 없었다.
 "처음에는 역시 같은 말을 했습니다. 작은 사기라도 하나 지녀 가면 좋겠다구요. 하지만 제 말을 듣고는 단념한 듯싶었습니다. 그저 어른이나 한번 뵙고 싶다 했습니다."
 용술은 조심스럽게 사실을 고했다. 결과는 보나 마나 뻔하리라 생각했다. 노인은 역시 대꾸가 없었다. 하던 일만 한동안 계속하고 있었다. 용술은 다시 몸을 돌아섰다. 바로 그때, 노인의 목소리가 다시 그를 붙들어 세웠다.
 "네 방에 아직 쓸 만한 사기가 몇 점 있겠구나. 그중에서 한 가질 지녀 가게 하거라."
 용술이 놀라 돌아보니 노인은 더 이상 할 말이 없다는 듯하던 일에만 계속 열중하고 있었다.
 어쨌든 뜻밖의 일이었다. 노인을 곁에 해온 뒤로 처음 보는 일이었다. 죽은 사기를 내주는 대신 산 사기를 하나 지녀 보내라는 것이었다. 죽은 사기거나 산 사기거나 노인에게선 전혀 처음 보는 일이었다. 용술은 자신이 말을 잘못 듣지 않았나 싶어질 지경이었다. 하지만 이제 두말을 싫어하는 허 노인 쪽에는 더 이상 말을 물을 수가 없었다. 그는 곧 가마로 내려가 그를 기다리고 있는 사내에게 노인의 뜻을 전했다.

"선생님은 아마 만나실 뜻이 없으신가 봅니다. 그 대신 손님껜 흠이 덜한 사기 한 점을 지녀 가게 하라십니다. 이건 선생님으로선 뜻밖의 아량이십니다. 전에는 한 번도 이런 일이 없었습니다."

그는 다소 생색을 내가며 자신의 일방 쪽으로 사내를 인도하려 하였다. 그런데 그때―

"아, 그러실 필요 없습니다."

이번에는 다시 사내 쪽에서 뜻밖의 소리를 해왔다.

"뜻은 고맙지만, 전 원래 좋은 물건은 원하지 않았습니다. 전 그저 아무거나 여기서 버려질 물건을 원했을 뿐입니다."

오히려 쓸 만한 사기는 사양을 하겠다는 것이었다. 그것도 의례적인 사양 같지가 않았다. 사내 역시 웬일로 굳이 그 죽은 사기만을 원하고 있는 것이었다. 작자가 노인을 만나고자 한 것도 그의 말처럼 그저 사람을 한번 만나고 싶어서가 아니라, 노인을 괴롭혀 그가 목적한 죽은 사기를 얻어내고 말겠다는 속셈에서였던 것 같았다.

사내의 집념은 어쨌든 갈수록 끈질겼다. 죽은 물건이 없다고 해도 전혀 소용이 없었다. 죽은 사기가 없으면 가마가 열릴 때까지라도 함께 물건을 기다리겠다는 것이었다.

그리고 그날 밤 사내는 실제로 가마 곁에서 용술과 함께 밤을 지새울 채비를 차렸다.

용술로서는 도대체 이해할 수가 없는 일이었다. 그리고 그때부터 그 뜻을 헤아릴 길 없는 노인과 사내의 해괴한 대결이 시작됐다.

하지만 사내 쪽으로 보면 대결의 직접적인 상대는 노인이 아닌 용술인 셈이었다.

사연을 전해 들은 노인은 끝내 사내와는 대면을 꺼린 채 일방 속에만 깊이 틀어박혀 지냈다. 사내는 그 노인 대신 가마 곁에서 잠도 자지 않고 용술을 귀찮게 했다. 처음에는 그저 용술이 가마에서 하는 일이며 노인과 함께 가마 일을 하게 된 내력 같은 걸 묻는 식으로 용술 곁에서 밤을 지새울 여유를 보였다. 하더니 밤이 점점 깊어들기 시작하자 위인은 가마를 열었을 때 죽은 사기가 나오는 비율이라든지, 죽어 나온 사기가 밖으로 나가는 경위 따위를 묻는 식으로 끝내 본심을 숨기지 못했다. 이야기를 물어오는 푼수로 보아, 첫인상과는 달리 위인은 그 사기장 일에 대해서도 제법 알고 있는 대목이 적지 않은 듯해 보였다. 뿐더러 노인의 그 괴팍스런 성미에 대해서도 어디선가 이야기를 미리 들은 것이 있는 듯한 낌새였다. 그쯤만이라도 사내 쪽의 사정이 밝혀지고 나니, 용술은 비로소 이날의 일을 이해하기가 훨씬 편해지고 있었다.

"죽은 사기가 전혀 안 나갈 수는 없는 노릇이겠지요."

사내에 대한 어떤 은근한 기대가 생겨서도 그랬겠지만, 용술은 사내에게 자신의 이야기를 끝까지 숨겨야 할 필요는 없다고 생각했다. 하여 그는 위인의 구미가 당길 만한 자신의 이야기를 심심파적으로 한 가지씩 귀띔해주기 시작했다.

"뭐니 뭐니 해도 두 사람 목구멍에 풀칠은 해야니까요……"

그리고 나서 그는 한때 그 호구지책을 위하여, 가마가 열리자마자 죽은 거나 진배없는 부실한 사기들을 노인의 눈을 속여가며 몰래 아랫마을로 숨겨 내려 보낸 일을 말했다.

"알고 보면 모두 목구멍이 죄였지요. 오죽하면 그래 이놈의 팔자 될 대로 돼라 싶어 제가 만든 물건에다 실없는 낙서를 갈겨 넣은 일까지 있었다니까요……"

"낙서라니, 어떤 식으로 말이오?"

"그야, 이 사기 사주면 부자가 된다고, 사기 값 사정을 사기에다 한 거지요."

"허허, 그것 참 희한한 물건이 되었겠군요. 그래 앞으로도 또 한 번 그래 볼 생각 없소?"

용술의 이야기에 사내는 역시 관심이 대단했다. 그는 이제 거의 노골적으로 용술과의 공모를 제의하고 나섰다. 하지만 용술은 아직 거기까지는 자신이 없었다. 노인의 눈이 너무도 두려웠기 때문이다. 노인의 책벌이 너무도 힘들고 가혹했기 때문이다.

알고 보면 용술은 그 노인의 눈을 속여댄 한때의 실수로 하여 이날까지도 참기 어려운 책벌을 겪어오고 있는 처지였다. 그것은 아직까지도 가마를 열 때마다 계속돼온 노인의 책벌이었다.

허 노인은 용술이 자기 허락 없이 제 손새에 눈치껏 흙을 개고 물레를 돌리는 것까지는 나무라지 않았다. 화병이나 항아리에 나름대로의 장식을 꾸미고 무늬를 넣는 것도 굳이 간섭을 하려 든 적이 없었다. 그런 것에도 노인은 말없이 약을 발라서 가마에 넣어 주었다. 노인은 다만 가마를 열었을 때 용술의 솜씨를 용납하지 않을 뿐이었다. 가마를 열고 나면 용술의 사기는 노인의 손에서 남아나는 것이 없었다. 자신의 물건도 용납하기 어려운 판에 용술의 솜씨가 맘에 들 리 없었다. 몇 번을 되풀이해도 결과는 마찬가지였다. 나중에 알고 보니 그것은 모양을 짓는 솜씨에서보다 용술이 불을 때는 요령과 정성에 이유가 있는 것 같았다.

"사기장이가 가마도 달굴 줄 모르면서 모양을 짓는 일부터 익히면 쓸 만한 사기장이가 되기 어려워. 불 때는 법을 익히는 게 사기장이가 되는 근본인 게야. 넌 아직도 불이 서툴러……"

노인이 땀을 뻘뻘 흘리며 구워낸 사기들을 네 것 내 것 가림 없이 마구 깨부숴댈 때면 그런 소리를 자주 내뱉곤 하였다. 하지만 용술은 언제까지나 그 노인을 참을 수만은 없었다. 자신의 눈길로는 살아나온 사기와 죽어나온 사기의 차이를 거의 알아볼 수가 없었다. 노인은 그저 그릇들을 깨부수는 데 재미를 붙인 심술꾸러기 한가지였다. 그는 차츰 노인의 눈을 속이기 시작했다. 가마를 열면 노인의 눈길이 닿기 전에 믿음이 덜한 것 몇 점씩을 미리 자리를 비켜놓았다. 자리를 비켜놓은 것은 밤새 마을로 옮겨져 식량이 되고 옷가지가 되었다. 노인 자신의 손길이 스친 물건은 눈에 드러나기 쉬워 손을 자주 못 댔지만, 용술 자신의 솜씨는 그렇게 하여 세상 밖으로 살아나간 것이 상당수에 달했다.

그러던 어느 날이었다. 무슨 낌새를 알아차리기라도 한 것일까. 아니면 용술에게 그 불일을 온통 내맡겨놓은 처사가 노인이 일부러 용술을 떠보기 위한 시험이었는지도 몰랐다.

그날도 마침 가마가 열리는 날이었는데, 허 노인은 이날따라 유독 더 느지막한 시간에 가마로 내려왔다. 그리고는 전에 없이 구워낸 사기들을 하나하나 꼼꼼히 개수를 셈하기 시작하는 것이었다. 용술은 벌써부터 얼굴이 새파랗게 질리고 있었다. 이번에도 그 노인이 오기 전에 사기를 몇 점 비켜놓은 뒤였다. 노인이 그걸 알아차리지 못할 리 없었다. 하지만 노인은 웬일로 사기의 개수를 하나하나 모두 헤아려보고 나서도 별달리 표정이 변하질 않았다.

"넌 아직도 불이 서툴다는 내 말을 못 믿는구나…… 불도 모르면서 흙 모양을 익힌들 무슨 소용이 되겠느냐 말이다."

나지막하면서도 무겁게 타일러오는 말씨로 보아 용술의 허물을 이미 알고 있음에 분명했다. 하지만 노인은 더 이상 다른 말이 없었다. 그 대신 가마가 열릴 때마다 손에 지니고 내려온 작은 쇠망치를 말없이 용술에게 건넸다.

바로 그것으로 그 용술에 대한 노인의 가혹한 책벌이 시작된 것이었다. 용술은 그날부터 자신의 손으로 자신의 사기를 버려야만 했다. 가마가 열리면 용술은 이제 노인이 지켜보는 앞에서 자신의 사기를 추리고 노인의 사기들까지도 죽은 것을 골라내어 부수지 않으면 안 되었다. 그러면서 용술은 비로소 노인이 죽은 사기를 추려 부술 때 광기처럼 눈빛이 변하고 이마에 땀방울이 맺히는 이유를 깨달았다. 그것은 참으로 힘들고 고통스러운 일이었다.

그는 사기를 깨뜨리는 것이 아니라 사기를 아까워하는 자신의 마음을 깨부수는 것이었다. 노인의 사기를 추릴 때는 더욱더 겁이 나고 땀이 솟았다. 쓸 만한 물건을 잘못 알고 부숴낸 수도 헤아릴 수가 없었을 터였다. 하지만 노인은 가타부타 용술의 분별에는 말이 없었다. 노인의 물건만 없더라도 일이 조금은 쉬울 법했다. 노인은 이제 많은 물건을 만들지 않았다. 흙을 만지는 대신 노인은 가마 일을 거의 모두 용술에게 맡기고 자신은 그저 이 산 저 산을 헤매 다니며 흙과 쇳물과 화목을 찾는 데에 시간을 보냈다. 산을 내려와서도 틈 있으면 흙일보다는 가지가지 나뭇잎들을 태워 내린 잿물로 사기물을 찾는 데만 정신이 쏠렸다.

　가마가 열렸을 때 죽은 사기 부수는 걸 감독하는 일만 아직도 변함없는 노인의 일이었다. 흙일은 이제 거의 용술 혼자서 도맡고 있었고, 노인은 어쩌다 심심파적으로 몇 점의 물건을 지어 보탤 뿐이었다. 그것은 차라리 용술에게 그 노인의 사기를 깨부수는 고역을 덧보태는 격이었다. 용술은 그 노인의 사기를 부수는 일이 무엇보다 힘들었다. 용술이 더 이상 버틸 수가 없어 맥이 빠져 지쳐난 다음에도 노인은 다시 망치를 빼앗아다 남은 사기들을 수없이 깨 없앴다. 노인은 그저 깨부수기 위해서만 사기를 만들고, 깨부수는 일에만 보람을 느끼는 사람처럼 보였다.

　용술은 속내를 알 수 없는 손과의 일로 하여 이제 또 다른 노인의 시험에 들게 될 것이 두려웠다.
　용술은 아직 망설이고 있었다. 그런데 마침 그때였다.
　"용술아아, 용술아."
　노인이 그 용술의 망설임을 나무라기라도 하듯 어둠 속에서 그를 불러댔다. 그리고 다시 뜻밖의 분부를 일러왔다.
　"거기 아직 손님이 계시냐? 손님이 계시거든 이리로 좀 모셔오도록 하거라."
　무슨 생각이 들었는지 노인이 마침내 사내를 만나줄 작정을 내린 것이었다. 용술은 곧 사내를 노인의 거처로 안내해 들였다.

 사내를 올려 보내고 나니 용술은 마음이 한결 편하게 가라앉은 듯했다. 까딱했으면 다시 한 번 노인의 시험에 따져들 뻔한 자신의 흔들림이 아슬아슬하기만 했다. 하지만 그는 다시 노인의 속셈이 궁금했다. 노인이 무슨 속셈으로 사내를 만나줄 생각을 했는지, 그리고 사내와 거기서 무슨 얘기를 주고받을 것인지 두 사람의 일이 궁금하기만 하였다. 그래 용술은 끝내 다시 가마를 떠나 노인의 거처로 살금살금 발소리를 죽여 올라갔다.

 한데 그 용술이 노인의 거처 밖에서 두 사람의 대좌를 엿보았을 때였다. 용술은 자신이 다시 한 번 누군가의 시험에 빠져들고 있는 게 분명한 것 같았다. 그를 시험에 빠뜨리고 있는 것은 물론 허 노인일 수도 있었고 사내일 수도 있었다. 사내와 노인이 그를 함께 시험하고 있을 수도 있었다. 사내는 용술이 상상했던 것보다 허 노인과 그 노인의 가마 일에 대해 훨씬 더 많은 것을 알고 있었고, 게다가 용술이 생각했던 것처럼 무턱대고 남의 물건을 탐하는 떠돌이 얌생이꾼만도 아닌 듯했다. 허 노인 역시도 사내를 그저 여느 장사꾼들처럼 녹록히 대하고 있지를 못했다. 뿐더러 사내를 대하는 허 노인의 말투는 용술의 이날 밤 흔들림까지도 마음으로 환히 꿰뚫고 있는 식이었다.

 다름 아니라 허 노인과 사내는 이날 밤 뜻밖에도 바로 용술 자신을 놓고서 기묘한 대결을 벌이고 있었다. 노인과 사내는 서로 희미한 등잔불빛 아래 얼굴을 반만큼씩 비키고 앉아 떠엄떠엄 한마디씩 문답을 주고받고 있었는데, 그것은 뜻을 잘 새겨들을 수 없는 용술의 눈에도 기묘하게 무겁고 치열스런 분위기 속에 살기 어린 대결로 비쳐왔다.

"세상 사람들 가운덴 흔히 사기를 많이 내면 사기 값이 없어지기 때문에 사기 값을 위해 어른께서 물건을 깬다고 하는 사람도 있습니다."

용술이 노인의 거처로 올라갔을 때 사내는 방금 그런 식으로 노인을 공박하고 있었고, 노인은 조용히 눈을 감은 채 사내의 말을 듣고만 있었다.

"하지만 전 물론 그렇게 생각진 않습니다. 전 어른의 뜻을 조금은 알 만하니까요. 어른이 세상에 자신의 허물을 한 점도 남기려 하지 않으시려는 뜻을 말입니다. 하지만 전 믿을 수가 없습니다. 사람이 어떻게 제 허물을 한 가지도 세상에 흘리지 않을 수 있습니까. 허물을 한 가지도 남기지 않는다고 그 사람이 어찌 허물이 없는 사람으로 남을 수가 있습니까. 전 그래서 차라리 그 사람의 허물을 찾고 싶어 하는 위인입니다. 온전한 것보다는 그 허물을 더 따뜻이 감싸서 사랑하고 싶어 말씀입니다."

"그래 노형은 내게서도 그 허물을 빼앗아 남기자는 것이오?"

듣고만 있던 노인이 비로소 입을 열어 물었다. 사내가 조용히 고개를 끄덕였다. 하지만 노인은 아직도 사내를 용납지 않고 있는 어조였다.

"그래 그런 취미가 어디서 생겼소?"

"취미라기보다는 살아온 내력이 그랬던가 봅니다. 이렇게 세상을 떠돌며 살아가는 사람의 몹쓸 행투라고나 할까요……"

사내의 목소리가 어딘지 조금 적막스러워지고 있었다. 노인은 잠시 침묵을 지키고 혼자 생각에 잠기고 있었다. 하지만 그는 끝내 사내를 용납할 수가 없는 것 같았다.

"아서시오. 내 노형이 살아온 내력을 알 수는 없소마는, 사람이 모두 남의 흠집만 찾아 모아보시오. 세상엔 아무것도 정도가 없을 게요."

노인이 나무라고 나서 다시 사내 앞에 유별스럴 만큼 긴 사설을 늘어놓았다.

"이 사기장 일 한 가지만 보아도 그건 이치가 분명한 일이오. 가마 일에도 자주 실수는 있게 마련이오. 이 사기장 일로 말하면 정해진 이치로 되는 일보다는 실수가 거의 전부라 할 게요. 세상 사람들은 흔히 사기를 굽는 비법이나 숨은 이치가 따로 숨겨져 있는 줄 알지만, 이건 차라리 우연을 기다리는 일에 더 가깝소. 흙을 얻고 빛깔을 얻고 불을 때는 일들이 모두가 그렇소. 마음으로 익히고 몸으로 익힐 뿐 정해진 비법이 있는 건 아니란 말요. 마음과 몸으로 익히고 나서도 다시 우연의 도움이 따라줘야 하는 게요. 좋은 사기는 그 우연 가운데서 얻어지고, 비법이라는 것도 차라리 그 우연 속에 있다 할 게요……"

"……"

"한다고 세상일을 모두 그런 우연으로만 생각해보오. 아무것도 그저 법도가 없는 천지가 되고 말게요. 우연이라 하지만 세상이 제대로 돌아가게 되려면 우연을 우연 아닌 것으로 만드는 나름대로의 법식은 있어야 할 게 아니겠소. 그래 나는 사기를 깨는 게요. 내

실수의 흔적을 줄여 없애기 위해서 말이오. 죽은 사기를 깨 없애는 데에 그 사기를 구워내는 법칙이 생기는 게요. 죽은 사기들을 부수면 부술수록 살아남은 우연들이 남아서 분명한 법칙의 묶음을 이루는 이치지요. 그래서 이 사기장이 일에도 그 나름의 보람이나 법도가 정해져온 것이오. 그런데 노형 같은 사람이 많아서 그 사람의 실수들을 찾아 엮어보시오. 아무 곳에도 신용할 법칙이 남아나지 못할 게요. 실수가 없을 사람도 없고, 실수가 없는 일이 없을 수도 없지만, 또한 그 실수를 사람답게 감싸고 아껴주는 것도 사람 나름의 생각일 터이지만, 그런 사람이 들끓다 보면 세상은 그저 아무 곳에도 법도가 없는 무법천지가 되고 말 게요……"

노인은 그쯤에서 마침내 자신의 결의를 선언했다.

"내 요즘엔 그러잖아도 서둘러 마무리를 지어두고 싶은 일이 있어 이 시험을 끝내게 할 바깥사람이 한 사람쯤 찾아들길 기다리고 있긴 했었소만 그게 하필 노형 같은 사람이었다니…… 듣기 거북할지 모르겠소만 아무래도 난 노형 생각을 용납해 들이고 반길 수가 없구료."

사내도 더 이상 억지를 부릴 수가 없는 것 같았다. 하지만 사내는 아직도 단념하지 않고 있었다.

"어르신께서 저를 반기고 용납해주시리라곤 애초부터 기대를 지니지 않았습니다."

사내가 마지막으로 자신의 소망을 말하고 있었다.

"어른께선 물론 반가워하실 리가 없으시겠지만, 그렇다면 제게 내일 아침 가마가 열리는 거라도 보고 가게 해주십시오. 그것만은 어르신네께서도 허락을 내려주시겠지요."

그것은 아마도 그때 가서 노인의 생각이 달라지길 바라거나, 용술 쪽에 기대를 남기고 하는 소리 같았다. 하지만 노인은 이미 그런 사내의 속내까지도 환히 다 꿰뚫어보고 있었다.

"그야 밤도 늦었으니 거기까진 말릴 생각이 없소. 하지만 아까 그 아이에겔랑은 쓸데없는 기대를 남기지 마시오. 그리고 내일 아침 가마를 여는 걸 구경하게 되더라도, 오늘 밤은 노형도 여기서 나하고 함께 지내야 하오. 내 아까 노형을 찾은 것은 이런 얘기를 하자는 게 아니라, 그 아일 곁에서 방해하지 못하게 하자는 것이었소."

"방해를 하다니요? 전 그저 곁에서 함께 밤을 새울 작정이었을 뿐입니다."

사내가 변명하듯 노인을 쳐다보았다. 하지만 노인은 나름대로 혼자서 사내의 속셈을 단정하고 있는 듯 한 번 더 그에게 다짐을 주고 있었다. 바로 그 노인의 사내에 대한 다짐이 다시 한 번 용술을 소스라치게 하였다.

"그 아이에겐 지금 잡념이 들게 해서는 안 되오. 이제 간신히 불이 옮겨붙기 시작한 아이에게 잡념이 들게 해서는 일이 다시 글러진단 말이오."

그 노인의 말은 바로 용술 자신을 향한 경계였다.

용술은 숨을 죽이며 계속 방 안의 대화에 귀를 기울였다. 자리를 피하재도 이미 발바닥이 땅에 달라붙은 듯 몸을 움직일 수가 없었다. 사내가 용술 대신 노인에게 묻고 있었다.

"불이 옮겨붙다니요? 그게 무슨 뜻입니까?"

"가마 일이란 그저 나무를 지펴 불길을 내는 것만으론 흙이 제대로 구워지질 않는 법이오. 가마 속의 불길이 붙을 때는 사람의 가슴으로 옮겨붙어와서 불을 때는 사람도 그 가마 속의 흙덩이들과 함께 불길을 참으며 심혼이 뜨겁게 타올라야 하오. 그 불길로 사람은 자기가 지녀온 잡념을 깡그리 태워 없애서 가마 속의 흙덩이들과 오롯한 정성으로 함께 타올라야 하는 게란 말이오. 그래야 사기다운 사기를 얻을 수 있는 게요. 말하자면 가마의 불을 때는 일은 불 때는 이 자신의 불길을 피워 올리는 것이오. 그래서 그 불 때는 일이 가마 일을 배우는 근본인 것이오."

"그런데 그 젊은이에게 이제 비로소 불길이 옮겨붙은 줄 어른께선 어떻게 아셨다는 겁니까?"

"그 아인 여태까지 죽은 사기와 산 사기 구분도 제대로 못해온 위인이었소. 구분을 못하니 사기 깨기가 무엇보다 두려웠소. 하지만 불 때는 일을 익히기 시작하면 죽은 것과 산 사기의 구분은 저절로 익혀지오. 제 불길로 익은 흙이 제 눈에 어떻게 분별이 안 되겠소. 제 불길로 제가 타지 못하면 사기도 제대로 구워지질 못하오. 잡념이 남으면 불길이 사람으로 옮겨붙을 리가 없지요. 가마 속의 흙과 함께 탈 수가 없지요. 잡념이 모두 타 없어지지 못하면 사기에도 역시 잡념이 옮겨 남소. 그 아인 여태 잡념이 들끓고 있었소. 그래 흙을 제대로 구워내지도 못했고, 죽은 사기와 산 사기의 구분도 못해왔소. 그 일이 그저 두렵기만 했소. 하지만 요즘엔 많이 나아졌지요."

"나아진 흔적을 어떻게 압니까?"

"그건 말을 할 수가 없소이다. 난 그저 보고 느낄 수가 있을 뿐이오. 아이가 죽어 나온 사기를 버릴 때의 기색이나 거동을 보아서 말이오…… 괴로움 속에도 차츰 허허하고 의연한 심지가 엿보이기 시작했소. 간신히 불길이 옮겨붙기 시작한 거요. 그 아이나 나나 참으로 오랜 세월을 기다려온 일이오. 그 아이에게 다시 잡념이 살아나게 해서는 안 되오. 싫거나 좋거나 기다리던 사람이 노형으로 점지되어온 인연일진대, 재수만 좋으면 혹 내일 아침쯤엔 노형과 함께 이 늙은것의 생애가 걸린 시험을 끝내게 될 수 있을지도 모르겠소……"

 용술은 이제 거기서 그만 자리를 물러나 가마로 내려왔다. 더 이상 이야기를 숨어 엿듣고 있을 수가 없었다. 부끄럽고 송구스러워 견딜 수가 없었다. 그 오랜 세월을 끈질기게 기다려온 허 노인의 말 없는 시험이 두렵고 엄청나서 견딜 수가 없었다. 하지만 그 부끄럼과 두려움 속에서도 용술은 비로소 뭔가 어슴푸레 가슴속을 밝혀오는 것이 있었다. 그것은 노인의 말처럼 그의 가슴으로 간신히 옮겨붙어온 작은 불씨의 흔적과도 같았다. 용술은 금세 그 작은 불씨가 가슴 가득히 소용돌이쳐 올랐다. 그러나 그 가슴속의 불길은 용술의 마음을 밝혀주고 가마 속의 흙덩이들과 그가 함께 탈 수 있는 자랑스런 불빛은 될 수가 없었다. 그것은 다만 자신의 부끄러움과 두려움을 불태우는 회한과 고통의 불길일 뿐이었다. 노인의 말보다도 더욱더 참담한 고통과 저주의 불길일 뿐이었다.

 그런데다 또 어떻게 된 일인지 사내마저 이윽고 다시 가마로 내려왔다. 그리고 그 용술을 끈질기게 괴롭히기 시작했다.

"가마가 열리면 당신을 믿겠소. 선생께서도 마침내 당신한테 가랬소. 선생도 그쯤은 용납을 하신 거요. 이제 내 소망은 당신한테 달렸소."

용술은 마침내 더 이상 노인의 시험을 견딜 수가 없었다. 사내에겐 아무 말도 대꾸할 것이 없었다. 노인이 그를 다시 시험 속으로 빠뜨리고 있는 것이었다. 가슴속의 불길을 참을 수가 없었다. 그는 마치 그 자신의 불길에 발광이라도 일으킨 듯 정신없이 다시 노인에게로 올라갔다. 노인은 마침 그를 기다리고 있었기라도 하듯 아직 잠자리에도 안 들고 있었다. 노인은 갑자기 문을 박차고 들어선 그를 보고도 별다른 표정의 변화가 없었다. 무연스런 눈길로 말없이 그의 표정을 지켜볼 뿐이었다. 그 노인의 눈길에 용술은 그만 다시 맥이 풀리고 말았다. 해야 할 말조차 생각나지 않았다. 애초부터 무슨 해야 할 말이 있어온 것도 아닌 듯싶었다.

"무슨 일이냐……"

노인이 물어왔을 때도 용술은 도대체 입을 열 수가 없었다.

"무슨 일로 그렇게 멍청한 얼굴을 하고 서 있기만 하는 게냐 말이다."

노인이 다그쳐 물었을 때까지도 용술은 도대체 묵묵부답이었다. 그러자 노인은 까닭을 짐작하겠다는 듯 고개를 두어 번 끄덕이고 나서 꾸짖듯이 조용히 물어왔다.

"불길은 숨이 죽지 않고 타더냐?"

하지만 용술은 아직도 그 노인의 물음에 대답을 하지 못했다.

―불을 지키지 않고 웬 잡념이 그리도 요동을 치고 있느냐.

용술에겐 노인의 물음이 그런 꾸짖음 소리로만 들려오고 있었다.
"그만 내려가거라."
노인이 이윽고 한마디를 건네고 잠자리로 들어갈 채비를 하였다.
용술은 그제서야 하릴없이 다시 발길을 돌이켜 가마로 내려올 수밖에 없었다.
가마로 내려와서도 밤새도록 괴롭고 저주스런 불길이 가슴속을 끝없이 소용돌이치고 있었다.
그러나 다음 날— 다음 날 새벽 가마의 불길이 그쳤을 때는 용술에게도 어느덧 밤새도록 가슴속을 소용돌이치던 불길이 조용히 숨을 죽이고 사그라들어 있었다. 가슴속은 밤새 모든 잡념이 불길 속에 활활 타 없어져버린 듯 맑고 평온스럽게 가라앉아 있었다. 그리고 그런 평온스런 마음으로 용술은 이날 아침 가마가 식기를 기다려 어느 때보다 일찍 가마를 열었다. 무슨 기미를 알아차려서인지, 노인도 이날은 전에 없이 일찍부터 가마로 내려와 열기가 가라앉기를 기다리고 있었다. 하지만 이제 용술은 그 노인이 전날처럼 두렵지가 않았다. 밤새 몇 차례 가마를 비운 데다가 사내와의 일로 정신이 헛팔렸으니 가마 속 사기에는 자신이 있을 리가 없었다.
하지만 이제 그는 사기가 죽고 사는 건 크게 염려가 되지 않았다. 일의 성패야 어찌 됐든 그 결과에 자신의 마음을 편히 맡길 수 있을 것 같았다. 그는 노인과 사내가 지켜보는 가운데 담담한 마음으로 가마를 열었다. 당연한 결과였는지 모르지만 가마에서 꺼낸 사기들은 하나도 제대로 구워진 것이 없었다. 그것도 그 물건들의 죽은 데가 그렇게 역연하게 드러나 보일 수가 없었다.
 용술은 여느 때처럼 노인의 재촉을 기다리지 않았다. 그는 가마를 나온 사기들을 하나하나 말없이 깨부수기 시작했다. 아닌 게 아니라 용술은 마치 자신의 마음을 깨부수듯 사기들을 차례차례 깨뜨려나갔다. 도대체 한 가지도 용납할 수가 없는 것들뿐이었다. 노인도 그를 말리지 않았다. 노인은 가마 하나를 채우기 위해 쏟아온 그 몇 달간의 정성과 기다림도 전혀 아랑곳없다는 듯 그저 용술의 거동만 말없이 지켜볼 뿐이었다. 그리고 용술이 가마의 사기들을 한 점도 남김없이 깨부수고 나서 조용히 노인을 건너다보았을 때, 그는 말없이 가마를 떠나 자신도 일방 쪽으로 발길을 천천히 옮겨가고 있었다.
 한데 그 분매산 가마에 그런 변이 있은 지 며칠도 채 지나지 않아서의 일이었다.
 백용술 청년에겐 뜻밖에 생애를 뒤바꿔놓은 고통스런 슬픔이 찾아왔다. 허 노인이 홀연 당신의 가마에서 모습을 숨겨 사라진 것이었다.
 용술은 처음 노인의 모습이 눈에 띄지 않게 되었을 때 버릇처럼 그저 어디 산이라도 타러 나갔으려니 생각했다. 가마를 떠난들 지녀 갈 만한 것이 없는 처지라 노인이 산을 내려갔을 만한 흔적이 남을 수도 없었다. 하지만 하루가 가고 이틀이 지나자 용술은 차츰 기미가 이상했다. 인근 산속을 모조리 뒤져보았지만 노인의 흔적은 찾을 수가 없었다. 노인이 사라진 지 열흘쯤 되었을 때에야 용술은 노인이 어느 날 이른 새벽결에 산을 내려가는 걸 보았다는 아랫마을 사람을 만났다. 용술은 비로소 허 노인이 가마를 떠나간 걸 알았다. 그러나 용술은 아직도 노인을 기다렸다. 행여 어딘가 먼 나들이 끝에 노인이 가마로 돌아올 날이 있으려니, 가마를 지키며 노인을 기다렸다. 하지만 노인은 끝내 가마로는 다시 돌아오지 않았다.

용술이 마침내 노인의 마지막 소식을 들은 것은 허 노인이 가마를 떠난 지 한 달쯤 뒤였는데, 그게 더욱 용술에겐 놀랍고 슬픈 소식이었다.

읍내 장터거리 상엿집 헛간에서 죽은 지 며칠이 지난 노인의 시신이 뒤늦게 사람들에게 발견돼 나온 것이었다.

그리고 그제서야 용술은 비로소 노인이 그날 밤 전에 없이 조급하게 그를 염려하고 있었던 일과, 서둘러서 혼자 산을 내려간 연유들을 어슴푸레 헤아릴 수 있을 것 같았다. 허 노인은 그때 이미 자신의 여명을 느끼고 있었고, 그동안에 당신이 해야 할 일을 서두르고 있었던 게 분명했던 것이다……

경섭이 소개한 노인의 이야기는 대충 그런 줄거리였다.

백용술이라는 그 가마의 청년이 경섭이 다시 가마를 찾아가 만난 사기장 노인임은 말할 것도 없었다.

하지만 거기까지는 아직 경섭이 자랑하는 항아리의 내력은 분명한 것이 밝혀지지 않고 있었다. 그래 경섭은 그 항아리의 내력이 마저 밝혀질 때까지 좀더 이야기를 덧붙이곤 하였다.

그에 따르면 백용술 청년은 그 후로도 계속 허 노인의 뜻을 이어

분매산 가마를 지켜가고 있었는데, 그가 혼자서 가마를 지킨 지도 어느덧 10여 년 가까운 세월이 흐른 다음 일이었댔다. 그때는 이미 백용술 청년에게도 장년 티가 서서히 몸에 배어들기 시작한 나이였는데, 하루는 그 백용술을 만나러 뜻밖의 손님 한 사람이 가마를 찾아왔다.

가마를 찾아온 손님인즉 연전의 그 허 노인 생존 시에 마지막으로 가마를 다녀간 바로 그 사내였다. 그런데 사내는 참으로 백용술 청년으로선 상상도 못할 사기물을 하나 지니고 와서 자랑스러운 듯이 용술 앞에 물었다.

"이 물건이 분명 이 분매산 가마에서 나온 물건이 아니오?"

사내가 지녀온 사기는 언젠가 용술이 자신의 하소연을 새겨 넣은 항아리임을 금방 한눈에 알아볼 수 있었다. 용술도 참으로 놀랍고 신기했다. 하지만 그는 아직도 사내의 참뜻을 헤아리지 못했다. 그는 사내 앞에 자신이 다시 그 항아리를 지니기를 간곡히 소망했다. 그러나 사내는 어림도 없다는 목소리로 대꾸했다.

"노형은 이게 어떻게 얻어 지닌 물건인지나 아시오? 내 이곳을 다녀간 다음부터 이 물건 하나를 얻기 위해 얼마나 긴 세월을 허송한 줄 아시오?"

백용술로선 가능한 모든 조건과 제안을 내놓아봤지만 사내는 전혀 마음이 내켜오는 기색을 안 보였다. 그리고 끝끝내 항아리의 내력을 확인받은 것으로 용술의 소망을 외면해버렸다.

하지만 용술은 아직 단념하지 않았다. 사내가 그냥 산을 내려간 다음에도 어떻게든지 다시 항아리를 되찾을 궁리를 계속했다. 스승의 눈을 속인 자신의 어리석음이 또다시 부끄럽고 후회스럽기만 하였다. 그는 그 자신의 어리석음으로 하여 돌아가신 스승의 혼백에까지 욕을 보이고 있는 느낌이었다. 어떻게든지 작자로부터 물건을 되찾을 각오를 되새겼다. 사내가 원하는 건 물으나 마나였다. 사내가 원하는 만큼의 사기 값을 마련해내는 게 무엇보다 급한 일이었다. 그는 다시 한 번 허리띠를 졸라맸다. 가마 일에도 배전의 열성을 기울였다. 그리고 마침내 사내가 만족할 만큼의 사기물을 마련했다.

하지만 용술은 이번에도 다시 쓰디쓴 낭패뿐이었다. 백용술이 어렵사리 다시 사내를 수소문해 찾아갔을 때 사내는 이미 그가 기다리던 물건을 지니고 있지 않았다.

"팔았지요. 산 사람 목구멍에 거미줄을 늘이고 앉아 있을 순 없었으니까요. 하지만 노형도 그 일을 너무 서운해하지만 않는 게 좋을 게요. 노형의 그 혼백이 사무쳐든 문구 덕분에 물건 값은 그래도 한다 한 정품들에 못지않았으니까요, 허허……"

이젠 이미 물건의 행방조차 알 수 없다면서 사내는 오히려 어떤 무거운 집념의 짐이라도 벗고 난 사람처럼 허탈스럽게 웃어대더라 하였다. 그리고 그 역시 어떤 달관의 지혜를 머금은 듯한 사내의 웃음 앞에 백용술 노인은 그렇게 자신이 후회스러운 때도 생애에 없었노라던 것이었다.

"그러니까 그 백용술 노인은 그 후로 평생 동안을 죄책감 속에서 지내온 거였지요. 노인의 스승인 그 허봉도 노인의 참뜻을 알아차린 다음부터는 평생을 말이오."

이야기가 그쯤에 이르게 되면 경섭은 비로소 자신의 항아리로 이야기가 되돌아왔다. 그리고 경섭이 알고 있는 항아리의 내력도 그쯤에서 대개 끝장이 나곤 했다.

"참으로 놀랍고 갸륵한 일이 아닙니까? 스승의 눈을 속인 젊은 날의 그 한 번의 실수 때문에, 그 실수로 빚은 한 점의 항아리 때문에 평생을 회한과 죄책감 속에 보내온 그 사기장의 갸륵한 생애가 말입니다. 저 항아리가 바로 그런 사기장의 생애와 사연이 남긴 보기 드문 진품이랍니다."

경섭은 자랑스럽게 결론을 맺곤 했다.

하지만 그때쯤 해서는 굳이 그런 친절한 설명이 아니더라도 이야기를 들은 사람이면 누구나 이미 그런 눈치쯤 알아차리고 있는 게 당연했다. 그리고 대개는 사기장의 생애와 항아리의 내력에 나름대로의 감동을 느끼고 있기가 보통이었다.

하지만 그런 경섭의 자랑을 듣고 난 사람들 가운덴 그 사기장의 생애와 항아리의 내력에 대한 감동 이외에 뒷맛이 이상스럽게 씁쓸한 여운을 남기는 경우가 많았다. 그것은 바로 그 사기장의 오랜 소망에도 불구하고 그 한 번의 실수의 흔적이 아직도 사기장의 소망대로 거두어지지 못하고 있는 것, 말하자면 그 사기장의 이야기가 보여준 아프고 간절한 소망에도 불구하고 항아리는 바로 그 절망스런 내력과 말 없는 소망까지 오히려 소중스럽고 값진 의상이 되어버린 기이한 운명의 역리(逆理) 때문이었다. 사기장에게로 되돌아가야 하는 항아리의 그 말 없는 소망의 내력 때문에 오히려 경섭의 늠름한 자랑거리가 되고 있는 씁쓸한 역리의 뒷맛 때문이었다. 그래 그런 기분을 느끼는 사람들은 한두 마디 더 항아리의 주인에게 물어보지 않을 수 없었다. 사기장 노인이 그걸 그렇게도 원하고 있었는데 경섭이 그 사기장을 만나고도 어째서 아직 항아리가 그의 소유로 남아 있게 된 거냐고.

그러나 그런 때 경섭의 대답은 더없이 명료하고 떳떳한 것이었다.
"노인에게 그걸 되돌려주었다간, 항아린 그날로 당장 깨부숴 없어질 운명이었으니까요. 알고 보니 노인도 허 노인을 닮아 물건을 많이 깨 없애는 것으로 인근에 소문이 자자하더군요. 이건 내가 그날 본 노인의 눈빛에서도 느낄 수 있었던 일이지만, 노인은 그날까지 그걸 기다리고 있었던 겁니다. 왜냐하면 내가 그 항아리를 보여주고 돌아온 다음 날 노인이 바로 세상을 떠났거든요. 그리고 노인은 내게 그것을 강요할 처지도 못 되었지요. 노인도 아마 그 점은 분명히 알고 있는 듯했어요······"

노인은 물론 항아리를 몹시 되돌려 받기를 원하는 듯하면서도 그걸 차마 경섭에게 말하진 않았다는 것이었다. 노인에게서 가마 일을 배우고 있었던 젊은이 두 사람이 그걸 대신 간절히 청해오긴 했지만, 그때도 노인은 오히려 젊은이들의 소망을 말리고 나서는 쪽이었다 하였다.

"그건 이미 내 물건이 아니다······ 실수로 남아도 할 수 없는 것이다······ 내 이제나마 사기의 임자를 만나 부끄런 실수의 내력을 전하게 된 것만이라도 고마운 일이 아니겠느냐······ 노인은 조용히 체념을 했어요. 자기 실수를 너그럽게 안으려는 태도였다 할까요. 글쎄 그게 자신의 생애에 대한 노인의 마지막 애정이었는지 모르지만 말입니다⋯⋯"

경섭의 대꾸가 그쯤 떳떳하고 당당한 것이고 보면 듣는 사람 쪽은 더 이상 궁금한 것이 있어도 물을 기분이 내켜올 수 없었다. 궁금하기로는 아직도 그 가발업을 하다 파산했다는 항아리의 전 주인이 물건을 구해 들이게 된 사연을 좀더 따져봄 직도 하였고, 노인의 생애를 끈질기게 괴롭혀댄 그 비정스런 사내의 정체에 대해서도 무엇인가 아직 내력을 캐물어볼 여지가 있었다.

하지만 그의 친지들은 이미 경섭의 태도에 그럴 흥미마저 잃었다. 그래 적당히 자기 나름대로의 상상을 좇으며 자리를 일어설 궁리들만 하였다.

하기야 그런 걸 굳이 경섭에게 물었어야 뒷맛만 더욱 나빠질 건 뻔했다. 경섭으로선 이제 굳이 그 항아리의 전 소유주와 그걸 입수한 경위 따위가 필요할 리 없는 데다 보다 더 값지고 자랑스런 항아리의 내력이 확보된 지금 그런 걸 섣불리 알아보러 나섰다간 오히려 쓸데없는 말썽을 빚게 될 공산만 컸을 터였다. 그리고 그 사내의 내력에 대해선 경섭 자신이 언젠가 직접 자신의 기특한 상상력을 자랑스럽게 발휘해 보인 일까지 있었다.

"글쎄요⋯⋯ 그 사람 원래는 우리 민족 고유의 예술과 재능을 누구보다 깊이 사랑하고 있던 사람이 아닐까요. 전 무엇보다도 그가 뭔가 실의에 차서 세상을 숨어 떠돌고 있었던 데에 주의할 필요가 있을 것 같아요. 그는 뭔가 말못할 상처를 지닌 사람이었는 데다, 그런 상처를 지닌 사람이라면 몇 해 전이 바로 삼일만세 사건이 있었던 그 무렵의 시대 분위기에서 해답을 구해볼 수도 있을 테니 말입니다. 사내의 실의가 민족의 운명이나 만세 사건 같은 것에 기인되고 있었다면, 우리 민족의 깊은 자존심으로, 실패한 한 조각의 사기그릇에조차도 그런 애정을 기울여 쏟을 수 있는 일 아니겠습니까……"

그것은 물론 항아리의 내력을 더욱 값지고 자랑스러운 것으로 꾸미고 싶은 경섭의 욕심과 허영심에서였을 터였다. 그러나 이 말을 들은 사람들은 문득 그런 해석이 썩 그럴듯하다는 생각이 드는 것 같기도 했다. 아니, 사실은 경섭의 그런 농 중 진담 같은 해석 때문에 항아리의 품위가 새삼 더 돋보인 것도 사실이었다.

그리고 보면 이제 우리도 그 사기장의 삶과 항아리를 위해 이쯤에서 그만 이야기를 끝내는 게 좋을는지 모르겠다. 한 사람의 사기장과 그 사기장의 갸륵한 삶을 항아리를 빌려 소개한다는 노릇이 거꾸로 그 경섭의 자랑거리만 더해주는 꼴이 되겠기 말이다.

하지만 그 항아리까지야 무슨 허물이 있을 수 있는가. 누가 지니든 항아리는 여전히 같은 항아리일 따름인 것이다. 다만, 그것을 경섭이 계속 지녀가는 한에선 그도 여전히 친지들을 대할 때마다 같은 자랑을 정력적으로 되풀이해나가리라는 사실이 또 하나 분명할 뿐인 것이다. 그러나 혹시 누군가가 경섭을 만나 그의 항아리 자랑을 못 들을 경우가 생기더라도 그걸로 경섭이 결코 개아들이 되어야 할 경우는 아닐 터이다. 그때는 아마 그 경섭을 무고하게 이죽거린 위인 쪽이 마땅히 개아들놈이 되어야 하니까.

(『문학과지성』 1977년 겨울호)

소리의 빛
— 남도 사람 2

　주막집은 장흥읍(長興邑)을 아직 10여 리쯤 남겨놓고 탐진강(耽津江) 물굽이의 한 자락을 끼고 돌아앉아 있었다. 이웃 고을 강진에서 장흥읍으로 들어가는 지방도로 가로수 열이 저만치 마주 달려가고, 장흥읍의 표상처럼 얘기되는 억불산 바위 정봉이 10여 리 저쪽 하늘 위로 뽀얗게 솟아올라 보이는 강물굽이 — 바로 이 탐진강 강물굽이의 버스 길 양편에 10여 가호의 작은 초가집들이 옹기종기 모여 앉아 있고, 주막집은 이 작은 마을에서도 좀더 물가 가까이까지 아래켠으로 자리를 내려앉아 있었다. 주막이라야 술손이 붐빌 만큼한 길목이 못 되고 보니 길을 지나가는 반뜨내기 술손들로는 술청 살림 요량도 제대로 세워나가기 어려운 집이었다.
　옥호(屋號)도 없는 이 산골 주막집 살림은 그러니까 대개 3대째나 대물림을 이어온 이 집 주인 사내 천 씨의 천렵술에 의지하는 바가 훨씬 큰 편이었다. 주인 천 씨는 나이 서른이 넘어서야 읍내 쪽에서 제 발로 우연히 길을 찾아든 색시와 하룻밤 동안 신방 비슷한 것을 차려보았을 뿐 이튿날 새벽에 평생 색시가 되어줄 줄 알았던 여자가 농짝 서랍을 몽땅 뒤져 싸들고 줄행랑을 놓아버린 후로는 그의 나이 쉰을 넘긴 이날 이때까지 평생을 줄창 홀아비로 늙어가는 위인이었다. 그 천 씨 사내가 아직은 여름, 겨울 가리지 않고 대물림을 받은 천렵꾼답게 강을 열심히 나다녔고, 그 탐진강 천렵에서 건져낸 강 물고기들을 10여 리 바깥 읍내 술가게들에까지 안줏감으로 먹여오는 것으로 간신간신 주막 살림을 요량해오는 터였다.

그런 주막이었다.

이 주막집에 좀 이상스런 여자가 하나 있었다. 주인 사내 천 씨가 강으로 나가고 나면 술청 일을 대신 맡아 손님도 맞고 술시중도 들곤 하는, 이를테면 주모 격인 여인이었다. 나이 한 서른쯤 나 보이는 장님 색시였다. 눈을 못 보는 깐으로는 술청 일이 완전히 손에 익어 있어 별다른 불편을 느끼는 것 같진 않았지만, 하여튼 이런 궁벽한 주막집에 그나마도 하필 장님 색시를 술청 주모로 들여앉히고 있는 데에는 어딘지 좀 심상찮은 사연이 있음 직했다.

하지만 그 장님 색시나 주인 사내 사이에선 이렇다 할 사연 같은 것이 알려진 바가 거의 없었다. 눈이 멀어 도망질 같은 건 엄두를 못 낼 거라 믿는 늙은 홀아비 천 씨가 여자를 슬그머니 제 색시로 주저앉히고 싶어 그랬는지도 모른다는 소리가 있었지만, 여자가 주막에 온 지도 그럭저럭 10년을 헤아리게 된 이날까지 별반 그럴 만한 낌새가 엿보이지 않는 걸 보면 그런 것도 결코 아닌 것 같았다. 주인 사내 천 씨가 애초에 여자를 못 볼 고자라거니 어쩌니 하는 불확실한 소문들만 이웃 간에 가끔 분분해지곤 할 뿐이었다.

　주막 주인 천 씨나 장님 색시 쪽은 그 작은 마을 안의 꺼림칙스런 소문들마저 전혀 아랑곳을 하지 않으려 했다. 여자는 누구한테나 자기 신상에 관한 일로는 입을 열어 보인 일이 없었고, 천 씨 사내도 여인의 일에는 반벙어리나 거의 다름이 없는 행세였다. 마을 사람들과는 얼굴을 대하기조차 두려운 듯, 날만 새면 사내는 하루 종일 혼자서 강물을 오르내리면서 지냈고, 여자는 여자대로 혼자서 말없이 술손을 맞고 보내는 일이 아니면 가끔가다 그 술청마루 끝 볕발 속으로 나와 앉아 보이지도 않는 눈길을 들판 건너 먼 산허리께로 내던진 채 끊임없이 무엇을 기다리는 듯한 모습을 하고 있는 게 고작이었다.

　다만 해가 져서 주인 천 씨가 강물에서 돌아오고, 더 이상 술손을 기다릴 일이 없을 만큼 밤이 한참 깊고 나면, 이 조그만 주막집 구석방 한 모퉁이에서 여자의 놀랍도록 구성진 남도 노랫가락이 흘러나올 때가 종종 있었는데, 밤이 그쯤 깊고 나면 이웃의 10여 가호 마을 사람들은 이미 잠이 들어버렸거나, 잠이 들지 않은 사람이라도 거리가 좀 떨어진 주막께서 흘러나오는 소리엔 귀가 잘 닿을 수 없는 형편이었다. 아니 어쩌다 밤늦게 주막 길을 지나다 소리를 들은 사람이 몇몇쯤 있었다 해도, 그들 역시 그 소리를 아마 여자를 품을 수 없는 고자 주인 놈의 해괴한 밤놀이쯤 되는 게라고, 고개를 잠시 갸우뚱거려보았을 뿐, 여자의 소리를 별로 귀담아들어둘 줄은 몰랐을 터였다.

임자년(壬子年) 한 해가 다 저물어가던 늦가을의 어느 날 저녁 무렵, 인근에선 전혀 낯이 익지 않은 외지 손님 하나가 이 주막을 찾아들었다. 초가집 울타리 너머로 탐스럽게 휘어 뻗은 늦가을의 서리 감나무라도 구경하듯 차도 타지 않고 읍내 쪽에서 터벅터벅 버스 길을 걸어 들어온 사내는, 어딘지 피곤기 같은 것이 짙게 어려 있어 잘해야 마흔 줄을 갓 올라섰을 그의 나이가 쉰 살도 더 넘어 보일 만큼 추연스런 인상이었다. 서울에서 무슨 한약재 수집을 위해 전국 방방곡곡을 헤매 다니노라는 사내는 그러나 결코 그 한약재 수소문을 위해 이 마을 주막을 찾은 것 같지가 않았다. 마을로 들어서선 누구 동네 사람들한테 약재에 대한 이야기를 꺼내보기는커녕 길 안내 한마디 물은 일 없이 단걸음에 곧장 주막을 찾아 들어버린 것이다. 그리고 아마 주막을 찾아들 때부터 이미 이곳에서 하룻밤을 묵을 작정이었던 듯 추근추근 한가한 취기를 돋워가기 시작했다.

게다가 알 수 없는 것은 그 눈먼 주막집 여자에 대한 사내의 태도였다. 그는 처음 술손을 맞는 주막 여자가 눈이 먼 장님인 것을 알고서도 조금도 이상해하거나 꺼림칙스러워하는 눈치를 안 보였다. 오히려 그는 미리부터 그런 사실을 알고 있었거나 그렇지도 않았다면 그 눈이 먼 여자의 조용하고도 침착스런 거동거지로 하여 오히려 어떤 나른한 안도감 같은 걸 느끼고 있는 듯한 그런 차분스런 표정이었다. 사내는 그저 무심결인 듯 여자의 옆얼굴을 잠깐씩 스쳐볼 뿐, 여기서는 이제 아무것도 조급해야 할 일이 없다는 듯 추근추근 술청마루에 걸터앉아 술잔만 비워내고 있었다.

사내에게 알 수 없는 것은 그뿐만이 아니었다.

"어떻게…… 오늘 밤엔 자네 소리나 몇 대목 해줄 수 없겠는가?"

저녁참이 훨씬 지나고서였다. 주막집 천 씨가 강에서 돌아오자 여자가 그 주인 사내 방으로 저녁상을 들여보내고 난 다음이었다. 싸늘한 가을밤 한기를 피해 이번에는 여자의 방 안으로 아주 술자리를 옮겨 앉은 사내가 뜻밖의 주문을 건네왔다.

"내 우연찮게 읍내서부터 자네 소문을 듣고 왔네. 술맛보단 소리를 좇아 남도 천지 안 돌아본 데가 없는 위인이니, 내 자네 소리만 있어주면 이대로 앉아 밤이라도 새우겠네."

무심스럽기만 하던 사내답지 않게 간절한 어조였다. 어지간히 소리를 찾아다닌 위인인 것만은 틀림이 없어 보였다. 그리고 누구에게선가 이미 여자의 소리에 대한 귀띔을 받고 찾아온 손님이 분명했다.

여자는 처음 1년 가야 한두 번 있을 둥 말 둥한 술손의 드문 주문에 몹시도 귀가 선 얼굴이었다. 자신의 소리를 사주려는 데 대한 고마움은커녕 뜻하지 않게 희롱을 당한 사람처럼 엷은 노기의 빛이 잠시 그녀의 얼굴 위를 스쳐가고 있었다.

하지만 여자는 이내 사내의 소청을 물리칠 수 없다는 것을 알아차리게 된 것 같았다. 두번째 주문이 되풀이되었을 때 여자의 노기는 어떤 깊은 체념기 속에 서서히 스러져가고 있었다. 그리고 그 보이지 않는 술손으로 하여 새삼 알 수 없는 예감에 사로잡히기 시작한 듯 이상스럽게 망연스런 얼굴로 술손 쪽을 멀거니 건너다

보고 있었다.

여자가 소리를 시작한 것은 그러니까 주막집 봉창 너머로 굽이치는 강물 소리가 훨씬 더 가깝게 부풀어 오른 늦저녁 무렵부터였다. 여자는 아직 술청과 천 씨 사내의 안방을 몇 차례 더 드나들고 난 다음에야 새삼스럽게 다시 머리를 손질하고, 그리고 벽에 걸린 한복 치마저고리로 옷차림까지 새로 단정하게 고쳐 입고 나왔다. 그런 다음 그녀가 선반에 올려놓은 낡은 북과 북채를 조용히 안아 내린 것으로 이내 소리가 시작된 것이다.

함평천지 늙은 몸이 광주 고향을 보려 하고
제주 어선 빌려 타고 해남으로 건너갈 제……

흔히 남쪽 사람들이 즐겨 부르는 「호남가」라는 단가(短歌)였다. 북통을 지그시 끌어안은 여자는 그 차분하고 태연한 중모리 장단의 북 가락을 함께 곁들여가며 장중하고 끓어오르는 듯한 남정네의 질긴 목청으로 첫마디서부터 힘차고 도도하게 소리를 뽑아나갔다.

흥양에 돋은 해는 보성에 비쳐 있고
고산의 아침 안개 영암을 들러 있다……

아무래도 여자답지 않은 목청이었다.
남도 소리 특유의 애조와 한스러움은 있었으나 그 또한 서리 내린 가을 달밤의 기러기 소리와도 같이 미려한 여인의 수수로움이 아니라, 무럭무럭 처연스럽게 가슴을 복받쳐 오르는 장부의 통한이 역연한 소리였다. 그러나 눈을 감은 채 조용히 소리를 듣고 있는 술손의 표정에는 이번에도 별로 의아스러운 빛이 없었다. 남정네처럼 장중하고 도도한 여자의 목청 속에, 그 여인스럽지 않게 허허한 장부풍의 통한 속에 그는 오히려 깊은 수긍과 감동을 맛보는 듯 머리를 크게 주억이며 깊이깊이 소리에 취해들고 있었다. 그리고 그녀가 어느새 「호남가」 한 가락을 끝내고 나자 사내는 비로소 다시 눈을 번쩍 뜨며,

"좋으네, 참으로 좋으네……"

진심 어린 치하와 목축임 잔을 건네고 나선 이내 또 다음 소리를 거푸 청하는 것이었다. 여자는 손님이 건네주는 술잔을 공손히 비워낸 다음 그 술잔을 다시 남자한테로 되돌리고 나더니, 그녀로서도 이미 작정이 되어 있었던 듯 스스럼없이 또 다음 소리의 채비를 시작했다.

아서라 세상사 쓸데없다…… 군불견 도원도리……

이번에도 똑같이 호방하고 장중스런 여자의 목청에 사내는 다시 눈을 감고 취한 듯이 깊은 고개 장단을 보내기 시작했다. 여자의 소리에는 점점 더 힘이 태이기 시작하고 이마와 콧잔등에 땀방울이 솟아 맺힐 만큼 치열스런 열기가 끓어오르고 있었다. 눈을 감은 채 소리를 듣고 있는 사내의 얼굴에도 차츰 어떤 고통의 빛이 어려 들었다. 숨소리가 거칠어지고 알 수 없는 고통 때문에 일그

러진 그의 이마까지 번들번들 어느새 땀에 젖기 시작했다.

……아마도 우리 인생 춘몽과 같으오니 한 잔 먹고 즐겨보세.

여자의 구성진 목소리가 「편시춘」 한 가락을 끝내고 나자 사내는 이번에도 역시 그녀에게 목축임을 한 잔 건네고 나서 거푸거푸 다음 소리를 재촉했다.
하지만 사내는 아무래도 숨이 자주 끊어지는 단가 나부랭이로는 마음이 차오르질 않은 모양이었다. 여자가 어느새 또 「태평가」 한 가락을 힘들여 끝맺고 나자 손님은 드디어 안타까운 듯이 새판잡이 주문을 건넸다.
"자, 이제 그쯤 했으면 목도 제법 닦았을 테니 이제부턴 좀 진짜 소리를 해보게나. 뭐 「춘향가」라든지 「심청가」라든지, 아무거나 자네 맘에 맞는 대로 한 대목씩 말이네."
단가는 그만두고 진짜 판소리를 하라는 청이었다.
하지만 여자는 여태 목을 트느라 소리를 해온 것이 아니었던 만큼 힘이 제법 파해 있었다. 아니, 여자에겐 실상 이제 힘이 파하고 안 파하고가 문제가 아닌 것 같았다. 여자는 소리를 하는 동안 손의 숨소리가 이상스럽게 자꾸 거칠어져가는 기미를 느끼고 있었다. 아까부터 줄곧 그녀의 보이지 않는 눈길 속을 맴돌던 어떤 예감의 빛이 문득 그녀의 소리 동작을 멈추게 하였다.
"소리 듣기를 그토록이나 즐겨 하시오?"
"……"

여자의 물음에 무엇인가 속을 들킨 것처럼 표정이 움칫해진 사내가 새삼스럽게 다시 유심스런 눈초리로 그녀를 곰곰 건너다보았다. 여자가 소리를 좀 쉬고 싶은 게 분명했다.
"소리를 좋아하시게 된 내력이라도 있으시오? 소리 좋아하시는 양반치고 내력 없는 분은 없습데다."
확신을 가진 듯 여자가 거푸 손님에게 물었다.
"내력이라니……"
사내가 잠시 말을 망설이는 듯하더니 마침내 무슨 속다짐이라도 하고 난 듯 갑자기 한차례 한숨 소리 같은 것을 길게 내뿜었다.
"하기야 내력으로 말한다면 그런 것이 아주 없지도 않았제."
그리고는 그 한숨을 토해낼 때의 망연스런 표정만큼이나 허허한 목소리로 천천히 입을 떼기 시작했다.
"내력이 있었제…… 나이 사십이 넘어서도록 아직 이 흉한 꼴을 하고 남도 천지 소리를 찾아 안 가본 데가 없는 몸이라네. 하지만 오늘 밤 자네 소리를 만나고 보니 후회를 안 해도 좋았을 세월이었네……"
"들을 만한 데도 없이 천하기만 한 제 소리요."
여자가 짐짓 겸손해하였다. 그러나 사내는 희미한 웃음기 속에 고개를 가로저었다.
"아닐세, 자네 소리에는 내게 무엇보다 반갑고 소중한 것이 있었네. 소리보다도 나는 그 소리 속에서 그것을 만나러 이 세월을 허송하고 다녔을지도 모르는 소중스런 것이 말이네."
"그것이 무엇이오! 손님한테 그토록 소중스러운 것이 무엇이오."

눈먼 여자의 표정이 점점 초조하고 안타깝게 변해가고 있었다.
"자네가 정 듣고 싶다면 내 말을 해줌세……"
사내가 천천히 그 소중스런 것의 내력을 말하기 시작했다. 그것은 그가 어렸을 때 잃었거나 나이를 먹어가면서 잃어가고 있던 어떤 뜨거운 햇덩이에 대한 기억이었다.
소리를 들을 때마다 그의 머리 위에 이글이글 불타오르는 뜨거운 여름 햇덩이가 있었다. 어렸을 적부터의 한 숙명의 햇덩이였다.
그것은 바로 몇 해 전이던가, 사내가 보성 고을의 한 주막집에서 밤새워 여자의 소리를 들으면서 그녀에게 들려준 자신의 어린 시절과 그 숙명의 햇덩이에 관한 회한 어린 내력에 다름 아닌 이야기였다.
……파도 비늘 반짝이는 바다가 내려다보이는 해변가 언덕 밭의 한 모퉁이—그 언덕 밭 한 모퉁이에 누군지 주인을 알 수 없는 해묵은 무덤이 하나 누워 있었고, 소년은 언제나 그 무덤가 잔디 밭에 허리 고삐가 매여 놓고 있었다. 동백나무 숲가로 뻗어 나온 그 기다란 언덕 밭은 소년의 죽은 아비가 그의 젊은 아낙에게 남기고 간 거의 유일한 유산이었다. 소년의 어미는 해마다 그 밭뙈기 농사를 거두는 일 한가지로 여름 한철을 고스란히 넘겨 보내곤 했다.
소년은 날마다 그 무덤가 잔디에서 고삐가 매인 짐승 꼴로 긴긴 여름날을 기다려야 했다. 그리고 그 언덕배기 무덤가에서 소년은 더러 물비늘 반짝이며 섬 기슭을 돌아 나가는 돛단배를 내려다보기도 했고, 더러는 또 얼굴을 쪄오는 여름 태양볕 아래 배고픈 낮

잠을 자기도 했다. 그러면서 이제나저제나 밭고랑 사이로 들어간 어미가 일을 끝내고 나오기를 기다렸다. 하지만 여름마다 콩이 아니면 콩과 수수를 함께 섞어 심은 밭고랑 사이를 타고 들어간 어미는 소년의 그런 기다림 따위는 아랑곳이 없었다. 물결 위를 떠도는 부표처럼 가물가물 콩밭 사이를 오락가락하면서 하루 종일 그 노랫소리도 같고 울음소리도 같은 이상스런 콧소리 같은 것을 웅웅거리고 있었다. 어미의 웅웅거리는 노랫가락 소리만이 진종일 소년의 곁을 서서히 멀어져갔다간 다시 가까워져오고, 가까워졌다간 어느 틈엔가 다시 까마득하게 멀어져가곤 할 뿐이었다.

그러던 어느 날.

하루는 그 바다가 내려다보이는 뙈기밭 가로 해서 뒷산을 넘어가는 고갯길 근처에서 이상스런 노랫가락 소리가 들려오기 시작했다. 밭두렁 길을 지나 뒷산으로 들어가는 푸나무꾼 같은 사람들에게서 자주 듣던 소리였다. 하지만 그날의 노랫가락은 동네 나무꾼들의 그것이 아니었다. 산으로 들어간 나무꾼도 없었고 소리를 하는 사람의 모습을 볼 수도 없었다. 산을 휩싸고 있는 녹음 속 어디선가 하루 종일 노랫소리만 들려왔다. 나중에 알게 된 일이지만 그것은 이날 처음으로 그 산 고개를 넘어 마을로 들어오던 어떤 낯선 노래꾼의 소리였다. 어쨌거나 그날 그 모습을 볼 수 없는 노랫소리는 진종일 해가 지나도록 숲 속에서 흘러나왔고, 그러자 한 가지 이상스런 일이 일어났다. 밭고랑만 들어서면 우우우 그 노랫소리도 같고 울음소리도 같던 어미의 이상스런 웅얼거림이 이날따라 그 산 소리에 화답이라도 보내듯 더욱더 분명하고 극성스럽게 떠돌아 번지기 시작한 것이다. 그러면서 어미는 뜨거운 햇볕 아래 하루 종일 가물가물 밭이랑 사이를 가고 또 오갔다. 그리고 마침내 산봉우리 너머로 뉘엿뉘엿 햇덩이가 떨어지고, 거뭇한 저녁 어스름이 서서히 산기슭을 덮어 내려오기 시작하자, 진종일 녹음 속에 숨어 있던 노랫소리가 비로소 뱀처럼 은밀스럽게 산 어스름을 함께 타고 내려왔다. 그리고 그 뱀이 먹이를 덮치듯이 아직도 가물가물 밭고랑 사이를 떠돌고 있던 소년의 어미를 후닥닥 덮쳐버렸다.

　그런 일이 있고 난 뒤부터 그날의 소리는 아주 소년의 마을로 들어와 어느 집 문간방에 둥지를 틀고 살게 되었으며, 동네 안에 둥지를 틀고 들어앉게 된 소리의 남자는 날만 밝으면 언제나 그 언덕밭 뒷산의 녹음 속으로 숨어 들어가 진종일 지겹도록 산울림만 지어 내리곤 하였다. 사람의 모습은 보이지 않고 녹음이 소리를 숨기고 사는 양한 소리였다. 밭고랑 사이를 오가는 여인네의 그 괴상스런 노랫가락 소리도 날이 갈수록 점점 극성스러워져갔다. 소년은 여전히 그 무덤가 잔디에서 진종일 계속되는 노랫가락 소리를 들어야 했고, 소리를 들으면서 허기에 지친 잠을 자거나, 소리를 들으면서 그 잠을 다시 깨야 했다. 잠을 자거나 잠을 깨거나 소년의 귓가에선 노랫소리가 떠돌고 있었고, 소년의 머리 위에는 언제나 그 이글이글 불타오르는 뜨거운 햇덩이가 걸려 있었다.

　소리는 얼굴이 없었으되, 소년의 기억 속엔 그 머리 위에 이글거리던 햇덩이보다도 분명한 소리의 얼굴이 있을 수 없었다. 그리고 언제나 뜨겁게 불타고 있던 그 햇덩이야말로, 그날의 소년이 숙명처럼 아직 그것을 찾아 헤매 다니고 있는 그 자신의 운명의 얼굴이었다.
　그러니까 소년이 그 소리의 진짜 모습을 자신의 눈으로 똑똑히 보게 된 것은 그의 어미가 어느 날 밤 뜻하지 않은 소동 끝에 홀연 저승길로 떠나가버리고 난 다음 날 아침의 일이었다. 소리가 마을로 들어서던 그 한여름이 지나가고 해가 훌쩍 뒤바뀌고 난 이듬해 이른 여름의 어느 날 밤, 소년의 어미는 땅덩이가 꺼져 내려앉는 듯한 길고도 무서운 복통 끝에 흡사 핏속에서 쏟아내듯 작은 살덩이 계집아이 형상 하나를 낳아놓고는 그날 새벽으로 그만 영영 눈을 감아버린 것이었다. 그리고 그런 일이 있은 다음 날 아침에야 비로소 소리의 사내가 그 후줄근한 모습을 드러내며 소년의 집 사립문을 들어서던 것이었다.
　"일이 그렇게 되고 보니 그 소리를 하던 남자, 그러니까 내겐 아마 의붓아버지가 되었을 뻔한 그 사내는 이제 더 이상 얼굴을 들고 살아갈 수가 없게 됐제. 그래서 끝내는 애 어미 되는 사람의 무덤을 만든 뒤에 그길로 곧 핏덩일 싸들고 마을을 떠나고 말았다네!"
　사내는 이제 남의 얘기라도 하듯이 담담한 얼굴이 되어 이야기를 끝맺어가고 있었다.
　하지만 소년은 아직도 그때의 그 사내의 얼굴이 소리의 진짜 얼굴이라고는 생각하지 않았다. 소년에겐 여전히 그 뜨거운 햇덩이가 소리의 진짜 얼굴로 남아 있었다. 나이가 들어가도 마찬가지였다. 사정이 달라져버린 소리의 사내가 핏덩이 같은 갓난애와 소년을 데리고 이 고을 저 고을로 소리를 하며 밥 구걸을 다니고 있었을 때도, 소리의 진짜 얼굴은 언제나 그 뜨겁게 이글거리는 햇덩이 쪽이었다.

괴롭고 고통스런 얼굴이었다. 하지만 어떻게 된 심판인지 사내는 그 고통스런 소리의 얼굴을 버리고 살 수가 없었다. 머리 위에 햇덩이가 뜨겁게 불타고 있지 않으면 그의 육신과 영혼이 속절없이 맥을 놓고 늘어졌다. 그는 그의 햇덩이를 만나기 위해 끊임없이 소리를 찾아다니지 않으면 안 되었다. 그런 식으로 이날 이때까지 반생을 지녀온 숙명의 태양이요, 소리의 얼굴이었다.

"하니까 그다음 이야기는 이제 말을 하지 않아도 대개 짐작이 가겠네마는, 어쨌거나 나는 그런저런 내력으로 이 나이 마흔이 넘어서도 그 누추한 어릴 적 기억을 버리지 못해 이런 청승맞은 소리 비렁뱅이질을 계속하고 다니는 꼴이라네. 소리를 들으면 어렸을 적에 그 밭두렁 가에 누워 보던 바다비늘이 아슴아슴 떠오르고 골짜기 숲으로부터 복더위를 씻어가던 한 줄기 바람결이 내 얼굴을 지나가고…… 아니 그보다도 나는 소리만 들으면 그 이마 위에서 무섭게 들끓고 있던 여름 햇덩이를 다시 보게 되곤 하니 말이네. 그런데 말이네, 그런데 난 오늘 밤 자네한테서 내 눈썹을 불태울 것 같은 그 뜨거운 햇덩이를 다시 보게 된 것일세. 자네처럼 뜨거운 내 햇덩이를 품은 소리를 만난 일이 없는 것 같단 말일세…… 이제 내가 이토록 자네 소리에 끌리는 까닭을 알겠는가……"

사내는 이야기를 끝내고 나서도 마치 아직도 그 들끓는 태양 볕을 머리 위에 견디고 있는 듯이 얼굴을 심히 고통스럽게 찡그리고 있었다.

하지만 여자의 얼굴에는 사내의 이야기가 다 끝날 때쯤까지도 시종 마음이 흔들리는 듯한 흔적이 나타나지 않았다.

여름날 햇볕에 지쳐 난 가로수처럼 무겁고 적막한 모습으로 시종일관 무연스레 허공만 지키고 앉아 있을 뿐이었다. 그것은 차라리 그녀가 가끔 술청마루 끝 볕발 속으로 나와 앉아 보이지 않는 눈길 속에 끊임없이 무엇인가를 기다리고 있는 듯하던 그 모습 그대로였다. 사내의 이야기가 끝날 때쯤 해서는 오히려 그녀의 그 보이지 않는 눈길 속을 맴돌고 있던 어렴풋한 예감의 빛마저 말끔히 흔적이 가시고 없었다.

"자, 그러시면 이제 제 소리나 밤새 해드리겠소."

여자가 이윽고 뭔가 사내를 달래듯한 목소리로 말하면서 자리를 고쳐 앉았다. 그리고는 지금까지 그녀 앞에 안고 있던 북통과 장단막대를 말없이 사내 앞으로 밀어놓았다.

소리를 청해 들을 양이면 이제부턴 장단을 좀 잡아달라는 시늉이었다. 소리를 청해 들을 만한 사람에겐 흔히 해온 일이었다. 여자는 으레 손님의 솜씨를 믿는 얼굴이었다.

여자의 갑작스런 주문에 이번에는 오히려 사내 쪽이 뜻밖인 모양이었다. 여자가 밀어 보낸 북통을 앞에 한 사내의 눈길엔 졸지에 일을 당하고 당황해하는 빛이 역력했다. 하지만 그 보이지 않는 여자의 눈길은 거의 일방적으로 손님을 강요해오고 있는 식이었다.

"하두 오래 손을 잡아본 일이 없어서…… 내 장단이 자네 소리에 잘 맞아들지 모르겠네……"

사내도 마침내는 여인을 피할 수 없다고 생각한 듯 천천히 자기 앞으로 북통을 끌어당겨갔다.

그로부터 여자와 술손은 다시 소리로 꼬박 밤을 지새듯 하였다.

여자는 이제 숨이 짧은 단가에서 본격적인 판소리 가락으로 손님을 휘어잡아나갔다. 쑥대머리 귀신형용 적막옥방 한 자리에서부터 「춘향가」의 옥중비가 한 대목을 넘어가고, 「흥보가」 중의 흥보 매품팔이며 신세한탄 늘어놓는 진양조 한 가락을 엮어내고, 「수궁가」로 「적벽가」로 명인 명창들의 이름난 더늠들을 두루 불러 돌아간 후에, 나중에는 「심청가」의 심봉사 황성길 찾아가는 처량한 정경까지 끈질기게 소리를 이어나갔다.

지칠 줄 모르는 소리였다. 여자의 목청은 남정네들의 그 컬컬하고 장중스런 우조(羽調)뿐 아니라 여인네 특유의 맑고 고운 계면조(界面調) 풍도 함께 겸비하고 있어서, 때로는 바위처럼 우람하고 도저한 기백이 솟아오르는가 하면 때로는 낙화처럼 한스럽고 가을 서릿발처럼 섬뜩섬뜩한 귀기가 넘쳐났다. 가파른 절벽을 넘고 나면 유장한 강물이 산야를 걸쳐 있고, 사나운 폭풍의 한밤이 지나고 나면 새소리 무르익는 꽃벌판의 한나절이 펼쳐졌다.

놀라운 것은 그 지칠 줄 모르는 목소리뿐만 아니라 술손의 장단 가락 솜씨 또한 예사가 아니라는 것이었다.

— 춘향이 옥중가 한 대목이 어떠시오.

— 흥부가 매품팔이 나가는 신세타령 한 대목이 어떠시오?

여인은 소리를 한 대목씩 시작할 때마다 번번이 손님에게 의향을 묻곤 했다. 그럴 때마다 손님도 '그거 좋겠네, 그거 좋겠네',

즐겁게 화답을 보내며 여자가 첫소리를 시작하자마자 곧바로 장단 가락을 잡아나가곤 했다. 느리거나 빠르거나 여자의 소리만 시작되면 사내는 마치 장단을 미리 외우고 있었던 것처럼 솜씨가 익숙했다.

그러나 손님이고 여자고 새삼스레 상대편의 솜씨를 놀라워하는 빛은 전혀 서로 내색을 하지 않았다. 여인과 손님은 끊임없이 소리를 하고 장단을 몰아나갈 뿐이었다.

어이 가리 어이 가리 황성만리를 어이 가리
오늘은 가다 어데 가 자며 내일은 가다 어데 잘고……
더듬더듬 더듬으며 정향 없이 올라갈 제
때는 삼복 증염이라 별빛은 불꽃같고 땀은 흘러 비 같은데……

여자는 소리를 굴렸다가 깎았다 멋었다가 풀었다 하면서 온갖 변화무쌍한 조화를 이끌어냈고, 손님에 대해서도 때로는 장단을 딛지 않고 교묘하게 그 사이를 빠져 넘나드는가 하면, 때로는 장단을 건너가는 엇붙임을 빚어내어 그 솜씨를 마음껏 즐기게 하였다.

그것은 마치 소리와 장단이, 서로 몸을 대지 않고 능히 상대편을 즐기는 음양 간의 기막힌 희롱과도 같은 것이었고, 희롱이라기보다는 그 몸을 대지 않는 소리와 장단의 기묘하게 틈이 없는 포옹과도 같은 것이었다.

하지만 그 기묘한 포옹 속에서도 손님과 여인은 역시 놀라움이 없었다. 손님 쪽에 무슨 변화가 있다면 그는 여자의 소리에서 어렸을 적 그의 햇덩이를 다시 만나 그 햇덩이의 뜨거운 열기를 무서운 인내로 견뎌내듯 일그러진 얼굴에 땀방울이 송송 솟아나고 있다는 것과, 그리고 그 열기에 숨이 차오르는 듯 헐떡헐떡 거친 숨소리를 힘겹게 깨물어 삼키고 있다는 것뿐이었다. 그리고 여자는 마치 손님의 그 햇덩이가 그의 이마 위에서 더욱 뜨겁고 고통스럽게 불타오르기를 열망하듯 긴긴 밤 목소리에 여느 때보다도 지침이 없다는 것뿐이었다.

 손님과 여자는 새벽녘 동이 틀 무렵에야 간신히 소리를 끝내고 여인의 방에서 함께 잠자리로 들었다. 소리를 좋아하는 술손 중엔 가끔 잠자리까지도 여인과 함께하기를 원해오는 수가 있었고, 그런 밤 여자가 손님과 잠자리를 함께하는 것을 주인 사내 천 씨마저 그리 불결스러워하는 눈치를 보이지 않았다. 손님 쪽도 그렇고 여자 쪽도 그렇고 소리가 끝났을 때 두 사람은 으레 그래야 할 사람들처럼, 그러기를 미리 작정해둔 사람들처럼 아무 말이나 스스럼이 없이 한방에다 나란히 잠자리를 펴고 든 것이다. 그리고 아침 날이 밝았을 때 손님은 으레 또 그러기로 되어 있었던 것처럼 말도 없이 슬그머니 주막을 떠나버리고 없었다.

 사람이 떠나가버린 빈 잠자리가 자리를 들 때 한가지로 고스란했다. 잠을 깨고 난 여자가 손님의 빈 잠자리를 쓰다듬듯 정성스레 개켜 올리고 나서, 천천히 혼자 방문을 열고 밖으로 나왔다. 문밖엔 이미 술청마루까지 기어 올라온 아침 햇발 속에 주인 천 씨가 그녀를 기다리고 앉아 있었다.

"손님은 벌써 길을 떠나시던가……"

낌새를 알아차리고 있었던지 주인 사내가 먼저 여자에게 물었다. 그러자 여자는 그 보이지 않는 눈길로 들판 건너 먼 산허리 쪽을 더듬으며 무심스레 내뱉었다.

"그리 되었소. 오라비는 말도 없이 혼자서 떠나셨소."

"오라비라? 간밤의 그 손님이 말인가."

여인의 대꾸에 천 씨 사내가 갑자기 걱정스러운 얼굴로 다시 물었다.

하지만 여자의 얼굴에는 아직도 전혀 마음이 흔들리는 기색이라곤 없었다.

"그렇답니다. 간밤엔 제 오라비를 만났더랍니다."

주인 사내는 비로소 뭔가 짐작이 간다는 듯 고개를 한 차례 크게 끄덕이고 나더니 이윽고 다시 질문의 꼬리를 이었다.

"하기야 나도 간밤부터 뭔가 심상찮은 느낌이 없지 않았다네. 하지만 자넨 여태까지 한 번도 오라비 이야길 한 일이 없었는데…… 그렇다면 그때 그 산 소리가 저녁 어스름을 타고 내려와서 콩밭 여자에게 아이를 배게 하여 낳은 핏덩이가 바로 자네였더란 말인가?"

천 씨 사내는 간밤 동안 두 사람의 이야기를 엿들은 자신을 숨기려 하지 않고 서슴없이 물었다.

"그렇답니다."

여자가 다시 분명하게 대답했다. 사내 앞에선 이제 아무것도 이야기를 숨길 필요가 없다는 식이었다.

"하지만 오라비는 어젯밤 일부러 그 핏덩이가 계집아이였다는 말씀은 참아버리셨소. 그 소리꾼 노인이 어린 핏덩이를 싸안고 마을을 떠날 때 어린 당신도 길을 함께하고 있던 일까지…… 오라비는 제 기억이 안 닿을 만한 일만 말하시고 기억이 살아 있는 뒷날 일은 입을 덮고 마시더이다. 하지만 전 알고 있었더랍니다."

그리고 나서 여자는 그녀가 기억할 수 있는 옛날 일 몇 대목을 사내 앞에 조용히 털어놓았다.

소리꾼 아비는 나어린 오누이를 앞세우고 이 마을 저 마을 소리로 끼니를 빌고 떠돌아 다녔더라고 했다. 그러면서 아비는 철도 들기 전의 두 어린것들에게 소리를 시키는 것이 소원이었던지, 틈만 나면 성화가 대단했댔다. 산길을 가다 고갯마루 같은 곳에 다리를 쉬고 앉아 있을 때나 어느 마을 사랑채의 헛간 같은 골방 속에 들어앉아 지낼 때나 아비는 한사코 어린것들에게 소리를 배워 주려 애를 쓰고 있었다 했다. 하지만 오라비는 웬 고집으로 끝끝내 소리를 하지 않으려 했고, 어린 그녀만이 무슨 재간이 좀 뻗쳤던지 세월따라 조금씩 조금씩 소리를 익혀가고 있었다고 했다. 그리하여 아비는 마침내 그녀에게만 소리를 하게 했고, 소리를 싫어하는 오라비에게는 북장단을 익히게 하여 제 누이의 소리를 짚어나가게 했다는 것이다. 아비 소리꾼이 데리고 다니는 오누이의 소리 솜씨는 한동안 시골 마을 사람들의 얘깃거리가 되곤 할 정도가 되었다. 하지만 오라비는 끝내 그 북채잡이조차도 따르기가 싫었던 모양이다. 어느 해 가을날인가, 인적 드문 산길을 지나가던 아비가 통곡이라도 하듯 두 다리를 벌리고 앉아 「수궁가」 한 대목을 처연스럽게 뽑아 넘기고 나서 기운이 파해 드러누워 있을 때, 오라비는 용변이나 보러 가듯 숲 속으로 들어가고 나선 영영 다시 모습을 나타내지 않고 말았다는 것이다.

"오라비가 가고 난 후 노인네는 아마 딸년마저 도망질을 칠까 봐 겁이 나지 않았겠소. 그래 아비는 딸의 눈을 멀게 한 거랍니다."

여자는 비로소 한숨 섞인 음성으로 눈이 멀게 된 사연을 털어놓고 있었다.

하지만 눈을 죽이고 나니까 그 죽은 눈빛이 다시 목청으로 살아났던지 그녀의 소리는 윤택해지고, 그 덕분에 부녀는 오라비가 곁을 떠나고 난 다음에도 힘들이지 않고 이 고을 저 고을로 구걸유랑을 계속해 다닐 수 있었다고 했다. 그리고 그럭저럭 환갑길에 들어선 노인이 어느 겨울날 저녁 보성 고을 근처 한 헛간 같은 빈집에서 피를 토하며 마지막 숨을 거두게 되었을 때 아비는 비로소 그녀가 모르고 있던 몇 가지 비밀 — 그녀와 그녀의 달아난 오라비 사이의 어정쩡한 인륜 관계 하며 잠든 딸에게 청강수를 찍어 넣어 그녀의 눈을 멀게 한 비정스런 아비의 업과들을 눈물로 사죄하고 갔다는 것이다.

"하지만 자네한테 오라비가 있었다 해도 어젯밤 손님이 그때의 오라비라고 장담을 할 수는 없지 않은가. 보아하니 자네나 손님이나 양쪽 다 그런 일은 입에도 올리지 않았던 것 같은데 말이네."

묵묵히 이야기를 듣고 있던 주인 천 씨가 아직도 걱정스런 얼굴로 물었다. 하지만 여자는 아직도 전혀 목소리가 흐트러지는 기색이 없었다.

"오라비가 아닌가 싶은 생각은 벌써 손님을 처음 대했을 때부터 들기 시작했소. 손님이 소리를 찾아다니게 된 내력을 말했을 때는 다시 의심할 여지도 없었고요. 하지만 정말 오라버니 소리가 목에까지 솟아오를 뻔한 것은 북채를 손님께 내어드리고 나서 제 소리가 오라비의 장단을 만났을 때였답니다. 오라비의 솜씨는 옛날의 제 아비 되는 노인의 솜씨 그대로였소."

"그렇다면 자네 오라비라는 사람도 그땐 자넬 알아보고 있었을 게 아닌가."

"알아보았겠지요. 절 알고 여기까지 길을 찾아오신 건지도 모르고요. 모르고 오셨더라도 그 양반 장단을 놀아나가면서는 분명히 알고 계셨을 것이오."

"그렇다면 글쎄…… 자네를 알아보고도 오라비는 어째서 끝내 오라비라는 소리 한마디 못 해보고 그렇게 허망히 길을 떠나가고 말았단 말인가."

"그것은 아마 오라비가 또 날 죽이고 싶었기 때문이었을 것이오."

"오라비가 자넬 죽이고 싶어 하다니?"

사내의 두 눈이 다시 크게 벌어졌다.

"노인네가 돌아가시기 전에 제게 말씀하신 것이 또 한 가지 있었답니다. 당신은 늘 소리를 할 때 오라비 눈에 살기가 도는 것을 보았더라고요. 당신이 소리를 하면 오라비는 이상스럽게 눈빛이 더워지면서 당신을 해치고 싶어 못 견뎌 하더랍니다. 오라비가 싫은 짓을 참아가면서도 의붓아비를 따라다닌 것은 그 불쌍한 노인네가 당신의 어머니를 죽인 거라 작심하고 어미의 원수를 갚기 위해서였을 거랍니다. 노인네는 그걸 알고 있었기 때문에 어서 원수를 갚으라고 오라비 앞에 더욱 힘이 뻗치게 목청을 돋워대곤 하셨더라고요…… 하지만 오라비는 결국 원수를 갚기는커녕 당신 편에서 먼저 노인의 소리를 못 이기고 도망을 치고 말았다는 말씀이었지요. 그런데…… 어젯밤엔 저도 소리를 하면서 오라비한테서 그런 살기가 완연하게 느껴져오더구만요. 오라빈 그걸 무슨 햇덩이 같은 거라고 말씀하고 있었지만, 그게 바로 살기였을 게라요. 오라비가 그 햇덩이 때문에 이마가 뜨거울 때 당신은 그 살기가 일고 있었던 것이오."

"자네는 그럼 오라비한테서 그런 살기를 느끼면서도 무슨 정성으로 밤새껏 그리 목청을 뽑았던가? 오라비 살기가 부풀어 끝장이라도 나고 싶었던가 말이네."

"……"

"그리고 또 자네 오라비란 사람도 그런 살기가 돌았다면 어째서 끝내 자네를 해치지 못하고 말도 없이 문을 나갔겠는가 말이네."

"그야 오라비는 옛날에도 노인을 해치진 못했지요. 노인을 해치고 싶어 했다뿐, 소리 때문에 외려 당신 쪽에서 몸을 피해 달아난 위인이었다지 않습디까. 오라버닌 제 소리에 살기가 일었을지 모르지만, 제 소리 때문에 또 당신 쪽에서 먼저 몸을 피해 가신 것입네다."

"그걸 자네 오라비도 알았을까. 그 오라비한테도 자네가 이미 오라비를 그토록 알아보고 있는 눈치를 말이네."

"소리가 어우러져나가면서 오라버니도 족히 그것을 알고 있었을 것이오."

"……"

 틈을 주지 않고 물어대던 사내가 마침내 입을 다물었다. 그러자 이번에는 여자 자신이 묻기도 전에 속절없는 목소리로 혼자서 말을 이어나갔다.

 "오라비가 안 것은 그것만도 아니었을 것이오. 오라비는 제가 어떻게 눈을 잃게 되었는지, 그런 곡절조차 묻질 않았으니께요. 오라비는 그걸 묻지 않아도 벌써 알고 계셨던 거랍니다. 소리를 하거나 소리를 들을 줄 아는 사람은 그걸 아는 법이니께요. 어르신네가 10여 년 동안이나 절 곁에 두고 계시면서도 여태까지 제 신상에 대한 내력은 아무것도 물으려 하지 않고 계신 것 한가지로 말씀이오."

 "하기야 자네 소리를 들으면 자네라는 사람을 물어보지 않아도 속을 다 알 수가 있었던 건 사실이었제."

 주인 사내가 다시 용기를 얻은 듯, 그러나 이번에는 그 자신 뭔가 창연스런 감회에 사로잡힌 듯 적막한 목소리로 떠듬거리고 있었다.

 "난 자네 오라비처럼은 소리를 모르지만, 그래도 자네 소리에 서린 깊은 정한(情恨)을 만나고 보면 자네가 겪어온 반생의 사연을 눈으로 보는 듯했다네. 눈이 멀게 된 사연도 자네의 한을 보면 알 수 있고, 자네가 살아온 험난스런 반생의 내력도 자네의 한을 보면 저절로 다 알아볼 수가 있더란 말이네."

 그리고 나서 사내는 이제 여자의 아픈 마음을 달래기라도 하듯 한결 더 부드럽고 가라앉은 목소리로 자신있게 지껄여대기 시작했다.

"그러고 보면 아마 자네 오라비라는 사람이 그렇게 가버린 것도 자네의 그 한을 다치지 않으려는 것이 아니었는가 싶네. 사람들 중엔 때로 자기 한 덩어리를 지니고 그것을 소중스럽게 아끼면서 그 한 덩어리를 조금씩 갈아 마시면서 살아가는 위인들이 있는 듯싶데그랴. 자네가 그렇고, 내가 그렇고, 알고 보면 자네 오라비라는 사람도 아마 그 길에서 그리 먼 데 있는 사람은 아닐걸세. 그런 사람들한테는 그 한이라는 것이 되려 한세상 살아가는 힘이 되고 양식이 되는 폭 아니겠는가. 그 한 덩어리를 원망할 것 없을 것 같네. 더더구나 자네같이 한으로 해서 소리가 열리고 한으로 해서 소리가 깊어지는 사람이라면 더더욱 그것을 소중히 여겨야 할 것일세. 자네 오라비도 아마 그 점을 알고 있었던 듯싶네. 자네는 아까 오라비가 자넬 해치고 싶은 충동을 못 이겨 간 거라고 말했지만, 그 말이 설사 맞는 데가 있다 치더라도 내 짐작이 크게 틀리지는 않을 것 같네. 자네 오라빈 자네 소리에 서린 한을 아껴주고 싶은 나머지, 자네한테서 그것을 빼앗지 않고 떠나기를 소망했음에 틀림없을걸세."

여자의 찌부러든 두 눈에서 소리 없이 물기가 맺혀 흐르고 있었다. 하지만 사내는 아직도 미처 여자의 눈물을 알아채지 못하고 있었다.

"너무 망연해할 건 없어. 언제 또 생각나면 그 양반이 자넬 다시 찾아올 때도 있을 법한 일이 아닌가."

사내가 다시 간절한 목소리로 여자를 위로하려고 했다. 하지만 여자는 조용히 고개를 가로젓고 있었다.
"그렇게는 아니 될 줄 싶소. 오라버니도 아마 저 모양으로 당신의 한을 먹고 살아가시는 양반이라면 이제 다시 제게 와서 당신의 한을 앗길 짓을 하시지도 않으실 양반이오."
그리고 나서 그녀가 다시 조용히 뱉어낸 몇 마디는 주막 주인 천씨 사내로서도 전혀 예상할 수 없었던 소리였다.
"오라버니가 예까지 다시 절 찾아온다고 해도 우리 남매는 이제 이것으로 두 번 다시 상면을 할 수도 없는 처지고요."
심상찮은 여자의 말에 주인 사내가 문득 수상한 눈길로 그녀를 돌아다보았으나, 여자는 이미 마음을 굳게 작정해버린 뒤인 것 같았다.
"오라버니가 제 소리를 아껴주시는데, 저한테도 그 오라비의 한이나마 제 것 한가지로 소중스럽게 아껴드릴 도리를 다해드려야 할 듯싶소."
말하고 있는 여자의 표정은 그녀가 그 술청마루 끝 햇볕 속으로 나와 앉아 보이지도 않는 눈길로 먼 산허리 쪽을 더듬어대면서 끊임없이 무엇인가를 기다리고 있는 듯하던 그런 때의 그 하염없는 표정 그대로였다.
하지만 여자는, 이제 비로소 형언할 수 없는 절망감으로 그녀 앞에 무너져 내리기 시작한 주인 사내조차 까맣게 잊어버린 듯 한숨 섞인 목소리로 혼잣말처럼 중얼거리고 있었다.
"어르신네 곁을 찾아온 지도 벌써 10년이 넘었구요. 제 팔자를 생각해보면 당치도 않게 편한 세월이 너무 길었었나 보아요. 이젠 그만 어디론가 몸을 좀 옮겨야 할 때도 되었지요……"

(1978)

누님 있습니다

　누님에게 정말 계가 깨질지도 모른다는 심각한 우려를 가져보게 한 것은 그것이 바로 처음이자 마지막 사건이었다.
　누님은 계가 깨지는 것을 근심해본 일이 없었다. 근심은커녕 오히려 늘 중도 파계(中途破契)를 은근히 바라고 있었고, 때로는 그녀 자신이 음으로 양으로 그런 작용을 가함으로써 보다 손쉬운 방법으로 깨진 계에서 엉뚱한 이득을 취해오곤 했었다.
　이를테면 누님은 언제나 깨어질 계에만 들어갔고, 그녀 자신이 또 계들을 깨어지게 만들었다. 그리고 그 깨진 계를 통하여 뛰어난 이재술(理財術)을 발휘했다. 그건 좀 대단한 요령이요 배짱이 아니었다. 뿐더러 일이 년 사이에 몸에 배일 수 있는 손쉬운 재능이 아니었다.
　누님이 처음 곗놀음 맛을 들이기 시작한 것은 그녀 나이 스물여덟이 되던 해의 봄철을 다 넘기고 났을 때부터의 일이었다. 홀어머니 살림을 돕느라 보험회사라는 델 나다니게 된 것이 만심을 사게 된 탓인지, 얼굴이 그리 못생긴 편도 아닌 누님은 이상스럽게 혼삿길이 까다로왔다.

"알속도 없이 데데한 사내들한테 호락호락 덜미는 왜 잡히러 들어. 까짓거 정 눈에 차는 작자가 안 나타나면 이대로 혼자서 사는 거지 뭐."

선이라는 것을 보고 났을 때마다 누님은 번번이 늘 그런 식으로 아리숭한 자존심을 내세우면서, 결혼이란 대체로 생활능력이 없는 여자가 바로 그 생활 능력이라는 것 때문에 다른 한 사내 쪽에 예속과 굴종을 승인하고 들어가는 사람 못할 짓으로만 매도 해대곤 했다.

그러다 어언 나이 스물여덟이 되자 이번에는 정작으로 그녀 혼자서 평생을 살아갈 확고한 결심이 서기라도 한 듯 새로운 이재책의 하나로서 그녀의 곗놀음을 시작한 것이었다. 그 누님의 나이가 올해 서른여섯—24번 계 몇 번만 하면 인생의 황금기가 간다고들 말하지만, 그러니까 처음에는 제법 결혼한 아낙들과 한데 얼려 한 일관에서 불고기 먹고 이쑤시고 나오는 것도 쑥스러워할 줄을 알던 누님은 여기저기 겹치기로 열 번은 넉넉히 넘었을 여러 계를 들고 깨 오면서 그녀의 그 생존력과 이재술에 대해서만은 더없이 투철하고 단호한 경지를 터득해 온 것이었다.

"계하는 여편네들치고 나같이 순진하게 제 월급 털어 부으면서 겨우 목돈이나 한번 만들어 보자는 사람 있는 줄 아니? 빵구 난 서방님 네 회사 뒷구멍 막기 아니면 집장사, 땅장사로 한몫 볼 밑 천 돌려대기 방편으로나 계를 하는 거지. 그것도 이 동네 저 동네 겹치기로 다 일을 벌여 놓고는 이 동네에서 타서 저 동네 막고 저 동네에서 빼서 이 동네 구멍 막고…… 그러다 보니 어떤 동네 계 하나만 파장이 나 봐. 여기저기서 줄소동이 나지. 그런다고 그 여편네들 눈 하나 깜짝이나 하는 줄 알아? 글쎄 계가 깨지고 나면 계주라는 여편네부터 먼저 빨가벗고 나자빠지면서 날 잡아 잡수오 한다니까. 어쩔 거야. 일을 당하고 보면 차곡차곡 제 주머니돈 꺼내다 들어바친 나 같은 년만 억울하지."

그래서 누님은 어느 동네에서나 아예 처음부터 중도 파탄이 올 것을 각오하고 계를 들기에 이르렀고, 계가 깨지기 전에 자기 몫을 타낼 수 있도록 이른 번호만을 골라 들기에 이르렀고, 자기 몫만 타고 나면 어떻게든지 계를 그만 깨고 싶어 하기에 이르렀다는 것이었다.

그 누님이 어찌된 일인지 그녀의 그 마지막 계에 대해서만은 별나게 마음을 놓지 못하고 있는 것이었다. 뿐더러 누님은 계액이 무려 2백만 원이나 되는 큰 규모의 24번짜리 계를 이번에는 하필 18번이나 되는 늦은 번호를 들고 있었다. 누님에겐 또 그렇게 하지 않으면 안 될 만한 사정들이 있었음을 한참이나 뒤에 가서 알게 되었다.

누님의 속심이나 거동에 대해 유난히 신경이 민감한 어머니의 귀띔에 의하면 누님에게도 마침내 어떤 〈헐 수 할 수 없다는 놈팽이 한 녀석〉이 나타났다는 것이었다. 그리고 그러한 어머니의 정보는 얼마 뒤에 누님이 정말로 그 놈팽이에 관한 쑥스러운 고백을 털어놓게 된 자리에서 두 사람의 결합을 위한 어머니의 어머니다운 우려와 조바심에 답하여 누님이 자신 있게 밝혀 보인 자신의 설계 속에서 사실로 확인된 일이었는데, 누님은 이번에야말로 그 남자하고의 진짜 결혼을 결심하고 있었던 거였다.
"난 그렇지도 않은데 주위의 눈길이 불편해 못 참겠어!"
누님의 변명이야 어쨌든 큰 계 사이사이로 누님이 그동안 피아노계니 냉장고계니 하는 것들을 통해 값깨나 나가는 가재도구들을 심심파적으로 장만해오고 있었던 것은 그러니까 전혀 결혼이라는 것을 단념해버린 독신녀의 축재 취미나 가난한 어머니를 위한 갸륵한 딸의 효성에서가 아니었음이 우선 명백해진 셈이었다.
그리고 그런 누님에게 발탁된 홀아비 주제라면 으레 당연한 노릇이었는지도 모르지만, 누님에게 반해 넘어갔다는 그 신사 양반은 나이 이미 마흔 가까운 노총각 살림으로 집 한 칸도 아직 마련을 못 해놓고 있었던 형편, 하고 보니 평소부터 별로 사내들이라는 인간을 깊이 신용해오지 않던 누님으로선 자기 통장으로 전세방이나 한 칸 얻어 결혼을 서두를 요량 대신, 사내가 집 한 칸쯤 제 힘으로 마련해 낼만 한 능력과 결의를 증명해 보일 수 있어야 한다면서 굳이 2백만 원짜리 집 마련 계를 한몫 들게 해놓고 있다는 것이었다. 그것도 남자의 끈기와 각오를 시험해보기 위해서는 작자의 월급이 겨우 그 정도 번호에나 알맞아서 그랬을 거라는 어머니의 푸념도 있었지만, 부득이 그 18번 정도의 늦은 번호를 권해 줄 수밖에 없었다는 것이었다.
그래서 누님은 그동안에도 실상 남자의 월급날만 되면 꿈을 담은 그의 월급봉투를 받아다가 꼬박꼬박 그의 곗돈을 대신 부어온 처지였던 것이다.

누님의 마음이 편안해 있을 리 없었다. 사정이 어찌하여 그런 번호를 차지하게 됐든 누님으로선 그토록 늦은 번호로 계를 들기는 그것이 난생처음 일이기 때문이었다. 모처럼 진심으로 계가 깨지지 않기를 바라게 된 것도 무리가 아니었다.

누님은 달이 차츰 차올라 갈수록 불안과 초조감이 점점 더 심해져가고 있었다. 남자는 멋도 모르고 부지런히 누님에게 봉투를 가져다 올려 바쳤다. 그리고 1년이 지나고 마침내 그 18개월째가 되는 누님 차례(사실은 남자의 차례였지만)의 곗날이 돌아왔다.

하지만 이제 그 가엾은 누님의 이야기는 여기서 그만 입을 다물어주는 것이 나의 도리일 것 같다. 의기양양 집을 나간 누님은 그날 해가 진 다음에야 넋이 다 나간 사람처럼 참담스런 모습으로 엉금엉금 대문을 들어선 것이었다. 누님에게 드디어 올 것이 오고만 것이었다. 17번째로 곗몫을 타먹은 여자가 알고 보니 하필 전날에 한번 누님의 계략으로 낭패를 본 여편네였는데, 그녀가 결국 일통을 꾸미고 말았다는 것이었다. 일이 이미 비틀린 것을 눈치채자, 멋모르고 곗돈을 꾸려온 여편네들까지도 돈지갑을 열기 전에 재빨리 자리들을 피해 달아나버렸다는 것이었다.

하기야 사정만 허락했다면 누님 쪽에서도 먼저 그런 식으로 손을 쓰고 남았을 일이고 보면, 다른 아낙들이라고 쑥으로 그냥 얌전히 있어주기를 바랄 수는 없는 노릇이었다. 게다가 그 2백만 원이라는 곗돈의 규모가 누님의 동네에선 여태까지 한 번도 볼 수 없었던 초유의 금액이었음에서랴!

하지만 일을 더욱 나쁘게 만든 건 눈에 보이는 그런 손재뿐만이 아니었다. 마음이 잘 내키지 않을 일이었을진 모르지만, 일이 그렇게 된 다음이라도 누님에게 혹 꽁꽁 숨겨둔 자기 통장을 헐어낼 각오나 그럴 여유만 있었더라면 사태는 그쯤에서 그럭저럭 얼버무려 넘겨질 수가 있었을지도 모른다. 하지만 일을 당하고 난 누님은 너무도 오랫동안 자기를 기다리게 해 온 남자 때문에 더욱 더 크게 겁을 먹고 있었다. 겁을 먹은 나머지 무턱대고 남자를 피하려고만 한 것이 마지막 파국까지 일을 몰고 가버린 꼴이었다.

오랫동안 참고 기다려 온 꿈이 어이없이 깨져 나간 데다가 누님에 대한 의심과 배신감까지 겹싸인 그 신사 양반, 절망에 빠진 누님을 위로하기는커녕 이날 밤 안으로 당장 집까지 쳐들어와서 씨부리고 간 언동이 누님에겐 너무도 뼈아픈 모욕이 아닐 수 없었던 것이다.

"여! 그 뻔뻔스럽고 요령 좋은 곗군 얼굴이나 좀 구경하고 가자구. 그래, 그런 식으로 가난한 노총각들 월급봉투 울궈낸 게 이번으로 몇 번째나 되지? 하기야 직업 좋고 벌이 좋으니까 나이 먹는 생각을 못해 탈이지만, 그래도 아마 저런 여자한테 마지막으로 걸려든 놈은 팔자가 제법 괜찮을 테지?"

그러니까 누님도 아마 그 소리가 안 잊혀서 아직도 그 좋아하던 계를 다시 시작할 엄두를 못 내고 있는 게 아니겠는가 말이다.

(1980)

잔인한 도시

1

 날씨가 제법 싸늘해지기 시작한 어느 가을날 해 질 녘 그 사내가 문득 교도소 길목을 조그맣게 걸어 나왔다.
 그것은 좀 희한한 일이 아니었다. 근래엔 좀처럼 볼 수 없던 일이었다.
 교도소는 도시의 서북쪽 일각, 벚나무와 오리나무들이 무질서하게 조림된 공원 숲의 아래쪽에 있었다. 그리고 그 무질서한 인조림이 끝나고 있는 공원 입구께에서 2백 미터 남짓한 교도소 길목이 꺾여 들고 있었다. 공원 입구에선 교도소 길목과 높고 음침스런 소내 건물들을 제 손바닥 들여다보듯 한눈에 모두 내려다볼 수 있었다. 교도소 길목을 오르내리는 것이면 강아지 한 마리도 움직임이 빤했다.

하지만 그 길목은 언제부턴가 사람의 눈길을 끌 만한 움직임이 끊어진 지 오래였다. 교도소와 관련하여 길목을 오르내리는 사람의 모습을 거의 볼 수 없었다. 그것도 교도소를 새로 들어가는 쪽보다는 몸이 풀려 나오는 쪽이 더욱 그랬다. 교도소를 새로 들어가는 쪽까지 끊겨 사라졌을 리가 없었지만, 그쪽은 언제나 철망을 친 차편을 이용하고 있는 터여서 그것마저 낌새가 늘 분명칠 못했다. 그야 교도소 직원들이나 인근 주민들이 이따금 그 길목을 지나다니는 건 눈에 띄었다. 하지만 그건 물론 이 길목에서 특별히 사람의 눈길을 끌 만한 움직임이 못 되었다. 이 길목에서 사람의 주의를 끌 움직임이란 역시 형기를 끝냈거나 당국의 사면으로 몸이 풀려 나오는 출소자들의 그것일 수밖에 없었다.

한데 어찌 된 영문인지 이 몇 해 동안 교도소 수감자들 가운데서 몸이 풀려나 그 길을 걸어 나온 사람이 없었다. 출감자를 내보내기 위해서 교도소 문이 열린 적이 한 번도 없었다. 교도소 안엔 이미 내보낼 죄수가 아무도 없거나, 그곳엔 아예 종신형의 죄수들만 수감되고 있는 게 아닌가 의심이 될 지경이었다. 교도소의 출감자가 언제 마지막으로 그 길을 걸어 나갔던가를 기억하고 있는 사람조차 거의 없었다. 아마 이 교도소의 교도관들조차도 그 행운의 출감자를 내보내기 위해 언제 마지막으로 교도소의 철문을 열었던가를 더듬어낼 수 있는 소상한 기억력의 소유자는 흔치 않을 터이었다.

출감자의 모습이 끊어진 것만도 아니었다. 교도소를 나오는 출감자들의 발길이 뜸해지기 시작한 다음에도 길목은 한동안 재소자

면회를 찾아온 사람들의 발길로 인적이 심심치를 않았었다. 그런데 언제부턴가는 그 면회객들의 발길조차 이 길목에서 깨끗이 자취를 감추고 말았다.

교도소 길은 이제 오랜 정적 속에 망각의 길목으로 변했고, 그 길목을 걸어 나오는 출감자나 면회객들의 발길이 끊어지고 있는 시간만큼 교도소와 교도소 수감자들의 존재도 바깥세상에선 까마득히 잊혀졌다.

하지만 그동안도 교도소 사람들의 출퇴근 행사는 어김없이 계속되었고, 밤이면 높다란 감시탑들의 탐조등 불빛들도 그 확고부동한 기능을 충실히 발휘했다. 그건 이를테면 그 깊은 세상 사람들의 망각 속에서도 교도소의 존재와 기능은 여전히 엄존하고 있다는 가차 없는 증거였다.

그러다 이날 저녁 사내가 마침내 그 길목을 다시 걸어 나온 것이다.

교도소는 과연 죄수가 없는 유령의 집으로 변한 것이 아니었다. 종신형 수형자들만 수감되고 있었던 것도 아니었다. 이날 저녁 사내가 그 길목을 걸어 나온 것은 바로 그런 의문들에 대한 가장 확실한 대답인 셈이었다.

사내의 뜻하지 않은 출감은 그러니까 교도소와 교도소 길목에선 그만큼 오랜만의 일이었고 그만큼 눈길을 끄는 일이었다. 하지만 그 길을 걸어 나오고 있는 사내 자신의 표정엔 막상 어떤 새삼스런 감회나 즐거움의 빛 같은 것이 전혀 엿보이지 않고 있었다.

사내는 언젠가 그가 교도소를 들어갈 때부터 그의 전 재산이었던 낡고 작은 사물(私物) 보퉁이 하나를 손에 든 채 마치 망각의 길을 헤쳐 나오듯 변화 없는 발걸음으로 교도소 길목을 천천히 걸어 나오고 있었다. 전쟁 후에 한창 유행하던 염색 야전잠바 윗도리에, 역시 낡고 색이 바랜 황록색 당꼬바지의 차림새들이 이마 위로 아무렇게나 헝클어져 내린 그의 허옇게 센 머리털과 함께 사내의 모습을 더욱 지치고 무기력하게 만들고 있었는데, 그의 그런 차림새나 센 머리털의 지치고 무기력한 느낌은 사내가 세상 사람들의 망각 속에 교도소 안에서 훌쩍 흘려보내버린 그 무위한 세월의 두께를 말해주고 있는 것 같기도 하였다.

 알다시피 사내에겐 물론 동행이 없었다. 그는 함께 출감한 동료 수감자는 물론, 그의 출감을 맞아주는 가족이나 친지 한 사람 동행자가 없었다. 그의 출감 길에 동행이 되어주고 있는 것은 오직 공원 숲 위에서 방금 낙조를 서두르고 있는 저녁 햇살이 지어준 그 자신의 기다란 그림자뿐이었다. 그는 마침 그 낙조를 서두르고 있는 공원 숲 쪽의 저녁 해를 향해 교도소 길목을 걸어 나왔으므로 그의 그림자가 등 뒤로 길게 끌리고 있었는데, 사내의 좀 구부정한 걸음걸이는 마치 사내 자신이 아니라 그 그림자를 방금 교도소로부터 끌어내어 어깨에 짊어지고 그 길을 무겁게 걸어 나오고 있는 것처럼 보였다. 더욱이나 사내는 이미 풀기가 가버린 낙조의 가을 햇살마저 눈에 그리 익숙지가 못한 듯 이따금씩 콧잔등을 가볍게 실룩거리며 걸음을 조금씩 지체하곤 하였는데, 바로 그 눈앞을 가로막는 햇살이나 그 햇살에 대한 어떤 부끄러움 때문에 사내가 교도소 길목으로부터 자신의 그림자를 짊어져내는 일은 더욱더 피곤하고 힘겨운 일처럼 보이게 하였다.

 하지만 사내의 표정이나 걸음걸이에 어떤 변화가 이는 것은 오직 그 풀기 잃은 저녁 햇살이 그의 눈앞을 방해해올 때뿐이었다. 햇빛 앞에서 자신을 망설일 때 이외엔 그의 표정이나 발걸음에 아무런 변화도 생기지 않았다.

 사내는 그런 표정, 그런 모습으로 수심스러워 보일 만큼 천천히, 그리고 그 구부정하고 변화 없는 걸음걸이로 교도소 길목을 걸어 나오고 있었다.

2

 변화 없던 사내의 얼굴에 비로소 어떤 심상찮은 표정이 떠오른 것은 그가 그 2백여 미터 남짓한 교도소 길목을 빠져나와 공원 입구께에까지 닿았을 때였다.

 ─새들은 하늘과 숲이 그립습니다.

 공원 입구의 오른쪽으로 한 작은 가겟집이 비켜 앉아 있고, 그 가겟집 부근의 벚나무 가지들에 크고 작은 새장들이 줄줄이 매달려 있었다. 그리고 그 벚나무 가지들 중의 몇 곳에 그런 비슷한 광고 문구가 씌어진 현수막이 이리저리 내걸려 있었다.

 ─새들에게 날 자유를 베풉시다.

 ─자비로운 방생은 당신의 자유로 보답받게 됩니다.

 새장의 새를 사서 제 보금자리로 날려 보내게 해주는 이른바 방생의 집이었다.

사내는 비로소 긴 망각의 골목을 벗어져 나온 듯 거기서 문득 발길을 머물러 섰다. 그리고는 어떤 깊은 반가움과 안도감에 젖으며 고개를 두어 번 끄덕여댔다. 사내의 그 마르고 지친 얼굴 위로는 잠시 어떤 희미한 미소 같은 것이 솟아 번지기까지 하였다.

사내는 이윽고 다시 고개를 돌려 그가 걸어 나온 교도소 길목을 조심스럽게 한번 건너다보고 나서 그 방생의 집 쪽으로 길을 건너갔다.

마침 그때 그 길 건너 가겟집에서는 공원을 찾아온 중년의 사내 한 사람이 흥정을 한 건 끝내가던 참이었다.

"이제 선생님께선 이 녀석에게 하늘과 숲을 마음껏 날 날개를 주신 겁니다. 그건 바로 이 녀석의 자유지요. 그리고 선생님께서 이 녀석의 자유를 사신 것은 바로 선생님 자신의 자유를 사신 것입니다……"

서른이 좀 넘었을까 말까, 하관이 몹시 매끈하게 빨려 내려간 얼굴 모습이 어딘지 좀 오만스럽고 인색스런 인상을 풍기는 데다가 차가운 백동테 안경알 속에서 눈알을 몹시 영민스럽게 굴려대고 있는 가겟집 젊은이가 방금 흥정이 끝난 새장을 그 중년의 고객에게 넘겨주고 있었다.

"자 이제 장 문을 열어주십시오. 그리고 녀석에게 하늘을 날게 해주십시오. 선생님은 선생님의 자유로 오늘의 자비에 충분한 보답을 받으시게 될 겁니다."

가겟집 젊은이의 그 숙달되고 자신 있는 말투에 비하면 새장을 건네받고 있는 손님 쪽이 오히려 거동을 멈칫멈칫 망설이고 있었다.

길을 건너온 사내가 조심조심 두 사람 곁으로 다가가고 있었다. 하지만 그는 자신의 출현으로 두 사람의 일에 어떤 방해거리를 만들고 싶지가 않은 듯 거동을 몹시 신중하게 억제했다.

그래 그런지 가겟집 젊은이나 중년의 고객 쪽도 사내의 접근에는 별 신경들을 안 썼다. 이 허름한 늙은이쯤 그가 어디서 온 누구이든 상관할 바 아니라는 듯 두 사람 다 그쪽에는 전혀 아랑곳을 않으려는 눈치들이었다.

사내는 결국 자신의 호기심을 숨길 수가 없어졌다. 그는 마치 어른들의 은밀스런 비밀을 엿보려 드는 어린애처럼 신중하게 그리고 자신의 호기심 때문에 끝내는 스스로를 억제할 수가 없어져버린 장난꾸러기처럼 순진하게, 한 발짝 한 발짝 두 사람 곁으로 거리를 좁혀 들어갔다. 그리고 흥정을 끝낸 손님이 갑자기 생각이 바뀌어 모처럼 만의 구경거리를 중단해버리지나 않을지 염려된 듯, 은밀하고도 조급스런 표정으로 작자의 거동을 유심히 지켜보았다.

"자, 이 녀석아 그럼 잘 가거라. 장을 나가 넓은 하늘을 날면서 내 은혜나 잊지 마라!"

그러자 이윽고 그 중년의 고객이 장 속의 새에게 자신의 선행에 대한 다짐의 말을 주고 나서 장 문을 활짝 열어젖혔다. 장 속의 새는 금세 무슨 일이 일어나고 있는지를 알아차릴 수가 없는 것 같았다. 장 문이 열리고 나서도 녀석은 잠시 어리둥절한 눈길로 목짓만 몇 차례 갸웃거리고 있더니, 뒤늦게 사정을 깨달은 눈치였다.

푸르륵—

가벼운 날갯소리를 남기며 녀석이 마침내 조롱을 떠나갔다.

저녁놀이 서서히 물들어오기 시작한 서쪽 하늘로 새는 잠시 드높은 비상을 자랑하는 듯하다가 이내 한 개의 까만 점으로 변하여 공원 숲그늘로 사라져 가버렸다.

"고 녀석 그래도 나는 품이 제법이로군."

공원 숲으로 새의 모습이 완전히 사라지고 난 다음 중년의 방생자가 한마디 만족스럽게 중얼거렸다. 그리고 이젠 그 자신도 어떤 눈에 보이지 않는 날개를 얻어 지닌 듯 가벼운 발길로 가게를 떠나갔다.

그러나 그 중년의 방생자가 가게를 떠나간 다음에도 사내는 아직 몸을 움직일 줄 모르고 있었다. 그는 자비로운 방생자가 이미 가게를 떠나가버린 것도 의식하지 못한 듯 그의 거동에는 아예 아랑곳을 않은 채 새가 사라져간 공원 쪽 하늘에 시선을 오래오래 못 박고 있었다. 새를 날려 보낸 일은 그 새를 사고 간 사람보다 오히려 사내 쪽에 더욱 깊은 감동을 주고 있는 것 같았다. 새가 처음 하늘을 치솟아 오를 때 사내는 아닌 게 아니라 그 어린애같이 천진스런 즐거움과 억눌린 흥분기로 숨도 제대로 못 쉬고 있었다. 그리고 그 즐거움과 흥분기는 이내 어떤 부러운 감동의 빛으로 맑게 빛나기 시작했다. 사내는 한동안 넋이 빠진 듯 그렇게 새가 사라져간 공원 쪽 하늘만 지키고 있었다. 마음속에 샘솟는 자신의 부러움을 아무래도 쉽게 지워버릴 수가 없는 듯이. 그것은 아마 하늘을 날아간 새에 대한 부러움일 수도 있었고, 그 새를 사서 날려 보낸 방생자에 대한 부러움일 수도 있었다. 하지만 그것이 어느 쪽이든 사내는 그 부러움을 통하여 새를 산 방생자보다 더 큰 보람과 즐거움과 그리고 길고 오랜 감동을 스스로 맛보고 있었음이 분명했다.

사내가 이윽고 그 하늘로부터 천천히 시선을 거두어들였다.

그러나 아직도 뭔가 깊은 아쉬움이 남아 있는 눈길로 주위를 둘러보고 있는 사내의 곁에는 이미 아무도 사람의 모습이 눈에 띄질 않았다. 중년의 방생자는 공원으로 들어갔고, 가겟집 젊은이도 이미 그의 가게 안으로 사라지고 없었다.

사내는 문득 자신이 당황스러워지는 빛이었다.

그는 잠시 자신의 행동을 망설이고 있었다. 가게 앞에 혼자 남겨진 사내는 이제 거기서 더 할 일이 없었다. 하지만 그는 마치 무슨 덫에라도 걸린 사람처럼 좀체 그곳을 떠나가지 못했다. 아직도 뭔가 아쉬움이 남은 표정으로 가게 주위를 서성거리고 있었다. 가게 앞을 지나가는 사람들에게서 또 한 번의 거래를 기다리고 있는 것 같기도 했고, 혹은 이번에는 그 자신이 가게 주인에게 할 일이 남아 있는 것 같기도 했다. 그는 그렇게 가게 앞을 서성대면서 할 일 없이 혼자 기다리고 있었다.

하지만 그는 좀처럼 마지막 작정을 내리기가 어려운 것 같았다. 그는 갑자기 가게 쪽을 향해 발길을 다가서 오다간 이내 다시 몸을 돌이켜 세워버리기도 했고, 반대로 가게를 멀어져가던 발길을 거꾸로 다시 되돌이켜 오는 식의 행동을 몇 번씩 되풀이하고 있었다.

길을 지나가던 사람들 가운데서도 새로 흥정을 시작해오는 사람은 없었다.
 그때 마침 가겟집 젊은이가 다시 문밖으로 모습을 드러냈다. 그러자 사내는 그 젊은이의 모습이 다시 나타난 것만으로도 금세 무슨 일이 일어날 것처럼 초조해 있던 얼굴빛이 활짝 개었다. 그는 자신도 모르게 발길을 한 걸음 젊은이 쪽으로 다가서고 있었다.
 하지만 가겟집 젊은이는 도대체 이 초라하고 늙은 사내에 대해선 조금도 관심이 없는 표정이었다. 그는 이제 가게 문을 닫을 참이었다. 젊은이가 나뭇가지에 걸린 새장들을 하나하나 가게 안으로 떼어 들이고 있는 걸 보자 사내가 다시 당황하기 시작했다.
 "이제 가게를 닫으려고 그러오?"
 사내는 거의 반사적인 동작으로 다급히 젊은이에게 다가들었다.
 "그래요. 이젠 날이 저물었으니까요."
 사내 쪽엔 거의 눈길도 스치지 않고 있는 젊은이의 대꾸에 그는 비로소 어떤 결심이 내려진 모양이었다.
 "그럼, 저……"
 일손을 잠시 중지해주길 바라듯 사내가 재차 젊은이의 주의를 재촉하고 들었다.
 가겟집 젊은이는 그제서야 겨우 새장을 떼어 내리던 손길을 멈추고 사내의 얼굴을 돌아다보았다.
 "노인장께서 제게 무슨 볼일이……?"
 방금 전에 이미 하루의 일을 마감 지으리라 작정한 바 있는 젊은이의 말씨는 흡사 귀찮은 말참견이라도 나무라는 투였다.
 젊은이의 그런 말투가 사내의 그 모처럼 만의 결심을 금세 다시 허물어뜨렸다.

"아니요, 그저…… 난 그냥……"

부질없는 말실수를 저지르고 난 사람처럼 사내의 어조가 더듬더듬 다시 움츠러들고 있었다.

아까부터 당꼬바지 아래 주머니 깊숙이에서 뭔가를 자꾸 혼자 만지작거리고 있던 사내의 손길마저 이젠 동작이 완전히 멈춰버리고 있었다.

가겟집 젊은이는 더 이상 사내를 관심하지 않았다. 그는 다시 남은 새장들을 하나하나 가게 안으로 떼어 들이기 시작했다. 그리고 그 작업이 모두 끝났을 때 그는 마지막으로 가게 문을 닫고 자신도 그 가게 안으로 모습을 거둬들여가버렸다.

사내는 아직도 하릴없이 그런 젊은이의 일들을 곰곰이 지켜보고 서 있었다. 하지만 그는 이제 젊은이마저 가게 안으로 모습을 감춰 들어가버리자 자신이 몹시 쓸쓸해지고 있었다. 그는 아직도 그 닫힌 가게 문을 한동안이나 쓸쓸히 바라보고 서 있다가는 이윽고 뭔가 결심이 선 듯 그 닫힌 문 쪽을 향해 혼자서 두어 번 고개를 크게 끄덕여 보냈다. 그리곤 마치 하품이라도 하듯한 모양으로 지금 막 저녁 어둠이 내려 깔리기 시작한 공원 숲 쪽을 높이 한번 우러르고 나서는 자신도 이제 그 공원 쪽 숲 그림자 속으로 천천히 모습을 섞어 들어가기 시작했다.

3

이튿날 아침.

공원 숲에 다시 해맑은 아침 햇살이 비춰들기 시작했다. 차가운 가을 냉기가 일렁이는 공원 숲 속 여기저기서 아침 새 울음소리가 낭자하게 쏟아져 내리고 있었다.

그 햇살과 새 울음소리 사이로 전날의 사내가 여전히 그 작은 사물 보퉁이를 겨드랑이 밑에 끼어 안은 채 숲 속을 서성대고 있었다. 아침 산책을 나온 동네 노인처럼 구부정한 걸음걸이로 한가하게, 또는 공원 청소를 나온 늙은 관리인처럼 주의 깊게, 사내는 숲 속의 산책길과 길가의 벤치들 근처를 그리고 어린이 놀이터의 모래판 일대를 구석구석 빠짐없이 살피고 돌아갔다.

사내는 물론 아침 공원길을 산책하고 있거나 오물 청소를 나온 게 아니었다. 그는 담배꽁초를 줍고 있었다.

그리고 길바닥이나 걸상 밑 흙바닥 같은 곳에서, 때로는 어린이 놀이터의 모래판 같은 곳에서 심심찮게 흘려진 동전닢을 주웠다.

작업 중의 그의 눈길은 더없이 예민했고 동작은 그와 반대로 더없이 유연했다. 그는 발길에 밟혀 뭉개어지지 않은 꽁초는 한 개도 무심히 스치고 지나가는 일이 없었다. 뿐더러 벤치 아래나 모래 터에 흘려진 동전닢들은 그것이 아무리 깊이 은폐되어 있는 것이라 하더라도 그의 영민한 눈길이 그것을 놓치고 지나가는 실수가 없었다.

그는 그렇게 담배꽁초와 동전닢들을 주우면서 사람들의 내왕이 잦은 공원 전역을 빠짐없이 모두 훑어 내려갔다. 그러면서 그는 그가 얻은 담배꽁초들은 그의 염색한 야전잠바의 오른쪽 주머니에 그리고 동그라미 쇠붙이들은 왼쪽 주머니에다 따로따로 소중히 간직해나갔다.

한번은 뭇사람의 발길이 흙을 굳히고 지나간 벤치 밑에서 그가 그 굳은 흙 한 덩이를 조심스럽게 파내어 들었는데, 그는 용케 그 흙덩이 속에서마저 그의 왼편 주머니 쪽에 간직해 넣을 작은 쇠붙이를 찾아내고 있었다.

사내의 공원길 순례는 그런 식으로 차츰차츰 공원 입구께를 향해 내려가고 있었다. 그리고 사내가 마침내 공원 입구에 이르러 그의 순례를 끝냈을 때는 이미 반나절이 다 되어간 아침 햇덩이가 동편 하늘을 하얗게 치솟아 올라 있었다. 그때쯤 해서는 그 작은 쇠붙이만을 골라 담은 왼쪽 주머니 형편도 제법 치렁치렁 듬직스런 무게가 느껴지고 있었다.

사내는 아예 그 왼쪽 주머니 속에다 한 손을 숨겨 넣은 채 이젠 어디 가서 시장기나 좀 챙길 양으로 천천히 공원 입구를 나서기 시작했다.

하지만 공원을 나서려던 사내는 이내 그의 발길이 다시 가로막히고 말았다.

새 가게가 이미 문을 열고 있었다. 가게 문이 열렸을 뿐 아니라 젊은이는 벌써 오전 장사가 한창인 듯 보였다. 나뭇가지에 걸린 새장들 앞에 손님들이 꽤나 붐비고 있었다.

사내의 얼굴엔 금세 짙은 호기심이 떠올랐다.

─아침부터 웬 손님들이 저렇게?

사내는 이미 배 속의 시장기도 잊은 채 가게 쪽으로 슬금슬금 발길을 다가가고 있었다. 그리고는 신기한 듯이 그 가게에서 벌어지고 있는 주객 간의 흥정을 지켜보기 시작했다.

새 장사는 과연 아침부터 성업이었다. 가게 앞에 몰려 있는 사람들은 그저 구경꾼들이 아니었다. 정말로 새를 사고 방생을 즐기는 사람들이었다.

새를 사는 사람들의 표정에 그닥 심각한 대목이 있어 보이진 않았다. 사람들은 그저 가벼운 기분으로 새를 사고 잠깐의 장난거리로 새들을 날려 보냈다. 일금 2백 원의 새 값이 그런 놀이의 뜻을 따지기엔 너무 헐값에 불과하기도 하였다. 새를 사고 날려 보내는 일의 즐거움은 오히려 곁에서 그것을 조심스럽게 구경하고 있는 사내 쪽이 훨씬 더한 것 같았다. 손님들이 새장을 열어 새를 날려 보낼 때마다 사내는 마치 철부지 어린애처럼 그 부러움 때문에 넋이 빠져나간 눈길로 날아간 새를 오래오래 뒤좇곤 하였다.

젊은이의 새 장사는 갈수록 성업이었다. 때가 아직 아침나절에 불과한데도 손님이 거의 끊일 줄을 몰랐다. 길을 지나가던 사람들이 아무렇게나 가게로 들어와선 또 아무렇지 않게 새들을 사고 갔다.

새들이 자주 팔리고 있으니 사내도 좀처럼 가게 앞을 떠날 수가 없었다.

그는 이제 아예 아침 요기를 단념해버린 채 가게 건너편 나무 그

늘 아래로 자리를 잡고 주저앉아 있었다.

"날개 장사가 썩 잘되누만요, 젊은이……"

한동안 줄을 잇던 손님들이 한고비를 넘긴 듯 가게 앞이 잠시 조용해지자 사내는 비로소 자신의 야전잠바 주머니에서 꽁초 하나를 꺼내 물었다. 그리고는 가겟집 젊은이를 향해 조심스럽게 말을 건네기 시작했다.

하지만 하관이 빠른 그 백동테 안경의 젊은이는 아직도 사내 쪽에 대해선 별반 관심이 없는 태도였다. 그는 사내의 말에 대꾸를 해오지 않았다. 말대꾸는커녕 전날의 사내가 다시 그의 가게 앞에 나타나 있었던 사실조차 미처 알아보지 못한 거동새였다.

그러거나 말거나 사내 쪽도 그 젊은이의 반응 따위엔 짐짓 아랑곳을 않으려는 투였다.

"하지만 예전엔 저런 사람들이 이 가게의 손님은 아니었어. 날개를 사는 사람들이 지금하곤 전혀 달랐어."

젊은이가 귀를 기울이거나 말거나 사내는 마치 독백을 하듯이 추근추근 혼잣말을 이어가고 있었다.

젊은이는 그제서야 뭔가 좀 수상쩍은 낌새가 느껴져오는 모양이었다. 그가 문득 사내 쪽을 힐끗 돌아다보았다. 그리고는 비로소 그 전날 저녁의 사내가 거기 나타나 있음을 알아차린 듯 표정이 잠깐 움직이고 있었다.

하지만 젊은이는 그걸 알아차리게 된 게 오히려 귀찮아진 모양이었다.

"그랬지요. 예전엔 주로 교도소 면회객들이나 새를 샀지요. 하지만 요즘은 수감자 면회 오는 사람이 있기나 해야지요."

그는 마치 가게 앞에서 사내를 내쫓아버리고 싶기라도 한 듯 퉁명스럽게 내뱉었다. 그게 어쨌든 너 따위가 다 무슨 상관이냐는 투였다.

하지만 사내는 이제 그 만만한 젊은이의 반응에도 얼굴빛이 활짝 밝아지고 있었다.

"그야 고객이 어느 쪽인들 젊은이한테야 상관이 있는 일이겠소. 젊은이한텐 그저 그렇게 날개나 많이 팔려주면 그만이지. 하지만 그 날개 장사 손님이 예전엔 가막소 수감자 면회객들이었다는 걸 아는 걸 보니 젊은이도 벌써 그 장사 시작한 지가 꽤나 되는가 보구랴. 가막소에 면회객 발길이 끊어진 게 아마 7, 8년 저쪽의 일쯤 될 테니 젊은이도 그러니까 이 장사 일엔 그만한 이력을 지녔을 테지……"

젊은이가 새삼 사내의 행색을 내리훑었다. 그의 말투가 아무래도 좀 심상치 않게 들린 모양이었다.

"10년쯤 되었지요. 한데 노인장께선 어떻게 그런 걸 알고 계십니까?"

그가 다시 사내에게 물었다. 젊은이가 한 차례 사내의 행색을 훑는 동안 그에게선 이미 이 늙고 초라한 사내의 정체에 대하여 재빠른 판단이 내려지고 있었음이 분명했다. 젊은이의 목소리엔 갑자기 어떤 공손하고도 신중한 경계의 빛이 어리고 있었다.

"그야 난 젊은이가 이 가게를 맡아오기 훨씬 전부터 이곳을 자주 지나다닌 사람이니까. 젊은인 기껏 면회객들이 여길 드나들던 시절을 기억하고 있는 모양이지만, 그보다도 먼저 이 가게를 드나들던 사람들은 실상 저 가막소를 막 풀려나온 가난한 죄수들이었다오. 그야 그 시절에도 가막소를 풀려나온 죄수들은 그리 많은 수가 못 되었으니까 날개를 사는 사람도 많지가 못했지만. 이틀에 한 사람, 사흘에 한 사람, 일주일을 통틀어도 이 길을 지나 가막소를 풀려나간 사람이 잘해야 열 명쯤 되었을까 말까…… 그러니 그 출감자들이나 날개를 사주는 그 시절 일로 해선 장사가 그리 잘되어갈 린 없었지. 하지만 날개를 사주는 사람이 많지 않은 대신 그 시절엔 날개 값이 무척이나 비쌌다오. 날개 한번 사는 데에 아마 그 시절 가막소 노역으로 반년 일 값은 족히 되었을 게요."

가겟집 젊은이는 이제 조용히 입을 다물고 사내의 이야길 듣고 있었다. 그러자 사내는 표정이나 목소리가 갈수록 의기양양 신명이 솟고 있었다.

그는 자랑스러운 듯이 이야기를 계속해나갔다.

"하지만 그 시절 어떻게 그 가막소를 빠져나오게 된 사람들은 누구나 한 마리씩 이 가게에서 새를 샀지요. 가막소 안에서 뼛골이 빠지게 고역에 시달리면서도 맘 놓고 사식 차입 한번 제대로 못 들여다 먹고 모은 돈으로 말이오. 더러는 출감을 맞으러 온 가족들 주머니를 털어대는 사람도 없지는 않았지만, 가막소를 나온 대개의 출감자들은 가막소 안에서 힘들게 견뎌낸 몇 달씩의 세월 값을 그런 식으로 훌쩍 날려 보내곤 했어요. 그래도 그걸 후회하거나 아쉬워하는 사람은 아무도 없었지요."

"……"

"하지만 그렇게 옥살이를 풀려나오는 사람 수가 많지 않다 보니 그 시절엔 어쨌든 손님이 적었어요. 가게의 규모도 이렇게 크질 못했구. 그래 처음 한동안은 바로 저 가막소를 풀려나온 늙은이 하나가 여기 나뭇가지들에 조롱 몇 개를 걸어놓고 몇 년을 지냈지요. 그러다 얼마 뒤엔 다시 열네댓 살씩 된 그 노인의 손주 아이들이 여기서 스물이 넘도록 조롱을 지켰구요. 그때까지도 물론 지금과 같이 이런 가겟집이나 광고막 같은 것은 있을 리가 없었지요. 그럴 만큼 세월이 좋지 못했으니까. 그저 여기 이렇게 나뭇가지들에다 조롱을 몇 개 걸어놓고 사람을 기다리고 있었을 뿐이었다오. 가막소의 문이 열리고 몸이 풀려 이 길목을 걸어 나올 사람들을 말이오. 그러다 언제부턴가 이 길목에 가막소를 나오는 사람들의 수가 점점 줄어들기 시작했지요. 그리고 그 때문에 이 가게에서 날개를 사주는 사람도 가막소를 풀려나오는 출감자에서 수감자 면회를 찾아온 면회객들 쪽으로 옮겨 갔구요."

"……"

"지금은 가막소로 면회를 오는 사람조차 끊어지고 말았으니 할 말이 없지만, 젊은이가 그 면회객들이 날개를 사주던 시절이라도 기억을 하고 있다면, 그러니까 젊은인 아마 그 무렵 언젠가 여기로 왔을 게요. 그야 내가 이 가게를 마지막 보았을 무렵까지만 해도 아직 그 스무 살이 넘도록 장성한 늙은이의 손주 녀석들이 가게를 지키고 있었긴 했지만, 어쨌거나 그때부터 젊은이가 이 가게를 지켜왔다면 그게 아마 10년쯤 되었다는 게 맞는 말일 게요. 그런데……"

한동안 신이 나서 지껄여대던 사내의 목소리가 문득 다시 기가 꺾여 목구멍 안으로 기어들고 말았다. 가겟집 젊은이가 더 이상 그의 말을 듣고 있지 않았기 때문이었다.

사내의 이야기에 짐짓 시들한 표정으로 호기심을 숨기고 있던 젊은이가 그새 새 손님을 한 사람 맞아들이고 있었다.

사내는 그만 입을 다물고 말았다.

그러나 그는 그걸로 금세 실망을 하지는 않았다.

그는 이내 다시 젊은이와 손님 간의 흥정에 새로운 관심이 쏠리기 시작했다.

손님은 이내 새 한 마리를 사서 숲으로 날려 보내곤 가게를 떠나갔다.

하지만 젊은이는 이제 다시 사내를 상대해올 눈치가 안 보였다.

사내는 젊은이의 관심이 그에게로 되돌아와주기를 끈질기게 기다리고 있었다. 하다 보니 사내조차 마침내는 젊은이와 함께 손님을 기다리는 꼴이 되었다.

아마도 이젠 아침 장사가 한고비를 지나간 탓일까. 마지막 손님이 새로 사고 간 다음에는 한동안 다시 가게를 들어서는 사람이 없었다.

답답하고 지루한 시간만 흘러갔다. 가겟집 젊은이보다도 사내 쪽이 오히려 시간을 견딜 수 없는 것 같았다. 사내는 몇 차례고 자신의 왼쪽 주머니 속에서 동전 개수를 되풀이 헤아려보고 있었다. 그리고 몇 차례의 망설임과 새로운 다짐 끝에 마침내는 더 이상 참을 수가 없어진 듯 가겟집 젊은이 앞으로 몸을 불쑥 내밀고 나섰다.

"자, 내게도 한 마리 내주오."

젊은이 앞으로 내뻗어 디민 사내의 손아귀 속에 흙 묻은 동전이 한줌 가득 쥐어 있었다.

가겟집 젊은이는 영문을 알 수 없다는 듯 멀거니 사내를 건너다 보고만 있었다.

"아마 이것도 한 마리 날개 값이 다 되진 못할 게요. 하지만 20원 쯤 깎아서 한 마리 주구려."

사내가 젊은이 앞에서 동전을 한 닢 한 닢 다른 쪽 손으로 옮겨 세었다. 사내의 말대로 동전은 10원짜리로 꼭 열여덟 닢이었다.

사내는 그 동전 움큼을 가게의 돈궤 위로 쏟아놓으며 애원하듯이 젊은이를 졸라댔다.

"자, 어서...... 난 실상 어제부터 기다린 사람이오."

젊은이는 역시 대꾸가 없었다. 하지만 그는 이제 사내의 심중을 알아차린 모양이었다.

그가 말없이 새장 하나를 손가락으로 가리켰다.

사내는 비로소 마음이 놓이는 얼굴로 젊은이가 가리킨 새장 앞으로 다가갔다. 그리고는 그가 날려 보내줄 녀석과 눈 익힘이라도 해놓으려는 듯, 또는 그가 녀석을 놓아준 즐거운 순간을 조금이라도 더 아껴 갖고 싶은 듯 한동안 망설망설 장 속을 살피고 있었다.

그러다 이윽고 사내는 결심이 선 듯 새장 문을 활짝 열어젖혔다.

장 속의 새는 귀엽고 작은 눈알을 몇 차례 민첩하게 굴려대고 나서는 장문을 홀짝 벗어져 나갔다.

포르륵......

가벼운 날갯소리를 남기고 공원 숲 쪽으로 조그맣게 사라져가는 녀석을 바라보고 있는 사내의 얼굴에 주름투성이의 웃음이 가득 번졌다. 새의 모습이 아주 시야에서 사라져간 다음에도 사내는 그 누런 이를 드러내놓은 채 웃음기로 굳어진 입을 다물 줄 몰랐다.

"제 짐작이 틀리지 않다면 노인장께선 아마……"

그런 사내의 행색이 아무래도 젊은이의 마음에 씌어오는 것이 있었기 때문일까. 이번에는 가겟집 젊은이 쪽에서 먼저 사내의 주의를 건드리고 나섰다.

"노인장께선 아마 어제 바로 저 교도소를 나오신 게 아니었습니까?"

젊은이가 갑자기 그렇게 말을 걸어오자 사내는 거의 자신이 송구스러워진 태도였다. 사내는 이번에도 그 젊은이의 관심을 놓치게 되지 않을까 싶은 듯 허겁지겁 대꾸를 서두르고 나섰다.

"그렇습지요. 난 어제, 어제 바로 저 가막소를 나온 몸이오. 가막소를 나와 이리로 곧장 건너온 셈이지요."

그는 뭔가 자신을 증명하고 싶어 하는 투로 말했다.

하지만 사내의 조급스런 어조에 비해 가겟집 젊은이는 아직도 지극히 방관적이고 사무적일 뿐이었다.

"어제 출감을 하셨다…… 저 교도소에선 근래에 없던 일이군요…… 하니까 노인장께서도 저기엔 꽤 계셨던 모양이지요? 한 10년 아니면 15년……"

"그야 내가 저곳에서 보낸 세월은 햇수론 쉽게 셈할 수가 없을 게요. 이번에 지내고 나온 것만도 12년은 좋이 되고 남으니까……"

"그럼 노인장께선 전에도 몇 차례나?"

"몇 차례 정도가 아니라 평생을 보내다시피 한 거요. 나오면 들어가고 나오면 다시 들어가고, 이젠 아예 그쪽이 내 집같이 되어 있었다오."

젊은이가 꼬박꼬박 말대꾸를 해오니까 사내는 이제 제법 그것이 자랑스럽기까지 한 어조였다.

"대체 무슨 일로 거길 그렇게 자주 드나드셨나요?"

"글쎄, 그건 나도 잘 모르는 일이지요. 어찌어찌 하다 보면 나도 모르게 그곳으로 다시 되돌아가 있곤 했으니까. 무슨 그런 버릇이 생겼다고나 할까…… 아까도 말했지만, 한동안 그런 세월을 보내다 보니 그쪽이 외려 내 집이나 된 것처럼 편한 생각도 들고 해서…… 하긴 첫 번 때부터 일이 그렇지 못하게 꼬여들 기미는 있었지요. 첫 번 땐 아 글쎄 처자식 먹여 살리려고 험한 뱃길을 나갔다가 돌아와보니, 여편네라는 계집년이 그새 못 참아서 집 안에다 샛서방놈을 들여다 재우고 있질 않겠소. 단매에 연놈의 숨통을 끊어놓으려 했지요. 세상 천지에 제 계집 서방질을 눈감아줄 놈도 없겠지만, 그 샛서방놈이 하필 일정 때 형사 앞잡이 노릇으로 위세깨나 부려오던 놈이라…… 한데 결과는 연놈의 숨통을 끊어놓지도 못하고 나만 어떻게 벽돌집 신세가 되어버리고 말았지요. 그야 이제 와서 지나간 일을 다시 들춰내 뭐 하겠소만, 어쨌거나 그렇게 시작된 가막소살이가 그새 무슨 이력이 붙었던지 나중엔 웬 덫에라도 걸린 사람같이 철대문만 나오면 한동안 부근을 뱅뱅 맴돌다가 결국은 다시 그렇게 되어버리곤 했구려……"
 사내는 한동안 신이 나서 지껄여대고 있었다.
 가겟집 젊은이 비로소 뭔가 조금 납득이 가는 듯한 얼굴이었다.
 "아 그랬었군요. 그래서 노인장께서는 어제 교도소를 나오셔서도 아직 이렇게?"
 그가 자신의 추리를 확인하고 싶은 듯, 그러나 조금은 경계의 빛을 머금은 표정으로 사내에게 물었다.
 하지만 사내는 젊은이의 말뜻을 얼핏 알아차리지 못하고 있었다.
 "아직 이렇게? 아직 이렇게라면 무얼 말이오?"
 사내가 조급하게 젊은이에게 되물었다.
 "노인장께서 어제 교도소를 나오셔가지고도 아직까지 이렇게 부근을 서성거리고 계신 이유 말씀입니다. 모처럼 만에 바깥세상을 나오신 분이라면 으레 마음이 무척 조급해지실 게 당연한 노릇 아니겠습니까? 집도 찾고 싶고 가족도 보고 싶고…… 노인장께선 아마 기다리는 가족이나 찾아가실 집이 없으신 게 아닙니까?"
 젊은이는 거의 감정이 없는 사람처럼 냉랭한 어조로 단정 투였다.
 하지만 사내의 대답은 뜻밖에 완강했다.
 "아니오. 찾아갈 곳이 없다니."
 사내는 거의 대들기라도 하듯 젊은이의 단정을 부인하고 들었다.
 "난 찾아갈 집이 없는 것도 아니고 기다리는 가솔이 없는 것도 아니오. 집도 가족도 남부러울 게 없어요. 난 그저 내 아들을 기다리고 있는 게요."
 "아드님요? 아드님을 기다리신다구요?"

"그렇소. 내게도 고향 동네엔 아들이 있소. 젊은이 못지않게 어엿한 아들놈이오. 그리고 그놈에게 집이 있어요. 주위엔 탱자나무 울타리가 높게 둘러쳐지고 뒤꼍으론 대밭이 무성하게 우거진 규모 있는 기와집이라오. 시골집이라 울안 땅도 이만저만 넓은 게 아니오. 그게 비록 아들놈의 집이긴 하지만, 아들놈 집이 내 집이기도 한 게요."

사내의 어조는 어딘지 필사적인 데가 있었다.

하지만 가겟집 사내는 여전히 냉랭했다.

"그럼 노인장께선 어째서 당장 그 좋은 아드님 집을 찾아가시지 않고 여기서 아드님을 기다리신다는 겁니까?"

그 젊은이의 입가에 엷은 웃음기마저 스치고 있었다.

사내는 그럴수록 표정이나 목소리가 점점 더 엄숙해져갔다.

"녀석과 내가 길을 엇갈리지 않으려는 거라오. 녀석에겐 내가 편지로 출감 날짜를 미리 알려놨으니까."

"출감 날짜를 알려준 아드님은 그럼 왜 날짜를 맞춰 노인장을 모시러 오지 않는 겁니까."

"편지가 아마 늦게 들어간 걸 게요. 하지만 내 편지만 받으면 녀석은 즉시 이리로 달려올 게요. 그래 내가 길을 엇갈리지 않기 위해 이러고 여기서 녀석을 기다리고 있는 게 아니오. 녀석이 쫓아왔다가 내가 먼저 길을 엇갈려 집으로 내려가버린 것을 알면 얼마나 서운하고 실망이 되겠소. 녀석이 없었으면 난 아직도 저 가막솔 나올 생각도 않았을지 모른다오."

사내는 자신 있게 아들의 효심을 단언했다. 하지만 젊은이는 아무래도 사내의 장담이 곧이 듣기지가 않는 표정이었다.

"제 생각엔 아마 세월이 썩 오래 걸릴 것 같군요. 뭐 할 수 없는 일이겠지요. 아드님이 언젠가 노인장을 모시러 오기만 한다면…… 그걸 믿으신다면 기다리셔야겠지요."

젊은이는 이제 웃음을 참고 있는 기색이었다.

하지만 사내는 아랑곳을 안 했다.

"암, 기다려야 하구말구. 난 며칠이라도 기다렸다가 아들놈과 함께 고향으로 갈 테니까. 그리고 난 어차피 그동안 여기서 해야 할 일도 남아 있는 처지구."

"아드님을 기다리는 일 말고 여기서 해야 하실 일이 남아 있나요?"

젊은이가 이번엔 거의 장난기 비슷이 물었다.

"암 해야 할 일이 있구말구. 실상은 지금 당장 아들놈이 나타난대도 그 일을 끝내기 전엔 난 이곳을 그냥 떠나버릴 수 없는 몸이라오. 그 일 때문에라도 어차피 여기서 며칠을 더 기다려야 할 형편인 바엔, 그러니까 아들 녀석이 지금 당장 나타나지 않는 게 외려 잘된 일인지도 모른다, 이런 말이오."

"도대체 노인장께서 아드님을 마다하면서까지 여기서 해야 할 일이란 무언데요?"

"말해도 젊은인 알아듣지 못할 게요. 알아듣지 못할 일은 안 듣느니만도 못할 테니 그 얘긴 아예 그만두기로 합시다. 젊은인 그저 아들녀석 때문에 내가 며칠 더 여기서 기다리고 있느니라 여겨두면 마음이 편할 게요……"

"……"

"하지만 난 그렇게 기다릴 아들녀석이라도 하나 두었으니 팔잔 어쨌든 괜찮은 편 아니오. 그래 저 벽돌집 안엔 아닌 게 아니라 찾아갈 집이나 기다려주는 일가친척 한 사람 없어 아예 차라리 가막소 귀신으로 죽어갈 작정들을 하고 주저앉아 지내는 인간들이 얼마나 많은 줄 아오. 그 딱한 위인들에 비하면 이 늙은이 그래도 팔자가 무척은 튼 편이지요. 아암 팔자가 튼 편이고말고……"

사내는 거듭 자신의 처지를 다행스러워하고 있었다.

하지만 가겟집 젊은이는 이제 사내의 말을 듣고 있지 않았다.

가게에 다시 손님 한 사람이 들어서고 있었다. 젊은이는 이미 사내를 버리고 손님을 맞으러 그쪽으로 주의를 돌려버렸다.

사내도 그러자 그만 입을 다물었다. 그리고는 이내 지금까지의 이야기는 머릿속에서 깡그리 망각한 듯 가게 쪽 흥정에만 정신이 홀딱 팔려들기 시작했다.

4

사내는 아닌 게 아니라 자신의 출감을 마중하러 올 아들을 기다리고 있는 게 사실인 것처럼 보였다.

그는 정말로 무슨 올가미 같은 것에 발목을 매인 날짐승처럼 공원 근처를 떠나지 못하고 있었다. 그의 발목을 매고 있는 올가미가 있다면, 그것은 그렇게 그를 공원 근처에서 기다리게 하고 있는 아들녀석이 분명할 터이었다.

다음 날 아침도 그는 전날과 같이 공원 숲의 차가운 아침 공기 속에서 잠자리를 털고 나왔다. 그리고 역시 전날과 똑같이 숲 속의 산책길과 나무 걸상 아래를 하나하나 샅샅이 살피며 꽁초를 모으고 동전닢을 주웠다.

사내가 그 숲길을 돌아 어린이 놀이터의 모래밭으로 해서 공원 입구까지 도착한 것 역시 전날과 다름없이 아침 해가 동편 하늘을 하얗게 솟아오른 다음이었다.

이제 그는 새 가게 쪽으로 걸음을 옮기는 데에도 전날과 같이 주저하는 빛이 별로 없었다. 그는 공원 입구를 벗어져 나오자 곧바로 새 가게 쪽으로 발걸음을 옮겨갔다.

가게는 물론 일찍부터 문이 열려 있었고, 젊은이는 이날도 아침나절부터 때 없이 밀려든 손님들로 일손이 한창 바빴다. 가게 앞에 다시 나타난 사내에 대해선 눈길조차 보낼 틈이 없었다.

사내도 별로 서두를 일이란 없었다. 그는 차분히 가게 한쪽 나무 곁으로 자리를 잡고 주저앉아 손님들의 흥정을 구경하기 시작했다. 그는 그 손님들의 흥정이 한 건씩 끝날 때마다 새를 산 사람보다도 더 감동스런 눈길로 오래오래 새를 뒤좇곤 하였다.

그리고 마침내 오정 때가 가까워지면 한동안 손님의 발길이 뜸해질 기미가 보이자, 그는 그 모든 손님들의 즐거움 대신 진짜 자신의 즐거움을 만들고 싶은 듯, 그리고 그 즐거움을 아끼고 싶은 시간을 더 이상 참고 기다릴 수가 없는 듯 이번에도 그 공원 흙바닥에서 주워 모은 동전닢으로 자신의 새를 사러 나섰다.

"예 있소. 내게도 한 마리 내어주시오. 오늘도 날개 값은 좀 모자란 것 같소마는……"

동전 움큼을 내밀고 나서는 사내의 표정은 이제 흡사 약값이 모자란 아편 중독자의 그것처럼 뻔뻔스럽고도 간절한 애원기 같은 것이 어려 있었다.

가겟집 젊은이는 아무래도 좀 어이가 없어진 듯 사내를 새삼 물끄러미 쳐다보았다.

사내는 그 젊은이 앞에 16개의 동전을 또박또박 정확히 세어 건네주고 나서 일방적으로 혼자 흥정을 끝내버렸다. 그리고 젊은이가 말없이 손가락으로 가리키는 새장을 끌어내려 신중하고도 알뜰한 동작으로 안엣녀석을 숲으로 내보냈다.

사내가 그렇게 새를 내보내고 나서도 뭔가 아직 아쉬움이 남은 눈길로 녀석이 사라져간 공원 숲 쪽을 응시하고 있을 때였다.

"노인장은 도대체……"

사내의 모습을 못내 딱해하는 눈초리로 바라보던 젊은이가 갑자기 새장수답지 않은 소리를 해왔다.

"도대체 무엇 때문에 그런 부질없는 짓을 하시는지 모르겠군요."

사내는 그러자 비로소 젊은이 쪽으로 몸을 돌이키며 무슨 변변치 못한 짓이라도 하다 들킨 사람처럼 쑥스럽게 웃어 보였다.

"그야, 내가 그렇게 하고 싶으니까…… 가막솔 나올 땐 언제나 그랬다오……"

"하지만 노인장은 어제도 새를 한 마리 사 보내주지 않았습니까."

공손한 말투와는 다르게 젊은이는 필경 어떤 경멸기를 숨기고

잔인한 도시 267

있음에 틀림없는 소리로 사내를 계속 추궁하고 들었다.

하지만 사내는 젊은이가 그런 식으로나마 그를 상대해주고 있는 것이 반가울 수밖에 없었다. 그는 점점 더 말씨가 의기양양해지고 있었다.

"그야 어저께도 물론 한 마릴 내보내주었지요. 하지만 그건 내 몫이었으니까. 오늘 사준 건 내 몫이 아니라오. 오늘은 송 면장 대신으로 위인의 새를 한 마리 사준 거라오."

"송 면장이라뇨?"

"아, 한방에 있던 내 친구 말이오. 예전에 저곳을 들어오기 전에 자기 고을 면장을 지낸 작가로 지금은 그 시절 얘길 자주 자랑하곤 하는 위인이지요. 벽돌집만 나가면 지금도 누구 부럽지 않게 살아갈 집과 재산이 있노라……"

"그런데 노인장이 어째서 그분의 새를 대신 삽니까?"

"그야 그치가 누구보다 몹시 날개를 사고 싶어 했으니까. 가막소에 있는 위인들은 누구나 그렇게 한번씩 날개를 사고 싶어 한다오. 그러면서 그 날개를 사게 될 날만을 기다리며 하루하루를 살아가고 있는 꼴들이지요. 그중에도 그 송 면장이란 영감태긴 유난히 더 그걸 기다렸어요. 하지만 처지가 어디 그렇게 맘대로 됩니까? 그래 내가 위인 대신 새를 한 마리 사준 거지요."

"안에선 아직들 새 이야기를 하십니까?"

"하다마다요. 우린 대개 날개를 한번씩 사본 경험들이 있는 위인들이니까. 누구나 새 이야길 하면서 새를 사게 될 날들을 기다리고 있지요. 안에선 바로 새를 산다고 하지 않고 언제부터선가 그저 날개를 산다고들 하지만 말이오······"
"새를 사고 싶은 사람은 그토록 많은데, 그렇담 교도솔 나오는 사람들은 어째서 전혀 볼 수가 없지요? 왜 그분들은 노인장처럼 이렇게 교도솔 나오지 못하고 있지요?"
젊은이는 문득 앞뒤가 안 맞는 소리를 사내에게 묻고 있었다. 수감자들이 감옥을 나오지 못하는 것이 마치 그 수감자들의 책임이라도 되는 것처럼, 또는 그 수감자들이 원하기만 한다면, 감옥이란 언제나 문을 열고 나올 수 있는 곳이라도 되는 것처럼.
하지만 사내는 경우가 뒤바뀐 젊은이의 물음에 조금도 기분을 상해하지 않았다.
"그건 아마도······"
사내는 마치 자신이 그 이유를 알고 있는 것처럼 진지한 표정이 되었다.
"그건 아마도 연락들이 잘 닿질 않아서 그리 된 걸 거외다. 편지들이 영 집까지 들어가질 못한 모양들이에요. 우린 누구나 자기 형기의 반 이상을 넘긴 사람들이라오. 그리고 그 형기의 반을 넘길 무렵이 되면서부터 우리는 누구나 열심히 편지들을 쓰기 시작하지요. 알다시피 우리는 모두 고향이 있고 가족이 있는 몸들이니까. 글쎄, 젊은인 우리가 저 안에서 자기 고향과 가족들을 얼마나 서로 자랑들을 하고 지내는지 알기나 하겠소. 날 맞아가다우······ 난 이제 형기가 거의 끝나가고 있으니 날 맞아갈 준비를 서둘러다구······ 우리들 가운데 누군가가 그런 편지를 쓰게 되면 우리는 참으로 얼마나 그를 부러워했으며, 당사자는 또 얼마나 그걸 자랑

잔인한 도시

스러워했는지……"

"그럼, 집에서들도 곧 연락이 오나요?"

모처럼 한마디를 던져오는 젊은이의 물음에 사내는 비로소 뭔가 기가 좀 꺾이면서 고개를 천천히 고개를 가로젓고 있었다.

"그건 모르지요."

"모르다니요?"

"뒷일에 대해선 별로 생각들을 안 하니까. 뒷일에 관심을 가지고 그걸 알아보려는 위인도 없구요."

"가족 중에 누가 서둘러주어서 가석방 같은 걸 얻어 나간 사람이 한 사람도 없었나요?"

"없었소."

"면회를 와준다거나 편지 연락 같은 거라도 닿은 일은 있었을 거 아닙니까?"

"그런 일은 없었어요. 가족이 누가 면회를 와준 일도, 편지 답장이 있었던 일도…… 하지만 우리는 말을 않는다오. 우리가 저 안에서 생각하고 행하는 일들이란 결과가 어떻게 되었든 그걸 거짓말이라고 여기려 드는 사람은 없어요. 거짓말이라고 생각하지 않으니까 그걸 말할 필요도 없는 거요."

"……"

"하지만 우리도 한 가지는 알고 있다오. 우리가 보낸 편지가 번번이 고향에 있는 가족들의 손에까지 들어갈 수가 없다는 걸 말이오. 젊은인 잘 이해가 안 가겠지만 우리가 쓴 편지는 한 번도 고향의 가족에게 제대로 닿아본 일이 없었다오. 그래 일이 그리 된 겝니다…… 편지 연락이 안 닿으니 가족들도 우릴 잊어버리고들 있는 거지요."

"그래 노인장께서도 아드님에게 편지를 쓰셨나요? 그리고 노인장께선 용케도 그 아드님과 연락이 닿아서 그렇게 출옥을 해 나오신 건가요?"

젊은이는 그때 무슨 생각이 들었는지 모처럼 목소리가 부드러워지고 있었다.

하지만 사내는 갈수록 점점 기가 죽어갔다. 그는 힘없이 고개를 가로저었다.

"아니오. 그야 나도 아들놈에게 편지를 자주 쓰기는 했지만…… 내 소식도 역시 아들놈에게까진 아직 닿질 못하고 있는 것 같구려."

"그럼 아드님하고 연락이 닿기도 전에 노인장은 형기가 끝나버린 겁니까?"

"아니, 형기가 다 끝난 건 아니오. 아들놈의 소식만 기다리고 있을 수가 없어 내 힘으로 어떻게 가석방 특사를 얻어 나온 거요. 그것도 따지고 보면 다 아들녀석 덕분인 게지요. 아들놈과 그 아들놈의 고향집이 없었더라면 난 이렇게 나올 수가 없었을 게요. 아들놈과 손주놈들이 보고 싶고, 집이 그리워지고…… 난 한동안 아들놈과 아들놈의 집에 대한 꿈만 꾸었다오. 탱자나무 울타리가 우거지고 집터가 시원하게 트이고 게다가 햇볕도 깊고…… 그래 난 아들놈과 소식이 안 닿더라도 내가 먼저 녀석을 찾아 나서기로 작정을 한 거라오."

아들과 고향집 이야기가 시작되자 사내의 목소리엔 점차 다시 생기가 되살아나고 있었다. 사내는 마음속으로 잠시 그 고향집과 아들 생각에 젖어드는 듯 말을 끊었다가 다시 이야기를 계속했다.

"결국은 그 아들놈에 대한 믿음이 내게 저 가막소를 나오게 한 것이지요. 다른 녀석들은 아마 나처럼 아들놈에 대한 믿음이나 고향집에 대한 그리움들이 작았을 게요. 그리고는 감히 가막소를 나올 엄두들이 날 수가 없지요. 하지만 난 어쨌거나 이제 아들놈을 보게 됐어요. 녀석은 아마 이런 식으로 아비가 가막소를 나오게 만든 걸 몹시 가슴 아파하겠지만서두……"

"그럼 아드님은 아직 노인장의 출옥 소식도 모르고 있는데, 노인장께선 여기서 이렇게 무작정 그 아드님만을 기다리고 계실 참이신가요?"

젊은이의 얼굴엔 서서히 다시 그 차가운 조롱기 같은 것이 떠오르기 시작했다.

"그야 나도 언제까지나 여기 이러고 녀석을 기다리고 있을 순 없지요. 아들녀석이 끝내 나타나지 않는다면 내 발로 녀석을 찾아나서야지…… 하지만 아직은 좀더 기다려봐야지요. 여태까지 소식이 닿지 못했더라도 금명간에 편지가 닿을 수도 있겠구. 녀석이 혹 소식을 받고 달려왔다가 길이라도 엇갈리는 날이면 녀석의 낭패가 얼마나 하겠소."

"노인장께선 그럼 가막소 친구분들을 위해 앞으로도 계속 새를 사실 참이신가요?"

젊은이는 이제 거의 사내를 놀려대고 있는 어조였다. 그의 그

매끈한 얼굴에 노골적인 비웃음기가 번지고 있었다.
 사내 쪽도 이젠 대꾸가 몹시 궁색스런 처지로 몰리고 있었다. 그는 젊은이의 말에 얼핏 대꾸를 못하고 쩔쩔맸다. 하다간 이윽고 기가 훨씬 꺾여든 목소리로 어물어물 말끝을 흐리고 있었다.
 "그야 살 수 있는 형편만 된다면…… 녀석들은 그토록 날개를 사고들 싶어 했으니까……"
 가겟집 젊은이는 이제 그런 사내의 횡설수설 따윈 귀담아들을 필요도 없다는 듯 잔인스럽게 비웃고 있었다.
 "그러시겠지요, 아마…… 노인장의 그 효성스런 아드님이 노인장을 모시러 나타날 때까지는……"
 사내는 결국 입을 다물고 말았다. 무슨 일로 해선진 모르지만, 젊은이가 아무래도 화를 내는 것 같았기 때문이었다. 사내는 그 젊은이의 기분을 상하게 한 것이 마치 자기 탓이기라도 한 것처럼 민망스런 눈길로 한동안 그의 눈치를 살피고 있었다.
 하지만 사내는 아무래도 자신의 힘으로는 젊은이의 기분을 돌려놓을 방도가 떠오르지 않는 것 같았다.
 그는 마침내 말미를 두는 도리밖에 없다고 여긴 듯 맥없이 혼자 가게를 떠나갔다.

5

 사내가 다시 가게 근처로 젊은이를 찾아 나타난 것은 이날도 또 하루해가 설핏이 기울어든 저녁참이었다.

사내의 얼굴은 아깟번에 맥이 빠져서 가게를 떠나갈 때와는 달리 생기가 제법 돌았다.

그는 이날따라 공원 숲 일대를 한차례 더 훑고 온 참이었다. 그의 왼쪽 주머니엔 다음 날 아침 수입거리를 미리 거둬온 동전닢들로 무게가 실려 있었다. 사내는 그것으로 젊은이의 기분을 되돌려 줄 자신이 생긴 듯 한쪽 손을 넌지시 주머니 속으로 숨겨 쥐고 있었다.

새를 살 작정이었다.

그야 그는 그의 감방 동료들을 위해 새를 사겠노라고 젊은이에게 몇 번씩 다짐을 했으니까. 그리고 사내로선 새를 사주는 일 이상으로 새장수인 젊은이를 기쁘게 해줄 일도 있을 리 없으니까. 사내는 바로 그 젊은이가 맘에 들어 할 일을 눈치로 미리 마련해온 것이었다.

하지만 사내가 젊은이를 찾아 가게로 온 것은 하필이면 사정이 그리 좋은 때가 못 되었다. 사내가 가게로 돌아왔을 때 마침 가게 안으로 새를 사러 들어온 신사 한 사람과 가겟집 젊은이 사이에 심심찮은 시비가 오가고 있었다.

"전 선생님께 이 새의 소유권을 통째로 판 게 아닙니다. 그 점을 선생님은 분명히 알아두셔야 합니다. 전 선생님께 이 새를 숲으로 날려 보낼 방생의 권리를 팔았을 뿐이란 말씀입니다. 선생님께서 이 새를 댁으로 가져가실 수는 절대로 없습니다."

젊은이가 신사에게 열심히 설명을 하고 있었다.

하지만 그런 젊은이의 주장엔 상대 쪽 손님도 그에 못지않게 만만찮은 어조로 맞서고 있었다.
"나도 물론 새를 통째로 샀다고는 말하지 않았소. 그리고 나 역시 이런 잡새 나부랭이를 기를 생각은 없어요. 난 그저 이 새를 집까지 가져가서 아이들과 함께 날려 보내고 싶은 것뿐이란 말요. 그게 댁한테 무슨 상관이 되는 일이오. 여기서 놓아주든 집에 가서 놓아주든 새가 일단 장문을 나가게 되면 댁하곤 이미 아무 상관도 없는 일 아니오."
시비의 사연인즉, 새를 산 손님은 굳이 새를 집으로 가져가서 놓아주겠다는 것이었고, 젊은이는 젊은이대로 집으로는 절대 새를 가져가게 할 수가 없다는 것이었다.
젊은이와 손님 사이의 시비는 그런 식으로 아직 한동안이나 더 계속되어나갔다.
"선생님이 새를 사신 이상 그걸 어디서 날려 보내시든 그렇게만 해주시면 전 물론 상관이 없지요. 하지만 전 믿을 수가 없어요. 선생님이 이 새를 댁으로 가져가셔서 그걸 정말로 날려 보내주실지 어떨지 그걸 말입니다. 솔직히 말씀드려서 선생님께선 이 새를 날려 보내지 않고 기를 생각을 하실 수도 있습니다."
젊은이가 얄밉도록 자신있게 단정하고 나서자 신사 쪽은 더 이상 참을 수가 없어진 것 같았다.
"젊은 친구가 말이 너무 심하구만. 아까도 말했지만 내가 그래 이따위 잡새 나부랭일 집에서 기를 사람으로 보여? 그리고 내가 일단 새를 산 이상에야 이 새를 내가 날려 보내주든 집에서 기를 작정을 하든 당신이 나서야 할 이유가 무어야."
 그는 함부로 반말지거릴 섞어대고 있을 만큼 자신의 흥분기를 감추지 못했다. 가겟집 젊은이는 오히려 그걸 기다리고 있었기라도 하듯 그럴수록 어조가 차분해지며 정중하고 여유있게 말의 조리를 세워나가고 있었다.
 "그건 그렇지가 않아요."
 "그렇지가 않다니?"
 "전 손님들에게 새의 방생권을 파는 것이지 구속을 팔고 있는 건 아니니까요. 전 그만큼은 제 새의 자유를 지켜줄 줄 알고 있습니다."
 "새의 자유라…… 그거 참 새장수치고는 기특한 말이군. 그래 당신은 그 새의 자유를 지켜주기 위해 이렇게 장 속에 새들을 가둬두고 있구려—?"
 "그러나 그것은 새들로 인하여 우리 인간들이 보다 크고 보람스런 자유를 누릴 수 있으니까요. 그렇지만 우리는 우리 인간들의 자유를 위해 끝끝내 새들을 구속할 수는 없습니다. 새는 여기서 놓아 보내야 합니다……"
 "그거 참 감동할 만한 얘기로군."
 신사는 차라리 감탄스럽다는 표정으로 젊은이를 향해 내뱉었다.
 하지만 그는 물론 젊은이의 이야기에 설복되었거나 감동이 된 것은 아니었다. 그는 오히려 젊은이를 요량껏 비웃고 있는 중이었다.
 사내는 마침내 기회가 왔다고 생각했다. 엉뚱한 시비로 인하여 사내는 가게 젊은이에 대한 자신의 호감과 우의를 증명해 보일 절

호의 기회를 얻은 것이었다.

"맞습니다."

사내는 그냥 참고 볼 수가 없다는 듯 두 사람 사이로 끼어들고 나섰다.

"이 젊은이 말이 맞아요. 아마 난 상관하고 나설 일이 아닐는지 모르지만 사리는 결국 옳게 판가름이 나야 할 듯싶어 얘기오만."

손님과 젊은이는 사내의 갑작스런 참견에 잠시 입을 다문 채 사내의 거동만 지켜보고 있었다.

그는 조급히 말을 이어나갔다.

"세상엔 아닌 게 아니라 새를 제 갈 곳으로 놓아 보내주기보담은 장 속에 가두고 기르기를 좋아하는 사람들이 많으니까. 아니, 이건 뭐 선생님이 반드시 그렇다는 건 아닙니다. 보아하니 아마 선생님께는 그 점 믿어도 좋겠어요. 하지만 이 젊은이로 말하면 자기 일을 좀더 분명히 해둬야 할 필요가 있겠지요. 이 젊은인 자기 새들에게 날개를 얻어주는 일을 하니까요. 젊은이가 자기 눈앞에서 새들이 날개를 얻어 하늘을 날아가는 것을 지켜주고 싶은 것은 열 번 백 번 당연한 노릇인 겝니다. 그리고 젊은이가 그 일을 분명히 하자면 새를 사가는 사람을 믿고 안 믿고보다 처음부터 새를 내주지 않는 것이 현명한 일이지요."

사내는 짐짓 엄숙한 표정으로 신사를 은근히 나무라고 있었다.

손님은 차라리 어이가 없다는 표정이었다.

가겟집 젊은이도 일이 그렇게 되고 보니 더 이상 할 말이 없는 듯 멍청스레 허공만 바라보고 있었다.

"쳇! 공연한 장난거리에 끌려들어 별 해괴한 연설을 다 듣게 되는구만…… 좋소, 그럼!"

당신은 도대체 뭐길래 그러고 나서냐는 듯 곱잖은 눈초리로 사내를 훑고 있던 손님이 끝내는 간단히 후퇴하고 말 낌새였다.

"내 새를 안 사면 그만일 게 아니오. 안 그렇소, 젊은이? 내 새는 안 가져갈 테니 새 값이나 그냥 돌려주구려."

손님은 이제 차라리 장난기가 완연한 몸짓으로 젊은이의 어깨를 가볍게 건드렸다.

이젠 젊은이 쪽도 그 손님과는 쉽게 의기가 투합한 듯 허물없이 웃음으로 그를 응대했다.

"그럼 차라리 그렇게 하시죠. 선생님께서 그걸 섭섭히 여기지만 않으신다면……"

그는 선선히 새 값 2백 원을 되돌려주었고, 신사는 오히려 그것으로 그의 놀이를 즐긴 듯 가벼운 발걸음으로 가게를 떠나갔다.

둘이서 아웅다웅 다투고 있을 때의 형세에 비해 뜻밖에 결말이 싱거운 싸움이었다.

하지만 사내는 어쨌든 그것으로 만족이었다. 한두 번 개운찮은 눈총을 쏘이긴 했어도 싸움이 그렇게 쉽게 끝난 것은 분명히 그의 참견의 덕분이라 할 수 있었다.

젊은이가 그걸 모를 리 없었다. 그는 아마 그걸로 충분히 기분을 돌리게 될 것이었다. 사내는 속으로 그렇게 기대했다. 그리고 젊은인 이제부터 그걸로 사람을 대해오는 태도도 조금은 달라질 수 있으리라.

사내는 그러자 새삼 기분이 들뜨기 시작했다. 미진한 일이 있다면 다만 손님이 끝끝내 고집을 꺾지 않고 새 값을 되찾아 돌아간 일뿐이었다.

하지만 사내는 그것도 그리 문제가 될 게 없다고 생각했다. 손님을 대신하여 자신이 새를 사주면 그만이었다. 그리고 그것으로 사내는 젊은이에 대한 자신의 우의를 결정적으로 증명해 보일 생각이었다.

그는 곧 그렇게 했다. 그는 새 값도 미처 치르기 전에 손님이 방금 되돌려주고 간 새장 문을 열어젖히고 보란 듯이 녀석을 숲으로 내보냈다.

"이건 삐줄이 네놈 몫이다. 삐줄이 네놈한테도 내 오늘 이렇게 네놈 몫의 새를 사줬으니 더 이상 삐질 생각일랑 말거라."

그리고 그 새의 모습이 시야에서 사라지고 난 다음에야 그는 그 오후의 소득으로 당당히 새 값을 치러 보였다.

그런데 바로 다음이 잘못이었다.

기분이 너무 들뜬 탓이었을까. 의기양양 새 값을 치르고 난 김에 사내가 그만 한 가지 실수를 저지르고 말았다. 그건 별로 큰 실수는 아니었다. 사내도 미처 그게 자신의 실수가 될 줄은 생각을 못했으니까. 그리고 그게 자신의 실수가 된 걸 알고도 무엇이 어떻게 잘못된 것인질 얼핏 헤아릴 수가 없었으니까.

"그런데 젊은인 도무지 이 많은 새들을 다 어디서 구해 들이고 있는 겐가."

사내의 실수는 다만 그 한마디뿐이었다. 그런데 다소간 거침이 없는 듯한 사내의 소리에 가겟집 젊은이가 모처럼 만에 천천히 그를 돌아다보았다.

사내는 무심코 그 젊은이의 눈길을 받다가 표정이 갑자기 움츠러들었다. 젊은이가 왠지 그의 백동테 안경알 뒤에서 사내를 이윽히 쏘아보고 있었다. 사내가 그에게서 눈길을 비키고 난 다음에도 그 젊은이의 시선은 좀처럼 사내를 떠날 줄 몰랐다. 그 시선 속엔 차갑고 무서운 위협기가 숨어 있었다. 그는 화를 내고 있는 게 분명했다.

사내는 비로소 자신의 실수를 깨달았다. 자신의 말 가운데에 젊은이의 맘에 들지 않는 대목이 있었던 게 분명했다.

그는 자신의 경솔이 후회스러웠다.

"아, 그야 그런 일을 하자면 어디선가 자꾸 새를 구해 들여야 하는 게 당연한 노릇이겠지요. 난 그저 그 새들을 어떻게 구해 오는지 그게 좀 궁금해서…… 그야 뭐 내가 굳이 알아야 할 일도 아니겠지만서두……"

사내는 자신의 실수를 변명하듯 젊은이의 눈치를 살펴가며 제풀에 횡설수설 더듬거리고 있었다.

그리고 사내는 진심으로 새를 구해 들이는 방법을 자기가 굳이 알아야 할 필요도 없다고 생각했다. 그가 그걸 알고 싶어 한 것이 젊은이의 비위를 건드리게 된 것인지 어떤지는 아직도 분명치가 않았지만, 어쨌거나 소용 닿을 데가 없는 일로 해서 그를 화나게 만들 필요는 없었다.

하지만 사내의 변명은 때가 너무 늦고 있었다.

젊은이는 아무래도 쉽게 화가 풀리질 않는 얼굴이었다. 그는 한마디 말도 없이 당황해 어쩔 줄 모르고 있는 사내에게 계속 시선을 못 박고 있었다. 사내가 마침내는 더 이상 변명을 늘어놓을 수도 없을 만큼 기가 죽어버릴 때까지. 그리고 끝내는 그 젊은이에게 더 이상 화를 내게 하지 않게 하기 위해 제물에 슬금슬금 가게 앞을 떠나가버릴 때까지.

젊은이의 기분을 돌려놓으려던 사내의 노력이 오히려 너무 지나친 탓이었다. 그리고 그때 사내의 기분이 분별없이 너무 들뜬 탓이었다.

사내로선 그만 다 된 밥에다 재를 뿌리고 만 기분이었다.

6

갈수록 태산으로 사내는 이날 밤 거듭 또 한 가지 실수를 저질렀다.

이날 밤 공원 숲 속에선 이상한 일이 일어났다.

사내는 이날 밤도 공원 숲 속의 한 나무 걸상 위에다 옹색한 잠자리를 마련하고 있었다. 그런데 자정이 지난 지도 한 식경이 지난 새벽 두세 시쯤 되어서였을까. 숲 속의 어디쯤에선가 심상찮은 인기척 같은 것이 들려왔다.

사내는 그 소리에 어슴푸레 잠결에서 깨어나 머리 위에 뒤집어 쓰고 있던 야전잠바 자락을 밀어냈다. 한밤중에 웬 전깃불의 환한 빛줄기가 어두운 숲 속을 장대처럼 이리저리 훑고 있었다. 빛줄기는 때로 나뭇가지들의 한곳에서 곧게 고정되고 한 사내의 그림자가 그때마다 나무 위로 올라가 빛줄기의 끝에서 열매를 따듯 잠든 새들을 집어 내렸다. 잠결에 빛을 맞은 새들은 눈먼 장님처럼 옴짝달싹을 못했다. 날개를 퍼득여 날아보는 새들도 방향을 못 잡고 좌충우돌하였다. 나뭇가지에 부딪쳐 떨어지는 놈도 있었고 제물에 땅바닥으로 곤두박질쳐 내리는 놈도 있었다.

그림자는 끊임없이 빛줄기를 들이대며 잠든 새들을 사냥하고 있었다.

기이하게 손쉬운 새의 사냥법이었다.

―녀석들이 그렇게 다시들 돌아오곤 하였군.

사내는 저절로 탄성이 새어 나왔다. 하지만 그 손쉬운 사냥법에 대한 사내의 감탄은 그리 긴 시간 계속될 수가 없었다.

조용한 어둠 속에 빛줄기가 너무 세찼기 때문이었을까. 한동안 숨을 죽인 채 어둠 속으로 그런 광경을 숨어 보고 있던 사내는 자기도 모르게 문득 가슴이 몹시 떨려오기 시작했다. 빛줄기가 까닭 없이 두렵고, 빛줄기를 조종하고 있는 사내의 그림자가 무턱대고 무서워졌다. 아무래도 안 볼 것을 엿보고 있는 듯 사지마저 조그맣게 움츠러들고 있었다. 게다가 그 빛줄기는 이제 사내 쪽으로 자꾸만 가까이 거리를 좁혀들고 있었다.

이유 같은 건 알 수 없었지만, 사내는 아무래도 그 빛의 임자에게 그의 사냥이 들키고 있다는 걸 알게 해서는 안 될 것 같았다.

그는 갈수록 두렵고 초조했다. 불빛이 그에게로 가까이 다가들

수록 사내의 머리는 자꾸만 야전잠바 옷깃 속으로 깊이 움츠러들어갔다.

그러나 전깃불의 눈길은 실수가 없었다. 빛줄기가 끝내는 사내의 머리통을 맞혀 잡고 말았다. 동시에 사내의 머리통도 완전히 야전잠바 깃 속으로 모습을 숨겨 들어가버렸다.

하지만 한번 사내를 붙잡은 빛줄기는 그를 좀처럼 떠나려 하지 않았다. 그 빛줄기가 그의 잠바 자락을 뚫고 점점 세차게 젖어 들어왔다. 사내는 숫제 잠바 자락 속에서 눈을 감고 있었으나, 감은 눈꺼풀 위로도 빛이 스며들어왔다.

이윽고 굵다란 발자국 소리가 천천히 그의 곁으로 다가들었다. 그리고 몇 걸음 저쪽에서 소리를 죽인 채 한동안 밝은 빛줄기만 쏘아붙이고 있었다.

사내는 잠바 자락 속에서 숨도 제대로 쉬지 못한 채 무서운 빛줄기의 세례를 견디고 있었다.

빛줄기는 잠바 자락 속의 사내를 거의 질식 상태로 짓눌러놓은 다음에야 간신히 그에게서 걷혀나갔다. 그리고 곧 발자국 소리가 방향을 바꾸며 그에게서 천천히 멀어져갔다.

하지만 사내는 이미 뱀의 눈빛에 쏘인 개구리 한가지였다. 그는 이제 발자국 소리와 함께 어둠 속으로 사라져가는 사냥꾼의 뒷모습이나마 엿봐두고 싶었지만, 실제론 그렇게 몸을 움직여 나설 엄두가 나지 않았다.

그는 그냥 그대로 야전잠바 옷자락 속에 눈을 감은 채 발자국 소리가 귓가에서 멀리 사라져가기만을 기다리고 있었다.

다음 날 아침, 잠을 깨고 일어났을 때 사내는 간밤의 일이 꿈이 아니었나 싶었다. 하지만 그건 분명 꿈이 아니었다. 그게 꿈이 아니라면 그는 가겟집 젊은이를 화나게 만들 또 하나의 허물을 지니게 된 꼴이었다. 어쩐지 사내에겐 그런 생각이 들었다.

그것은 물론 고의는 아니었다. 그리고 간밤엔 그의 주의가 제법 용의주도했기 때문에 위인을 엿보고 있었다는 확증을 붙잡힌 것도 아니었다. 하지만 사내는 그것으로 젊은이를 안심할 수가 없었다.

사내는 이날따라 아침 일을 서둘렀다. 그리고 일을 서두른 바람에 여느 날보다는 거의 한 시간가량이나 일찍 가게로 내려갔다.

가겟집 젊은이는 짐작대로 간밤의 일에 대해선 아무 내색을 보이지 않았다. 가게에는 이날도 아침부터 손님이 붐벼댔기 때문에 젊은이가 미처 그를 괘념할 여가가 없었을 수도 있었다.

하지만 젊은이는 오전 장사가 한고비를 넘기고 나서도 별다른 기색을 드러내지 않았다. 사내는 차라리 그게 더욱 수상하고 불안스러웠다. 그리고 그럴수록 자기 쪽에서 먼저 위인의 심사를 다스려놓는 게 좋으리라 생각했다.

"내 감방 친구 가운데에 꼼장어란 별명을 가진 늙은이가 하나 있었는데, 그 친군 사실 나보다도 훨씬 이 가겔 잊지 못했었다오."

사내는 우선 젊은이가 맘에 들어 할 소리로 그의 새장사 일을 부추기기 시작했다.

"그 위인은 허구한 날 언제나 이 가게에서 새를 사게 될 날만을 기다리고 있었어요. 그날을 위해 끊임없이 편지를 쓰고 자식놈의 면회를 기다렸지요. 가막소 안 사람들이 누구나 그렇긴 하지만 그 늙은이야말로 정말 이 가게에서 날개를 한번 사보는 것이 어느 누구보다 큰 소망이었으니까. 그런 가엾은 늙은이들에겐 젊은이의 가게가 바로 가장 소중스런 꿈이요 희망이지 뭐겠소."

사내의 칭송에도 젊은이는 아직 대꾸를 보내올 기미가 안 보였다. 사내는 젊은이의 대꾸가 있거나 말거나 참을성 좋게 자신의 이야기를 계속해나갔다.

"아마 난 언젠가는 그 늙은이 몫으로도 새를 한 마리 사줘야 할 게라요. 위인은 그렇게 새를 사고 싶어 했는데도 그 소망을 끝내 이뤄볼 수가 없게 되고 말았지 않았겠소. 늙은이가 글쎄 운도 없이 2년 전에 벌써 저 가막솔 죽어나가고 말았으니…… 죽은 넋이나마 늙은일 위해 내가 대신 새를 한 마리 사줘야 도리 아니겠소…… 그러니 죽은 사람 남은 사람 해서 아직도 족히 열 마리는 새를 더 사줘야 할 겐가…… 그야 뭐 이제는 가막솔 풀려나온 몸이 그만 수고쯤은 대신해줘야지. 암, 대신해줘야구말구……"

새를 사준다는 건 뭐니 뭐니 해도 젊은이에겐 가장 맘에 들 소리임이 분명했다. 사내는 그 젊은이 앞에 지혜를 다해 위인을 꼬드겼다.

젊은이는 아직도 역시 아무 반응이 없었다. 사내의 지껄임은 도대체 들은 척도 않는 얼굴이었다. 가끔가다 히뜩히뜩 사내 쪽을 흘려보고 있는 눈길엔 그리 보아 그런지 어떤 심상찮은 경계심 같은 것이 숨겨져 있는 듯싶기도 했다.

그런 낌새나 어림짐작만으로 젊은이가 간밤의 일을 벼르고 있다곤 할 수 없었지만, 사내는 이날따라 젊은이가 계속 입을 다물고 있는 것이 못내 불안하고 꺼림칙스러웠다.

사내는 기가 꺾여 한동안 궁리에 부심하고 있었다.

그리고 마침내 한 가지 자신의 불찰이 머릿속에 떠올랐다.

―그러면 그렇지. 내가 오늘은 어째서 여태 거기까지 생각이 미치질 못했을꼬……

여태까지 새를 사지 않고 있었던 일이 생각난 것이다. 그는 그 자신뿐 아니라 가막소 친구들을 위해서까지 새를 사겠노라 몇 번씩 맹세를 해 보였으면서도 이날따라 정작 젊은이에게서 새를 사 준 것은 한 마리도 없었다.

사내는 그런 자신이 조금은 이상했다. 이날따라 새를 한 마리도 사주지 않았을 뿐 아니라, 그런 자신을 깨닫고 나서도 그는 여느 날처럼 새를 사는 일에 도무지 신명이 나질 않는 것이다.

하지만 그는 이제 자신의 기분 따위는 문제가 아니었다.

그는 그 젊은이의 침묵 앞에 스스로 위압당하고 있었다. 자신의 기분이야 어찌 됐든 이제는 위인을 위해서라도 새를 사줘야 했다.

그런 생각이 들수록 그는 기분이 더욱 무거웠다.

그러나 그는 곧 자신을 위로했다.

―하지만 이건 감방 녀석들을 위하는 노릇이기도 하니까. 아암, 내가 언제 저 젊은일 위해서 새를 샀던가. 이건 모두가 위인들을 위하고 새를 위해서 하는 일이지.

사내는 마침내 결심을 하고 주머니 속에서 동전닢을 세었다. 그리고 곧 가게 안 금고 위에다 그것을 쏟아놓았다. 이날은 사정이 새 값을 깎을 형편도 못 되었지만, 용케도 동전닢이 스무 개를 넘었다.

"그러니까 이번에는 그 지독한 왕릉지기 영감이 되겠군."

사내는 머릿속에 차례를 정해둔 대로 잠시 동안 그 왕릉 도굴을 일삼다 들어왔다는 남도 사투리의 늙은이를 생각했다. 그리고 어느 때보다 간절한 심정으로 조롱 문을 열어 새를 내보냈다.

그래도 젊은이는 도무지 아무런 참견이 없었다. 사내가 새를 사겠노라 동전을 건넬 때도 젊은이는 그저 남의 일을 대신하듯 냉랭한 눈길뿐 표정이 조금도 달라지지 않고 있었다.

사내는 새를 사고 나서도 기분이 조금도 나아지질 못했다.

그는 이제 더 이상 가게에서 버텨내고 있을 기력이 없었다. 가게에 할 일이 남아 있는 것도 아니었고, 더 이상 무슨 소릴 지껄여 댈 마음도 없었다.

그는 이윽고 그 얼음장 같은 젊은이의 침묵을 뒤로한 채 가게를 떠나갔다.

가게를 떠나가는 발걸음이 유난히 지치고 무겁게 느껴졌다.

7

사내는 이날 밤도 그 공원 숲 잠자리에서 밤새도록 불빛에 쫓겼다. 칠흑 같은 어둠 속을 장대처럼 빛줄기가 곧게 뻗치고, 그 빛줄기를 얻어맞은 새들이 나뭇가지들 위에서 낙엽처럼 우수수 땅 위로 떨어졌다. 그리고 그 빛줄기는 사내의 잠자리를 찾아 밤새도록 이리저리 숲 속을 헤매었다.

사내는 안타깝고 초조했다. 그리고 두렵고 조급했다. 빛줄기가 때로 그의 야전잠바 옷자락 위로 사정없이 그를 찌르고 드는가 하면, 때로는 엉뚱스럽게 그를 놓치고 부근 숲 속을 미친 듯이 헤쳐 다니기도 하였다.

그는 쫓기다가 붙잡히고 붙잡혔다간 다시 쫓기고 하는 악몽 속에 날을 훤히 밝혔다.

이튿날 아침 잠자리를 일어났을 때 사내는 머릿속이 온통 남의 것처럼 멍멍했다. 자리를 일어나고 나서도 그는 날마다 계속해온 아침 일은 생각조차 못했다. 일 생각이 났다 해도 그럴 만한 기력이 남아 있질 못했다.

그는 그저 넋이 나간 사람처럼 망연히 한동안 아침 숲 속만 지키고 앉아 있었다. 이날사말고 그 흔한 새소리조차 귀에 들려오지 않은 것 같았다.

사내는 아침 햇덩이가 동편 하늘을 하얗게 치솟아 오른 다음에야 간신히 몸을 움직이기 시작했다. 그러나 그는 이날 아침 끝끝내 그 동전 줍기를 단념한 채 그길로 허정허정 가게 쪽으로 내려갔다.

그러나 사내는 이제 새를 사지 않았다. 동전을 줍지 않았으니 새를 살 수도 없었지만, 그는 그걸 별로 아쉬워하지도 않았다. 그는 이제 젊은이의 눈치를 살펴가며 그에게 굳이 말수작을 건네보려는 기미도 안 보였다.

그는 그저 가게 맞은편에 묵연히 주저앉아 붐비는 손님들만 구경하고 있었다. 그리고 한낮이 가까워오면서부터 손님들의 왕래가 한고비를 넘기자 자신도 가게 앞을 떠나갔다. 그가 그 가게 앞을 찾아올 때와 똑같이 지치고 무거운 걸음걸이로. 그리고 그것으로 사내는 이날 저녁 어스름이 공원 일대를 뒤덮어올 때까지도 그의 모습을 나타내지 않았다.

사내가 다시 젊은이의 새 가게 앞에 지치고 남루한 모습을 나타낸 것은 이튿날 아침 그만쯤해서였다.

하지만 그는 이날도 새를 사지 않았다. 젊은이의 눈치를 살펴가며 말수작을 건네오는 일도 없었다. 이날도 그저 전날처럼 그렇게 하릴없이 손님들의 거래를 구경하고 있다가 오전이 지나고 가게가 좀 한가해지는 기미가 보이자 그길로 그만 자리를 일어서버렸다.

사내의 거동은 며칠 동안이나 계속 그런 식이었다. 그리고 언제나 그 가게를 찾아올 때와 똑같이 지치고 피곤한 모습으로 말없이 가게를 떠나가곤 하였다.

그러니까 이번에는 오히려 가겟집 젊은이 쪽에서 뜻밖의 태도로 나오기 시작했다.

"노인장을 모시러 올 아드님은 아마 찻길이 막혔거나 길을 거꾸로 돌아서버렸거나 한 모양이지요."

어느 날 아침 가게가 잠깐 조용해진 틈을 타서 가겟집 젊은이가 문득 사내에게 말했다.

"제 기억으론 노인장이 가막소를 나온 지도 벌써 한 주일은 넘은 줄 아는데 아드님은 어째서 여태도 소식이 감감이지요?"

할 일 없이 날마다 가게 부근을 서성대며 장사 거래만 지켜보고 있는 사내의 거동이 젊은이에겐 그렇게 신경이 쓰이고 있었을까. 아니면 젊은이는 이제 새도 사주지 않는 사내의 존재로 하여 자기 장삿일에 실제로 어떤 곤란을 겪고 있었는지도 모른다. 젊은이가 이날부턴 갑자기 작전을 바꾸어 사내를 비웃기 시작한 것이다. 그건 보나 마나 그의 가게 근처에서 사내를 멀리 쫓아버리기 위한 음흉스런 계교가 분명했다.

"뭣하면 다시 편지를 한 장 써볼 수도 있지 않겠어요. 아마 노인장의 편지가 아직도 아드님께 닿지 못한지도 모르니까 말입니다. 주소가 어떻게 되세요. 아드님의 시골집 주소가……"

젊은이는 사내가 새를 사주지 않는 데 대한 원망의 기색은 손톱만큼도 나타내지 않았다. 그는 될수록 사내가 난처해질 소리들만 골라 그를 괴롭게 몰아붙였다. 그래 결국엔 사내 스스로가 견디지 못하고 가게를 떠나가게 하려는 것이었다.

—아드님을 기다리신답니다. 아드님이 시골에 궁전을 지어놓고 영감님을 모시러 오시는 중이랍니다.

그는 때로 새를 사러 들어온 손님을 상대로 해서까지 그렇게 무참스럽게 사내를 비웃고 무안을 주었다.

—어디만큼 왔나, 고개만큼 왔지…… 영감님은 날마다 효자 꿈에 행복하시지요.

사내는 그러나 그런 젊은이의 비웃음을 아랑곳하는 기색이 조금도 없었다. 그는 젊은이의 공박에 할 말이 전혀 없는 사람처럼 주위를 짐짓 외면해버리곤 하였다. 젊은이가 정 그를 못 견디게 매도하고 들 때면 차라리 위인의 얕은 소갈머리가 안됐다는 듯 한참씩 그를 건너다보다 혼자서 조용히 한숨을 짓고 말 뿐이었다.
하면서도 사내는 좀처럼 젊은이의 새 가게를 떠날 생각을 안 했다. 아니 그는 젊은이의 그런 버릇없는 공박 따위로 가게를 아주 떠나버릴 처지의 사람이 아니었다.
그에겐 아직도 할 일이 남아 있었다.
"녀석들에게 모두 새를 사야…… 그래도 녀석들에게 빠짐없이 모두 한 마리씩은 새를 살 수 있어야……"
사내는 혼자 속으로 중얼거리곤 하였다. 그는 아직도 가막소 안에 남아 있는 친구들을 절대로 잊어서는 안 된다고 생각했다. 그 가엾은 친구들을 위해 새를 사지 않고 혼자서 이곳을 떠날 수는 없다고 몇 번씩 자신을 다짐했다. 그는 그저 지금 당장은 새를 사는 일이 달갑게 여겨지지가 않고 있을 뿐이었다. 새를 사더라도 전날처럼 즐겁거나 기분이 가벼워지지 못하고 있는 것뿐이었다.
하지만 사내는 그것도 그저 그 빌어먹을 잠자리의 악몽 때문일 거라 자신을 변명했다. 밤마다 그를 괴롭혀대고 있는 빛줄기의 꿈만 꾸지 않게 되면 그는 다시 기분이 회복되어 새를 즐겁게 살 수 있으리라 자신을 기다렸다. 도대체가 새들이 낙엽처럼 빛을 맞고 떨어져 내리는 악몽이 계속되는 동안은, 그리고 그 빌어먹을 새들이 어째서 이 공원 숲을 떠나지 못하고 자꾸만 다시 조롱 속으로 돌아오는지, 그런 사연을 석연히 이해하지 못하고는 새를 다시 사고 싶은 생각이 일어오질 않았다. 그건 마치 어린애들 숨바꼭질과도 같은 어리석은 장난일 뿐이었다.
한데 그러던 어느 날 밤, 사내에겐 또 한 가지 이상스런 일이 일어났다.
사내는 이날 밤도 그 공원 숲 벤치 위에서 추운 새우잠을 견디고 있었는데, 자정을 한 시간쯤이나 지난 무렵이었다. 예의 전깃불빛이 다시 공원 숲 속을 훑어대기 시작했다.

이번엔 물론 꿈이 아니었다. 실제로 빛줄기를 앞세운 밤새 사냥이 시작되고 있었다. 사내는 벌써부터 까닭을 알 수 없는 두려움 때문에 자신도 모르게 사지가 움츠러들고 있었다.

하지만 이번엔 다행스럽게도 전번날 밤과는 사정이 훨씬 달랐다. 빛줄기가 아직 사내를 찾아내지 못하고 있었다. 아니, 이날 밤은 그 밤새 사냥꾼이 제 편에서 미리 사내의 잠자리를 피해주는지도 알 수 없는 노릇이었다.

불빛은 좀처럼 사내 쪽으로 다가들 기미를 안 보였다. 사내와는 한참 거리가 떨어진 숲들만 이리저리 분주하게 휘저어대고 있었다. 불빛을 맞은 밤새들이 낙엽처럼 어둠 속을 휘날리고 있을 뿐이었다.

불빛은 거의 걱정을 할 필요가 없는 것 같았다. 하지만 이미 졸음기가 말끔 달아나버린 사내는 모른 척하고 다시 잠을 청할 수도 없었다.

그는 이윽고 야전잠바 옷깃을 들추고 천천히 벤치 위로 몸을 일으켜 앉았다. 그리곤 차분한 손짓으로 야전잠바 주머니 속을 뒤져 꽁초 한 대를 찾아 물었다.

사내가 그 야전잠바 옷깃으로 불빛을 가리며 입에 문 꽁초에다 막 성냥불을 그어 붙이려는 순간이었다.

후루룩—!

어둠 속 어느 방향으론가부터 느닷없이 사내의 잠바 깃 속으로 날아와 박혀드는 것이 있었다. 담뱃불을 붙이려다 말고 사내는 자신도 모르게 흠칫 놀라 손에 든 성냥불부터 날쌔게 꺼 없앴다. 그리고는 재빨리 그의 가슴께 잠바 깃 속으로 박혀든 물체를 더듬어 냈다.

사내는 이내 물체의 정체를 알 수 있었다. 다름 아니라 그것은 방금 숲 속의 불빛에 쫓겨 온 한 마리의 새였다. 부드럽고 따스한 감촉이 손에 닿을 때부터 사내는 벌써 그것을 알 수 있었다. 옷깃 밖으로 끌려 나온 새는 두려움 때문인지 가슴이 몹시 팔딱거리고 있었다. 사내가 담뱃불을 붙이기 위해 옷자락에 성냥불을 켰을 때 녀석이 그 불빛을 보고 달려든 게 분명했다.

"빛에 쫓긴 녀석이 외려 또 불빛을 덤벼들다니…… 역시 새짐승이란……"

사내는 녀석의 분별없는 행동이 희한하기도 하고 우습기도 하였다.

하지만 사내의 그런 생각이 오히려 오해였는지도 알 수 없었다.

사내는 잠시 녀석을 어떻게 해주어야 좋을지 생각했다. 녀석을 금세 그대로 놓아 보낼 수는 없었다. 녀석은 몹시 겁을 먹고 있었다. 빛줄기에 쫓긴 녀석이 사내에게 또 한 번 놀라고 있었다. 놀란 녀석을 무작정 다시 어둠 속으로 달아나게 할 수는 없었다.

그는 녀석을 좀 안심을 시켜서 놓아주기로 작정했다.

그는 조심조심 녀석을 한쪽 손바닥 위로 올려놓고 다른 손으로 가볍게 등덜미를 누르고 있었다. 그렇게 한동안 숨소리마저 죽인 채 녀석의 동정을 기다렸다. 녀석은 별반 사내의 손아귀로부터 몸을 빼내려는 움직임이 없었다. 사내의 속마음을 아는지 녀석은 손아귀 속에서 한동안 가슴만 팔딱거리고 있었다.

그런데 녀석이 그 움직임이 전혀 없는 사내의 따스한 손바닥에 마음이 놓인 것일까. 녀석이 이윽고 작은 부리로 손바닥을 콕콕 쪼아대는 시늉을 해왔다. 그리고 마침낸 두 손바닥 사이로 조그만 머리를 내밀고 갸웃갸웃 조심스레 어둠 속을 살피기 시작했다.

사내는 이제 안심이 되었다. 이젠 녀석을 보내주어도 좋겠다고 생각했다. 그는 녀석이 놀라지 않도록 위쪽을 누르고 있던 손바닥을 가만히 떼어 내렸다.

그런데 그때 또 한번 희한스런 일이 일어났다.

녀석이 사내의 손바닥 위에서 달아날 생각을 안 했다. 녀석은 마치 등 뒤를 누르고 있던 손길이 걷혀간 것도 알아차리지 못한 듯 고갯짓만 계속 갸웃거리고 있었다.

사내는 갈수록 기이한 생각이 더했다. 사정이 그쯤 되고 보니 사내는 더욱 거동이 조심스러웠다. 녀석을 좀더 두고 보는 수밖에 다른 도리가 없었다.

그는 무작정 녀석을 기다렸다. 녀석이 좀더 안심이 될 때까지 끈질기게 자신을 견디었다. 조마조마하면서도 기이한 생각이 그를 그렇게 견딜 수 있게 하였다.

녀석은 마침내 완전히 안심이었다. 사내의 손바닥을 녀석은 마치 나뭇잎쯤으로나 여기는 모양이었다. 손바닥을 콕콕 쪼아대기도 하고 사내를 갸웃갸웃 건너다보기도 하면서, 손바닥을 떠날 생각이 조금도 없는 놈 같았다.

안 되겠다 싶었다. 사내는 한 번 더 녀석을 시험해보기로 하였다. 그는 녀석이 너무 놀라지 않도록 조심스런 잔기침 소리로 주의를 잠깐 건드려보았다.

하지만 녀석의 반응은 사내를 더욱더 어리둥절하게 하였다. 사내의 잔기침 소리에 녀석은 아닌 게 아니라 잠깐 동안 주의가 쓰이는 듯 꽁지를 간들간들 깐닥거리고 있더니, 이번에는 숫제 사내의 무릎께로 자리를 훌쩍 내려앉았다.

사내는 차라리 어이가 없었다.

하지만 그는 이제 그것으로 그간에 일어난 모든 일들의 사연을 알 것 같았다. 녀석은 필시 사내와 미리부터 눈이 익어 있었던 놈임에 분명했다. 그는 그렇게밖에 생각할 수 없었다. 녀석이 처음부터 사내를 알아보고 그를 찾아든 게 분명해 보인 것이다.

"그래, 이 녀석아, 이제 알겠다…… 네놈은 필시 나한테서 날갤 얻어 숲으로 돌아온 녀석이 분명하렷다……"

사내는 다시 두 손으로 천천히 녀석을 곱게 싸안아 들었다. 그리고 마치 녀석 쪽에서도 그의 말뜻을 알아들을 수 있는 양 중얼중얼 혼자서 속삭여댔다.

"난 네놈의 믿음을 안다. 그래 우리는 이렇게 서로를 믿으며 한 가족이 되는 게지. 넌 어떻게 생각하는지 모르지만, 저 아래 가겟집 젊은이 그 사람도 그렇겠구. 글쎄 너 같은 야생의 날짐승도 이렇게 벌써 믿음이 생기는데, 이 미욱한 인간은 여태까지 그래 네놈들이 이렇게 숲을 떠나지 못하는 간단한 이치조차 깨우치질 못 했구나……"

숲 속을 휘저어대던 빛줄기는 어느새 산을 내려갔는지 주위가 온통 잠잠해져 있었다.

사내는 이윽고 다시 벤치 위로 천천히 몸을 뻗어 누우면서 녀석을 싸안은 그의 두 손을 소중스럽게 가슴 위로 얹었다. 그리곤 조용히 눈을 감은 채 손바닥 안에서 따뜻한 깃털을 부드럽게 꼼지락대고 있는 녀석에게 귓속말하듯 낮게 속삭였다.

"넌 오늘 밤 나하고 여기서 이렇게 함께 지내는 게 좋겠구나. 숨길이 좀 답답하긴 하겠지만, 그 대신 내가 춥게는 안 할 테다. 그야 내가 잠이 든 담에는 너 좋은 대로 하겠지만 말이다……"

8

이튿날 아침 사내가 잠이 깨었을 때 새는 물론 자취가 없었다.

하지만 사내는 이날 아침 어느 날보다도 기분이 가벼웠다. 꿈을 꾸지 않은 밤잠이 어느 날보다도 편했던 것 같았다. 숲 속을 쏟아져 내리는 낭자한 새소리들도 새삼 유쾌하게 들려왔다.

그는 마치 간밤의 새소리를 찾아 가려내고 있기라도 하듯 아침 한기도 잊은 채 한동안 그 새 울음소리에만 조용히 귀를 기울이고 있었다.

그러다 그는 뒤늦게 기동을 서두르며 자리를 벌떡 박차고 일어났다. 그리고 모처럼 만에 동전 줍기를 다시 시작한 사내는 그 공원 앞의 새 가게 젊은이에 대해서도 종래의 호감을 회복해가고 있었다.

"따지고 보면 여기서 이렇게 한 하늘을 머리 위에 이고 사는 우리는 어차피 모두가 한가족이나 다름이 없는 거 같구랴."

여느 때와 다름없이 오전 장사에 한창 정신을 빼앗기고 있던 젊은이가 잠시 숨을 돌릴 짬이 나자 사내는 이때라 싶은 듯 위인에 대한 자신의 이해와 우의를 넌지시 다짐하고 나섰다.

"아, 글쎄 새를 다루는 젊은이의 일에 사람의 정분이 깃들지 않을 수 없는 바에야 젊은이에게 그 날개를 얻어 날아가는 새짐승들 또한 젊은이의 인정이 안 통할 리 없겠지. 그래 그게 사람과 새짐승들 사이의 일이라 하더라도 그런 정분이 오가다 보면 서로가 어느새 한가족이 되어갈 게 당연한 이칠 게요. 젊은이나 새들은, 그래 결국 그런 정분의 끈으로 이어져 이 공원 안에 함께 살고 있는 한가족들이란 말이 될 게요······"

가겟집 젊은이는 그러나 사내의 돌연한 태도가 오히려 더 수상쩍게 느껴진 듯 이날도 좀처럼 그를 응대해올 기미가 없었다.

사내는 좀더 노골적으로 젊은이에게 매달리고 들었다.

"아, 그러니까 이건 다른 얘기가 아니오. 생각하기에 따라선 때가 좀 너무 늦은 감도 있지만, 이 늙은이도 이젠 댁들과 같이 이 공원 가족이 되자는 거외다. 아니 어떻게 생각하면 이 늙은이도 이젠 실상 젊은이나 새들 한가족이 된 건지도 모를 일이라오. 난 다만 젊은이도 이제 좀 아량을 가지고 그걸 알아주었으면 한다는 그런 얘기요. 일테면 젊은이나 젊은이의 새들에 대한 나의 정분이랄까 이해랄까 그런 내 마음을 말이오."
가겟집 젊은이는 그러나 여전히 반응이 없었다.
사내는 그 젊은이 앞에 자신의 심사를 좀더 분명하게 증명해 보이고 싶은 어조로 자신 있게 말했다.
"그래, 난 오늘부터 다시 새를 살 요량을 세웠다오. 그야 그런 일은 아직도 저 가막소 안에 남아 있는 위인들에 대한 내 마음의 빚값으로 하는 일이기는 하지만, 그게 다 뉘 좋고 매부 좋고 한다는 일 아니겠소. 젊은인 새를 팔아 좋고 난 위인들의 소망을 풀어주어 좋고 새들은 날개를 얻어 좋고, 거기다 그렇게 서로가 진심을 익히다 보면 우린 모두가 함께 너나없이 한가족이 될 수 있게 되어 좋고······"
그리고 나서 사내는 다시 젊은이를 안심시키듯 혼자서 계속 지껄여대었다.
"하지만 뭐 한가족이다 뭐다 하니 내게 무슨 딴 궁리가 있어서 그러나 의심을 할 건덕진 없어요. 그야 솔직하게 말하면 난 그동안 내 아들녀석이 날 정말로 잊어버리고 있는 거나 아닌가 의심이 들기도 했었다오. 녀석이 정말 제 애빌 잊고 언제까지나 이런 곳을 헤매게 버려둘 참인가 싶어 은근히 혼자 낙담스런 생각이 솟기도 했었단 말이외다······"
"······"
"하기야 어찌 생각해보면 지금까진 그편이 오히려 다행이었는지 모르지요. 내 언젠가 이곳을 쉬 떠나지 못하는 소이가 녀석을 기다리는 일밖에 다른 일 한 가지가 있노라 말한 적이 있지만, 그 일이 아직도 끝나질 않았으니 말이오. 젊은이도 이젠 대략 짐작이 가리라 믿어 하는 말이지만, 그게 바로 내가 가막소 위인들의 새를 사주는 일 아니었겠소. 녀석들에게 새를 다 사주기 전에는 아들놈을 만나도 난 이곳을 떠날 수가 없는 처지란 말이외다. 그러니 아들놈이 나타났다가는 일이 오히려 낭패가 됐을 게라요. 녀석이 아직 나타나지 않은 건 그래 그런대로 다행이랄 수가 있어요. 하지만 그거야 물론 내 쪽 사정인 게구, 녀석이 여태도 날 찾으러 와주지 않은 건 제 일을 제가 외면하는 격 아니겠소. 난 그게 섭섭했던 게요. 은근히 마음이 조급해지기도 했었구……"

"……"

"하지만 이 늙은이의 주책없는 생각도 사실은 모두가 어제까지뿐이었다오. 오늘은 생각이 달라지고 말았어요. 젊은인 아마 이해하기가 어렵겠지만 오늘 아침부턴 모든 게 안심이 되는구료. 녀석이 머지않아 날 찾아 나타날 것 같아요. 그것도 물론 이 늙은이의 막연한 기대나 느낌에 불과한 것인지 모르지만, 난 그런 내 바람을 믿고 살아온 늙은이니까. 제 바람을 믿고 사는 수밖엔 다른 도리가 없었던 위인이었으니까. 그게 내가 가막소에서 늙도록 깨달아 얻은 마지막 지혜거든. 내 아들놈은 필시 날 찾아 나타날 거외다. 그리고 제 애빌 고향집으로 데려갈 거외다……"

"……"

"내 젊은이에게 바람이 있다면 다만 젊은이도 아까 말대로 내 한가족이 되어서 그 한가족이 된 사람의 정분으로 그걸 조금만 믿어줬으면 하는 것뿐이라오. 내게도 그럴 아들녀석이 있고 그 아들 녀석이 미구에 제 애빌 찾아 나타날 일을 말이오……"

젊은이는 끝끝내 대꾸가 없었다.

가게에 다시 손님들이 밀려들기 시작하고 있었다. 젊은이는 그러자 사내를 버려둔 채 냉큼 가게 일로 돌아가버렸다.

사내는 다시 기다리기 시작했다.

하지만 그는 이제 어차피 새를 사겠노라 보기 좋게 다짐을 하고 난 처지였다. 가만히 앉아서 시간만 기다리고 있을 수는 없었다.

그는 이윽고 당당하게 새장 앞으로 다가갔다. 그리고 다른 손님들 사이에 섞여 자신의 새를 고르기 시작했다.

그러나 사내의 그런 거동은 대체로 금세 새를 골라 사려는 쪽이 아니었다. 그는 신중하고 차분한 눈길로 새장을 하나하나 훑어나갔다. 때로는 금세 새를 살 것처럼 어느 한 조롱 속을 유심히 들여다보기도 하고, 때로는 조롱 속으로 손가락까지 뻗어 넣어 녀석들의 주의를 끌어보기도 하였다. 하지만 사내는 그때마다 녀석들에 대한 자신의 충동을 잘 견뎌내고 있었다.

이를테면 그는 그런 식으로 자신의 충동을 참아가면서 단 한 마리의 새를 사 날려 보낼 자신의 기회를 오래오래 아끼고 즐기는 식이었다. 아니, 그렇게 자신을 즐기면서 끈질기게 무언가를 찾아 기다리고 있었다. 그건 다만 손님들이 그 방생의 집을 모두 떠나가고 가게 안에 젊은이와 자신만이 남게 될 시간일 수도 있었고, 혹은 그가 날개를 사줄 녀석을 위한 어떤 특별한 인연에의 기다림 같은 것일 수도 있었다.

어쨌거나 그는 그렇게 좀처럼 새를 살 기미를 안 보였다.

이윽고 가게 안에 붐벼대던 손님들이 거의 다 놀이를 끝내고 빠져나간 다음에도 사내는 여전히 그렇게 시간만 기다리고 있었다.

젊은이는 다시 가게 안쪽에 숨겨놓은 비밀 집합사에서 새 새들을 꺼내다가 비워진 장들을 채워 넣고 있었다. 사내로선 물론 가게 안에 차려진 집합사에 새들이 몇 마리쯤 숨겨져 있는지 들여다볼 기회가 한 번도 없었지만, 젊은이는 아마도 그 비밀 집합사에 새가 바닥이 나게 버려두는 일이 한 번도 없는 것 같았다. 특히나 오전 동안엔 젊은이가 바깥 새장을 비워두는 일이란 절대로 없었다. 가게 안 비밀 집합사엔 언제나 여분의 새들이 얼마든지 비워진 장을 채우게 될 차례를 기다리고 있는 것 같았다. 젊은이가 비밀 집합사를 들어갔다 오면 두 마리고 세 마리고 그의 손아귀엔 언제나 그가 필요한 수만큼의 새들이 움켜져 나왔다.

이날도 젊은이는 벌써 스무 개 이상의 빈 새장을 새로 채워 넣고 있었다.

사내는 계속 다시 채워진 새장 앞에서 자신의 충동을 견뎌내고 있었다.

그런데 그때— 한 새장에서 이상한 일이 일어났다.

사내가 무슨 버릇처럼 한 새장 문을 손가락 끝으로 톡톡 건드리자 장 속의 새가 포르륵 날개를 퍼득여 그의 손가락 쪽으로 날아와 붙었다.

사내가 손가락을 좀더 깊숙이 장 속으로 디밀었다. 그러자 다시 장 속의 새는 녀석의 조그만 부리로 사내의 손가락 끝을 조심스럽게 한두 번 콕콕 쪼아대는 시늉이더니, 나중에는 겁도 없이 홀짝 그 손가락 위로 몸을 날려 내려앉았다. 그리고 꽁지를 가볍게 간들거리며 조그만 눈망울로 말똥말똥 그의 표정을 살피고 있었다.

사내는 한동안 거의 넋을 잃은 듯한 얼굴로 장 속의 새 앞에 못 박혀 서 있었다. 사내의 초라한 입가에 이윽고 누런 웃음이 번졌다. 그리고 거기서 그 사내의 오랜 기다림이 끝났다.

"그래, 나도 이젠 네놈을 알아볼 수가 있구말구……"

사내는 혼잣말처럼 낮게 중얼거리고 나서, 다시 가겟집 젊은이를 향해 자랑스럽게 말했다.

"내 오늘은 이 녀석을 사주겠소."

그는 곧 야전잠바 주머니를 뒤져 동전 스무 닢을 세어 내놓고 나서, 이젠 젊은이의 응낙을 기다릴 것도 없이 스스로 새장 문을 따기 시작했다.

그는 열린 장 문 사이로 손을 디밀어 녀석을 조심스럽게 손바닥에 싸안았다. 그리고 무슨 소중스런 물건이라도 다루듯 자신의 코 앞까지 녀석을 높이 치올려 들고는 사람에게 하듯이 중얼중얼 말했다.

"하지만 이젠 알아두거라. 여긴 네놈들에게 그리 즐겨할 곳이 못 된다는 걸 말이다. 그래 나도 이게 네놈한텐 마지막일 테니 이번엔 좀 날개가 저리도록 멀찍감치 하늘을 날아가보거라……"

손안에 든 새가 사내를 재촉하듯 날개를 두어 번 퍼득대고 있었다.

그러자 사내도 이제 그만 녀석을 놓아줄 자세를 취했다. 퍼득여대는 녀석의 양 날개 밑으로 손끝을 집어넣어 녀석을 높이 받쳐 올렸다. 그리고 그가 뭔가 혼잣말 같은 것을 입속으로 중얼대며 녀석을 막 놓아주려던 참이었다.

사내는 금세 뭐가 이상해졌는지 숲으로 놓아주려던 녀석을 다시 가슴팍 밑으로 끌어내렸다. 그리고는 녀석의 날개를 들추고 벌어진 날갯죽지 밑을 유심히 살폈다.

사내가 들춰낸 녀석의 양쪽 날개 밑엔 무슨 가위 같은 물건으로 속 깃을 잘라낸 자국이 역력했다.

사내는 일순 그것이 도대체 무엇을 뜻하며 어째서 그런 일이 생기게 됐는지 짐작이 안 가는 듯 멍멍한 표정을 짓고 있었다.

한동안 조용히 잘려나간 녀석의 속날개깃 자국을 들여다보고 있던 사내의 눈길에 이윽고 어떤 세찬 분노의 불길이 일기 시작했다.

그는 새를 거머쥔 손에 으스러지도록 힘을 주며 말없이 그의 거동만 훔쳐보고 있는 젊은이를 정면으로 쏘아보았다. 그 세찬 분노의 불길이 이글거리는 사내의 눈길은 사람까지 온통 달라 보이게 하였다. 그는 자신의 분노 때문에 손과 입술까지 마구 떨리고 있었다.

하지만 사내는 자신을 참는 데 너무도 깊이 길이 들여진 인간이었다.

그는 끝끝내 한마디 말도 없이 자신의 분노를 견뎌냈다. 분노와 증오에 불타던 사내의 눈길에서 이윽고 그 세찬 열기가 서서히 가라앉아가고 있었다. 그리고 분노와 증오의 빛 대신 그의 눈길엔 어느새 조용한 슬픔의 응어리 같은 것이 맺혀들기 시작했다.

그는 문득 가겟집 젊은이로부터 시선을 거두었다. 그리고 그 높고 푸른 가을 하늘을 오래도록 우러르고 있었다.

가겟집 젊은이는 그러나 여전히 남의 일을 구경하듯 거동이 태연스러웠다.

처음 한동안은 그도 역시 사내의 심상찮은 기세에 눌려 여느 때처럼은 처신을 못했다. 사내의 행동을 함부로 간섭하고 들지도 못했고, 거꾸로 사내를 깡그리 무시한 채 그 앞에서 금세 등을 돌리고 돌아서지도 못했다. 그리고 사내가 마침내 새의 날개 밑을 들춰내자 그는 무슨 몹쓸 비밀을 들킨 사람처럼 엉거주춤한 자세로, 그러나 될수록 자신을 잃지 않으려는 듯 조금은 뻔뻔스럽고 무관심한 표정으로, 끝끝내 그 사내의 눈길만 맞받고 서 있었다. 그게 사내의 눈길에 붙잡힌 젊은이의 거동새였다.

하지만 사내는 마침내 스스로 깨닫고 스스로 자신을 다스려주었다. 젊은이는 이제 그걸로 그만이었다.

그는 순식간에 다시 자신을 되찾고 있었다. 그리고 그 하늘을 우러러 얼굴을 쳐들고 서 있는 사내를 향해 까닭 모를 웃음을 흘리고 있었다.

이윽고 사내가 그 하늘로부터 조용히 눈길을 끌어내려 그를 다시 돌아다보았을 때도 그는 계속 그 비웃음과 연민기 같은 것이 뒤섞인 기묘한 웃음기 속에 유유히 사내를 구경하고 있었다.

9

도시를 빠져나온 신작로 길이 가을날 저녁 햇살 속을 남쪽으로 하얗게 뻗어나가고 있었다.
가을 해는 중천을 비켜서면 풀기가 꺾이게 마련이었다. 사내는 야전잠바 목깃을 꼭꼭 여미며 잠그며 그 신작로 길을 따라 지친 발길을 끈질기게 남쪽으로 옮겨가고 있었다. 바람막이 삼아 앞단추를 열고 가슴께로 숨겨진 사내의 오른쪽 손아귀 속에서 아직도 방생의 집 새 한 마리가 발톱과 부리를 쉴 새 없이 꼼지락대고 있었다.
"답답하더라도 조금만 참거라."
사내는 마치 동무에게라도 말하듯 옷깃 속에서 몸을 꼼지락대고 있는 녀석에게 낮게 중얼거렸다.
"나도 몹시 다리가 아프지만 그래도 아직 해가 있을 때 마을을 만나야 하니 말이다. 앞으로도 며칠을 더 이렇게 걸어야 할지 모르는 길인데, 첫날서부터 아무 데서나 한뎃잠을 잘 수는 없지 않겠냐."
그는 계속해서 남쪽으로 걸었다. 그리고 그의 등 뒤로 멀어져가는 도시의 하늘에서 자신의 지친 발걸음을 재촉할 구실을 구하듯 때때로 고개를 뒤로 돌아보곤 하였다.
"그래 어쨌거나 우리가 녀석을 떠나온 건 백 번 천 번 잘한 일이었을 게다. 게다가 이제부터 도시엔 겨울 추위가 몰아닥치게 되거든. 너 같은 건 절대로 그 도시의 추위를 견디지 못한다. 작자도 아마 그걸 알았을 게다. 글쎄, 네놈도 그 작자가 암말 못하고 멍청하게 날 바라보고만 있는 꼴을 봐뒀겠지. 내가 네놈을 데리고 떠나려 할 때…… 아, 그야 나도 물론 작자한테 그만한 값을 치르긴 했지만 말이다.”

맞은편 산굽이께로부터 도시를 향해 길을 거꾸로 들어가고 있는 사람들의 한 패가 사내의 곁을 시끌적하게 떠들고 지나갔다.

사내는 잠시 말을 끊고 그 도시로 들어가는 사람들의 일행을 스쳐 보냈다. 그리고 그들의 말소리가 등 뒤로 멀리 사라져간 다음 다시 말하기 시작했다.

“마지막 반 해분만이라도 내 그 노역의 품삯을 한사코 주머니 속에 깊이 아껴뒀던 게 천만다행이었지. 널 데려올 수 있었던 건 순전히 그 돈 덕분인 줄이나 알아라. 하기야 그건 내가 정말로 집엘 닿는 날까지 기어코 안 쓰고 지니려던 거였지만…… 하지만 난 후회 않는다. 암 후회하지 않구말구. 그까짓 돈이야 몇 푼이나 된다구…… 이런 몰골을 하고 빈손으로 고향 길을 찾기는 좀 뭣할지 모르지만, 그런다구 어디 사람까지 변했나…… 아니, 아니 내 아들녀석도 물론 그런 놈은 아니구.”

사내는 제풀에 고개를 한번 세차게 흔들었다.

가슴속 녀석이 응답을 해오듯 발가락을 몇 차례 꼼지락거렸다. 그 바람에 잠시 발길을 멈추고 녀석의 발짓을 느끼고 있던 사내의 얼굴에 만족스런 웃음기가 번지고 있었다.

“그래, 어쨌든 잘했지. 떠나온 건 잘했어.”

사내는 다시 발길을 떼 옮기며 말하기 시작했다.

"녀석도 아마 잘했다고 할 거야. 글쎄, 이렇게 내가 제 발로 녀석을 찾아 나섰기가 망정이지 하마터면 우리도 거기서 겨울을 지낼 뻔했질 않았나 말이다."

그리고 사내는 뭔가 더욱 은밀하고 소중스런 자신만의 비밀을 즐기듯 몽롱스런 눈길로 중얼거림을 이어갔다.

"너도 곧 알게 될 게다. 우리가 함께 남쪽으로 길을 나서길 얼마나 잘했는가를 말이다. 남쪽은 북쪽하곤 훨씬 다르다. 겨울에도 대숲이 푸른 곳이니까. 넌 아마 대숲이 있는 곳이면 겨울도 그만일 테지. 내 너를 그런 대숲이 있는 곳으로 데려다 줄 테다. 녀석의 집 뒤꼍에도 그런 대숲은 얼마든지 많을 테니까. 암 대숲이야 많구말구…… 넌 그럼 그 대숲으로 가거라. 그리고 거기서 겨울을 나려무나……"

사내의 얼굴은 이제 황홀한 꿈속을 헤매고 있는 사람의 그것처럼 밝고 행복하게 빛나고 있었다.

그는 계속 걸으면서 중얼댔다.

"넌 아마 그래야 할 게다. 가엾게도 작은 것이 날개를 너무 상했으니까. 이 겨울은 그 대숲에서 날개가 다시 길어나기를 기다려야 할 게야. 내년에 다시 날이 풀리면 네 하늘을 맘껏 날 수가 있을 때까진 말이다. 그야 너만 좋다면 녀석의 집에서 이 겨울을 너와 함께 지내줄 수도 있지만, 그건 아무래도 네 맘은 아닐 테니까……"

석양의 햇발이 점점 더 풀기를 잃어갔다.

구불구불 남쪽으로 뻗어나가고 있는 하얀 신작로 길도 먼 곳에서부터 차츰 윤곽이 아득히 흐려져가고 있었다.

하지만 사내에겐 아직도 한줄기 햇볕이 등줄기에 그토록 따스할 수가 없었다. 그리고 그 한줄기 햇살이 꺼지지 않는 한 그의 눈앞에서 남쪽으로 뻗어나가고 있는 좁은 신작로 길이 그토록 따뜻하고 맑게 빛나고 있을 수가 없었다. 그건 차라리 사내의 가슴속을 끝없이 비춰주는 영혼의 빛줄기와도 같았다.

사내는 아직도 지침이 없이 그 따스하고 행복스런 빛줄기를 좇으며 품속에서 가끔 발짓을 꼼지락거리고 있는 녀석에게 쉴 새 없이 혼자 중얼대고 있었다.

"하지만 네놈도 조금은 명념해봐야 한다. 탱자나무 울타리와 붉은색 벽돌 굴뚝이 높은 기와집, 게다가 뒷밭이 넓고 뒤쪽 언덕에 푸른 대숲이 우거져 내린 집…… 그런 집이 있는 동네가 나서는 걸 말이다. 그야 언젠간 너도 알겠지만, 그게 바로 우리가 찾아가는 남쪽 동네란다. 생각처럼 그렇게 쉽게 찾기는 어려운 곳이지. 하지만…… 글쎄, 그 남쪽 동네가 얼마나 따뜻한 곳인지 네가 어떻게 알기나 할는지……"

(『한국문학』 1978년 7월호)

얼굴 없는 방문객

 사람들은 당사자 스스로가 입을 열어 말할 만큼 분명한 건 아니지만, 때때로 자신의 죽음을 예감하는 경우가 허다하다. 그래서 사람들은 무의식중에나마 그 죽음의 예감으로 하여 기묘하게 재액을 피해나가는 행운을 얻는 수도 있고, 때로는 어떤 불가항력적인 자기 암시에 이끌리듯 스스로의 죽음으로 그 상서롭지 못한 자신의 예감을 증명해 보이고 마는 수도 종종 생긴다.
 이 말은 서예가 손정현 씨의 주장이다.
 아는 사람은 알겠지만, 서예가 손정현 씨는 서예가로서는 이 세상을 두번째 다시 태어난 사람이었다. 40대 후반까지의 서예가 손정현 씨는 어느 날 갑자기 교통사고를 만나 오른팔을 잃고 글씨쓰기를 그쳤으나, 그로부터 3년 후 그는 왼손잡이 서예가로 이 세상을 다시 한 번 태어났던 사람이다. 그 손정현 씨의 왼손 글씨가 옛날의 손정현보다도 더욱 달관적이고 힘차다는 게 세인의 중평이었다.

불의의 교통사고와 그 횡액을 눌러 이기고 세상을 다시 태어나게 되기까지의 충격과 자기 인고의 과정에서 얻어진 삶에의 깊은 성찰력 때문이었는지 모른다. 아니면 그 이전부터 그에게 있어온 서예가 특유의 어떤 달관적인 사유가 그런 관심을 낳게 했는지도 모른다.

어쨌거나 그 죽음에 대한 손정현 씨의 관심은 예사 사람의 그것이 아니었다. 그리고 또 혹시는 그런 기이한 관심이 그의 오랜 수석 채집 여행 벽과도 무관하지가 않을지 모른다. 손정현 씨는 오른쪽 팔을 잃게 된 교통사고를 만나기 전서부터도 글씨 쓰는 일 못지않게 수석 채집에 심취해왔었고, 수석에 대한 그의 그런 경사와 식견 또한 보통 애호가의 경지를 훨씬 넘어서고 있었으니까.

그러니 사실은 이 세 가지 사정 모두가 죽음에 대한 그의 특별한 관심과 유관할 수도 있었다.

"글씨와 돌은 하나라네. 사람의 생명이나 우주의 이치가 거기 함께 깃들어 있거든."

전부터 그가 가끔 그렇게 말해왔듯 그의 서예와 수석 채집 벽은 한곳에 근원이 닿아 있는 것이었고, 그 끔찍스런 교통사고 또한 그의 탐석 여행 중에서 당한 일이었으니 말이다. 그리고 사고를 당한 이후에도 그는 성한 두 다리에 의지하여 여전히 수석 채집 여행을 계속해 다녔고, 그런 가운데에 그 왼손잡이 서예가로서 두번째로 세상을 다시 태어난 것이었다.

다만 그 죽음에 대한 그의 관심이 노골적인 모습을 드러내 보이기 시작한 것이 그 사고를 당한 이후부터의 일이었을 뿐이었다.

사고를 당하고 난 후, 그리고 왼손잡이 서예가로서 세상을 다시 태어나고 난 다음부터, 그는 참으로 기이할 정도로 사람들의 죽음과 그 죽음의 예감에 대해 깊은 집착을 보이고 있었다.

본인이 그것을 알거나 모르거나 사람들은 어떤 식으로든지 그 자신의 죽음을 대개는 사전에 예감하게 된다는 것이었다. 그리고 그 예감 때문에 사람들은 거의 자기 자신도 설명할 수 없는 기이한 방법으로 자신의 죽음을 피해내기도 하고, 때로는 그저 불가항력적으로 그 불행스런 예감에 조용히 순응해 가버리는 수도 있다는 것이다.

그가 열거한 사례들에 따르면 그의 그런 주장이 전혀 허황스러운 것은 아니었다.

그가 믿음을 가지고 주위에 소개한 사례들로는 이런 것들이 있었다.

그가 아는 친구 가운데에 20년 가까이나 정력적으로 자기 식료품 회사를 경영해온 50대의 사업가가 한 사람 있었다.

그리고 그 사업가 친구 곁에는 그가 일을 시작할 때부터 20년 동안 줄곧 사무실 비서 일을 맡아온 그의 종질 한 사람이 붙어 지냈다. 남 같으면 안팎으로 뜻이 잘 통할 부러운 숙질 간이었다.

하지만 두 사람 사이는 전혀 경우가 달랐다. 숙부는 그의 조카를 사무실 비서 이외의 인척 관계로 대해온 일이 한 번도 없었다. 회사 일에 대한 넘치는 정력 때문이기도 했겠지만, 그 20년 동안 조카의 집안일이나 개인사에 관심을 주어본 일이 거의 없었다. 비서는 그저 비서일 뿐이었다. 공용 업무 이외의 일에선 유례없이 엄격하고 소원스런 사장과 비서 사이였다. 20년 동안 계속되어온 비서 조카의 아침 인사에 대해서마저 사장 숙부는 어느 때 한번 제대로 답례를 보내준 일이 없었다. 아침 인사를 하는 사람에게 시선을 바로 돌려본다거나 간단한 고갯짓 한번 보내온 일이 없었다. 항상 바쁘고 냉엄한 얼굴로 앞사람의 인사를 알아보는 둥 마는 둥 무심스럽게 지나쳐갈 뿐이었다. 비서 조카 역시 그런 사장 숙부의 몰인정한 성미를 원망하려 하지 않았다. 20년 가까이나 버릇 들여온 일이었다. 조카 비서는 차라리 그가 그 사장 숙부의 조카라는 사실조차 잊고 지내온 지가 까마득히 오래였다.

그러던 어느 날 아침, 그 사장 숙부의 태도에 돌연스런 변화가 일어났다.

"지금 나오십니까."

버릇처럼 무심히 머리를 숙여 보인 비서 조카의 아침 인사에 숙부 사장은 이날 아침도 여느 때처럼 그저 무심히 비서실을 지나쳐 가는가 싶더니 갑자기 무슨 생각이 머리를 스쳐 떠오르기라도 한 듯 발길을 멈추며 뜻밖의 반응을 보내오는 것이었다.

"오, 그래 잘 자고 나왔느냐."

조카 비서의 아침 인사에 숙부 사장이 그런 답례를 보내온 것은 실로 입사 이래 처음 보는 일이었다. 그것도 그저 사장과 비서 간의 의례적인 아침 인사가 아니라 손아래 인척을 대하는 집안 어른의 너그러운 어조였다. 뿐만이 아니었다. 답례를 하고 난 사장은 그 20년 만의 긴 잠에서라도 깨어난 듯, 그리고 모처럼 거기 조카

아이가 자기 앞에 서 있는 것을 알아보기라도 한 듯 이상스럽게 긴 시간을 머물러 서서 이것저것 사사로운 이야기들을 물어오는 것이었다. 요즈음 지내는 집안 형편은 어떻느냐, 아이들은 모두 건강하게 자라고 있느냐…… 조카는 참으로 감격할 지경이었다. 감격스러운 마음에 입이 오히려 굳어질 지경이었다.

하지만 그 숙부 사장이 이야기를 끝내고 사장실로 천천히 사라져 들어갔을 때, 조카 비서는 비로소 이상한 느낌이 들어오기 시작했다. 뜻하지 않은 숙부의 변화가 아무래도 예삿일로 믿겨지지 않았다. 도대체 곡절을 짐작할 수 없었다. 오히려 그런 갑작스런 변화가 심상치 않게만 느껴지고 있었다.

조카는 하루 종일 그 일이 맘속에 걸렸다. 물론 곡절은 알아낼 수가 없었다.

하지만 끝내 곡절이 밝혀졌다. 조카 비서가 곡절을 알아차린 것은 이날 저녁 해거름께의 일이었다. 숙부 사장은 이날 저녁 퇴근 시각을 앞두고 그의 사무실 책상 앞에 앉은 채 아무도 모르게 심장이 멎어버린 것이었다.

죽음의 그림자가 무의식중에 예감된 경우였다. 그러나 예감이 너무도 분명치 못했기 때문에 자신의 운명을 비켜내지 못한 경우였다. 그러나 그 자신의 죽음과 죽음의 예감을 스스로 은밀히 증거해 보인 경우였다.

하지만 자신을 스쳐가는 심상찮은 예감의 시킴으로 하여 무의식중이긴 할망정 마지막 파국을 운 좋게 피해내는 경우도 있는데, 이 경우는 누구의 그것보다 먼저 손정현 씨 자신의 경험을 들어 말하곤 하였다.
 그것은 언젠가 수석 탐사 여행 중에 바로 그 자신의 오른팔을 잃게 한 교통사고를 만난 이야기인데, 그때의 일을 그는 이렇게 말했다.
 "햇살이 좋은 초겨울 시골길이었지. 시골 신작로 길을 자동차로 달리는데 내가 앉아 있는 오른편 창문 쪽에서 이상하게 자꾸 서늘한 바람기 같은 것이 이는 것 같더군……"
 때가 마침 오후 쪽이어서 햇볕은 그 오른편 창문 쪽을 비추어들고 있었더랬다. 실제로 바람기가 스며드는 것도 아닌데 손정현 씨는 그 햇볕이 비춰드는 창문 쪽에서 못 견디게 자꾸 으스스한 찬바람기가 스며드는 것 같더랬다.
 "참다 못해 차 속을 둘러보니 다른 사람들도 거의 햇볕이 들어오는 오른쪽으로 몰려 앉아 있더구만. 물론 나같이 한기를 느끼고 있는 것 같은 사람도 없었구……"
 볕발이 비춰드는 오른쪽 창문을 버리고 그는 할 수 없이 통로 왼쪽 편 그늘진 자리로 몸을 옮겨 앉았다 하였다. 그리고 그때 마침 오른쪽 볕발 좋은 자리를 부러워하며 왼쪽 그늘 속에 앉아 있던 젊은이 하나가 자리가 비는 것을 보고 냉큼 그쪽으로 좌석을 옮겨 앉더라고.
 "다른 사람도 마찬가지였겠지만, 볕발 좋은 곳을 버리고 일부러 그늘 쪽으로 자리를 옮겨 앉는 나를 보고 그 젊은인 참 별난 사람 다 보겠다는 눈치더구만. 하지만 그런 땔 두고 사람 운명이란 눈앞의 일을 모른다고 하는 모양이야……"

자리를 옮겨 앉은 지 1분도 못 가서 버스가 한 산굽이를 돌아서는데, 신작로 산굽이를 마주 달려 나오던 버스 한 대가 이쪽 차의 왼쪽 옆구리를 받아 넘기고 말았다는 것이었다.

왼쪽 옆구리를 받힌 이쪽 버스는 오른쪽 길가로 간신히 전복만을 면한 채 차 속까지 뚫고 들어온 가로수에 얹혀 멎어 섰는데, 사고의 결과를 추리고 보니 그게 참으로 희한스러웠다는 것. 손님들 가운데에 충돌 사고로 피해를 입은 사람은 공교롭게도 하필 손정현 씨를 포함하여 충돌 직전에 자리를 바꿔 앉은 두 사람뿐이었는데, 한 사람은 물론 팔 하나를 잃고 만 손정현 씨 쪽이고, 다른 한 사람은 차 속까지 뚫고 들어온 가로수 줄기에 머리를 얻어맞고 즉사해버린 그 젊은이였다는 것이다. 송두리째 운명을 바꿀 수는 없었던지 끝내 팔 하나를 잃기는 했지만, 방금 전에 자리를 바꿔 앉았던 두 사람이 한 사람은 죽고 한 사람은 팔 하나를 잃는 정도로 목숨을 부지하고 보니, 그것은 분명 자리를 바꿔 앉듯 운명을 서로 맞바꿔 앉았음이 분명하다고. 더욱이 손정현 씨가 앉아 있던 왼쪽 차 옆구리를 받히고 나서도 그 왼쪽 켠의 손정현 씨는 부상에 그치고 반대쪽 자리로 몸을 옮겨 앉았던 젊은이 쪽이 변을 당하고 보니, 그것은 필경 젊은이 쪽에서 그의 죽음을 대신해 간 게 틀림없다는 것이었다. 그것도 앞뒤로 줄줄이 늘어앉은 오른쪽 사람들 가운데서 하필이면 젊은이 곁 창문을 가로수가 뚫고 들어 그의 머리를 깨부순 데에서랴.

손정현 씨의 얘긴즉, 결국은 그 햇볕 아래 으스스한 영문 모를 바람기가 그의 죽음의 그림자였다는 거였다. 그리고 그 죽음의 조짐이 너무도 세차서 그는 오히려 그것을 운 좋게 피해낼 수가 있었다는 것이었다.

아닌 게 아니라 그의 말대로 그 죽음의 예증이 너무도 뚜렷해서 운 좋게 파국을 모면해낸 경우였다.

그런 정도가 되니 손정현 씨의 그 죽음에 대한 예감과 예감의 증거에 대한 집념은 거의 신앙에 가까울 정도였다. 그리고 그는 그 죽음의 예감과 예감의 증거에 대한 수많은 사례들을 끊임없이 찾아 모으고 있었다.

그는 말했다.

"본인이 그걸 알아차리거나 못 차리거나 사람들이 자신의 죽음을 예감한 흔적은 우리 주위에서도 흔히 볼 수 있는 일이지."

손정현 씨에 의하면, 우리 주위에 죽어간 여인네들에게서 그 죽음 전에 깨끗한 속옷 단장을 끝내고 있는 사례는 놀랍도록 많다고 했다. 어떤 여인네들은 자신의 죽음 전에 미리 목욕을 하거나 머리까지 깨끗이 감아 빗고 있는 경우도 있댔다. 사람을 싫어하던 사람이 갑자기 곰살맞아지거나, 다정다감하던 사람의 성미가 갑자기 냉랭하고 매몰스러워질 때, 좀처럼 발걸음을 하지 않던 사람의 집을 찾거나 안 가던 곳을 제 발로 찾아갈 때, 그런 때 그는 자신의 죽음을 예감하고 있기가 십상이라 하였다. 아껴오던 새 옷을 꺼내 입거나 병약하고 초췌하던 얼굴에 영문 모를 화색이 돌아올 때, 그리고 앓던 사람이 느닷없이 기력을 회복하고 명랑해져서 새삼스레 삶에 대한 의욕을 드러내 보일 때마저도 당사자는 알게 모르게 자신의 죽음을 예감하고 있을 경우가 허다하다고. 또 어떤

이는 자신의 꿈속에서 현몽을 받거나 병고에 시달려 쇠약해진 의식 속에서 환각의 모습으로 자신의 죽음을 예감하게 되는 경우도 없지 않다고.

그에 비하면 세상에는 가끔 호흡이나 맥박이 완전히 끊어진 듯이 육신이 굳어졌다가 손발을 개어 얹은 지 몇 시간 만에 다시 생명의 불씨가 되살아나는 경우도 있는데, 주위 사람들 보기엔 저승길을 한참이나 헤매다 돌아온 듯싶어 보이는 사람이라도 그런 경우에선 오히려 자신의 죽음을 예감한 흔적 같은 걸 찾아보기가 매우 어렵다는 것이었다.

손정현 씨는 그러니까 일종의 죽음 연구가였던 셈이다. 그리고 그 죽음의 예언자가 되려 했던 셈이었다. 괴팍스런 취미이기는 하지만 남의 죽음에 대해서라면 그럴 수도 있으리라 여겨버릴 수 있었다. 하지만 사실은 그 죽음의 예감에 대한 관심이 종내는 손정현 씨 자신의 죽음에 보이지 않는 초점이 맞춰지고 있었다는 데에 심상치 않은 문젯거리가 있었다. 손정현 씨가 그렇듯 사람의 죽음에 대한 분명한 징후를 확신하고 싶어 한 것은 결국 그 자신의 죽음의 징후를 놓치지 않으려는 소망 때문이었을 수도 있어 보이니 말이다.

그는 아마도 그가 수집한 수석들의 영원한 생명 앞에 자신의 생명과 그가 이승에서 이룩할 수 있는 일의 유한성에 대하여 너무도 깊이 절망을 하고 있었는지 모른다. 혹은 오히려 그 절망을 통하여 역설적으로 자신의 죽음을 초월해낼 수가 있었는지도 모른다. 그는 자신의 죽음엔 어느 누구보다도 초연해 보이던 편이었다. 누구 앞에서나 자신의 죽음을 담담한 어조로 말하곤 하였다. 그 대신 그는 자기의 죽음을 누구보다도 분명히 예감하고 싶어 했다. 그 예감이 자신도 모르게 스쳐버릴 일을 염려하고 있었다. 그것은 물론 그 죽음의 징후를 미리 느끼고 마지막 파국만은 피해내고 싶은 소망 때문이라 말할 수도 있으리라.

하지만 손정현 씨의 경우 그것은 반드시 그의 운명에 반하여 얼마간이나마 더 생명을 연장시키고자 하는 이승의 삶에 대한 집착심 때문만은 아니었다. 그가 자신의 죽음을 자주 말하고 그 죽음의 예감을 놓치지 않으려 부심한 것은 오히려 그것과 정면에서 맞서려는 허심탄회한 달관 때문이었다. 손정현 씨는 그가 사람들의 죽음과 죽음의 예감에 대해 지나치리만큼 관심을 갖는 일을 스스로 이렇게 말한 일이 있었다.

"자기 죽음을 분명히 알 수만 있다면 사람들은 어떤 식으로든지 자기 식으로 자신의 생애를 닫아갈 수가 있는 일이거든. 그것은 곧 자기의 삶을 자신의 뜻으로 증거하고 가는 의미도 되지. 하지만 사람들은 자기 죽음을 모른단 말야. 모르기 때문에 자신의 삶을 자신의 뜻대로 증거하지 못하고 뒤가 열린 남의 해석에 맡겨두게 마련이거든. 자기 삶의 종말만 분명히 알 수 있다면 누구나 나름대로 자신의 삶을 완결지어 스스로의 삶을 증거하고 싶어 할 테지. 그리고 그건 아마 지금보다도 우리의 죽음에 대한 엄청난 용기를 필요로 할 게야. 죽음에 용기가 필요하게 된다면 삶에는 그보다도 더한 용기가 필요해질 게구…… 자기 죽음을 알고도 그 스스로 아무 증거도 남기려 함이 없이 겁 많고 게으르게 죽어간 사람들도 없진 않겠지— 아니 오히려 그 두려움 때문에 자신의 죽음을 의식함이 없이 고이 스러져가기를 바라는 사람이 태반일지도 모르지만, 기실은 용기 있는 자의 죽음만이 아름다운 삶을 증거할 수 있고, 아름다운 삶을 증거할 수 있는 자만이 그의 죽음도 함께 아름다워질 수가 있는 일이거든…… 그야 물론 나라고 해서 자신이 있다곤 말할 수가 없겠지. 두려움이나 아쉬움이 없을 수도 없는 일이고…… 하지만 두려워한다고 안 오는 것도 아니고, 징후가 전혀 없을 것이 아닌 담에야. 그럴 바엔 차라리 스쳐가는 징후와 맞서보는 게 옳은 일이지. 그래 나도 내 예감이 분명해주기를 바라는 것뿐이야. 어차피 찾아올 종말의 예감이라면 그때만큼은 아마 자신을 증거할 마지막 기획 테거든……"

사람들이 그 죽음의 예감을 받아들여 자신의 삶을 스스로의 뜻으로 용기 있게 증거하고 가는 것이 어떻게 그의 삶을 더욱 아름답게 할 수 있다는 것인지, 또는 손정현 씨 자신은 그의 삶과 죽음을 더욱 용기 있고 아름답게 하기 위하여 그의 죽음의 예감 앞에 자신의 마지막을 어떻게 증거하고 갈 것인지, 그런 것은 당장 확실해질 수 있는 것이 아니었다. 하지만 손정현 씨의 말인즉, 무엇보다도 그 죽음의 예감을 무심히 흘려보내지 않고 그것을 자기 몫으로 정직하게 받아들여 그것과 정면에서 맞서보려는 결심인 것만은 확실해 보였다. 그리고 모쪼록 그렇게 되기를 바라면서 그는 열심히 그것을 기다려온 격이었다.

아닌 게 아니라 손정현 씨는 그러면서 한두 차례 그 자신의 죽음을 이웃한 듯한 기이한 예감들을 계속 경험하고 있었다. 당사자

말마따나 운명의 암시력이 너무도 강해서 그 암시력의 과잉으로 재액이 번번이 옷깃을 비켜가고 말았던지, 이번에도 그 자신은 마지막 파국을 모면한 경우였다.

그중에서도 그가 언젠가 단양 근처의 산록에서 겪은 경험은 유독히 더욱 기이한 데가 있었다.

어느 해 가을, 그는 사람들의 발길이 수없이 스쳐간 단양읍 근처의 한 산골짜기를 하루 종일 헤매고 있었댔다. 하루 종일 산속을 헛되이 헤매고 나서 사지가 온통 기진맥진해진 판이었는데, 해가 거의 다 저물어갈 무렵에야 그는 문득 산기슭께 길가 풀섶 속에서 신발 고무밑창을 갈라 스쳐온 돌뿌리를 하나 만났댔다. 그리고 그 돌뿌리를 파고들어가 뜻밖에 기괴한 형상의 자석(紫石)을 한 점 캐어냈다 하였다. 그것은 마치 자줏빛 마술 불꽃이 타오르는 형용이거나 찡그린 귀면이 화석으로 변한 느낌을 갖게 하는, 경도 9도 이상의 주름살 많은 흙자줏빛 돌멩이였다.

손정현 씨는 한동안 숨도 제대로 쉴 수 없을 만큼 흥분이 되었다. 지세가 좋아선지 산기슭 일대에는 여기저기 고즈넉한 무덤들이 많았다. 손정현 씨는 우선 자신의 흥분을 가라앉히기 위하여 돌멩이를 떠메고 가까운 묘역으로 들어갔다. 그리고 손발의 흙도 털어낼 겨를이 없이 돌멩이를 베고 저녁 하늘을 우러러 거기 그대로 몸을 뻗고 누웠다. 이내 주위가 서서히 어두워져오고 하늘에 하나 둘 저녁 별들이 돋아나기 시작했다. 산을 헤매 다니느라 지쳐난 육신에서 피로감이 마치 시냇물에라도 씻기듯 기분 좋게 스러져나갔다. 그리고 그 지극히도 아늑하고 편안한 기분 속에 그는 문득 심신이 서서히 하늘을 떠오르는 듯한 황홀스런 행복감을 느끼기 시작했다.

―아아, 그 수많은 사람의 발길을 스치면서 네가 이곳에 나를 기다리고 있었구나. 그리고 여기 내가 이렇게 너와 함께 누워 있구나……

그는 마치 그의 삶이 어떤 마지막 절정에서 자신도 모르게 문득 완성되어져버리고 있는 것 같았다. 그것은 차라리 황홀한 절망감이었다. 주위의 어둠은 점점 짙어가고 하늘의 별빛도 갈수록 또록또록 여물어가고 있었다.

―아아, 편하기도 하여라. 이대로 영영 여기에 누워 잠들고 싶구나. 이대로 이곳에 영원히……

영원을 꿰뚫어 흐르는 듯한 그 기이하고도 절망스런 안식감은 그를 깊이깊이 전율시키고 있었다.

그리고 그때―, 손정현 씨는 까닭 없이 소스라치게 놀랐다. 무엇인가 서서히 가슴을 무겁게 짓눌러오고 있는 것 같은 답답한 기분이 느껴지기 시작했다. 그는 순간 몸을 뒤집어 일으키려 하였다.

―일어나야지. 일어나야지!

몸을 일으켜 일어나지 못하면 그 절망스럽고 황홀한 안식감 속에 세상의 문이 그대로 닫혀버릴 것만 같았다.

하지만 그는 일어날 수가 없었다. 어둠 속으로 빨려 들어가고 있는 불빛처럼 일어나야 한다는 의식만이 멀리서 희미하게 가물거릴 뿐, 사지는 온통 마비가 된 듯이 움직여주질 않았다.

―일어나야 한다. 일어나야……

땅속으로 자꾸 가라앉아들어가는 듯한 의식을 붙들고 가위에 눌린 사람처럼 한동안 심신을 버둥대던 손정현 씨가 간신히 다시 자리를 일어나 앉은 것은 우연찮게도 그때 어둠을 가르고 지나간 한 마리 새의 날갯짓 소리 때문이었다. 깊은 의식의 골짜기를 헤매고 있던 손정현 씨의 얼굴 위로 저녁 새 한 마리가 푸드득 허공을 스쳐 날아간 것이었다.

그림자처럼 어둠을 가르고 지나가는 그 저녁 새의 날갯짓 소리에 정신을 되찾고 일어나 보니 손정현 씨는 온몸이 마치 목욕이라도 하고 난 것처럼 땀에 흠뻑 젖어 있더라 하였다. 그리고 그때 그는 웬일인지 자신이 베고 누운 돌멩이엔 감히 다시 손을 댈 수도 없는 심경이 되었댔다. 그 돌멩이를 도저히 산에서 떠메어 내릴 수가 없더랬다. 그래 그는 마치 무슨 치명적인 금기라도 범한 듯 돌멩이를 다시 제자리에 묻어주고 맨손으로 황급히 산을 내려오고 말았다고.

"내 죽음이 스쳐간 거였어. 돌멩이가 내게 그걸 예감시켜주었던 거지. 그래 난 돌멩이와 나의 죽음을 바꾸었던 셈이지. 하지만 나는 알아…… 어떤 책 중에 그런 대목이 있었던가? 사람은 어떤 식으로든지 그의 삶의 절정감 앞에선 자신의 죽음을 보게 되는 거라고…… 아니 그 죽음이 거꾸로 그 절정감을 마련해준다고 했었던가……"

손정현 씨는 그것을 또 하나의 죽음의 예감에 대한 경험이라 하였다. 그리고 그는 그 죽음의 징조를 예감시켜준 돌멩이를 제자리에 되돌려놓음으로써 자신의 운명을 적절히 모면해나올 수 있었던 듯이 말했다.
 누구도 사실을 증명받을 수는 없는 이야기였다. 하지만 이 이야기는 손정현 씨의 주장을 쉽사리 웃어넘겨버릴 수 없는 좀더 기이한 후일담을 남기고 있었다.
 혹 읽은 사람이 있을지도 모르지만, 앞서 이야기는 언젠가 소설가 P씨가 「황홀한 죽음」이라는 제목의 단편으로 작품화하여 발표한 일이 있는 바의 바로 같은 이야기니까.
 그런데 P씨가 손정현 씨로부터 그 이야기를 얻어내어 소설을 쓰게 된 데에서부터 이미 심상찮은 내력이 있었다.
 소설가 P씨는 이전부터도 서로 가끔 얼굴을 대한 일이 있는 손정현 씨의 동년배 지면 간이었다. 하루는 그 P씨가 우연찮게 손정현 씨를 만났다가 예의 죽음의 예감에 관한 그의 설교를 듣게 되었다. 한데 그 P씨 역시 뜻밖에도 손정현 씨와 비슷한 경험을 가진 사람이었다. 그도 한 편의 소설을 쓰고 날 때마다 기이하게도 그 소설 속의 이야기와 비슷한 사건, 비슷한 상황이 주위에 나타나 고민이라는 것이었다. 그래 그는 두려움 때문에 도대체 글을 쓸 수가 없다는 것이었다. 그러면서 손정현 씨가 자신의 죽음에 관한 예감의 경험을 말했을 때, 그는 그것을 전적으로 공감했다. 그리고 이번엔 그 자신이 경험한 기이한 죽음의 예감 한 가지를 조심스럽게 털어놓고 나서, 이렇게 제안을 해왔다.
 "이건 분명한 죽음 길의 풍색입니다. 그만큼 난 이 이야기를 소설로 써보고 싶구요. 하지만 난 쓸 수가 없어요…… 소설로 쓴 이야기가 바로 내 일이 되어버릴까 두렵기 때문이지요. 한데 이야기를 서로 바꾸면 어떨까요. 난 어차피 손 선생 이야기에서도 같은 감동을 받고 있으니까요. 이야길 바꾸면 서로 불길스런 예감의 마력이 떨어질 거 아닙니까……"

P씨는 그 죽음의 예감에 대한 자신의 경험과 손정현 씨의 그것을 맞바꾸자 하였다. 얼핏 듣기에 그럴싸한 이야기였다. 손정현 씨는 무심히 그러자고 하였다. 그리고 그래서 P씨는 얼마 후에 그 손정현 씨의 이야기로 「황홀한 죽음」을 써내기에 이르렀다. 무슨 생각을 해서였던지 이야기의 끝 대목을 자기 식으로 바꾸어서 말이다. 원래 이야기는 돌멩이를 다시 제자리로 되돌려놓는 것이었는데, P씨의 소설은 거꾸로 주인공이 그 돌멩이를 가지고 산을 내려와 치명적인 복수를 당해 죽음을 맞는 것으로 끝나고 있었다. 그런데 그 이야기의 끝을 P씨 마음대로 바꾸었던 때문인가, P씨는 그 「황홀한 죽음」을 발표하고 난 지 며칠이 못 되어 공교롭게 그만 횡사를 당해 죽고 만 것이었다. 그것도 그저 예사로운 죽음이 아니었다.

P씨는 그날 동해안 근처로 취재 여행을 가던 길이었는데, 그가 타고 있던 춘천행 버스가 완행열차와 건널목 충돌 사고를 일으킨 것이었다. 사상자는 물론 버스 쪽 승객들뿐이었고 기차는 별로 피해가 없었다.

그런데 P씨의 가족이 나중에 밝힌 일이지만, P씨는 그날 아침 서울을 떠날 때 분명히 그 버스가 아닌 기차를 타고 떠났다는 거였다. P씨의 아내가 외출 길에 청량리역으로 들어가는 P씨를 배웅까지 해 보내고 돌아섰다는 것이었다. 시간을 맞춰보니 사고 열차는

P씨가 타고 떠났어야 할 열차임이 분명했다. 그 P씨가 어떻게 다시 버스를 바꿔 탔다가 변을 당했는지 아무도 사연을 알 수가 없었다. 무슨 일로 해선지 그는 도중에 기차를 버리고 사고 버스를 갈아탄 것이 분명했다. 하지만 그가 무슨 일로 해서 기차를 버리고 버스를 바꿔 탔는지는 가족이고 누구고 사연을 짐작해낼 수 있는 사람이 없었다.

그는 결국 자신도 알 수 없는 불가항력의 힘에 이끌려 자신의 운명을 바꿔간 것이었다.

그는 아마 손정현 씨의 이야기를 바꿔 써냄으로써 그때부터 이미 손정현 씨의 운명을 맞바꿔 살고 있었는지 모를 일이었다.

하지만 이 이야기도 물론 믿을 만한 증거가 있는 건 아니었다. 모두가 그저 손정현 씨의 상상에서 나온 일일 수도 있었다. P씨의 죽음과 그「황홀한 죽음」의 소재에 관한 이야기들은 P씨가 그렇게 이미 세상을 떠나고 난 다음에야 뒤늦게 손정현 씨에게서 밝혀진 일이었고, 그나마 그 손정현 씨와 P씨가 맞바꾼 P씨 쪽의 '예감'용은 손정현 씨 쪽에선 이제 발설을 몹시 두려워한 형편이었으니 말이다. P씨와 맞바꾼 예감을 말하는 것은 이제 그가 그 P씨의 운명을 실현할 차례를 맞고 있는 것 같았기 때문이었을 터이다. P씨가 그에게 어떤 운명을 건네주고 갔는지, 예감의 내용과 사실의 진위는 알 수가 없었다.

하지만 어쨌거나 P씨의 마지막 작품이 그「황홀한 죽음」이었다는 점, 그리고 그가 그 작품 후에 불행스런 충돌 사고로 세상을 하직했다는 점들은 아무래도 우연찮은 느낌이 뒤따를 수밖에 없는 일들이었다.

 이런저런 일로 해서 그 죽음의 예감에 나름대로의 뚜렷한 확신을 지니게 된 손정현 씨는 갈수록 그 자신의 죽음의 예감에 끈질긴 집착을 보이고 있었다. 그리고 그 죽음의 예감을 정확히 포착하여 자기 뜻대로 그의 삶과 죽음을 증거하고 싶어 했다. 그의 왼손 글씨가 그의 눈앞에서 깊고 힘찬 삶의 힘으로 새로이 소용돌이쳐오름을 응시하고 있을 때, 그리고 일주일 이상의 헤맴 끝에 말라붙은 냇가 돌자갈밭 밑에서 아득한 세월을 주름져 묻혀온 그 암석들로부터의 황홀하고도 절망스런 시간들을 만났을 때, 그런 순간순간들마다 그는 그것을 기다리고 또 지켜오고 있었다.

 그렇다면 손정현 씨는 그의 평소 소망대로 자신의 마지막 죽음을 분명히 예감하고, 그의 삶과 죽음을 끝내 스스로의 뜻대로 증거할 수가 있었던가.

 이런 의문은 아마 당사자가 평소의 태도에 반하여 자신의 죽음 앞에 헛된 두려움과 절망감을 초월할 수 없었다면, 지극히 무례하고 잔인스러운 것이 될 수밖에 없으리라. 그리고 만약 그가 아직도 이승의 사람이라면 그런 궁금증은 아직도 훨씬 조급한 것이 되고 말리라.

 하지만 이제 기다림은 끝났다. 알다시피 손정현 씨는 이미 고인이 되었으니까. 손정현 씨가 고인이 된 이상 우리의 궁금증은 이제 그의 죽음에서 해답을 구할 수밖에 도리가 없는 것이고, 이제는 그래도 좋을 때가 온 것이다.

하지만 그가 정말로 그의 마지막을 예감할 수 있었고, 그가 그의 죽음 앞에서 자신의 삶과 죽음을 어떻게 증거하고 갔는지는 그 자신의 죽음에서조차 아직 분명한 해답을 얻을 수가 없었다.

그것은 우선 손정현 씨의 죽음이 너무도 돌연스런 일이었기 때문이다.

손정현 씨는 그의 글씨와 오랜 수석 채집 취미, 그리고 서예가로서 세상을 두 번씩이나 다시 태어났을 만큼한 강인한 의지와 예지로 인하여 심심찮게 자주 방송 대담 같은 델 불려 나갔다.

그날도 그는 어떤 라디오 방송국에서「우정을 말한다」라는 여자 아나운서와의 대담 프로를 녹음하고 나오던 길이었댔다. 7층 스튜디오에서 녹음을 끝내고 엘리베이터를 올라탈 때까지도 아무렇지 않았는데, 손정현 씨 혼자서 문을 닫고 들어간 그 엘리베이터가 1층 바닥에 당도해 왔을 때는 반송장이 다 된 그의 육신을 싣고 있었다는 것이었다. 병원으로 옮겨간 그 손정현 씨의 병명이 뇌일혈인가 뭔가 하는 것이라 하였으니, 손정현 씨는 실상 그 확실한 병명조차도 제대로 밝혀지기 전에 호흡이 먼저 멎고 만 것이다.

너무도 허망하고 돌연스런 죽음이었다. 혹시 무슨 죽음의 예감 같은 것이 그를 스쳤다 하더라도 무엇을 증거할 만한 여유가 있었을 리 없었다. 더욱이나 그 엘리베이터 안에서 혼자 숨어 쓰러진 것으로 입이 영영 닫혀버린 그에겐 앞뒤 사정조차 제대로 살펴본 사람이 없었다.

그것은 일종의 운명일 수도 있었다.

하지만 또 다르게 생각하면 그의 죽음이 너무도 돌연스러워 오히려 어떤 예사롭잖은 기미가 느껴지기도 하였다. 사람들은 흔히 돌연스러운 죽음일수록 그 돌연스러운 죽음 앞에 오히려 더욱 역력한 징후를 증거해 보이는 수가 있다고 하였다. 그게 손정현 씨 자신의 평소 믿음이었다.

그러나 막상 당사자의 죽음에선 그 점도 역시 예외인 듯싶었다. 마지막 대담을 함께 녹음한 아나운서 아가씨는 그런 기미를 아무것도 느낄 수 없었다고 했다. 가족들조차도 근래의 동정에 수상한 기미를 못 느꼈다 하였다. 일기장 같은 데도 새삼 의심을 살 만한 대목이 없었다. 자신의 죽음을 예감한 흔적이나 무언가를 증거하려 했던 낌새는 아무 데서도 발견되지 않았다. 알게든 모르게든 그런 것은 없었다.

그런데 참으로 기이한 노릇이었다.

엉뚱한 곳에서 흔적이 나타났다. 자신의 죽음을 예감한 흔적이었다. 그리고 그 죽음의 예감을 스스로 증거하고 간 기이한 징표였다. 본인 스스로는 그것을 의식했거나 못했거나, 적어도 손정현 씨에게 자기 죽음의 예감이 스쳐간 사실만은 그 스스로의 입으로 증거하고 간 사실이 뒤늦게 밝혀진 것이었다.

장례가 끝날 때까지는 아무도 방송국의 녹음테이프 쪽에 관심을 기울일 겨를이 없었다. 방송국 쪽에서도 차마 사고를 부른 대담 내용을 내보낼 엄두를 못 내고 있었고, 손정현 씨의 가족이나 친지들 가운데서도 미처 그쪽 일에까지는 신경이 못 미쳤다.

그런데 장례가 끝나고 한 며칠 충격이 가라앉고 나자 방송국 쪽에서 의논이 들어왔다. 기왕 녹음이 끝내진 일이니 고인을 추모하는 뜻에서도 대담 방송을 내보내는 게 어떻겠느냐는 것이었다.
 가족들은 물론 주저 없이 승낙했다.
 그리하여 어느 날 손정현 씨의 생전의 육성이 뒤늦게 방송국 전파를 타기에 이르렀다.
 바로 그 방송이 시작되고 보니 대담 내용이 상상 이상으로 의미심장하였다.
 방송은 먼저 대담 내용이 나오기 전에 불의에 쓰러져간 손정현 씨의 작고 소식과 그의 생전의 약력 소개에 곁들인 방송국 측의 추모의 예의가 갖춰져 나갔다. 그리고 이어서 여자 아나운서를 상대로 한 손정현 씨의 생전의 육성이 흘러나오기 시작했는데, 그 어조와 대담 내용이 서두에서부터 문득 듣는 사람을 소스라치게 하였다.
 ─우정에 관해선 우선 서양과 동양의 그것이 다소간 차이가 있는 것 같더구먼요. 우리는 우선 우정 하면 먼저 생각나는 것이 저 백사 이항복과 한음의 그것과 같은 것들인 데 반해 저쪽의 것은 얼핏 괴테나 실러의 그것과 같은 것을 떠올리게 되지요. 아마 이 두 경우만 해도 이쪽과 저쪽의 어떤 우정의 공통점과 차이점을 어느 정도까지 함께 드러내 보이는 대표적인 경우가 되지 않을까 싶습니다. 이를테면 우리의 백사와 한음의 경우는……
 대담은 그런 식으로 우선 우정에 관한 일반적인 정의와 사례들을 소개해나가는 식으로 진행되어나갔다.
 하지만 듣는 사람을 놀라게 한 것은 손정현 씨의 그 우정에 관한 해박한 이해나 그 이해의 깊이 때문이 아니었다. 그의 목소리가 우선 그렇게 깨끗하고 낭랑하게 들릴 수가 없었다. 녹음 목소리는 흔히 육성과는 다소 거리가 지게 마련이지만 손정현 씨의 그것은 전혀 사람까지 달라져버린 것처럼 속기가 말끔히 가셔져 있었다. 뭐라고 집어 말할 수는 없어도 그것은 마치 노래를 하는 사람이 자신의 목소리를 즐기며 노래를 하듯이, 손정현 씨는 바로 그 티 없이 낭랑한 자신의 목소리를 즐기고 있는 것 같은(느낌이 들어오는) 그런 음성이었다. 사람이 완전히 달라진 느낌이었다. 그리고 그것은 이미 세상을 떠나간 사람의 음성임으로 하여 더욱더 생생하고 손에 잡힐 듯 가까운 느낌이 담겨진 것이었다.

한데다 더욱 예사롭지가 않은 것은 이야기가 점점 무르익어간 다음 손정현 씨가 바로 자신의 사례를 말하기 시작했을 때의 우정의 방식과 말씨의 조화였다.

―저들과 우리네의 자연관이 서로 현격하게 다르듯이, 저들의 우정이 경쟁과 자기 확인의 과정 가운데에 있는 것이라면 우리네의 그것은 오히려 한데 뒤섞임― 너와 내가 서로 자기 자리를 버리고 한데 뒤섞여서 새로운 하나가 되는 합일의 경지― 마지막으로는 그 우리의 육신까지도 서로 흔적을 지우고 하나로 합해지는 자연에의 귀의와 같은…… 우리네의 우정은 아마 그런 것이지요. 그래 우리는 어떤 친구와의 우정의 깊이를 말할 때 그 교유나 주고받음의 치열성보다는, 너와 나의 성정이나 인격이 얼마나 서로 깊이 합해지고 있느냐를 생각하지요. 그리고 자기 자신의 존재나 품성이 상대방의 그것으로 하여 얼마나 빛나고 호화스러워지느냐보다도 너와 내가 서로 상대방 안으로 얼마나 깊이 합일해 들어감으

로써 원래의 자기 자리와 모습을 상대방 속으로 지워가고 있느냐를 생각하지요. 그리고 그 귀의와 합일을 통하여 독자적인 인격의 상호 대립과 갈등을 아예 해소해버리고 싶어 하지요. 우리의 우정은 이렇듯 대립보다는 합일을, 주고받음보다는 바침을, 조화보다는 자기 없앰의 길 쪽에서 그 특성이 드러나는데, 그렇다면 우리는 그걸 우리 자신이 어떤 자연계의 한 부분으로서의 합일과 귀의로 이해될 수가 있어야겠지요. 실제로 내 경우를 말하면 이런 경우가 있습니다……

손정현 씨의 목소리에는 차츰 어떤 열기 같은 것이 어려들기 시작하고 있었다. 열기를 띠면서도 그의 목소리는 여전히 맑았다. 그는 마치 신들린 사람처럼 자신의 이야기에 취해들고 있었다. 여자 아나운서는 끼어들 틈조차 없었다.

―이건 정말로 나 스스로 오랫동안 참아온 이야깁니다만, 오늘은 어쩐 일인지 모든 걸 죄 털어놓아버리고 싶어지는군요……

그는 이제 이미 자신도 어쩔 수 없는 어떤 불가항력의 힘에 이끌려 이야기를 쏟아내고 있는 것 같았다.

―한번은 이런 일이 있었어요. 내 벗 가운데에 시내 거리에 살기가 싫어 성북동 산골로 깊이 들어가 박혀 사는 사람이 있었는데, 어느 해 겨울이던가 밤새 눈이 소복이 쌓이던 날 새벽이었어요. 난 뜰 앞에 눈이 하얗게 내려 있는 걸 보니 괜히 그 친구가 간절하게 생각히우더군요. 그래 난 식구들 모르게 혼자 조용히 집을 빠져나와 새벽 눈길에 그 친구를 찾아갔어요. 내 집이 원래 이화동 근처라 길이 그리 먼 것도 아니었지만, 웬 청승이었는지 모르지요.

집을 빠져나와 새벽녘 눈길을 걷고 있는 자신이 아무래도 아직 제 정신이 아닌 꿈속의 일처럼만 느껴지고 있으니까요. 무슨 보이지 않는 힘에라도 이끌려가고 있었다 할까요. 하여튼 아직도 새벽 어스름이 걷히지 않은 하얀 눈길이 그렇게 고와 보일 수가 없더군요. 성북동 숲 속은 더욱 선경이었어요. 난 마침내 친구의 집 문 앞에 이르러 벗을 불렀지요. 하지만 벗은 아직도 새벽잠에 묻혔는지 대꾸가 없더군요. 몇 차례 문을 두드리고 소리를 쳐봐도 안에선 기척이 없어요. 가족이 아마 어디로 함께 여행이라도 떠났나 보다 했지요. 그래 난 할 수 없이 발길을 다시 돌리려던 참이었어요. 그래 막 몸을 돌이켜 세우는 참인데, 등 뒤에서 문득 "여보게" 하고 부르는 소리가 들려오질 않겠소. 바로 내 등 뒤에서 말이오. 깜짝 놀라 뒤를 돌아보니 거기 웬일로 벗이 나를 우뚝 내려다보고 서 있지 뭡니까. 그래, 이 사람 왜 부르는 소리에 응답은 없고 거기 그러고 나와 서 있느냐니까, 그 친구 대답이 이러질 않겠소. 새벽에 창문을 내다보니 뜰 앞에 눈이 하얗게 쌓였더라, 그런데 뜻밖에도 벗이 그 새벽녘 눈길을 밟고 산골까지 찾아온 소리를 들으니 머릿속에 갑자기 떠오른 생각이 있었노라, 내 어찌 이 앞뜰에 쌓인 흰 눈 위에 첫 발자국을 지을 수 있으리. 벗에게 이 발자국이 나지 않은 하얀 눈 위로 내 집을 곱게 걸어 들게 하리라…… 그래 그 친구는 앞마당에 쌓인 눈 위에 발자국을 내지 않기 위해 뒷문을 열고 뒤꼍을 돌아서 문간 앞까지 나를 맞으러 나왔던 거예요. 그리고 난 그 친구의 고마운 권유에 따라 발자국이 나지 않은 그 고운 눈 위를 걸어 친구의 집을 들어갔지요……

손정현 씨는 거기서 잠시 당시를 회상하듯 말을 끊었다. 그러다가 이윽고 다시 자신의 이야기를 조용조용히 끝맺어나갔다.
―글쎄, 그때 내가 자신도 모르는 어떤 힘에 이끌려 새벽 눈길로 벗을 찾아간 것, 그리고 그 친구가 벗이 찾아온 소리를 듣고 자기 집 마당의 깨끗한 눈 위를 벗에게 먼저 밟고 들게 한 것, 그건 모두가 자신의 자리를 지워버린 다음의 망각 속의 일들이지요. 하지만 그 자신의 망각 속에서 우리는 비로소 서로가 서로를 만나 하나가 될 수 있었던 거지요. 그게 우리네 우정인 겝니다. 그리고 그 서로가 서로에게로 뒤섞임 속에서 우리는 서로가 자신의 자리를 지우고 보다 크고 새로운 하나의 공동 인격체로 다시 탄생해나가는 우정의 완성을 보게 되는 거구요. 그게 진짜 우정의 멋이지요. 그리고 그 우정의 완성은 곧 우리네 삶의 완성이기도 하구요……
손정현 씨의 이야기는 거기서 끝났다. 하지만 아직도 살아 있는 사람의 그것처럼 역력하게 가까운 그 손정현 씨의 방송 목소리를 들은 사람들은, 그리고 그가 생전에 얼마나 그 죽음의 예감에 부심하고 있었던가를 알고 있는 사람들은 비로소 그의 그 생생한 목소리 속에서 그 예감의 역력한 증거를 누구나 감지해낼 수가 있었다.
그것은 물론 그 사람이 달라진 듯이 맑고 화창한 목소리 때문만은 아니었다. 알 수 없는 힘에 이끌리고 있는 듯한 그 열띤 어조의 분위기 때문만도 아니었다. 새벽 눈길과 친구의 영접에 그 죽음길의 풍색이 너무도 완연했다.
사실은 어쨌든 상관이 없었다. 그가 그날의 일을 말하는 방식, 그리고 그의 심중에 간직된 그날의 풍정에서 누구나 그것을 느낄 수 있었다. 더욱이나 그가 그것을 그토록 오래 참아오고 있었음은 그 자신 그것을 그렇게 느꼈음이 분명한 것이었다.
 그가 어째서 하필 그때 그것을 말했는지는 누구도 알 수 없었다. 하지만 그가 어떤 알 수 없는 힘에 이끌리듯 그때 그것을 말하게 된 사실 역시 그가 그것을 의식했든 못했든 죽음의 예감에 몰리고 있는 자신을 스스로 증거하고 만 셈이 된 게 아닌가. 더욱이나 그는 그 우정의 완성을 전반적인 삶의 완성이라고까지 졸지에 비약해버리지 않았던가.
 손정현 씨는 아마도 그 우정의 완성과 삶의 완성을 말하고 있을 때 그 자신의 삶이 마지막 절정으로 치솟아 오르는 황홀한 완성감을 맛보고 있었으리라. 그리고 그 죽음의 예감을 만나고 있었으리라. 예감이 그에게 그런 이야기를 하게끔 이끌었을 수도 있었고, 거꾸로 그의 이야기가 그에게 무서운 암시력으로 죽음을 부르게 했을 수도 있었다. 하지만 그의 의식이 그렇게 뚜렷했든 못했든 그 손정현 씨가 어떤 식으로든지 자신의 죽음을 미리 예감하고 있었던 것은 어쨌든 분명한 사실일 수밖에 없는 일이었다.
 손정현 씨마저 끝내 그의 소망대로 자기 죽음의 예감을 분명히 알아차리지 못하고 그의 마지막을 자신의 뜻대로 증거해 보이지 못하고 간 것은 각별히 아쉽고 섭섭한 일이다. 아니 그는 아마 그 엘리베이터 속에서 쓰러지기 직전에 그것을 알아차리고 있었을 수도 있었다. 하지만 비록 그때 그것을 알아차렸다 하더라도 그는 이미 아무것도 자신을 증거할 여유가 없었을 터이며, 그 엘리베이터 속에 마지막을 혼자 갇혀버린 처지 또한 그것이 가능할 수도 없었던 것이다.

 하고 보니 그도 결국은 그 자기 죽음의 예감만은 끝끝내 분명히 알아차리질 못하고 만 것이 되는 셈이다. 그렇게밖에는 달리 이해될 수가 없는 노릇이다. 그의 뜻대로 자신을 증거하고 간 흔적이 없으니까. 다만 한 가지 그에게도 죽음의 예감이 다른 사람에게서처럼 그를 스쳐간 흔적만이 역력할 뿐.

 그러나 그것은 차라리 그의 운명일 수도 있었다. 그리고 그게 오히려 우리를 위해서도 다행일는지 모른다. 죽음이란 원래가 그런 것일 수밖에 없는 것이니까. 손정현 씨가 아무리 자기 죽음의 예감을 놓치고 싶지 않았다 하더라도 그것을 끝내 용납받을 수 없었던 것이 사람의 죽음인 것이니까. 그리고 그것이 또한 사람의 죽음이어야 하니까 말이다. 글쎄 우리들에게 그 자기 죽음의 예감이라는 것이 누구에게나 분명해진다면 우리는 참으로 얼마나 많은 용기가 필요해질 것인가. 그리고 그때 사람들은 자신의 마지막을 어떻게 증거하고 싶어들 할 것인가…… 손정현 씨에게서 그것을 증명받는 대신 우리는 그 손정현 씨의 경우를 포함한 우리 모두의 죽음에 대하여 그런 용기와 자기 증거의 방법을 상상해보는 정도가 오히려 정신 건강에 이로울 게 아닐까. 어차피 자기 죽음의 예감이라는 게 그토록 불확실할 수밖에 없는 것이라면, 그 죽음에 즈음한 자기 용기와 증거의 소망 역시도 우리의 죽음 자체가 아니라 그러한 죽음을 현세의 삶의 한 방법으로 편입해 들임으로써 그것을 더욱 힘차고 정직하고 소중스러운 것으로 살아나갈 수도 있겠기에 말이다. 그리고 그런 의미에서 손정현 씨의 부단한 소망은 그의 고결하고 깨끗한 삶으로 그가 그 마지막 순간에 자기 죽음의 예감을 알아차리게 되는 것 이상으로 훨씬 더 소중하고 풍족스런 증거들을 남기고 간 것이 아닌가도 생각된다. 어떻게 보면 우리의 삶이란 어느 특정한 순간에서가 아니라 언제나 끊임없이 자신의 죽음 앞에 서 있는 것이며, 손정현 씨의 경우란 오히려 그 생애를 통한 죽음의 예감 앞에 끊임없이 자신을 증거하고 완성해간 것이 되겠기에 말이다. 그리고 그 죽음의 예감이란 우리가 아무리 부인한다 해도 언젠가는 결국 피할 수 없는 힘으로 우리에게 다가오고 말 운명이라는 것을 우리의 손정현 씨가 그 자신의 경우로 분명한 증거를 보여줬다고 하겠기에 말이다.

다만 한 가지, 이상스러운 일은 그 죽음의 예감이라는 것이 아마 손정현 씨의 경우엔 누구에게서보다 더욱 뚜렷한 징후를 드러내 보이고 있었던 점이라고나 말할 수 있을까. 왜냐하면 그것은 좀더 뒷날에야 알려진 사실이지만, 손정현 씨가 자기 죽음의 예감을 증거한 그 새벽의 눈길과 친구의 이야기는 실상 그 자신의 이야기가 아니었기에 말이다.

방송이 나간 지 한참 후에 손정현 씨가 새벽 눈길을 찾아갔더라는 그 친구라는 사람이 나타났는데, 그에 의하면 어느 겨울날 아침 그가 그 눈길을 찾아온 친구를 그런 식으로 맞은 일이 있는 건 사실이지만, 그날 아침 그렇게 그를 찾아온 친구는 손정현 씨가 아닌 다른 사람이었다는 거였다. 그리고 그날 그를 찾아온 친구가 손정현 씨 아닌 소설가 P씨였다는 사실이 밝혀졌을 때 손정현 씨에게선 그 죽음의 예감이라는 것이 좀더 분명한 것이 되어질 수밖에 없었다.

"도대체 손 선생이 어떻게 그 일을 알았는지 모르겠어요. 그리고 그분이 무엇 때문에 그런 일을 자기 이야기로 말하고 있었는지 난 도대체 짐작이 안 가는군요……"

그 역시 손정현 씨는 생전에 몇 번 본 일이 있었지만, 그와 자기 사이에 그런 일이란 있을 수가 없었다는 것이었다.

하지만 사정은 그걸로 더욱 명백해지고 있었다.

손정현 씨는 소설가 P씨와 이야기를 바꾼 것이었다. 손정현 씨가 소설가 P씨와 맞바꾼 이야기가 바로 그것이었다. 그리고 손정현 씨는 마침내 그 이야기와 함께 이야기 속에 담긴 P씨의 운명까지도 바꿔 살고 간 것이었다. 방송 대담 중에 손정현 씨의 집이 이화동에 있었다는 사실, 그러나 그 이화동엔 그때 손정현 씨 아닌 P씨의 집이 있었다는 사실들로 미루어 그날의 손정현 씨는 무슨 이유에선가 P씨의 이야기를 자신의 것으로 대신하고 있었음이 더없이 분명했다. 그리고 그 P씨의 이야기를 자신의 것으로 말해 버림으로써 그의 오랜 말속에 잠들었던 운명의 암시력이 그에게로 살아 옮겨진 것이었다. 그리하여 그는 그 P씨의 이야기로 오랫동안 참아온 그의 운명을 바꿔 살아간 것이 분명하였다.

무엇 때문에 그때 그가 그런 이야길 말하게 되었는지는 아무도 분명한 말을 할 수 없는 것이다.

하지만 그때 손정현 씨가 P씨의 이야기를 까닭도 없이 P씨가 아닌 자신의 이야기로 대신하고 있었던 것은 그 자신도 아마 자신의 이유를 분명히 알아차리지 못한 어떤 정체 모를 힘에 이끌려 그렇게 된 것임에 분명할 터였다. 그렇게밖엔 말할 수가 없는 일이다. 왜냐하면 그게 그 죽음의 불가사의한 암시력이었을 테니까. 그리고 그 역시 그것을 알아차릴 수는 도저히 없었을 터이니까.

(1978)

겨울 광장

1

"여보시요, 나 좀 보시요, 손님. 손님은 어디로 가시요?"
겨울 날씨가 꽤나 맵싸한 읍 광장 합동 정류소—
광장을 들고 나는 버스들과 붐비는 손님들 사이를 초조하게 서성이며 완행댁은 이날도 온종일 이 손님 저 손님에게 딸년의 소식을 수소문하고 돌아다녔다.
쌀쌀한 날씨에도 빛깔이 별로 달라지지 않은 피부와 훤칠한 키, 그리고 약간 넋이 빠진 듯 멍해 보이면서도 밉지 않게 부리부리한 눈매하며, 딸년의 소식만 들으면 당장이라도 차를 타고 길을 떠날 듯 숱 많은 파마머리를 말끔하게 단속하고 나선 완행댁—이해 초겨울 이후 이 읍 광장에서 차를 탔거나 내린 사람이라면 누구나 한 번쯤은 그 완행댁에게서 그녀의 종적 모를 딸에 관한 물음을 당해본 경험이 있게 마련이었다. 지난 12월 초순 어느 날, 그러니까 올해 들어 첫 눈발이 날리고 있던 그날 오후, 이 읍 광장 버스 정류소에 처음 모습을 나타낸 그날부터 완행댁은 느닷없이 그 종적을 알 수 없는 딸년의 소식을 이 사람 저 사람에게 수소문하고 돌아다니기 시작한 것이다. 그리고 날씨가 훨씬 추워진 이날까지 한 달 가까운 시일을 하루도 빠짐없이 그 딸아일 찾으러 읍 광장 주변을 헤매고 있었다.

하지만 완행댁은 이날 이때까지도 아직 딸년의 소식을 알아내지 못하고 있었다.

아무도 그녀에게 딸년의 소식을 가져다주는 사람이 없었다.

아무도 그녀와 딸을 찾으러 길을 함께 떠나주려는 사람이 없었다.

아니 완행댁에겐 애초부터 그녀에게 돌아와줄 딸아이가 없었다는 게 옳았다.

광장 주변 사람들은 이제 그 딸년의 소식이 없는 걸 오히려 당연한 일처럼 여기고들 있었다.

하지만 완행댁은 그런 덴 전혀 아랑곳을 안 했다.

"여보시요, 나 좀 보시요, 손님. 어디로 가시요?"

"손님, 이 차 ××서 오지라우? 그라면 ××서 혹시 우리 딸년 소식 좀 못 들어보셨소?"

아침 녘에 차를 타고 떠나는 손님들에겐 행선지를 물어 딸아이의 수소문을 부탁하려 들고, 저녁나절 차를 내려 나오는 손님들에겐 돌아오지 않은 딸아이의 소식을 애가 타게 기다렸다.

"내가 어딜 가든 그런 걸 알아서 뭣하러 그러오?"

한번이라도 미리 그녀를 경험해본 손님들은 전날부터도 그녀가 늘 거기서 그런 걸 묻고 있는 여자라는 걸 알고 첫마디부터 그렇게 무뚝뚝한 목소리로 무안을 주어버리고는 바쁜 발길을 재촉해 가버리기 일쑤였다. 하지만 일을 처음 당한 사람들은 팔소매를 붙들고 늘어지는 여자의 절박스런 표정에 영문도 모르고 한두 마디씩 대꾸를 하게 마련이었다.

"어디…… 나, 나 말이오? 나 ○○까지 갈 거요."

그러면 여자는 표정이 더욱 조급해지며 안타깝게 매달리고 들었다.

"그래라우. ○○까지 가시면 그라면 그 동네서 우리 딸년 아일 한 번도 만나보신 일이 없을 게라우?"

자기 딸아이가 그 동네에 살고 있기라도 하듯 다짜고짜 소식을 묻고 나서거나, 아니면,

"그 동네선 그라면 우리 딸아이넌 소식을 알아볼 길이 없을 게라우? 어떻게 좀 그래 볼 방도가 없을 게라우?"

그 당장 손님과 함께 차를 타고 딸아일 찾아 나설 듯 매달리고 들었다.

그쯤 되면 손님 쪽도 대략 기미를 알아차리고 슬금슬금 말꼬리를 피해 돌아서거나, 아니면 그저 마지못해,

"댁네 딸이 누군데? 댁네 딸이 어떻게 된 아인데 내가 그런 아이 소식을 알아?"

퉁명스럽게 표정을 도사리며 짐짓 언성을 높여버렸다.

그러면 완행댁은 의외로 또 기가 금세 꺾여들었다. 그리고 딸아

이의 신상에 관한 무슨 사연 같은 걸 대주기는커녕 제물에 먼저 낙심천만해서 손님 곁을 슬금슬금 물러서버리는 것이었다.

완행댁이 딸아일 찾는 일이란 번번이 늘 그런 식이었다.

하고 보니 완행댁은 정말로 딸아일 찾기 위해 소식을 수소문하고 돌아다니고 있는지, 아니면 머리가 좀 이상한 여자라서 공연히 그러는 척해 보일 뿐인지 분간이 잘 가지 않았다.

하지만 누가 그녀를 어떻게 생각하든 완행댁은 벌써 한 달째나 광장을 들고 나는 사람마다 그녀의 딸을 열심히 묻고 다녔다. 어디서 어떻게 흘러든 여잔지, 어디다 어떤 잠자릴 지닌 여잔지, 처음엔 그런 것조차 거의 알려지지 않은 채, 그녀의 그 기이한 행사가 어느새 한 달 가까이나 계속되어온 것이다. 그것도 완행댁에게는 그 이상 소중스런 일이 있을 수 없어 보일 만큼 간절하고 안타까운 소망 속에.

그래 이 읍 광장을 그저 잠시 잠깐 스쳐 지나가버리지 않고 늘 그곳에 머물러 지내는 사람들——이를테면 아침저녁으로 광장에 나와 손님을 맞고 태워 보내는 버스 회사 종업원들이나 표팔이 아가씨들, 검표원 총각들, 아침 차를 끌고 나갔다가 막차를 몰고 돌아와 읍내에서 밤을 지내는 운전기사나 안내원 아가씨들, 심지어 광장 한 모퉁이에 널빤지에다 껌통을 늘어놓고 앉아 있는 박 씨 할머니나 군밤 장수 강 씨 영감까지를 포함해서——은 처음 그 완행댁의 처지가 너무 딱해 보여 그녀가 정말 딸아일 찾아야 한다면 날씨가 너무 추워지기 전에 딸년의 소식을 만나 광장을 떠나게 되기를 진심으로 빌어주기까지 했었다. 그것은 광장 사람들이 그 무렵 어느 날 완행댁으로부터 그녀의 가엾은 딸아이에 대해 조금 우스꽝스럽기는 하지만 그런대로 간절하고 절박한 사연을 들은 일이 있었기 때문이었다.

그 완행댁의 딸아이가 집을 나간 사연은 이러했다.

"어느 날 한밤중에 동네 총각 두 놈이 딸년 방엘 숨어 들어왔던 갑더라."

완행댁이 광장에 나타난 지 닷새쯤 지나서였다. 완행댁은 그동안 하루도 빠짐없이 광장을 나와 오가는 사람들을 뒤쫓아 다니는 바람에 이때쯤에는 벌써 광장 사람들과도 어지간히 낯이 익어 '완행댁'이란 새 별명까지 얻어 불리고 있던 참이었다. 차가 광장에 멎어 서서 손님을 내리고 태울 때마다 완행댁은 마치 검표원처럼 차 문 앞을 지켜 서서 이 손님 저 손님에게 매달리고 들었는데, 완행댁이란 별명은 그 딸의 소식을 물을 때의 간절한 표정이나 거동새와는 반대로 한두 마디 대꾸에 쉽사리 실망을 하고 돌아서버리는 태도가 어딘지 좀 싱겁고 느릿거려 보이는 데에도 연유가 있었지만, 그보다도 그녀는 웬일인지 직행 노선 손님보다 완행버스 손님들 쪽을 즐겨 붙들고 늘어졌기 때문에, 검표원 가운데서도 완행버스 담당이라는 뜻에서 그런 별명이 붙여진 것이었다.

그 완행댁의 밉지 않은 생김새에다 너무도 간절하게 딸아이의 소식을 찾아 헤매는 정성이 가엾어 어느 날은 이웃 간에 제법 똑똑하고 남의 일에 이해심이 많기로 소문난 검표원 총각 한 녀석이 대합실 난롯불가로 완행댁을 끌어들여다 심심풀이 삼아 그녀 딸아이의 사연을 물은 일이 있었다.

완행댁은 처음 한동안 자신도 그 딸의 사연이 까마득한 듯 손님들이 그녀에게 갑자기 그걸 물어왔을 때처럼 깜깜한 표정을 짓고 있더니, 한참 뒤에야 사연이 차츰 기억 속으로 떠올라온 듯 떠듬떠듬 반말지거리(이후부터 낯이 익은 사람에 대한 그녀의 말투는 이상스럽게 늘 반말지거리가 되고 있었다)를 늘어놓기 시작했다.
"그런디 가만히 기척을 기다리다 보니, 한 놈이 먼첨 우리 딸년을 덮치고 다른 한 놈은 머리맡 어둠 속에 바싹 쭈그리고 앉아 하나 둘 셋 넷 셈을 세고 있지 않았었겠냐."
완행댁의 얘기가 그쯤 나갔을 때만 해도 난롯가 사람들은 이미 정황을 대충 짐작할 수 있었다.
"흠, 그러니까 완행댁 딸내미가 벌써 나이가 그렇게 되었구만. 근데 머리맡에서 셈은 왜?"
검표원 총각놈이 웃음을 참으며 다음 이야기를 재촉했다. 완행댁은 그 검표원 총각놈의 능청도 모르고 이젠 숫제 자기가 당한 일이라도 된 듯 이야기에 신바람이 나고 있었다.
"어째 셈을 세고 있긴…… 놈들은 미리 순번이랑 시간을 모두 정해갖고 왔던갑더라."
완행댁은 그것도 아직 짐작을 못하겠느냐는 듯 완연한 핀잔투였다.
"그래 첫 번 녀석은 셈을 몇이나 세었게?"
"그건 나도 모른다. 놈들은 아마 백까지나 셈을 세기로 하고 왔던갑더라. 하지만 셈을 백까지 셀 수는 없었어……"
"그건 또 왜?"

"일흔일곱인가 여덟까지를 세고 나서 머리맡엣놈이 불시에 문을 박차고 뛰쳐나가부렀거등. 개좆도 난 인자 더 못 세고 있는다고 고래고래 소리를 떠질러대면서 말이다."

"차례를 기다릴 수가 없었던 모양이구먼."

검표원놈은 더 이상 웃음을 참을 수가 없었다.

"근데 딸아인 참 인심이 좋았던 모양이지? 한 잠자리에다 두 사내를 들여놓고 하난 배 위에, 또 하난 머리맡에 셈을 세면서 기다리게 했으니 말여……"

그는 이제 노골적으로 완행댁을 놀려댔다. 하지만 완행댁은 오히려 아쉬움이 끼인 목소리로 맥없이 변명했다.

"그것이사 그 두 놈 가운데에 전날부터 딸년의 맘에 든 새끼가 있었응께…… 그래 딸년은 그 새끼 땜시 제 몸을 내주고 말았던갑더라."

"그럼 완행댁 딸내민, 진즉부터 맘속에 두어온 녀석을 먼저 배 위로 올려 보냈겠군."

검표원 녀석은 으레 그랬으리라 믿었다. 그러나 완행댁의 대꾸는 예상 밖이었다.

"바보, 맘 맞는 사낼 배에 올려놨으면 머리맡엣놈은 뭣하러 기다리게 놔둬? 그년이 맘에 두어온 건 머저리같이 머리맡 어둠 속에 쭈그리고 앉아 셈을 세면서 차렐 기다리고 있던 치란 말이다. 그년은 작잘 배에 올려줄 욕심으로 첫 번 녀석을 참으렸던갑더라……"

완행댁은 녀석이 지레 소동을 떨고 나서버린 바람에 작자를 끝내 배 위에 올려볼 수가 없었던 딸아이의 아쉬움을 자신의 일처럼 서운해하고 있었다.
하지만 완행댁과 딸의 불운은 거기서 그만 끝나준 것이 아니었다.
"그런디 년은 아직도 두고두고 작자를 잊을 수가 없었던갑더라."
완행댁은 딸년이 결국 집을 나갈 수밖에 없게 된 사정을 무슨 옛날이야기라도 하듯 담담한 어조 속에 마저 다 털어놓았다.
"이참엔 옆에서 셈을 세고 기다리는 놈이 없이 새끼만 한번 차분히 배 위로 올려주고 싶었던갑더라. 근디 아배가 탈이었제. 아밴 죽어도 제 배를 기어오른 놈한테 시집을 가라고 년을 못살게 윽박질러댔거등. 놈한테 시집을 안 가면 년을 패 죽이거나 말려 죽일 것맹이로 말이다. 하긴 아배가 워낙 의붓아배였응께. 게다가 동네 안엔 그 참에 소문이 쫙 나돌고 있었고…… 그 머리맡에서 셈만 세다가 뛰쳐나간 새끼가 년의 진짜 속맘도 모르고 동네방네 온통 소문을 깔고 돌아다녀버렸거등…… 할 수가 있었어야제. 애빈 첫 번 놈한테 시집을 가얀다고 죽일 듯이 성화고 년의 속맘은 딴 놈한테 가 있고…… 년은 그래 생각다 못해 집을 나가고 말았 제."
듣고 보니 사연이 제법 딱해 보이긴 하였다. 엉겁결에 총각놈을 한번 배 위로 오르게 하기는 했을망정 그 사내에게 시집을 가기는 싫고, 그래 의붓아비 성화를 피해 집을 나가고 말았다는 딸내미의 처지나 그 딸내미를 뒤쫓아 나선 완행댁의 처지가 똑같이 안돼 보인 건 물론이었다.
하지만 그런 완행댁의 넋두리를 듣고 난롯가 사람들은 대체로 어이없는 웃음들을 참지 못했다.
 완행댁의 말투엔 도대체 부끄러움이나 창피스러워하는 구석이 없었다. 그건 오히려 듣고 있는 사람 쪽을 어이없게 하였다. 게다가 아직 마흔이 채 될까 말까 한 완행댁한테 사내를 배에 올릴 만한 숙성한 딸아이가 있었다는 것도 어딘지 쉽게 믿겨지지 않을 희한스런 일이었다.
 하지만 완행댁은 광장 사람들의 그런 심상찮은 웃음기나 의심 따위는 조금도 아랑곳하지 않았다.
 "쯧쯧…… 불쌍하고 모진 년 팔자하곤…… 이 추운 날씨에 집을 나가서 어느 골 밥비렁뱅이 노릇을 하고 다닐꼬…… 하루바삐 내가 그것을 찾아야 하는 것인디……"
 누가 그녀를 비웃거나 말거나, 해괴한 딸아이의 사연을 믿어주는 사람이 있거나 말거나, 완행댁은 이후로도 어느 하루 빠짐없이 그 광장으로 나와 간절하고 안타깝게 딸년의 소식을 찾아 헤맸다.

2

 광장엔 어느새 또 차가운 눈발이 희끗희끗 흩날리기 시작했다.
 완행댁은 여전히 그 눈발 속을 뚫고 다니며 끈질기게 하소연을 되풀이하고 있었다.
 광장 주변 사람들 가운데선 이제 완행댁 자신의 입에서 사연을 들은 이상 누구도 그녀의 딸아이를 의심하는 사람은 없었다.

하지만 광장 사람들은 아직도 대체로 그녀가 딸아이의 소식을 만나 광장을 떠나가게 될지 어떨지에 대해서는 분명한 확신을 가질 수 없었다. 그리고 어쩌면 그녀가 이 한겨울 내내 그런 식으로 부질없이 딸의 소식을 물으며 광장의 추위를 나게 될지도 모른다고 생각했다.

아니, 완행댁은 언제부턴가 이 광장 사람들에겐 이곳을 떠날 수도 없고 또 떠나서도 안 될 사람이 되어가고 있었다.

그것은 완행댁이 찾아 헤매고 있는 그 딸아이의 사연에 예상 외로 기이한 내력이 숨어 있었기 때문이었다.

광장 주변 사람들이 그걸 알아차린 것은 다시 며칠이 지난 다음 일이었다. 완행댁이 주책없이 딸아이의 사연을 털어놓은 지 2, 3일이 지난 어느 날 저녁—막차를 끌고 들어온 운전기사 하나가 완행댁을 다시 사람들이 한산해진 대합실 난롯가로 불러들였다.

그 운전사 녀석은 이날 이미 자기 일을 끝낸 데다가 전날에 그 완행댁의 딸아이에 관한 소문을 모두 듣고 있던 터였다. 완행댁은 워낙 얼굴이나 몸맵시가 밉상이 아닌 데다 언제나 곧 차를 타고 나설 듯이 깨끗하게 손질하고 나온 파마머리하며, 딸 생각에 늘 허공을 향해 있는 멍한 눈초리가 오히려 그녀의 머릿속 어딘가가 어릿어릿 비어 있는 여자라는 사실을 잊게 하였다. 그는 마침 소주 한잔을 마시고 싶은 마음에 이만한 여자라면 한데 술자리 말상대 정도는 삼아나갈 수가 있으리라 생각했다.

그래 날이 어두워지기 시작할 때까지 대합실 근처를 어정어정 서성대고 있던 완행댁은 어쩌면 곧 딸아이의 소식을 알게 될지도 모른다는 작자의 꾐에 끌리어 난롯가로 이내 자리를 잡아 앉게 되었다. 그리고는 운전수 사내가 건네주는 소주잔을 그리 사양하는 기색도 없이 냉큼냉큼 받아 삼키며, 사내 쪽에선 별로 기대를 않고 꺼내 비치기 시작한 딸아이의 이야기를 제 편에서 먼저 속속들이 털어놓고 나섰다.

"만나야 할 사낼 만나지 못한 기집 팔자라니 끝이 뻔하지 멀 그려……"

딸아이 소식을 알아내고 싶은 소망이 그녀의 입을 그토록 쉽게 열리게 한 것 같았다. 그런데 아마 완행댁의 딸아이에겐 아직도 그렇듯 긴 후일담이 남아 있었던 것일까. 이번에는 전번에 들려준 것과 같은 딸아이 이야기가 아니었다.

"년한텐 그런께 제 사낼 제대로 못 만난 허물이 있었제…… 하지만 일이 첨부터 그리 되고 말았으면 맘에 둬온 사내라도 쉬 잊어버리기나 했으면 좋았을 것을, 미욱스러운 년이라 그럴 수도 없었제……"

완행댁이 늘어놓은 넋두리를 종합하면 그 딸년에 얽힌 뒷날의 사연은 이런 식이었다.

첫번째로 배에 올린 총각놈이 싫어 의붓아비 성화를 피해 집을 뛰쳐나갔다던 완행댁의 딸아이년은 어떻게 해선지 뒷날 그 첫번째 총각놈과 다시 살림을 차려 살고 있었다.

그러면서도 년에겐 아직 처녀 적부터의 그 다른 총각놈에 대한 아쉬움이 잔뜩 남아 있었다. 계집은 아직도 그 총각놈을 한번쯤 제 배 위로 기어오르게 해주고 싶은 소망을 버리지 못했다. 이번에는 아무도 곁에서 셈을 세고 있지 않는 곳에서 맘 놓고 그렇게 하도록 해주고 싶었다. 그것은 그 계집을 제 여편네로 끼고 사는 남편이라는 작자가 너무도 몰인정하고 난폭스러웠기 때문에, 그 사내에 대한 참을 수 없는 원망과 반발기에서이기도 하였다.

사내와 여자는 그 무렵 마을 사람들의 눈총과 아비의 성화에 쫓겨 부근 G시까지 나가 살림을 내고 있었다.

사내는 어찌어찌하여 그 G시의 영업택시회사 운전수가 되었는데, 그렇게 아주 내외간이 되어 여자를 제 계집으로 끼고 살면서도 밤만 되면 작자는 자주 못난 원망을 되뇌곤 하였다.

"빌어먹을! 그때 그 천둘이 새끼가 백을 셀 때까지만 참고 기다려주었어도 이렇게는 일이 안 되는 건데…… 그래 방정맞은 새끼가 그샐 못 참아서 지랄을 떨고 뛰쳐나가고 말어!"

그런 소릴 듣다 보면 여자도 내심 부아가 치밀어 입을 다물고 있을 수 없었다.

"그래, 그렇게 후회가 될 일을 밤중에 뭣하러 남의 처자 방을 숨어들었을까. 그것도 그저 머리맡에서 셈이나 세주다 나갔으면 될 일을 무단히 임자가 먼저 앞장서 나서고……"

한마디쯤 대들고 나서면 사내는 옳거니 잘 나섰다 싶어진 듯,

"이년아, 네년이 이뻐서 내가 먼저 나선 줄 알아? 내가 먼저 가위를 내는 걸 뻔히 보면서도 그 겁 많은 천둘이 새끼가 보를 내놓는 바람에 그렇게 된 거야."

그날 밤 배를 먼저 올라가게 된 것이 절대로 자의에 의한 결정이 아니었음을 다짐해 보인 다음, 작자는 새판잡이로 자기 부아를

돋워 올려가지곤 억지 장가들게 된 화풀일 마음껏 행사하는 것이었다.
"오, 그러고 보니 그래. 네년이 지금 그 천돌이 새끼가 네년의 배를 먼저 올라갔더라면 싶었다는 소리겠다? 그래서 녀석을 지금 서방으로 끼고 살았으면 싶다는 소리겠다? 그래 이년아, 그게 소원이람 지금이라도 내 그렇게 해주마. 지금이라도 당장 그 새낄 찾아가 놈을 태우고 살아보란 말이다."
되지 못하게시리 엉뚱한 질투심까지 폭발해가지고는 씨근벌떡 머리끄덩일 끄들어대고 계집의 몸뚱이에 온통 멍이 시퍼렇도록 무지스런 매질을 안기곤 하였다.
―그래, 이놈아 그러지 않아도 첨부터 너보단 천돌일 맘 깊이 바래온 내였다. 할 수만 있다면 지금이라도 당장 천돌일 찾아 나서고 싶은 내란 말이다. 천돌인 그래도 네놈같이 모질고 악독스런 위인은 못 될 게 분명허다.
그때마다 여자는 그런 소리가 목구멍까지 악에 받쳐 치솟곤 하였다. 머리챌 끄들리고 매질을 당하느라 그런 소리가 차마 말이 되어 나오질 못했을 뿐이었다.
사내에 대한 여자의 원망과 반발심은 그러나 곧 작자의 난폭스런 매질에 대한 참을 수 없는 두려움으로 변하곤 하였다. 그러면서 사내의 매질에 여자는 차츰 이력이 붙기 시작했다. 그런데 그 매질 앞에 여자가 완전히 기가 죽어 지내는 기미를 보이자 사내는 거기서 또 한술을 더 떠서 다른 몹쓸 짓을 시작했다.
영업택시를 모는 사내의 일과는 여느 때부터도 별로 밤낮의 질서가 없었다. 어떤 날은 자정이 넘어 들어오는 때도 있었고, 어떤 날은 출근조차 하지 않은 채 하루 종일 방구석에 틀어박혀 낮잠으로 해를 보내는 때도 있었다. 해 늦게 얻어 걸린 벽지길 대절 손님이 있을 땐 아예 시골 여관에서 밤을 지내고 돌아오는 날도 있었다.

바깥 잠자리가 얌전하기만 할 리 없는 사내였다. 오다가다 하룻밤 인연을 맺고 헤어지는 여자가 없을 리 없었다.

그런데 작자는 생각보다 눈길이 질겼던 편일까. 아니면 오다가다 만난 여자 중에 성깔이 질긴 것을 잘못 건드려 사내 쪽에서 옴짝달싹 못하게 쭉지를 움켜잡히게 된 건지도 몰랐다.

어느 해 봄서부턴가 사내의 외박이 눈에 띄게 부쩍 더 늘어가기 시작했다. 이웃 간에 떠도는 소문으로는 어느 시골읍 다방 여자가 작자를 G시까지 자주 찾아 올라오곤 한다는 것이었다.

여자에겐 새판잡이 근심이 생기고 있었다. 그것은 그러나 다른 계집을 보는 사내에 대한 질투 때문이 아니었다. 여자는 일찌감치 체념을 하고 있었다. 남정네의 한때 바람기쯤 눈감아주지 못할 그녀도 아니었다. 그녀는 그저 모른 체하고 지내리라 작정을 하고 참았다. 그런데도 사내 쪽에서 그녀를 가만 놔두지 않았다. 뭐 뀐 놈이 성낸다고 바깥 잠을 자고 돌아오는 날이면 위인이 제 쪽에서 먼저 공연히 화를 내며 몹쓸 손찌검질을 일삼곤 하였다.

"병신 같은 게 저것도 꼴에 여자라고…… 내가 왜 어젯밤에 집엘 안 들어온 줄이나 알아, 이 병신아?"

작자는 마치 제 여편네에게 자기가 간밤에 다른 계집을 끼고 잔 사실을 알리고 싶어 안달이 난 사람처럼, 그리고 그걸 모른 체하는 여편네가 심통이 나 참을 수 없어진 인간처럼 공연히 그녀를 들볶았다.

여자는 결국 알은체를 해주지 않을 수가 없었다. 그것도 여자는 상관이 없었다. 남정의 시앗을 보고 그 일로 해서 사내가 일부러 자기를 업수이여기고 드는 것도 그녀는 그럭저럭 참아낼 수 있었다. 사내의 외박이 여자에게 정말 견딜 수 없는 근심거리가 된 것은 그보다도 사내가 외박에서 돌아올 때마다 그녀에게 무지스럽게 휘둘러대는 손찌검질 때문이었다. 남정의 무지스런 손찌검질에 대한 두려움 때문에 여자는 사내의 외박이 더욱 두려웠다. 사내의 외박이 그토록 두려워지다 보니 나중엔 계집이 다녀간 표시로 사내의 그 무지스런 손찌검질을 한 차례씩 겪고 나면, 이젠 한동안 주변이 좀 잠잠해지려니 싶어 속이 차라리 후련해질 지경이었다.

그래 한번은 또 분명히 계집이 나타난 기미였는데도 밤을 새우지 않고 일찌감치 집엘 들어온 사내를 보고 여자는 제물에 조바심이 나서 물은 일이 있었다.

"년이 왔는갑든디 어째 오늘은 잠도 안 자고 선걸음에 그냥 돌아간답디까?"

했더니 사내는 뭐가 잘못됐던지 시큰둥한 소리로 천연덕스럽게 내질렀다.

"자고 가든지 말든지 네년이 무슨 상관이야. 오늘은 그럴 일이 있어 그냥 갔어."

하지만 여자에겐 그게 큰 상관이 있었다.

"자고 가고 안 자고 간 것이 어째 나한테 상관이 없다요. 자고 가도 얻어맞고 안 자고 가도 얻어맞을 매질 오늘은 또 못하고 보내서 날 칠 거 아니요!"

"매가 맞고 싶어 환장을 한 여편네로구만."

어이가 없는 듯 혼자서 지껄인 소리 끝에 여자가 다시 자기의 근심을 덧붙였다.

"오늘 그걸 못하고 갔으니 별모레 새에라도 또 생각이 나서 금방 되짚어 쫓아올 것인디, 빌어묵을 년이 어째 오늘은 그냥 갔을꼬. 기왕 온 짐에 해불고 갈 일이제……"

여자의 근심은 순전히 그 시앗이 다시 와서 자고 갔을 때의 새판잡이 매질이 두려워, 제물에 그것을 기다리고 있어야 하는 자기 조바심에서 비롯된 것이었다.

하지만 그게 실상은 결정적인 실수였다. 속맘이야 어찌 됐든 남정 있는 여자가 그 시앗에 관한 일을 사내 앞에 터놓고 입에 올린 것이 잘못이었다.

이번에는 사내가 무슨 맘을 먹었던지 제 여편네에게 손찌검질을 하지 않았다. 그 대신 하루가 지난 다음 날 저녁 사내가 이번에는 아예 시앗을 데리고 본계집이 사는 집 문간을 들어섰다. 그리고는 여편네가 지어주는 저녁상을 떠억하니 건넌방에서 겸상으로 받아먹고 한 지붕 아래서 계집과 하룻밤을 함께 지내고 나갔다.

이번에도 사낸 전날처럼 여자에게 손질을 안 했다. 방이 차니 연탄을 넣어라, 이불하고 베갤 건넌방으로 보내라…… 치사하고 아니꼬운 시중을 들게 했을 뿐 그런대로 하룻밤을 잠잠히 지내고 나갔다.

여자는 차라리 그쯤 조용히 날을 밝히고 나가준 것만도 다행이라 싶었다. 그쯤 보살 같은 마음으로 시키는 대로 연탄불을 피워주고 겸상을 차려 받들어 올리고, 그리고 이부자리와 베개들을 건넌방 마루까지 날라다 주었다. 그리고는 년놈이 조용히 집을 나가고 나서야 늦설움이 복받쳐 엉엉 혼자 황소울음을 울었다.

그런데 일은 갈수록 태산이었다.

하기야 제 놈도 인간인지라 이번만은 뭔가 마음속에 켕기는 대목이 있기는 했던 모양이었다. 그는 이날 밤 여느 날보다도 더욱 늦게 대문을 들어서고 나서도 제법 여자의 그런 뒤늦은 푸념을 모른 체해주었는데, 여자 쪽으로 해서는 그렇게 조용히 성깔을 죽여주는 사내로 해서나마 우선의 위안을 삼을 수가 있었다. 하지만 여자가 그 사내로부터 취한 위안의 값은 너무 비싼 것이었다. 사내는 여자 앞에 사나운 성깔을 죽여 지내주는 대신 그때부턴 아예 터놓고 계집을 집으로 끌고 다녔다. 계집이 사내를 찾아 올라올 때마다 여자는 번번이 건넌방 아궁이에 연탄불을 붙여야 했고, 아침저녁으로 겸상을 차려바쳐 올려야 했으며, 밤에는 또 이부자리와 베개를 한 아름씩 안아다 날라주어야 하였다.

하다 보니 여자는 그것도 사람으로는 못할 노릇이었다. 어떻게 기미를 알았던지, 동정은켜녕 오히려 자기 쪽에만 손가락질을 해대는 이웃 눈길도 못 견딜 노릇이었고, 년놈이 밤새도록 터놓고 히히덕거리는 건넌방 기척도 제정신 지닌 사람으로는 못 참아낼 노릇이었다.

겨울 광장 355

그래 여자는 마침내 막바지 심사가 되고 말았다. 죽든지 살든지 이젠 사내와의 인연을 버릴 셈 치더라도 년하고 그만 결판을 내야지 더 이상 수모를 견디고 살 수가 없었다. 여자는 어느 날 밤 굳게 결심을 하고 연놈이 붙어 자는 건넌방으로 베개 하나를 안고 들어섰다. 그리고는 한창 비지땀을 흘려대고 있는 사내의 등덜미를 밀어내고 밑 쪽에 깔려 있는 계집을 향해 앙칼진 소리로 악을 써댔다.
"일어나보시요, 나도 여자요!"
연놈과의 일은 그러니까 결국 그걸로 끝장이 나긴 났는데, 완행댁의 얘긴즉 그러나 그 싸움으로 집을 내쫓긴 건 시앗 쪽이 아니라 베개 하나를 안고 방을 뛰어 들어간 가엾은 딸아이 쪽이었다는 것이다. 안여자가 있는 사내 집을 제 집처럼 함부로 드나들던 것만 보아도 벌써 알조지만, 그 계집이란 것이 워낙 악물이어서 완행댁의 딸아이년 악발을 가지고는 당해낼 재간이 없었더라는 것이다. 계집은 그때 오히려 제 쪽에서 기다리던 일이라도 되듯이 옷가지를 차근차근 침착하게 갖춰 입고 맞서 나왔는데, 그로부터 그 완행댁의 딸년은 제 서방놈한테서 당한 것보다도 더 심한 매질을 년한테 당했다는 것이다. 그것도 뭐 사내가 년의 편을 들어줘서가 아니었다. 작자는 그때부터 무슨 재미난 구경거리라도 만난 듯, 헤헤 헤헤 연방 헛웃음소릴 흘리며 두 계집의 결사적인 뒤잽이질을 남의 일처럼 구경만 하고 있었는데, 작자의 그런 중립적인 태도에 힘을 얻은 계집은 그럴수록 기승이 더해가고 있었더라는 것이다.

그래 그런 싸움이 있고 난 다음 날 새벽 완행댁 딸아이는 그만 제 분에 못 이겨 년한테 당한 매질로 만신창이가 된 사지를 이끌고 제가 먼저 어디론지 종적을 감추고 말았다고.
"그러니 내가 그 불쌍한 것을 어찌케 잊어불고 살겄냐."
그날 밤 대합실 난롯가에서의 완행댁의 이야기는 그러니까 그 정도에서 대충 끝이 났다.

3

딸을 찾고 기다리는 데에 완행댁이 그렇듯 애가 탈 만한 사연이었다.
그런데 그건 그때까지 광장 주변 사람들에게 알려져 있던 것과는 또 다른 딸아이의 사연이었다. 그것은 이를테면 어느 날 밤 어둠 속에서 어마중에 배에 올린 총각놈에게 억지 시집을 보내려는 의붓아비의 성화에 못 이겨 집을 뛰쳐나갔다는 완행댁 딸아이의 후일담이 분명했다.
하지만 완행댁의 이야기는 거기서부터 이상스런 혼란이 시작되고 있었다. 그날 밤 완행댁이 털어놓은 그녀의 딸아이에 관한 새로운 사연은 처음 불가로 그녀를 끌어들인 운전수와 그때 자리를 함께했던 몇몇 정류소 사람들의 입을 통해 다음 날로 곧 대부분의 광장 주변 사람들에게 알려졌다. 그리고 광장 사람들은 비로소 완행댁이 소식을 기다리는 딸아이가 그저 멋모르고 사내를 배 위에 올려버릴 만큼한 철부지 계집아이가 아니라 여자로서 알 것을 다 알아버린 오랜 살림꾼 여편네였다는 걸 깨닫게 되었다.

알 수 없는 것은 그러나 그런 이야기가 있은 다음에도 완행댁은 여전히 그 소박맞은 여자가 아닌 어린 딸아일 찾고 있다는 점이었다.

알고 보니 완행댁에겐 그 두 사건이 한 사람의 이야기가 아니었다. 완행댁에게는 그 두 이야기가 한 사람의 사연으로 연결되지 않고 각기 다른 두 딸의 가출 사건으로 기억되는 기이한 단절이 빚어지고 있었다.

"완행댁 딸은 그럼 시집이 가기 싫어 집을 나간 게 아니었구먼, 완행댁의 딸내민 결국 그 총각한테 시집을 가서 살림을 살다 소박을 맞고 쫓겨났지 않았는가 말여."

광장 사람들은 완행댁의 두번째 이야기를 듣고 그렇게 굳게 믿고들 있었다. 하지만 완행댁은 그때마다 이렇게 부인했다.

"아니여, 그 아인 도망을 나갔어. 놈한테 시집가기가 싫어 집을 뛰쳐나가 종적을 감추고 말았단 말이다아."

"그럼 그 사내하고 살림을 살다 쫓겨났다는 딸은 어떻게 된 건가? 그건 또 다른 딸이었나?"

사람들이 짐짓 다시 물을라치면 완행댁은 그제서야 자신도 앞뒤가 잘 안 맞아 돌아가는 듯 눈을 한참 껌벅이고 있다간,

"흥, 그것도 불쌍한 내 딸년의 일이었제."

할 수 없다는 듯 시인을 하는 듯했다가도 이내 다시,

"오냐 이 내 아들놈들아! 느그들도 모두 내 아들놈들이다!"

나이깨나 먹은 사람들까지 함께 싸잡아서 느닷없는 봉변을 안겨 버리는 것이었다.

완행댁은 결국 두 딸아일 찾고 있는 꼴이었다. 하지만 광장 사람들은 이제 그것이 한 사람의 딸아이에 관한 사연이라는 것을 알고 있었다. 완행댁에게선 다만 그 두 사연이 한 사람의 것으로 연결되지가 않고 있을 뿐이었다. 그것은 한사코 딸아이가 가기 싫은 시집을 가지 않고 사전에 집을 뛰쳐나가버렸노라는 완행댁의 엉뚱한 고집에서 빚어진 착각일 뿐이었다. 완행댁에겐 그 딸년에게 가기 싫은 시집을 보내고 만 사실을 아무래도 기억하기가 싫은 것이었다. 그녀는 그것을 시인하는 대신 마음속에서 차라리 그녀의 가출을 감행시켜버린 것이다. 그런 탓에 완행댁에겐 그 사라진 딸의 종적이 후일 사내와 살림을 살다 쫓겨난 소박데기 딸년과 잘 연결이 되지 않은 것이다. 그리고 완행댁은 그런저런 사연으로 해서 실상은 한 딸을 쫓고 있는 혼란 속에 결국엔 사내와 붙어살다 그나마 끝장이 좋지 않게 쫓겨난 소박데기보다 처음부터 시집을 가지 않고 집을 뛰쳐나간 어린 딸 쪽에 마음이 기울고 있는 턱이었다.

그게 광장 주변 사람들 가운데선 그중 분별력이 깊고 똑똑하다는 검표원 녀석의 풀이였다. 그리고 상급학교 물을 좀 먹어본 그 검표원 녀석과 몇몇 운전수들의 풀이를 좇아 광장 주변 사람들 거의가 짐작하고 있는 완행댁의 사연이었다.

그런데 또 하나 수상쩍은 일은 딸아이가 그런 일을 겪어내고 있을 때의 완행댁 자신의 소재였다. 딸아이가 이런저런 일들을 겪어내고 있을 동안 완행댁 자신의 소재나 거취는 이야기 중의 어디서도 나타난 일이 없었다.

"딸아이 아배가 의붓아배였다면 그럼 그 딸아인 완행댁이 데리고 온 아이였던가? 그러니까 일테면 완행댁은 그 딸아일 데리고 개가를 해 들어선 여자였더냔 말이다."

어느 날 광장 모퉁이에서 널빤지 위에 껌통을 늘어놓고 있던 박씨 할머니가 완행댁에게 그걸 물은 일이 있었다. 그런데 그때 완행댁은 당치도 않다는 듯 완강하게 대들었다.

"아니 내가 뭣 땜시 개가를 해와, 딸아일 또 불쌍하게 만들라고 뭣 땜시 내가 딸년한테까지 의붓애빌 보여?"

"완행댁이 개가를 안 해왔으면 딸아인 어떻게 의붓아빌 모셨을까?"

영문을 몰라 어리둥절해진 할미에게 완행댁은 이번에도 그저 덮어놓고,

"그런 거 난 몰라. 난 새서방 따로 얻어본 일 없어. 난 그런 거 안 얻어. 천벌을 받을라고…… 딸년은 에미가 없는 년인께. 년한텐 에미조차 없었으니 그리 돌봐줄 사람이 없었제……"

어미로서의 자신의 존재마저 깡그리 부인해버렸다. 그리고 그 밖의 모든 딸에 관한 이야기 가운데서도 그 어미로서의 완행댁의 소재는 흔적이 전혀 나타나질 않았다. 그것은 그 딸에 대한 어미로서의 죄책감 때문에서라고 할 수도 있었다. 그보다 완행댁은 그렇게 자신의 소재를 지워버린 대신 오히려 그 딸아이에 의지하여 자신의 어떤 깊은 소망을 열심히 말하고 있는 듯도 하였다.

"딸년이 제 사내놈한테 당했던 일? 그것이사 알게 됐으니 아는

것이제. 난 딸년하고 같이 안 살았어. 딸년이 뭣 땜시 그런 애길 내게 말해! 년은 아무한테도 그런 말 한 일이 없었어. 그리고 그냥 집을 나가버린 거여."

소박데기 딸년의 사연을 어떻게 아느냐는 물음에도 완행댁은 늘상 그런 식이었다. 그녀는 딸아이와 함께 산 일도 없고 그렇다고 그 딸아이가 자기에게 그런 이야길 해준 일도 없다고 했다.

요컨대 딸아이에 관한 모든 이야기 가운데서 완행댁 자신은 늘 부재 상태였다. 그러면서도 그녀는 어떻게 해선지 딸년의 사연을 잘도 외고 있었다.

광장 사람들은 비로소 의심이 들기 시작했다. 완행댁에겐 실상 처음부터 그런 딸아이가 없었던 게 아닌가 싶었다. 무슨 일로 해선진 알 수 없었지만, 완행댁이 자신의 이야기를 있지도 않은 딸아이에 엊어 꾸며대고 있지 않은가 의심이 되었다. 그건 애초 완행댁에게 입을 열게 한 검표원 녀석의 추측으로부터 시작된 일이었지만, 그러지 않고는 그 딸아이의 이야기 중에 완행댁이 그토록 철저하게 부재일 수가 없었다. 그리고 보지도 않고 듣지도 않은 딸아이의 사연을 그토록 세세히 외어댈 수가 없었다. 순박하다 할까, 모자란다고 할까, 그 앞뒤가 잘 안 맞아 돌아가는 딸아이의 사연들은 곰곰 따지고 보면 어딘가 머릿속 한쪽이 비어 돌아가고 있을 법한 완행댁 자신의 내력이라면 오히려 납득하기 쉬운 이야기들이었다. 이야기 가운데에 드러나는 딸아이의 지능과 거동새 따위도 완행댁 자신의 그것을 연상시키는 대목이 허다했다.

완행댁에게 어째서 그런 엉뚱한 망상이 빚어지고 있는지 이유를 당장 알아낼 수는 없었다. 그 이유가 분명히 밝혀지지 않은 한 그것이 완행댁 혼자서 꾸며낸 이야기라고 함부로 단정을 내릴 수도 없었다.

하지만 사정은 날이 갈수록 분명해져갔다.

어느 날 완행댁은 다시 그 검표원 녀석과 몇몇 막차 운전수들의 호기심에 이끌려 대합실 난롯불가에서 그녀의 또 다른 딸아이에 관한 이야기를 털어놓은 것이다.

"딸년은 그때 서방놈도 없이 홀어미 살림을 서럽게 살아가고 있었제. 허지만 몹쓸 손찌검질을 하는 인간이 없으니 마음은 그럭저럭 편한 세월이었던갑더라."

완행댁은 이날도 처음에는 그 소박맞고 쫓겨난 딸아이의 후일담을 다시 잇고 있는 것 같았다.

그러나 완행댁은 이번에도 얼핏 이야기의 연결을 못 짓고 있었다. 딸아이가 어떻게 홀어미가 되었는지, 그리고 어째서 손찌검질을 하는 서방놈이 없는 걸 맘 편해하게 됐는지 저간의 사정은 말을 하지 않았다. 그런 건 전혀 알지도 못하고 알 필요도 없다며 완행댁은 오히려 묻는 사람 쪽에 불평을 하였다. 하고 보니 첫번째 딸은 첫번째 딸대로 가출을 한 채였고, 두번째 딸도 두번째 딸대로 소박을 맞고 쫓겨난 채였다. 완행댁에게선 그 두 딸들이 제각기 다른 모습으로 까마득한 실종 상태가 되어 있었다.

그리고 이번엔 그 세번째 딸이 또 다른 모습으로 나타나고 있었다.

하지만 완행댁의 이야기는 알고 있든 모르고 있든 여전히 그 한 사람의 딸의 사연을 쫓고 있었다.

"그런디 어느 날 저녁이었제……"

완행댁은 제법 슬픔에 잠긴 목소리로 이야기를 천천히 계속해나 갔다.

하루 저녁엔 느닷없이 잊고 지내던 그녀의 사내가 딸아일 찾아 나타났더라는 것이다. 그리고 다짜고짜 그녀에게 매질을 시작할 기미더라는 것이다.

"눈구멍을 보먼 알조제. 그놈이 제 계집을 패려고 주먹을 번쩍 쳐들고 덤볐응께. 살기가 등천했제이……"

완행댁은 지금 바로 자신에게 그런 위험이 닥쳐들기라도 한 듯 몸을 한번 부르르 떨고 나더니 목소리까지 온통 두려움에 짓눌려 들고 있었다.

그런데 완행댁의 머릿속은 거기서부터 또 한 차례 엉뚱한 착각과 비약을 빚었다.

"그 꼴을 보고 딸년이 어떻게 견뎠을 것이여. 그 불쌍한 것이 그 길로 그냥 집을 나가고 말았제."

세번째 딸도 그렇게 해서 집을 나가고 말았다는 것이었다. 듣는 사람들은 우선 그렇게 듣고 있었다. 하지만 그게 실상은 오해였다. 알고 보니 그때 집을 나간 것은 사내를 맞은 홀어미가 아니었다.

"불쌍한 것이…… 철도 없이 어린것이……"

이야기 끝에 되뇌고 있는 소리를 들으니 완행댁은 이번에도 엉뚱하게 철부지 어린 딸을 찾고 있었다.

"그럼 이번에도 그 홀어미 살림을 하던 딸이 도망을 간 게 아니었던가?"

듣고 있던 사람들이 치묻고 드니까 완행댁은 대뜸,

"그년이 나가긴 왜 나가? 의붓아배 못된 버릇을 알고 있는 딸년이 나갔제……"

소리를 버럭 지르며 느닷없는 의붓아비 저주를 퍼붓는 것이었다.

완행댁은 이제 그 홀어미가 된 딸아이에게 또 하나의 딸이 있었던 것처럼 말하고 있었다. 완행댁 자신도 그것을 일단 시인해 보였다.

"그년은 늘 딸년을 하나 바래왔응께……"

홀어미가 된 딸은 그럼 처음부터 그 딸아이와 함께 살고 있었느냐는 물음에도 완행댁은 그저 그랬을 거라고 애매한 대꾸를 해 보일 정도였다.

하지만 그것도 알고 보면 모두가 완행댁의 터무니없는 비약이었다.

"그래도 년은 백번 천번 잘 나갔제. 제 년이 그러고 안 나갔으면 그놈이 또 의붓애비 행세하느라고 싫다는 시집이나 보냈을 것인디…… 그래도 난 지 에미 노릇 한번 못 해보고, 그 불쌍한 것 에미 노릇 한번 못 해보고……"

완행댁은 못내 눈물까지 자주 찔끔거리고 있었다.

딸아이에게 다시 네번째 딸아이가 나타난 것이 계기였다. 그 네번째 딸아일 계기로 다시 나타난 사내는 완행댁의 머릿속에서 갑자기 의붓아비로 돌변했고, 그녀는 처음으로 그 홀어미가 되어 지내던 세번째 딸아이에게서 자기 소재를 드러낸 것이다. 그리고 완행댁은 비로소 그 네번째 딸아이의 어미가 되어 집을 나간 자식을 찾고 있는 것이었다.

그 완행댁이 자신의 정체를 의지해 나타낸 홀어미 딸마저도 진짜 완행댁 자신은 물론 아니었다. 이번에도 학교물을 좀 먹어본 탓으로 누구보다 분별력이 앞서온 검표원 녀석 덕분이었지만, 광장께 사람들은 이제 비로소 그것을 깨달았다. 그 검표원 녀석이 이미 여러 사람에게 누차 설명한 바가 있었지만, 완행댁에겐 아닌 게 아니라 처음부터 그런 딸아이가 없었다는 게 분명했다.

그에 의하면 아직 자세한 내막을 알 순 없지만 완행댁은 여태껏 자신의 이야기를 가지고 저 혼자 머릿속 딸들을 만들고 있었다는 것이다. 완행댁이 머릿속에서 지어낸 딸에다 자신의 이야기를 꾸며 얹고 있었다는 것이다. 그리 되면 그 첫번째 집을 나간 딸아이의 이야기도 완행댁 자신의 이야기였고, 두번째 소박을 맞고 쫓겨난 딸아이의 이야기도 분명한 완행댁 자신의 이야기일 수밖에 없었다. 그리고 세번째 홀어미 살림을 해오던 딸아이의 이야기도 완행댁 자신의 후일담이었고, 그러다 완행댁은 마침내 그 딸아이의 딸아이를 다시 지어내기에 이른 것이었다. 다시 검표원 녀석의 설명에 의하면, 완행댁의 머리는 그러나 그 많은 딸들의 내력을 한꺼번에 질서정연하게 지녀갈 능력이 모자랐을 거랬다. 그래 그 네번째 딸에게선 그 딸이 집을 나간 순간에 바로 자신이 그 딸의 어미가 되어 그녀를 뒤쫓고 있으리라는 결론이었다.

완행댁에겐 결국 그녀의 진짜 딸이 없었다. 있는 것은 다만 자신의 소재와 실체를 송두리째 내주다시피 한 완행댁의 소망과 망상이 있을 뿐이었다. 그런데도 완행댁은 그 망상의 딸들로 하여 정작 자신의 소재와 실체를 모두 잃어버리고 있었다. 그리고 자신을 대신한 그 딸들의 허망스런 그림자를 안타깝게 좇고 있었다.

 하면서도 완행댁은 그 환상의 딸들에 대하여 자신을 어미로 비약시켜 나타내 보이는 일이 절대로 없었다. 그녀의 딸들에 대한 이야기 가운데는 의당히 어미 노릇을 하고 나타나야 할 그녀 자신의 소재가 없었다. 그녀의 딸들에 관한 이야기들 가운데는 완행댁 자신이 늘 실종 상태로 나타났다. 그것은 아마도 그녀에게 모진 학대를 가했을지 모르는 그녀 자신의 의붓아비와 그것을 어쩌지 못하고 무력하게 당하고 살아온 어미에 대한 원망이나 반발심 때문이었을지도 모른다. 단 한 번 네번째 딸의 가출이 이루어졌을 때 완행댁은 모처럼 그녀의 어미가 되어 그 홀어미 딸에게서 자신의 소재를 나타내 보였지만, 그때도 그녀는 그 딸아이의 의붓아비에 대해 극심한 증오감을 드러냈다. 그 아비와 어미에 대한 원망 때문에 그녀는 아예 자신의 소재를 지워버린 채 유령처럼 오로지 가엾은 딸만을 뒤쫓고 있는 격이었다. 그리고 그 딸의 환상을 빌려 자신을 못내 가엾어하고, 그 딸의 실종을 통해 자신의 실종을 감행해온 것이다.

 완행댁의 수수께끼는 거기서 사연이 비롯되고 있었다.

 그래 광장 주변 사람들은 이제 완행댁이 절대로 그 딸의 소식을 만나 광장을 떠나갈 수는 없는 일이라 여겼다. 그리고 그 완행댁의 딱한 처지에 동정 섞인 체념을 대신해주기에 이른 것이다. 완행댁은 결국 그녀 자신을 실종당하고 있는 셈이었고, 완행댁이 그

잃어버린 자신을 찾아 헤매고 있는 게 사실인 한에는 다른 어디서도 가엾은 딸아이의 소식을 만날 수 없는 일이기 때문이었다.

다만 한 가지 광장 사람들은 아직도 완행댁이 도대체 무슨 연고로 그런 망상을 지니게 됐는지, 거기 대한 사연을 알 수가 없었을 뿐이었다.

4

희끗희끗 흩날리던 눈발이 사라지고 광장엔 그새 메마른 냉기가 사람들 사이를 사납게 일렁이고 있었다.

광장엔 언제부턴가 완행댁의 모습이 자취를 감추고 없었다.

하지만 그건 물론 완행댁이 아주 광장을 떠나버린 건 아니었다.

완행댁은 애초에 그럴 수가 없는 여자였다.

완행댁에게 진짜 소식을 찾아 떠나갈 딸이 없기 때문이 아니었다.

완행댁에겐 아닌 게 아니라 그럴 딸아이가 없는 게 사실이었다. 광장 사람들은 처음 그걸 알아차리게 되었을 때 어이가 없어 웃을 수밖에 없었다.

그러나 사람들은 끝내 다시 완행댁의 딸을 믿어주는 수밖에 없었고 스스로 그것을 믿고 싶어 하기에 이르렀다. 딸의 소식을 기다리는 완행댁의 소망이 너무도 간절하고 정성스러웠기 때문이었다. 완행댁에겐 그 딸이 너무도 분명히 믿어지고 있었고, 그런 완행댁의 정성이 광장 주변 사람들에게 너무도 딱하게 여겨졌기 때문이었다.

하지만 광장 사람들이 완행댁에게 딸의 존재를 인정하기 시작한 것은 다만 그 완행댁에 대한 동정심에서만은 아니었다. 광장 주변 사람들이 완행댁에게 그것을 믿어주고 싶어 하게 된 또 다른 이유는 완행댁의 딸에 대한 절절한 소망과 그 소망의 깊은 사연을 어슴푸레 짐작하게 된 데서였다.

어느 날 광장 주변 사람들은 다시 한 번 완행댁의 그 딸아이에 대한 엉뚱한 망상의 변주를 목도한 것이다.

완행댁이 광장에 나타난 지도 달 반쯤이나 지난 어느 날 아침 녘이었다. 광장을 들어서던 영업용 택시 한 대가 인파 사이로 갑자기 머물러 서더니 20세가량 된 젊은 운전수 녀석이 급히 차에서 뛰어내려 완행댁 쪽으로 쫓아갔다. 그때 손님들 사이에 서성대고 있던 완행댁은 자기에게로 다가오는 그 젊은이를 보자 얼굴빛이 일시에 백지장처럼 하얗게 질리며 반사적으로 몸을 숨겨 달아날 태세를 취했다. 하지만 젊은이는 여유를 주지 않고 잽싸게 완행댁의 등덜미를 훅 틀어쥐고는 다짜고짜 세워둔 차 속에다 그녀를 질질 끌어다 밀어넣어버렸다.

"난 안 가요. 난 못 가요. 난 딸년을 찾아야 한단 말요, 지발……"

녀석의 완력에 끌리며 완행댁은 구원을 청하듯 주위 사람들을 향해 질린 목소리로 애원하고 있었으나 젊은이의 너무도 당당하고 난폭스런 서슬에 곁에 있던 사람들 중엔 누구도 사연을 따지고 나서려는 사람이 없었다.

그런데 바로 그런 소동이 있었던 날 저녁때였다.

광장 사람들 몇몇이 이날 저녁 우연히 그 젊은 운전수 사내로부터 직접 소동의 자초지종을 설명 들을 기회를 얻게 되었다.

그러니까 광장 사람들은 이날 아침 솔개가 병아리를 채가듯 불시에 젊은이가 나타나 완행댁을 낚아채가버린 다음 부질없이 이런저런 추측들을 일삼고 있던 참이었다. 혹은 그 젊은이가 완행댁을 내쫓았다가 다시 나타난 그녀의 남편인가 추측해보기도 했지만, 그러자니 나이 차가 너무 커서 앞뒤가 잘 맞아떨어지지 않는 것 같았고, 혹은 젊은이의 난폭스런 태도나 그와 마주쳤을 때의 완행댁의 그 절망적이고도 공포스런 표정들로 보아 둘 사이의 사연이 보통 심상칠 않아 보이긴 했으나, 그렇다고 또 달리 무슨 특별한 척분 관계를 상상해낼 만한 완행댁의 내력을 알 수도 없었다.

그러다 그럭저럭 또 하루해가 설핏해질 무렵 완행댁이 어떻게 해선지 다시 그 광장으로 눈 익은 모습을 나타내왔고, 그러자 웬일로 또 그 젊은이도 곧 완행댁을 뒤쫓아 광장을 찾아 들어섰던 것이다. 그리고 젊은이가 그녀를 뒤쫓아 나타난 기미에 완행댁은 어디론가 재빨리 다시 모습을 숨겨가버린 뒤였다. 젊은이는 아예 광장 한구석에다 차를 세워둔 채 무작정 완행댁을 기다리기 시작했다.

그런데 바로 그 젊은이에게 모든 수수께끼의 해답이 있었다.

젊은이가 광장 근처에서 어른거리는 동안 완행댁은 도대체 그림자조차 얼씬할 기미가 없었으므로, 광장 한구석에서 밤을 구워 팔고 있던 강 씨 영감이 마침내 젊은이를 불러 사연을 물었다.

그 젊은이의 얘긴즉 자긴 그 완행댁의 아들이라는 것이었다.

"어머닌 미쳤어요. 머리가 홀라당 돌아버린 미친 여자란 말입니다."

군밤 몇 알을 까먹으며 젊은이가 하소연 겸해 털어놓은 사연이 이랬다.

젊은이는 아닌 게 아니라 영업용 택시 운전수 일을 하고 있는 아비랑 어미와 G시에서 함께 살고 있었는데, 완행댁이 그의 딸의 이야기에 얹어 털어놓은 바 있는 대로, 그 아비의 어미에 대한 학대가 아들로선 차마 더 견딜 수가 없을 정도에 달했었다 하였다. 그래 젊은이는 그 아비를 그냥 더 두고 볼 수 없어 어느 날 밤 만신창이로 매를 맞고 난 어미와 함께 집을 나와 아비의 행적이 미치지 않을 이 고을까지 종적을 숨겨 들어와 살게 되었다고.

그러나 젊은이는 두 사람의 생계가 막연하여 마침내 그 아비에게서 보아온 대로 운전 기술을 익혀 차를 끌 결심을 하게 되었는데, 그의 어미가 이 일만은 한사코 반대를 하더라는 것이다. 젊은이는 그러나 달리 뾰족한 생계의 방도가 없어 종당엔 그 운전술을 익혀 영업차를 끌기 시작했는데, 아들이 첫번째 차를 끌고 집으로 들어오던 날 그 어미는 끝끝내 머리가 돌아버리고 말았다고.

"이놈이 또 날 패려고 든다. 사람 살려라아—내 깐엔 그래도 마음이 흐뭇해서 차를 끌고 집까지 갔더니 어머니가 글쎄 그런 나를 보고 느닷없이 겁에 질린 소리를 벽력같이 떠질러대며 내게서 몸을 피해 달아나지 않겠어요."

완행댁은 그때부터 아들을 완전히 그 아비로 착각하기 시작했다는 것이다. 그리고 그때부터 수시로 아들에게 여보 당신 소리를 일삼으며 두려움에 질린 표정으로 밤새 애원을 해왔다는 것이다. 여보, 나, 암말 않을께 날 좀 때리지만 마라, 제발 날 좀 때리질 말란 말이다…… 무서움에 질려 안절부절을 못하는 그 어미를 달래어 하룻밤을 간신히 지내고 났더니, 다음 날 아침엔 갑자기 웬 딸아일 찾아간다고 집까지 뛰쳐나갔고, 이후부턴 줄곧 그렇게 틈만 나면 감쪽같이 집을 나가 사라지곤 한다는 것이다.

"제 아버지에 대한 원망이 깊어 그 원망을 가끔 어머니한테 대신 쏟아놓은 허물은 있었지요. 말 한마디 못하고 어리숙하니 당하고만 사는 어머니가 참기 어려운 것도 사실이었구요. 그날도 사실은 집으로 차를 끌고 갔다가 그 차에 비위가 틀려서 모른 체 돌아서는 어머니를 보고 공연히 나도 화가 치밀어, 돌아서는 어머닐 뒤에서 좀 심하게 끌어당겨 세우긴 했었지요. 그런데 그때 몸이 뒤로 획 젖혀지면서 어머닌 그만 머리가 돌아버린 겁니다. 정말 저한텐 날벼락 한가지였지요. 저는 생각조차 못했던 일이었거든요."

젊은이는 그쯤 행패에 머리까지 돌아버린 어미가 원망스러워 죽겠다는 투였다.

하지만 군밤장수 강 영감 입을 통하여 그 젊은이의 이야기가 알려진 뒤로 광장 사람들은 오히려 그 완행댁에게 그의 딸을 더욱더 깊이 믿어주고 싶어 하였다. 아니 완행댁에게 소식이 돌아올 딸아이가 없다는 것은 이제 더 의심을 할 여지도 없는 일이 돼버린 셈이었다. 하지만 광장 사람들은 또 그것으로 이제 완행댁이 어째서 있지도 않은 딸의 망상을 그토록 깊은 소망으로 지니게 되었는지, 그리고 그 딸의 소식을 좇아 그토록 안타깝게 광장을 헤매 다니고 있는지도 곡절을 대충 짐작하게 된 셈이었다. 검표원 녀석도 그때 그 비슷한 말을 한 바가 있었지만, 완행댁은 그 처녀 시절의 의붓아비에 대한 두렵고도 원망스런 기억 이외에 그 남편과 아들로부터의 되풀이된 좌절감이 차곡차곡 마음속에 쌓여온 것이었다. 그리고 그 원망과 좌절의 기억들이 그녀에게 자신을 세상에서 사라지게 하였고, 그 사라진 자신을 대신하여 자꾸만 다시 가엾은 딸을 떠나보내고 있는 형국이었다. 완행댁이 찾고 있는 딸아이는 바로 완행댁 자신을 대신하여 그 딸의 이름으로 그녀를 떠나가고 있는 완행댁 자신이었다. 그리고 그것은 완행댁에겐 무엇보다 아름답고 소중스런 꿈이었다. 광장 사람들은 그 완행댁에게서 그녀의 꿈을 빼앗아버릴 수가 없었다. 완행댁에게서 딸의 환상을 빼앗는 것은 완행댁을 위해서나 광장 사람들 자신을 위해서나 더 이상 잔인스러울 수 없는 일처럼 여겨졌기 때문이었다.

그래 그 배운 것 없이 늙어온 군밤장수 강 영감마저도 젊은이로부터 사연을 듣고 나선 오히려 이렇게 말했댔다.

"그렇담 젊은이도 알겠구만. 젊은이의 모친에게 그 딸을 찾아나서지 못하게 하는 것이 모친을 얼마나 상심시키게 될 일인 줄을 말이여. 젊은이의 모친은 지금 그 딸아이에 의지해서야 비로소 자기 신세에 얼마간 너그러워질 수가 있는 것이고, 그 딸아일 의지하고서야 세상이 훨씬 견딜 만하게 되어가고 있으니께 말일세. 뭣보담도 모친은 지금 그 딸아일 쫓아서 자기 자신을 찾아 돌아댕기고 있는 거 아니겠느냔 말이여. 그러니 나 같으면 여기서 자꾸 모친을 집으로 끌어들이려 하질 않겠구만. 여기서 그냥 가여운 딸아이 소식이나 기다리게 모친을 놔둬드리는 게 나을 게란 말이여."

그런데 젊은이도 그때 아마 강 씨 영감의 진심을 알아차린 모양이었다. 젊은인 그길로 그냥 혼자서 차를 몰고 광장을 떠나갔는데, 다음 날부터는 그가 아예 광장 근처론 손님을 받으러 나타난 일이 없었던 게 그랬다.

완행댁이 다시 광장 근처에 모습을 나타낸 것은 두말할 나위가 없었다.

하지만 그런 일이 있는 다음부터 완행댁의 거동은 늘 솔개에 쫓기는 병아리 꼴이었다. 어쩌다 한 번씩 그 젊은이의 차가 광장께를 스쳐 지나가는 기미만 보여도 완행댁은 그때마다 제물에 후닥닥 모습을 사리곤 하였다.

이날도 그녀의 모습이 갑자기 광장에서 사라진 것은 그 젊은이의 기미가 엿보인 때문인 것 같았다.

하지만 광장 주변 사람들은 이제 어쨌거나 그 젊은이로 하여 완행댁의 깊은 소망과 딸에 대한 망상의 비밀들을 속속들이 모두 알게 된 셈이었다. 그리고 그 있지도 않은 딸아이를 완행댁에게 시인해주면서 스스로 그것을 믿고 싶어지기에 이른 것이었다.

그러나 그것도 물론 그 광장 사람들이 완행댁에게 있지도 않은 딸을 위해 언제까지나 그 광장의 추위 속을 기다리고 있게 해두려는 이유의 전부는 될 수가 없었다.

5

 광장엔 이제 떠나갈 차들이 거의 떠나가버린 다음이어서 사람들의 왕래가 한산해지고 있었다. 그 한산해진 광장에 언제부턴가 다시 굵은 눈발이 소리 없이 쏟아져 내렸다.
 완행댁 역시 어느새 그 광장의 눈발 속으로 다시 모습을 나타내고 있었다.
 "어디서들 오시요? 손님, 어디서 오시요?"
 간간이 늦차가 들어와 광장 한쪽에 멈춰 설 때마다 완행댁은 옷깃을 여미며 서둘러 광장을 떠나가는 손님을 붙들고 되풀이 되풀이 물어대고 있었다.
 "손님, ○○서 오시오? 그러면 거기서 우리 딸년 아이 소식 좀 못 들어보셨소?"
 완행댁의 그런 헤매임과 기다림은 광장에 마침내 어둠이 내릴 때까지 계속될 참이었다. 그리고 광장에 어둠이 깔리면 그녀는 그 어둠 속으로 사라지듯 흔적이 지워졌다가 날이 밝으면 다시 모습을 되찾아 나타날 것이었다.
 완행댁은 언제까지나 그렇게 딸아이의 소식을 만나 광장을 아주 떠나갈 수는 없는 것이다.
 아니, 그녀는 거기서 종종 기다리던 딸아이를 만나보는 수도 있었다. 하지만 완행댁은 그걸로 그냥 광장을 떠나려 하지도 않았고, 광장 주변 사람들 역시 그것을 그리 근심스러워하지도 않았다.

한 번은 완행댁이 차에서 갓 내려 광장을 나서는 젊은 아가씨 하나를 뒤쫓아가 그녀를 몹시 어리둥절하게 만든 일이 있었다.

"아가, 내다. 내가 네 에미다. 어디서 인제 오는디 날 그렇게 몰라보겠냐."

완행댁은 그 젊은 아가씨를 바싹 뒤쫓아가서 자꾸만 아는 체를 하고 들었는데, 영문을 알 수 없는 아가씨가 겁먹은 걸음걸이를 서둘러 재촉해버리자, 완행댁은 그럴수록 애가 타서 아가씨를 더 바싹 뒤쫓아 광장을 함께 떠나가고 만 것이다. 한데도 완행댁은 다음 날 아침 다시 광장에 나타나 여느 때처럼 여전히 딸아이를 기다리고 있었다.

또 한 번은 완행댁이 그 광장 구석에 껌통을 늘어놓고 앉아 있는 박 씨 할머니 앞으로 다가가더니 느닷없이 그 늙은 할미의 손을 붙들고는,

"아가, 이 추운 날씨에 내 자석이 여기서 이렇게 고생을 하고 있었구나."

정말 자기 딸아이를 찾아내기라도 한 듯이 목이 메이며 눈물까지 찔끔대는 것이었다. 하지만 그때 박 씨 할미는 차마 그녀의 손을 물리칠 수가 없었다. 그래 할미도 그냥 함께 눈물을 찔끔거리며 하염없이 서로 거친 손목을 쓰다듬어댔는데, 다음 날 아침 완행댁은 이번에도 그 전날의 희한한 모녀의 상봉은 까맣게 잊어버린 채 여전히 그 광장 주변에서 딸아이의 소식을 기다리는 것이었다.

그러는 완행댁은 어떻게 보면 차라리 딸의 소식을 기다린다기보다 그 딸아이에 대한 자신의 꿈속을 헤매고 있는 것 같기도 하였다.

한 번은 또 대합실 난롯가에 광장 사람들이 여럿 모여 앉아 완행댁 이야기로 시간을 보낸 일이 있었다. 그때 오간 이야기 중엔 그 밝은 분별력으로 입이 빠른 검표원 녀석의 말이 많았었는데, 그는 이제 완행댁의 딸아이에 관한 비밀을 안 이상 어떻게 하든지 그 완행댁으로 하여금 부질없는 망상에서 깨어나 더 이상 광장의 추위 속에서 헛소식을 기다리지 않게 해줘야 한다는 주장을 내세우고 있던 참이었다.
그때 느닷없이 등 뒤에서 들려오는 소리가 있었다.
"오냐. 이 내 아들놈아! 너 참 눈깔이 깨지게 똑똑한 놈이구나. 그래 니가 그런다고 내 딸년의 소식이 안 올 줄 알았더냐."
소리에 놀라 뒤를 돌아다보니 뜻밖에도 거기엔 그 검표원 녀석을 잡아먹을 듯이 사납게 쏘아보고 있는 완행댁이 버티고 서 있었다.
그래저래 완행댁은 이제 어쨌거나 광장을 떠날 수 없는 사람으로 되어버렸다. 그리고 광장 주변 사람들은 이제 누구도 그 완행댁의 소망을 부질없어하지도 않았다. 완행댁에겐 이미 돌아와줄 딸이 없음을 알고들 있으면서도, 그리고 완행댁이 그의 딸아이의 소식을 만나게 된다는 것이 무엇을 뜻하게 될지를 어슴푸레 대략 짐작하고 있으면서도 이제는 완행댁에게 그 딸아이를 믿어주고 싶어 했으며, 마치도 멀리 떠나간 자신들의 딸자식을 기다리듯 완행댁과 함께 그녀의 딸아이 소식을 기다리게 되곤 하였다.
그것은 바로 그 광장 사람들 자신들도 언제부턴가는 늘 완행댁처럼 광장을 떠나가고 싶어 하였으며, 그 딸아이의 소식을 기다리는 완행댁의 꿈을 빌려 자신들도 자주 광장을 떠나가고 있었기 때문이었다.

 그리고 그게 광장 주변 사람들이 완행댁의 딸을 믿어주고 싶어 하고 그녀가 언제까지나 광장에 남아서 자신들을 대신하여 그 완행댁에게서나마 그 꿈이 계속되어주기를 바라는 마지막 이유였다.

 그래 그들은 그 눈 오는 광장을 하염없이 헤매대는 완행댁을 두고 오히려 이렇게 말하곤 하였다.

 "완행댁한텐 그대로 그냥 딸아일 기다리게 해주어…… 저 여잔 죽을 때까지도 딸아일 만나선 안 될 여자니께. 그래도 우리들 중에 저 여자만큼 자기를 곱고 착하고 게다가 또 너그럽게 지니고 살아가는 사람은 없으니께 말이여……"

(『문학사상』 1979년 2월호)

해설

이청준 문학의 여러 얼굴들

이남호
(문학평론가)

 20세기 한국소설에서 이청준과 그의 소설들이 차지하는 자리는 크고 높다. 금욕적 성실성과 도저한 산문 정신으로 일관된 그의 일생은 그 자체로 훌륭한 문학적 가치라 할 수 있으며, 수많은 작품으로 남아 증거되고 있음은 물론이다. 이청준의 문학 세계는 그야말로 한 세계를 이룬다. 그의 작품 속에는 6·25전쟁을 비롯한 한국의 근대사가 녹아 있는가 하면, 역사의 변방에서 잊혀져가는 사람들의 이야기도 있고, 방황하는 젊음의 고뇌나 삶의 형이상학적 탐구도 있다. 개인, 사회, 역사, 전통, 예술 등을 아우르는 그의 작가적 탐구력은 존경에 값한다. 그의 문학 세계는 주제나 소재 면에서도 폭넓은 스펙트럼을 보여주지만, 형식 면에서도 다양한 모습을 보여준다. 장편이나 중·단편 등의 다양한 서사 형식을 두루 활용하는가 하면, 여러 가지 서사 기법들을 구사하기도 한다.
 이처럼 크고 풍성한 이청준의 문학 세계에 대한 지금까지의 존경과 사랑과 이해가 적었다고 말할 수는 없다. 그러나 이청준의 문학은 20세기 한국소설사에서 더 많은 독서와 해석과 논평이 있어야 마땅할 것으로 생각되며, 문학에 대한 그의 태도는 무릇 글 쓰는 사람들의 본이 되어야 할 것으로 생각된다.

이청준은 1965년에 등단하여 3년 만에 『별을 보여드립니다』라는 묵직한 단편집을 출간했고, 이어서 1975년에는 한국 현대 장편소설의 한 수준을 보여주는 『당신들의 천국』을 탈고했다. 이후 1970년대 후반과 1980년대는 이청준이 작가적 명성을 날리며 왕성한 필력을 보여준 전성기라고 할 수 있다. '이청준 전집' 13권인 이 책에 실린 여덟 편의 중·단편은 그 가운데서도 1977년과 1978년에 걸친 2년여의 기간에 발표된 작품들이다. 이 작품들은, 주제와 창작 방법 면에서도 다양한 면모를 보여주기 때문에 이청준 문학의 큰 테두리를 짐작케 해주기도 한다. 그리고 이 작품들을 하나의 논리로 꿰어 이해하기보다는 한 작품 한 작품 독립적으로 이해하는 것이 보다 편안하고 성실한 독서가 될 것이다. 여덟 편의 중·단편에 대한 각각의 해설은 다음과 같다.

「눈길」은 이청준의 대표작 가운데 하나일 뿐만 아니라 20세기 한국소설사에서 이미 명작의 반열에 오른 단편이라고 할 수 있다. 시대의 변화에도 불구하고 변치 않는 감동을 주며 중등학교 문학교육의 중요 텍스트로서 널리 읽히고 있는 작품이다.

「눈길」은 이청준의 자전적인 작품이다. 어떤 면에서 작가 이청준의 생애에서 가장 힘들었고 잊을 수 없는 체험을 바탕으로 해서 집필된 작품이다. 「눈길」의 감동은, 일차적으로 이 가장 힘들었고 잊을 수 없는 체험의 절실성에서 온다. 이 작품의 소재가 된 작가의 체험이 어떤 것인지에 대해서는 작품을 발표하고 거의 20년 이상이 지난 후 1999년에 작가 스스로 소상히 밝힌 바 있다. 「나는 「눈길」을 이렇게 썼다」라는 작가 노트에서 이청준은 「눈길」이 씌어지게 된 과정과 「눈길」이 거의 꾸며냄이 없는 자전적 이야기임을 솔직하게 말한다.

그다음 이야기는 소설 「눈길」의 줄거리와 거의 동일하다. 아니 「눈길」은 그 이후뿐만 아니라 소설 전체의 진행이 실제와 일치하고 있는 셈이다. 〔……〕「눈길」은 그러니까 나 혼자 쓴 소설이 아니라 내 어머니와 아내 셋이서 함께 쓴 소설인 셈이다. 오랜 세월 가려져 온 그 새벽 헤어짐 이후의 두려운 사연을 당신의 삶 속에 간직해온 어머니나 그 헌 옷궤의 설운 사연을 실마리 삼아 끝내 그 무고한 아픔의 실체를 드러내준 아내가 아니었으면 이 소설은 씌어지지 않았을 것이다. 그리고 그런 뜻에서 어머니나 아내는 「눈길」의 실제 실연자로서 소재뿐 아니라, 그 헤어짐을 중심 삼아 이야기의 반전 시점을 마련해준 구성이나 우리 삶의 원죄성 아픔 부끄러움 따위의 주제까지도 함께 다 제공해준 셈이었다. 거기에 내가 다듬고 덧붙인 바란 무력하고 모멸스런 자신을 더욱 가책하려는 심사에서 어머니에게 우정 '빚이 없다' 뻔뻔스럽게 우기고 든다거나 당신을 불손하게 '노인'이라 부르는 따위의 수사상의 역설적 반어법을 고려한 정도였달까. 그것은 이 「눈길」에 앞서 '노인'과 아내와 나 셋이서 (형수와 조카아이들은 매번 이웃집 잠자리를 얻어 가곤 했으므로) 그 하룻밤을 함께 보낸 일이 없이 쓴 「새가 운들」과 비교해보면 더욱 뚜렷해질 것이다.

작가 노트의 앞부분에서 「눈길」 이전의 개인사를 구체적으로 설명한 뒤 이어지는 내용이다. 작가는 「눈길」이 약간의 수사적 표현을 제외하면 인물이나 구성이나 주제까지도 모두 사실과 일치함을 고백하고 있다. 「눈길」은 이청준의 삶에서 잊을 수 없는 한 장면을 그대로 독자에게 보여준다. 이것은 이청준 문학에서 매우 예외적이다. 이청준의 창작 방법은 작품의 소재가 된 체험이나 이야기를 적극적으로 가공하여(때로는 사실성이나 개연성까지 훼손하면서까지 가공하여) 관념적인 주제의 형성으로 나아가는 경향이 강하다. 그러나 「눈길」은 작가의 체험을 그대로 보여줄 뿐, 소설적 가공은 거의 없다. 이청준의 다른 작품들과는 달리, 「눈길」의 소설적 성공은, 작가의 상상력의 가공 솜씨에 의한 것이 아니라 소재가 된 체험 자체의 절실성에 의한 것이라고 할 수 있다.

이런 점에서 「눈길」의 일차적인 독서는, 작가 이청준의 삶(특히 어머니와 관련된 삶)을 깊이 있게 이해하는 것이 되고 이를 위해서는 집안의 몰락과 어머니의 이야기를 좀더 알게 해주는 작품인 「새가 운들」과 함께 읽어보는 것이 도움이 된다. 어처구니없는 집안의 몰락 탓에 자신이 머물 집도 없는 헐벗은 어머니는 자식마저 타지에 내버리듯이 보내고 더 이상 돌볼 길이 없는 처지다. 자식은 자식대로 타지에서 고아처럼 고생하며 겨우 공부를 마치고 결혼을 했지만 이때까지도 노모를 돌볼 현실적 여유가 전혀 없다. 그래서 어머니의 자식에 대한 사랑은 한(恨)과 미안함이 되고, 자식의 어머니에 대한 사랑은 가책과 외면이 된다. 이것이 어머니가 자식 앞에서 아무 말도 못하고 그냥 주저하기만 하는 까닭이며, 또한 자식이 고향을 회피하고 어머니에게 '빚이 없다'고 자기 자신에게 되뇌고 강요(혹은 거짓말)하는 이유이다. 이러한 어머니와 아들의 가슴 아픈 관계를 잘 이해하기 위해서는 1950년대 후반과 1960년대 우리 사회의 참혹한 가난에 대해서 알고 있어야 할 것이다. 참혹한 가난 속에서의 삶이 어떤 것인지 잘 모르는 젊은 학생 독자들에게 「눈길」은 의외로 어렵거나 무감동한 소설이 될지 모른다. 「눈길」은 참혹한 가난이 어머니의 지극한 사랑마저 한으로 만들고, 자식에게는 어머니의 처지와 마음을 애써 외면하게 만드는 슬픈 이야기다.

이처럼 「눈길」은 체험의 절실성과 진실성만으로도 감동을 주는 작품이다. 그러나 「눈길」의 문학적 가치는 참혹한 가난 때문에 어머니와 자식 사이의 한이 되어버린 사랑만으로 다 설명되지는 않는다. 다시 말해 체험의 절실성과 호소력만으로 좋은 문학이 보장되는 것은 아니다. 같은 체험을 다루었으되, 「새가 운들」보다 「눈길」이 높은 문학적 성취를 보여주는 데는 까닭이 있다. 그 까닭은 대략 두 가지로 설명될 수 있다. 먼저 언급할 수 있는 것은, 문학적 감동에 있어서 극적 장면의 중요성이다. 「눈길」에서 어머니의 마음을 드러내는 감동적인 모티프는 두 개인데, 하나는 팔린 집에서 어머니가 아들을 기다려 밥을 지어주는 모티프이고 다른 하나는 어머니가 아들을 차부에 데려다 주고 또 돌아오는 눈길의 모티프이다. 여기서 전자의 모티프는 다소 설명적으로 어머니의 마음을 전달하나, 후자의 모티프는 그야말로 이미지와 아우라로 어머니의 마음을 전달한다. 작품의 초두부터 쌓여온 무거운 감정들은 이 눈길의 장면에서 하나의 선명한 이미지로 치환되고 나아가 어머니의 지극한 슬픔을 투명하게 현현한다. 그래서 독자들은 이 장면에 이르러 이성의 도움 없이 마음속에 맑고 슬픈 물결이 밀려옴을 느낄 수 있는 것이다. 문학에서 이런 극적 장면들은 이성적 설득과는 다른 방식으로 사람들에게 감동과 가치를 전달한다.

「눈길」이 지닌 또 하나의 높은 문학적 가치는 '인간적 품위'를 보여준다는 점이다. 이 점은 애석하게도 지금까지 「눈길」에 대한 많은 논의와 언급에서 전혀 지적되지 않고 있으며, 최근 우리의 삶과 문학에서도 경시되고 있는 가치이다. 집안이 완전히 몰락한 뒤, 어머니가 아들에게 마지막으로 사랑을 표현하는 방식이 살던 집에서 마지막으로 아들에게 따뜻한 밥을 해 먹이고 함께 하룻밤을 보내는 것이다. 어머니는 눈물을 보이지도 않고 또 처참한 집안 사정에 대해서 한탄스런 넋두리를 늘어놓지도 않는다. 어머니는 인자하면서도 허물어지지 않은 모습을 아들에게 보여준다. 그리고 동네 사람들의 눈길을 피해서 새벽 어스름 속에서 아들을 배웅한다. 이런 모습은 아주 난처한 궁지에 몰려도 자신의 존엄을 스스로 허물지 않는 인간적 품위를 지닌다. 어머니의 이런 태도는 「눈길」의 전반부 대화에서도 드러난다. 어머니는 아들이 어떤 태도나 반응을 보여도 자기를 잘 드러내지 않고 한 걸음 뒤로 물러서며 자신의 품위를 지킨다. 말할 수 없는 어려운 처지에서 고생을 하였지만 그런 이야기를 잘 하려 하지 않는다. 어머니는 고통 속에서 허물어져서 울부짖는 것이 아니라 고통 속에서 자신이 없어져도 내면의 존엄을 유지하면서 인간적 품위를 지킨다. 어머니가 자신의 슬픔과 고통을 세상에 함부로 보이지 않으려는 노력은 마지막 장면에서 인상적으로 나타난다. 어머니가 아들을 보내고 다시 눈길 위의 자식 발자국을 밟으며 마을로 되돌아와서 바로 마을로 들어가지 못하고 동네 뒷산에서 한동안 머물렀던 까닭은 돌아갈 집이 없어서가 아니다. 그 까닭은 뜻밖에 부끄러움 때문이다. 어머니는 "이젠 돌아가실 거처가 없으셨던 거지요"라는 며느리의 말에 다음과 같이 답한다.

"그런디 이것만은 네가 좀 잘못 안 것 같구나. 그때 내가 뒷산 잿등에서 동네를 바로 들어가지 못하고 있었던 일 말이다. 그건 내가 갈 데가 없어 그랬던 건 아니란다. 산 사람 목숨인데 설마 그때라고 누구네 문간방 한 칸이라도 산 몸뚱이 깃들일 데 마련이 안 됐겠냐. 갈 데가 없어서가 아니라 아침 햇살이 활짝 퍼져 들어 있는디, 눈에 덮인 그 우리 집 지붕까지도 햇살 때문에 볼 수가 없더구나. 더구나 동네에선 아침 짓는 연기가 한창인디 그렇게 시린 눈을 해갖고는 그 햇살이 부끄러워 차마 어떻게 동네 골목을 들어설 수가 있더냐. 그놈의 말간 햇살이 부끄러워져서 그럴 엄두가 안 생겨나더구나. 시린 눈이라도 좀 가라앉히고자 그래 그러고 앉아 있었더니라······" (pp. 167~68)

어머니는 어린 자식과 생이별하는 슬픔에도 불구하고 그래서 혼자 돌아오는 길에서는 하염없이 눈물을 흘렸어도 동네 사람들에게 눈물을 보이는 것은 부끄러운 일이라고 생각한다. 참혹한 상황 속에서도 다른 사람 앞에서 자신의 암담한 처지나 극한 감정을 드러내지 않고 인간적 품위를 끝내 지키려는 어머니의 태도는 결국 이 작품의 문학적 성공이 되고 또 감동의 바탕이 된다. 세상에는 「눈길」 속의 어머니보다 더 참혹한 슬픔과 고통 속에서 고생하신 이야기가 많다. 특히 그 슬픔과 고통이 얼마나 심한지 마치 자랑처럼 세상에 울부짖고 더 나아가서 세상에 대한 분노를 거칠게 내뱉는 경우도 많다. 그러나 끝끝내 인간적 품위를 잃지 않고 그 슬픔과 고통을 묵묵히 견딤으로써, 어떤 슬픔과 고통도 허물어뜨릴 수 없는 자존의 한 부분을 지켜낸 어머니의 모습은 참으로 드물고 소중한 것이다. 「눈길」을 읽으면서 우리는 그 속에 자연스레 녹아 있는 인간적 품위의 가치를 잘 느껴보아야 할 것이다.

「예언자」와 「얼굴 없는 방문객」은 삶의 불가사의에 대한 소설적 탐구라고 할 수 있다. 이청준은 삶과 세상을 이성적 논리로 이해하고 설명하려는 성향을 지닌 작가다. 그러나 이청준의 문학은 삶과 세상이 이성적 논리나 합리성으로 설명되지 않는 측면이 있다는 사실도 자주 강조한다.
「예언자」는, 자기가 한 말이 정확한 예언이 되어버리는 나우현이라는 인물에 관한 이야기이다. 무대는 여왕봉이라는 술집이며,

이 술집의 주인인 홍 마담이 나우현과 함께 또 한 명의 주동인물이다. 홍 마담은 술집의 여급들뿐만 아니라 손님들까지 술집 안의 모든 사람에게 가면을 쓰도록 만든다. 처음에는 어색해하던 사람들이 좀 시간이 지나자 모두 가면을 쓰고 술을 마시는 것을 좋아한다. 가면 속에 자신을 감추는 것이 재밌고 편하다는 것을 체험하게 된다. 그러나 나우현은 불편해하고 의기소침해지며 예언도 잘할 수 없게 된다. 민얼굴을 봐야 예언을 할 수 있는데 모두 가면을 쓰니 예언이 불가능하게 되었을 수도 있다. 나우현과 홍 마담의 대립은 곧 예언과 가면의 대립이라고 할 수 있다. 예언은 드러냄이고 가면은 숨김이다. 의기소침해 있던 나우현이 마침내 이 술집에서 살인사건이 발생할 것이라고 예언한다. 그리고 얼마 후 그 예언은 자신의 죽음에 대한 예언이 된다.

  이런 황당한 이야기의 소설적 의미가 무엇인지 분명하지는 않다. 그냥 '말이 씨가 된다'는 속담처럼 유별나게 자신의 말이 예언처럼 되는 사람이 있음을 보여주는가 하면 또 사람들이 술집과 같은 일탈적 영역에서는 가면을 쓰기를 좋아함을 보여주는 작품으로 평범하게 이해할 수도 있다. 그러나 예언과 가면의 대립에 좀더 유념해서 생각해보면, 예언에 대한 가면의 승리가 이 작품의 의미라고 짐작해볼 수도 있다. 다시 말해 진실을 드러내는 예언은 사람들이 불편해하고 오히려 진실을 감추는 가면 속에서 편안함과 즐거움을 느끼는 것이 세상의 모습이라는 것을 보여주는 것이 「예언자」의 전언일 수 있다. 모두 가면을 쓰고 진실을 외면하는 곳에서 진실을 예언하는 자는 오히려 희생자가 된다는 것을 「예언자」

의 결말에서 짐작할 수도 있다. 그러나 '예언'과 '가면'도 '부끄러움'이나 '전짓불' 등등과 같이 이청준의 문학적 상상력의 공간 안에서 특별한 의미를 형성하는 것으로 보인다.

「얼굴 없는 방문객」은 죽음의 예감을 믿고 그것을 피하고자 했던 두 사람의 이야기다. 서예가 손정현과 소설가 P는 죽음의 예감이 담긴 체험 이야기를 서로 바꿈으로써 자신의 죽음을 피하고자 했지만 결과는 바뀐 예감에 따라 두 사람 모두 불의의 죽음을 당하게 된다. 이런 비합리적인 이야기를 통해서 작가는 독자들로 하여금 죽음에 대해서 사유하게 해준다. 때로는 작가가 친절하게 죽음에 대한 사유를 작품 속에서 대신 해주기도 한다. 예를 들면 "어차피 자기 죽음의 예감이라는 게 그토록 불확실할 수밖에 없는 것이라면, 그 죽음에 즈음한 자기 용기와 증거의 소망 역시도 우리의 죽음 자체가 아니라 그러한 죽음을 현세의 삶의 한 방법으로 편입해 들임으로써 그것을 더욱 힘차고 정직하고 소중스러운 것으로 살아나갈 수도 있겠기에 말이다"(p. 335)라는 서술자의 독백은 이 작품의 주제가 무엇인지 쉽게 짐작게 해준다. 한편 죽음에 대한 사유가 이 작품의 핵심이긴 하지만 우정에 대한 사유를 만나는 것도 이 작품을 읽는 보람의 한 부분일 것 같다.

「거룩한 밤」과 「잔인한 도시」는 비인간적 도시적 삶의 현실을 문제 삼는 소설이다. 「잔인한 도시」는 날개 잘린 새를 통해서 도시문명 혹은 현대적 삶의 비인간성을 고발하는 작품이다. 오랜 세월을 감옥에서 보내고 출옥한 사내는 갈 곳이 없어 도회의 공원을 배

회한다. 그 공원에는 돈을 받고 방생할 새를 파는 상점이 있다. 사내는 아직도 자유를 얻지 못하고 있는 감옥 속의 모든 사람들을 위해 매일 새를 사서 방생한다. 그러다가 새들이 멀리 날아가지 못하고 다시 새 장수에게 잡히는 까닭이 속 날개를 잘렸기 때문임을 알게 된다. 낮에 손님들에 의해서 방생되어 자유를 얻은 새들이지만 이 새들은 속 날개가 잘렸기 때문에 밤에 다시 새 장수의 전짓불 앞에서 꼼짝 못하고 잡히고 만다. 이 사실을 안 사내는 자신과 친해진 한 마리의 새와 함께 이 잔인한 도시를 떠나 멀리 남쪽에 있는 고향으로 길을 떠난다. 실제로 돌아갈 고향이 있는 것은 아니지만 고향을 찾아 떠날 수 있는 자유를 비로소 얻은 것이다.「잔인한 도시」는 이청준의 작품 가운데서 비교적 쉽고 단순한 작품이다. 그러나 그 단순한 구도는 흥미로운 모티프와 함께 강한 인상과 감동을 만들어낸다.

공원의 새가 새 장수에 의해 속 날개를 잘리고 자유의 비상을 못하게 되었다면,「거룩한 밤」의 아파트 주민(남자)들은 가족 계획의 강요에 의해 피임 수술을 받고 남성성을 상실한다. 아파트 입주권을 얻기 위해서는 정관수술을 받아야만 한다. 그렇게 해서 입주한 아파트 단지는 밤만 되면 공동묘지처럼 조용하고 깜깜해진다. 가짜 수술 확인서를 이용해서 아파트에 입주할 수 있게 된 소설 속 화자는, 밤만 되면 죽은 듯이 조용해지는 아파트(낮에는 온갖 종류의 소음이 가득한 곳이다)를 견딜 수 없어 한다. 그러다가 밤늦게 고성방가를 하는 한 남자를 통해서 아파트의 정적이 정관 수술과 관련 있음을 알게 된다. 화자는 그것을 사내들이 남성성을 상실하고 여성화되었기 때문이라고 단정한다.

이기적이고 소극적인 왜소화 현상이 아닐 수 없었다. 그래서 남자들은 성미들이 모두 고분고분 양순해지고, 주변의 불의나 비리에도 대항할 기백을 잃게 되고, 참을성만 늘게 되고, 밤의 어둠만을 찾아 헤매게 되고, 주정도 함부로 못 하게 되고, 그리고 모든 남성의 창조를 잃게 되는 것이었다. / 이 아파트의 현상들은 바로 그 아파트의 모든 남자들이 자신의 남성을 제거당해버린 사실에 사연이 있었던 것이다. (pp. 120~21)

여성화 현상에 대한 화자의 한탄과 혐오가 가득한 「거룩한 밤」은, 요즘 시각으로 본다면 터무니없는 남성우월주의 혹은 여성 비하로 비난의 대상이 될 만하다. 그러나 다른 관점에서 보면 이 작품은 남성성을 상실하고 여성화되어가는 우리 사회 혹은 현대 문명적 삶에 대한 흥미로운 문제 제기가 될 수도 있다. 아울러 이 작품을 1970년대 후반의 정치사회적 상황과 관련지어 생각해볼 수도 있겠는데, 이 경우 「거룩한 밤」은 유신시대의 억압 속에서 아무런 소리도 내지 못하고 순응주의에 함몰되어 있던 당시의 사회적 분위기에 대한 알레고리로 이해되기도 한다. 「잔인한 도시」 또한 이러한 알레고리적 해석이 가능할 것이다.

「불 머금은 항아리」와 「소리의 빛 — 남도 사람 2」는 예술가들의 세계를 다룬 소위 '예술가 소설'이라고 할 수 있다. 「불 머금은 항아리」는 '이 항아리를 지닌 사람은 부자가 된다'는 글이 새겨진 항아리의 내력에 관한 이야기다. 그 항아리는 백용술이라는 사기장이 젊은 시절 스승 몰래 만들어서 시장에 내보낸 것이다. 한 점의 허물도 용납지 않고 구운 사기들을 모두 부숴버리는 스승의 엄격함 속에서 용술은 먹고살기 위해 어쩔 수 없이 몇 점 사기들을 스승 몰래 팔기도 했던 것이다. 그 후, 백용술에게는 부자가 된다는 글이 새겨진 항아리의 존재가 평생토록 스승에 대한 죄책감 그리고 자신에 대한 부끄러움이 된다. 다행히 죽기 전에 그 항아리를 다시 만나게 되지만, 백용술 노인은 이미 남의 것이 된 그 항아리를 없애지는 못하고 다만 그 항아리에 얽힌 사연만을 남기고는 죽는다. 여기까지의 이야기는 자신이 공들여 만든 사기들을 대부분 부숴버리는 완벽주의적 장인 정신에 관한 것으로 특별히 새로울 것은 없다. 가마에 불을 때는 정성과 요령 그리고 장인의 혼에 대한 작가의 서술이 흥미롭긴 하지만 그것만으로는 평범하다. 「불머금은 항아리」가 평범하지 않은 것은, 장인의 완벽에 대한 예찬에 그치지 않고 액자 구성을 통해서 완벽과 비완벽에 대한 변증법적 이해를 열어주고 있기 때문이다. 아이러니하게도 허 옹의 장인 정신이 백용술을 거쳐 세상에 남겨지게 된 계기는 완벽한 항아리를 통해서가 아니다. 그 반대로 '이 항아리를 지닌 사람은 부자가 된다'는 글이 장난스레 새겨진, 장인의 혼과는 전혀 상관이 없이 심술궂은 마음으로 만들어진 항아리를 통해서 허 옹의 철저한 장인 정신이 세상에 알려지게 된 것이다. 이러한 이중의 관점이 「불머금은 항아리」를 평범치 않은 예술가 소설이 되게 하는 것 같다.

「소리의 빛」은 영화 「서편제」의 대본이 된 소설로 더 유명하게 된 작품이다. 그러나 그 영화에서는 보여줄 수 없는 아름다움이 가득한 작품이다. 소리 세계의 독특한 공간인 판소리의 미학을 문자 세계의 서사로 번역한 것이 「소리의 빛」이라고 할 수 있으며, 그 불가능해 보이는 번역이 성공적이라고 말할 수도 있다. 바탕이 되는 서사는 떠돌이 소리꾼 아버지와 이복 오누이의 이야기이다. 오라비는 떠돌이 소리꾼이 한때 인연을 맺은 여인이 키우던 자식이고, 누이는 소리꾼과 여인의 인연으로 태어난 여식이다. 여인은 여식을 낳다가 죽었다. 소리꾼과 오누이는 노래를 하며 떠돌다가 어느 날 오라비가 도망을 가고, 소리꾼은 혼자 남는 것이 두려워 여식의 눈을 멀게 만들었다. 이러한 기막힌 운명의 서사 속에는, 유랑의 고달픔뿐만 아니라 슬픈 사랑과 기다림과 헤어짐과 체념과 죄와 설움과 고난이 얼버무려져 있으며, 그것이 곰삭아서 한이 되어 있다. 이 서사를 바탕에 깔고 작가는 판소리의 미학을 문자로 재생해낸다. 작가는 평생 누이를 찾아다닌 오라비가 어느 외딴 주막에서 소리하는 누이를 만나고 이들은 밤새 소리로 대화하다가 새벽이 되어 아무 말 없이 떠난다는 단순한 구성을 취한다. 그 단순한 만남의 공간 속에 한 맺힌 삶과 그리움에 대한 절절한 마음의 물결을 판소리 가락으로 흐르게 만든다. 이때 또 하나 중요한 요소는 작가의 유장하고 처연한 문체이다.

여름날 햇볕에 지쳐 난 가로수처럼 무겁고 적막한 모습으로 시종일관 무연스레 허공만 지키고 앉아 있을 뿐이었다. 그것은 차라리 그녀가 가끔 술청마루 끝 별밭 속으로 나와 앉아 보이지 않는 눈길 속에 끊임없이 무엇인가를 기다리고 있는 듯하던 그 모습 그대로였다. 〔……〕

때로는 바위처럼 우람하고 도저한 기백이 솟아오르는가 하면 때로는 낙화처럼 한스럽고 가을 서릿발처럼 섬뜩섬뜩 귀기가 넘쳐났다. 가파른 절벽을 넘고 나면 유장한 강물이 산야를 걸쳐 있고, 사나운 폭풍의 한밤이 지나고 나면 새소리 무르익은 꽃벌판의 한나절이 펼쳐졌다. (pp. 221~22)

이러한 문체는 이청준의 작품에서 예외적이다. 이청준의 문체는 대체로 어눌하고 사변적이고 답답하다. 그러나 「소리의 빛」에서 작가의 문체는 새로운 경지를 보여준다. 그 문체의 힘이, 하룻밤 오누이의 상봉의 그 엄청난 감정의 물결을 감당해내며 아울러 판소리의 깊은 속 울림을 전달해준다. 소설이 문자 서사로 세계를 재현해내는 양식이라면, 「소리의 빛」은 매우 독특한 방식으로 매우 독특한 아름다움의 세계를 문자로 재현해낸 수작이라 할 수 있을 것이다.

「겨울 광장」은 좀 모호한 작품이다. 완행댁이라고 불리는 한 실성한 여인이 버스 정류소가 있는 광장을 떠돌면서 딸을 찾는다. 그녀는 버스 승객들에게 매달리며 딸의 소식을 구하려 한다. 그러는 중에 완행댁의 사연은 완행댁의 입을 통해서 조금씩 알려지게 되는데, 그러나 그녀와 그녀의 딸에 관한 사연은 오락가락한다.

동네 총각에게 겁탈당한 딸 이야기는 할 때마다 다른 이야기가 된다. 마치 여러 명의 딸의 이야기가 섞여 있는 것 같다. 이것은 완행댁의 실성한 정신을 드러내주는 데 그치지 않고, 완행댁 자신의 삶을 암시한다. 즉 딸의 이야기가 아니고(혹은 딸의 이야기 속의 상당 부분은) 자신의 기구한 삶의 이야기일지도 모르며 그런 기구한 삶 때문에 실성까지 하게 된 것이라고 짐작할 수 있다. 하여튼 이 소설은 완행댁의 사연을 합리적으로 재구성해서 이해하려는 독자들의 욕구를 배반한다. 이것은 완행댁의 삶이 합리적으로 이해될 수 없다는 것을 전달하려는 작가의 의도일 수도 있다.

그러나 작가의 그러한 의도를 읽어내는 것보다 더 중요한 것은, 한때 우리 사회에 이러한 겨울 광장이 존재했다는 사실을 환기시켜준다는 점이다. 이 소설의 배경이 된 시대에는 이러한 기구한 삶을 견뎌야 했던 여인들이 있었고 또 그래서 마침내 실성한 여인이 버스 정류장 부근이면 으레 한 사람쯤 있었다. 이 소설은 그 공간, 현실을 재현해서 보존해주고 있는 것이다. 겉모양이 달라지긴 했지만 이런 실성한 여인과 겨울 광장은 오늘날 우리 사회의 한 켠에도 있을 것이다.

[2012]

자료

텍스트의 변모와 상호 관계

이윤옥
(문학평론가)

> 「예언자」
> | **발표** | 『문학사상』 1977년 8월호~9월호.
> | **최초의 단행본 수록** | 『예언자』, 문학과지성사, 1977.

1. 실증적 정보

1) **초고**: 대학노트에 씌어진 작가의 육필 초고가 남아 있다. 초고에서는 '여왕봉'의 단골 형사가 강 형사가 아니라 조 형사다.

2) **이전 발표 작품과의 연관성**: 「가면의 꿈」에는 「예언자」에 들어 있는 달빛 아래 가면이 우는 장면이, 문방구 장 씨의 어머니로 인물만 달리해 그대로 나온다.

3) **수필 「나그네」**: 1980년에 쓴 수필 「나그네」가 2001년 작품집에 '작가노트'로 수록된다.

4) **발표작과 첫 단행본 수록작의 차이**: 발표작의 8장 전체가 단행본에서 삭제되었다. 나우현이 죽은 뒤를 묘사한 8장에는 나우현의 쪽지도 들

---

* 텍스트의 변모를 밝힘에 있어 원전의 띄어쓰기 및 맞춤법을 그대로 살렸음을 일러둔다.

어 있는데, 그 내용은 요약되어 단행본 7장에 삽입되었다.

2. 텍스트의 변모

1) 『문학사상』(1977년 8월호~9월호)에서 『예언자』(문학과지성사, 1977)로

- 19쪽 20행: 도로변의 → [삽입]
- 25쪽 21행: 동대문 체육관 → 동도 체육관
- 27쪽 5행: 더듬이 → 개미 더듬이
- 29쪽 4행: 짓궂고 장난스런 오입장이의 탈을 쓴 자는 더욱 더 → [삽입]
- 35쪽 22행: 예언가 → 숫점장이
- 36쪽 6행: 예언가 → 점장이
- 36쪽 13행: 예언을 하는 → 점을 치는
- 36쪽 18행: 예언 → 점괘를
- 41쪽 6행: 본능 → 본능적인 직감을
- 46쪽 1행: 벗기울까 → 빼앗길까
- 53쪽 7행: 저 여자의 → [삽입]
- 53쪽 17행: 우리들의 → [삽입]
- 55쪽 12행: 것 → 무리
- 57쪽 13행: 아는 척도 → 아랑곳도
- 58쪽 9행: 규칙을 어기려 → 풍속에 맞서
- 68쪽 9행: 당신이 → 그쪽에서
- 80쪽 12행: 인격이 가려지는 것으로 믿거든요. → 인격을 가리거든요.

* 단행본에서 삭제된 8장

「그의 예언이 결국 이렇게 실현된 셈이군」
나우현이 이미 숨이 끊어진 것을 확인하고 나자 강형사는 체념을 한 듯

구부렸던 몸을 일으키며 주위를 한번 천천히 휘둘러보았다.
「하지만 이 친구 예언자치고는 참으로 운이 안 좋은 예언자였던 모양이야」
그는 이제 우덕주의 발작은 더 이상 걱정을 않고 있었다.
우덕주 역시 방금 전에 보였던 그 무서운 발작기는 상상도 할 수 없을 만큼 얌전하게 풀이 죽어서 한쪽 켠에 서있었다.
술꾼들은 아직도 역시 거기서는 그런 일이 있을 수 있다고 믿고 있는 것 같았다. 그것은 우덕주가 나우현의 목줄기를 무서운 힘으로 짓눌러대고 있었을 때도 마찬가지였다. 술손들은 아무도 그 우덕주를 말리려 드는 사람이 없었다. 강형사만이 막판에 번뜩 정신이 들어온 듯 두 사람에게로 급히 달려들고 있었지만 그 강형사마저도 이미 때가 너무 늦고 있었다. 강형사 혼자의 힘으로는 바위덩어리 같은 그 우덕주를 움찍도 해볼 수가 없었다. 소동은 그 우덕주가 제 할 짓을 다 하고 나서 제풀에 두 손을 축 늘어뜨린 채 나우현에게서 몸을 떼고 일어서 나왔을 때에야 끝장이 났다. 그때까지도 사람들은 발이 한곳에 얼어붙은 듯 끝끝내 움직임이 없었다. 우덕주가 자리를 비켜선 다음에야 늘어져 누운 나우현의 주위로 몰려가 강형사 등뒤로 그 멍청스런 시선들을 던지고 서 있을 뿐이었다. 겁에 질린 얼굴로 한쪽에 얌전히 비켜서 있는 그 우덕주를 탓하려 드는 사람 하나 없었다.
「예언자치고는 참으로 운이 나쁜 예언자였어」
강형사마저도 거기선 으례 그런 일이 있을 수가 있는 것처럼 믿고 있는 어조였다.
그는 마치 나우현의 삶에 대해 마지막 심판을 내리듯 엄숙하게 말했다.
「작자의 예언이 이토록 용하다면 자신의 운명을 미리 점쳐 낼 수는 없었던가 말이야」
고개를 갸웃거리며 아리숭해 하는 그 강형사 앞에 느닷없이 누군가 대꾸를 해왔다.
「그는 스스로 자신의 예언을 실현해야 했으니까요」

홍 마담이었다. 홍 마담의 목소리는 어울리지 않게도 자신감이 넘치고 있었다.
「하지만 그는 그걸 예언하진 않았지 않았소」
강형사가 다시 그 홍 마담의 가면 쓴 얼굴을 들여다보고 말했다. 그러자 이번에는 또 다른 쪽에서 강형사에게 대꾸를 해왔다.
「선생님은 때로 자신의 예언을 말하지 못할 경우도 있었을 테니까요」
나우현의 단골 파트너였던 미스 심이 그 강형사 앞으로 종이쪽지 하나를 내밀어 왔다.
「어제 선생님이 여길 나가시기 전에 가면 속에다 숨겨 놓으신 거예요. 아까 선생님을 기다리다가 거기서 찾아냈어요」
그녀의 손에는 두 개의 가면이 들려져 있었다. 하나는 그녀 자신의 가면을 벗어 든 것이었고, 다른 하나는 우현의 쪽지가 숨겨져 있었다는 그의 가면이었다.
강형사가 미스 심으로부터 그 쪽지를 건네받았다. 그리고는 거기 쓰인 몇 마디 기록을 읽어 내려가다 말고 큰 소리로 갑자기 신경질적으로 말했다.
「거 누구 조명 좀 올려요. 아직도 이렇게 불들을 끄고 있어!」
홀안은 이내 불이 밝혀졌다. 갑자기 밝아진 불빛 속으로 모처럼 제 모습을 되찾은 얼굴들이 쭈빗쭈빗 솟아나 있었다. 겁을 먹고 놀란 때문이었을까. 술손이고 여급들이고 여왕봉 사람들은 어느새 모두 자신의 가면들을 벗어 들고 있었다. 홍 마담만이 아직도 그 요기 어린 귀면을 덮어쓴 채였다. 강형사가 그 마담의 가면을 향해 주문을 외듯 중얼중얼 쪽지를 읽어 내려갔다.
「이 작자 자기가 죽을 것도 미리 다 알고 있었던 모양이구먼. 하지만 이잔 그 자신의 죽음으로도 자기 예언이 아직 실현되질 못하고 있는 것처럼 말하고 있는걸」
중얼중얼 혼자서 쪽지 기록을 읽고 난 강형사는 그러나 아직도 뭔가 뜻이 아리숭한 듯 고개를 계속 갸웃거리고 있었다.

「그리고 이잔 자신의 예언이 진실과는 일부러 반대쪽을 말하고 있었을 수도 있었다는 거예요」
「하지만 그건 아마 가능성일 뿐이겠지요. 그의 예언은 이미 증거를 보이고 있지 않아요?」
홍 마담이 웬일로 다시 조급한 목소리로 끼어들었다. 그녀는 아직도 가면을 쓴 채였다. 강형사는 그 마담의 가면 쓴 얼굴이 새삼 신기해 보인 듯 그녀의 얼굴을 한동안 유심히 들여다보고 있다가 갑자기 생각 난 듯 묻고 있었다.
「그래 그의 죽음은 예언이 실현되었노라는 증거라고 말했지. 그렇다면 그 예언의 진짜 목적은 무엇이었지?」
「그건 마담이 우리들의 여왕이 된다는 것이었지요」
약국의 김씨가 서슴없이 대답했다. 문득 이상한 긴장감이 홀 안을 가득 채워 왔다. 일동은 잠시 입을 다문 채 묵묵히 그 긴장감을 견디고 있었다.
「좋아요 좋아. 그렇다면 마담은 이제부터 정말 여왕이 된 건가? 그리고 우리들은 모두 그 여왕의 진짜 종이 된건가……」
강형사가 이윽고 그 무거운 분위기를 걷어내듯 말투에 얼마간 익살기를 담기 시작했다. 그러자 그때 문방구점 장씨가 다시 그를 부인하고 나섰다.
「하지만 그 예언은 진실을 반대로 말하고 있을 수도 있다지 않소」
「그래요. 그렇다면 그의 예언의 반대라는 건 무어가 되지요? 만약에 그가 그의 진실을 일부러 반대로 말하고 있었던 게 사실이라면 말이요. 도대체 무엇이 어떻게 될 거라는 말이요」
강형사가 다시 장씨의 말을 받아 되묻고 있었다.
하지만 이제 강형사의 물음엔 누구고 감히 입을 열려고 하는 사람이 없었다. 이상스런 살기가 다시 홀 안을 가득 일렁이고 있었다. 말을 묻고 난 강형사마저도 불현듯 그것을 느끼고 있었다.
하지만 사람들은 아직도 무엇 때문에 거기서 그런 살기가 느껴져 오는지 이유를 스스로 납득할 수가 없었다. 그들은 이미 가면을 벗은 상대방의 얼굴에서 그렇게 서로가 서로의 살기를 느낀 것뿐이었다. 가면 속에서는 절대로 보일 수 없었던 모처럼의 역력한 표정들이었다.

다만 한 사람 홍 마담만이 아직도 그녀의 가면으로 얼굴을 깊이 가린 채였다.

「어디 우리도 좀 봅시다……」

늘어선 술손들 가운데 끼어 서 있던 문방구점의 장씨가 이윽고 그 쪽지 속에서 자신의 해답을 구해 내고싶기라도 한 듯 강형사의 손에서 냉큼 우현의 쪽지을 빼앗아 갔다. 그리고는 다른 사람들에게도 함께 궁금증을 풀어주고 싶은 듯 천천히 소리내어 그것을 읽어 내려가기 시작했다.

— 난 이제 마지막 예언을 끝냈소. 하지만 마지막으로 한 가지 더 분명히 말해 두고 싶은 것이 있을 것 같소. 당신들은 아마 예언을 말하는 사람의 외로움을 모를 거요. 자기 예언을 스스로 증명해 보여야 할 때 예언자는 아마 외롭기 그지없어지는 것 같구료. 그보다도 예언자가 보다 더 외로운 것은 그 예언을 말하지 못하게 될 때가 되지도 모르겠소. 예언자는 가끔 진실을 알면서도 스스로 예언을 말하지 못하게 될 때가 있는 법이니 말이오. 하지만 나는 나의 마지막 예언까지 끝을 내었소. 나는 나의 마지막 예언을 말했으며 스스로 그것을 증명해 보일 수도 있었소. 그런 의미에서 나는 그리 운이 나쁜 예언자라곤 말할 수가 없을 듯 싶소. 하지만 예언자가 외로운 것은 그뿐이 아니오…….

문방구점 장씨는 거기까지 쪽지를 읽어 내려가다 말고 거봐란 듯 잠시 주위를 휘둘러보았다.

술손들은 물론 숨을 죽인 채 그 장씨의 목소리에 조용히 귀를 기울이고 있었다.

장씨는 이윽고 큰 기침을 한번 하고 나서 목소리를 한층 크게 하여 쪽지의 남은 부분을 읽어내려가기 시작했다.

— 예언자가 가장 외로운 것은 그의 진실을 일부러 반대로 말해야 할 경

우를 만났을 때일 것이오. 예언자들은 때로 그가 알고 있는 진실을 지키기 위하여 그 진실과는 오히려 반대의 예언을 말해야 할 때가 있는 듯싶으니 말이오. 그런 때 그는 절대로 예언자로서의 자신의 능력이나 지혜를 증거할 수가 없는, 증거를 해서도 안 되는 가장 불행한 예언자가 되어야 하는 것 같소. 그 불행스런 예언자의 운명을 스스로 감수해야 하는 비극적인 예언자가 되어야 할 거란 말이오.

당신들은 아직 이점을 염두에 두어야 할 것 같소. 뛰어난 예언자들 중에서도 그런 운명의 배반으로 하여 우리가 그들의 이름을 기억할 수 없게 된 사람들이 얼마든지 많을 수 있다는 점을 말이오.

나는 지혜가 많은 예언자는 아니오. 현명한 예언자도 아니고 현명한 예언자의 줄에 서기 위하여 진실과는 거꾸로 예언을 하려 하지도 않았소. 또는 뛰어난 예언자이면서 당신들의 기억 속에 살아 남지 못하게 될 것을 두려워하지도 않았소. 내 말이 만약 거짓이라면 이러한 말을 남기는 행위 자체가 예언자다운 예언자의 할 짓은 아니니까요. 그게 또 다른 나의 예언이 되고 마니까요. 하지만 나 역시 정직한 예언자가 되려고 애를 써 온 것만은 어쨌든 사실일 듯 싶소. 그리고 그 예언자의 정직성 속에는 앞서 말한 그 예언자의 외로움의 의미도 함께 포함되고 있음을 기억해 주었으면 좋겠소.

이 말은 결국 다른 뜻이 아니오. 나의 이야기는 다만 예언의 완성은 예언자 자신의 일은 아니라는 뜻일 뿐이오. 어떤 예언의 마지막 완성자는 그 예언을 말한 예언자 자신이 아니라 그의 예언을 살고 그 증거를 만나게 될 사람들 자신의 몫이라는 말이오.

그리고 그런 의미에서 나의 예언은 다만 예언 자체의 행위가 끝난 것일 뿐, 그것의 완성이 끝난 것은 아니라는 말도 되는 것이오.

필요하다면 나의 예언은 아직도 마지막 완성을 기다리며 당신들에게 살아 있을 수가 있다는 말이오. 그럴 경우 나의 예언이 아무쪼록 당신들 가운데서 뜻깊게 완성되어지기를 바라고 있겠소. 안녕히들 계십시오.

2) 『예언자』(문학과지성사, 1977)에서 『예언자』(열림원, 2001)로

- 14쪽 1행: 그가 한때 소설을 쓴 일도 있었다는 이야기도 있었다. 소설에 대한 욕망은 → 〔삭제〕
- 15쪽 17행: 채집 여행 → 탐석 여행
- 21쪽 19행: 손님만 맨얼굴로 술을 마시는 일이 없도록 해야겠다. → 쓰게 해서 다 같이 가면이 되어야 한단 말이다.
- 29쪽 13행, 17행: 한계가 → 구분이
- 35쪽 22행: 숯점장이 → 사람
- 39쪽 22행: 그것은 참으로 기묘한 배반의 예감이었다. → 〔삭제〕
- 40쪽 10행: 그런 예감이 들어오는지 사연을 알 수 없었다. → 그러는지 사연이나 곡절을 알 수 없었다.
- 42쪽 14행: 뿐만이 아니었다. → 〔삽입〕
- 52쪽 19행: 여왕벌과 일벌의 관계처럼 → 〔삽입〕
- 52쪽 20행, 21행: 종 → 종벌
- 53쪽 8행: 형태는 → 방식은
- 54쪽 14행: 하지만 한동안은 아직 반신반의였다. → 〔삽입〕
- 60쪽 8행: 그가 견디고 있는 학대에 대한 복수를 감행해야 할 것이기 때문이었다. → 〔삭제〕
- 60쪽 14행: 줄 → 쇠사슬
- 66쪽 22행: 종이 → 종이나 노예가
- 70쪽 15행: 종이 → 노예 처지가
- 74쪽 6행: 마음대로 생각하시구료. → 〔삭제〕
- 75쪽 19행: 수석 채집 → 탐석 여행
- 76쪽 15행: 당신의 말처럼 → 어젯밤 그곳에서
- 86쪽 21행: 그것은 참을 수 없는 모욕이요, 도전이 아닐 수 없었다. → 〔삭제〕

- 95쪽 19행: 자신의 예언을 자신이 실현해 보이는 길밖에 없었기 때문이었다. → 〔삭제〕
- 97쪽 15행: 청양 → 단양
- 98쪽 21행, 22행, 23행: 일생석 → 평생석

3. 인물형

1) 나우현: 「줄광대」 이후 이청준의 소설에 꾸준히 나오는, 소설을 쓰지 못하는 소설가, 또는 소설가 지망생에 속한다. 그들이 소설을 쓰지 못하는 이유는 다양하다. 나우현은 수석채집을 하고 그가 쓴 소설 속 이야기가 현실이 된다는 점에서 「얼굴 없는 방문객」의 손정현과 소설가 P씨를 합한 인물이다.

2) 홍 마담: 홍 마담은 가죽 회초리를 들고 다니며 다른 사람의 가면을 찢어내는 등 지배력을 과시한다. 「병신과 머저리」의 오관모는 회초리 대신 한 손에 언제나 대검을 갖고 다닌다. 홍 마담과 오관모처럼 회초리, 대검, 가죽장갑, 지휘봉 등 손에 지배의 상징물을 들고 다니는 습관을 지닌 다른 인물들이 있다. 「공범」의 강 중위, 「자서전들 쓰십시다」의 피문어, 『당신들의 천국』의 사토, 「제3의 신」의 탄.

3) 우덕주: 홍 마담은 곰을 다루는 여자 조련사처럼 가죽 회초리로 우덕주를 부린다. 곰탈을 쓴 우덕주는 사람이면서 곰이다. 「들어보면 아시겠지만」에는 수돌이라는 곰이 나온다. 수돌은 자신을 부리는 조련사 수진에게 곰 이상의 존재다. 수진과 수돌은 같은 돌림자를 딴 이름을 갖고 있다. 우덕주가 사람이면서 곰이라면, 수돌은 곰이면서 사람이다. 홍 마담과 우덕주는 「들어보면 아시겠지만」의 수진과 수돌에 대응한다.

4. 소재 및 주제

1) 예언: 「예언자」에서 예언자는 '여왕봉'의 손님이면서 한때 소설을 썼

던 소설가 나우현이다. 그러니까 예언자는 예언자이기 이전에 소설가다. 소설가 나우현이 소설 쓰기를 그만둔 것은, 허구로 생각했던 소설 속 이야기가 매번 사실로 실현되었기 때문이다. 그는 소설로 이미 예언을 하고 있었던 셈이다. 예언자가 소설가이듯이 소설가는 예언자이고, 예언은 소설이며 소설은 예언이다. 예언자와 소설가는 허구의 옷을 빌려 진실을 말하는 자다. 그들은 예언과 소설로 진실을 말하는데, 그 진실은 바로 현상 뒤에 숨어 지배하는 폭력의 정체를 밝히는 것이다. 이청준은 「마기의 죽음」을 시작으로 책이나 소설이 지닌 예언적 측면과 소설가의 예언자적 속성을 여러 작품에서 그린다. 「조율사」에서 지훈은 지식인의 실천성을 시대 상황에 대한 예언자적 각성과 과감한 결단이라고 말한다. 「소문의 벽」에서 박준은 진실을 파악하고도 그것을 자유롭게 말할 수 없는 소설가의 고통을 보여준다. 그의 고통은 예언을 할 수 없는 예언자의 고통이기도 하다. 박준의 지적처럼 '목이 잘리지 않기 위한 이해관계'가 소설가로 하여금 자신이 목도한 진실을 자유롭게 말하지 못하게 한다. 나우현이 예언하기를 그친 것은 홍 마담의 규칙 때문이다. 그 규칙은 모두 세 항목이다.

① 밤 10시 이후, 여왕봉에서는 맨얼굴로 손님을 맞을 수 없다.
② 손님도 가면을 써야 한다.
③ 아무도 홀에서는 가면을 쓰고 벗을 수 없다.

홍 마담의 규칙은 시간과 공간의 제한, 맨얼굴 없애기, 맨얼굴과 가면이라는 두 얼굴의 공존 불가를 담고 있다. 이 규칙은 사람들을 현실과 다른 차원에서 다른 인간이 되게 한다. 그것이 나우현으로 하여금 예언을 중지하게 만든다. 그가 다시 예언을 하려면 무엇보다 맨얼굴을 다시 찾아야 한다. 그것은 쉬운 일이 아니다. 예언자가 예언을 감행하려면 나우현처럼 죽음을 무릅써야 한다. 이청준은 문학예술 활동에 대한 감시자로,

의식이 오염된 소시민 대중과 함께 정치권력을 들고 있다. 당시 사회상황과 관련해「예언자」는 알레고리 소설로 읽힐 수 있다.「매잡이」「소문의 벽」「조율사」「얼굴 없는 방문객」.

- 「매잡이」: 물론 민 형이 그 소설을 썼을 무렵에는 곽 서방의 죽음이 아직은 미래에 속하는 일이었을 것이기에 말이다. 말하자면 민 형의 이야기는 곽 서방의 운명에 대한 일종의 예언이었다. 게다가 그 예언은 너무도 정확했다.
- 『조율사』: 그렇다면 이때 그 지식인의 실천성이라는 것은 무엇인가. 그것은 곧 그 시대 상황에 대한 예언자적 각성이며, 그 각성 속에 이루어지는 과감한 결단이다.
- 「소문의 벽」: 그런데 그 2년 전에 벌써 박준은 이후로 썩어질 작품들과 자신의 운명에 대해 놀랄 만한 예언을 하고 있었다. 물론 그것은 예언을 위한 예언은 아니었다. 양심적인 작가라면 당연히 문제가 되고 있을 자신의 작가 현실에 관해 솔직한 심경을 털어놓은 것뿐이었다. 아마 그것이 사실일 것이다. 그것이 그의 예언이 된 것이다.

2) 얼굴과 가면: 이청준의 등단작「퇴원」에는 환부를 알지 못하는 환자가 나온다. 그는 어디에도 자신의 소재가 없는 존재, 자아 망실 상태의 인물이다. 자기 얼굴이 없는 자기 망각증은 이후「병신과 머저리」의 동생 등 여러 인물로 변주된다.「퇴원」의 '나'와「조율사」의 지훈 등이 거울에 자기 얼굴을 열심히 비춰 보는 것도 잃어버린 얼굴 찾기와 연결된다. 예언자 나우현이 예언을 하기 위해서는 맨얼굴이 필요하다. 맨얼굴이 사라진 사람들의 본모습은 알 수 없기 때문이다. 이청준의 작품 중 가면을 쓴 인물은「꽃과 소리」에 처음 나온다.「꽃과 소리」에서 가면을 쓴 화장품 사내는 가면을 벗고 자살하고, 맨얼굴이 오히려 가면에 가까운「가면의 꿈」의 명식은 가면을 쓰고 자살한다. 그런가 하면「예언자」에서 나우현은 가면을 벗고 타살된다. 이들 죽음의 의미에는 어떤 차이가 있을까.

3) **삶의 피로**: 삶의 피로는 곧 삶의 무게다. 그것은 견디기 어려운 현실을 사는 삶에 대한 회의와 그런 삶을 살아온 내력이다. 이청준의 소설에는 이런 피로기를 내보이는 사람이 아주 많은데, 그들에게 피로감은 종종 외로움과 동의어다(15쪽 3행).

- 『씌어지지 않은 자서전』: 용을 써가며 제법 많은 양의 오줌을 내보내어 그런지 이윽곤 뱃속이 텅 빈 것처럼 속이 허전해 오기 시작하며 피곤기가 좌르르 온몸을 흘러내렸다. 그리고 그 공복감과 피곤기가 나를 한층 야릇한 기분에 젖게 했다.
- 「가면의 꿈」: 비로소 관심이 가기 시작한 일이었지만, 사무실에서 돌아오는 그의 얼굴은 딱할 정도로 피곤해져 있곤 했다.

4) **가면의 내력**: 가짜 얼굴인 가면의 내력은 자기 삶의 흔적을 간직한 진짜 이야기가 아니다. 그것은 거짓 자서전과 같다(28쪽 14행).

5) **젖 먹기**: 『당신들의 천국』과 「오마니」에도 어머니가 아닌 여인이 사내에게 젖을 먹여주겠다는 장면이 있다(50쪽 19행).

- 『당신들의 천국』: 소년에게 자기의 젖을 먹여주겠다는 것이었다. 주인 사내가 돌아오지 않으면 이날 밤 소년을 자기와 함께 곁에 재워주겠다고도 했다.

6) **지배와 복종**: 완벽한 지배에 대한 욕망은 철저한 복종을 요구하게 되고, 그것은 지배자가 피지배자를 살해함으로써 완성된다(53쪽 7행).

- 「들어보면 아시겠지만」: 쉽게 말해 곽 씨 청년이 수돌 군을 죽이겠다 한 것은 그에 대한 자신의 지배권을 영구히 완벽한 것으로 만들겠다는 깊은 욕망이 숨겨져 있는 소리였다. 이제 그의 수돌 군에 대한 지배욕은 그만큼 깊어져 있었고, 그에 비례해 수돌 군에겐 더욱더 완전한 복종을 주문하게끔 되어버린 것이었다.

7) **뻔뻔스러움**: 가면을 쓰면 본능을 포함해 모든 것이 해방되는데, 유일하게 억압되는 것이 가려진 얼굴인 본모습이다. 본얼굴을 생각할 필요

가 없는 세계에서 사람들은 자기 자신이 아닌 다른 인격이 되어 오로지 욕망만을 거리낌 없이 충족시키는 자유를 누린다. 부끄러움을 느끼지 못하는 상태, 자기반성이라고는 찾아볼 수 없는 뻔뻔스러움이 바로 가면의 속성이다. 그렇기 때문에 나우현은 가면을 인간의 본능적 욕구의 발산을 규범화시켜주는 당당한 풍속적 방편으로 규정한다(64쪽 6행, 80쪽 3행).

- 「가면의 꿈」: i) 그녀에게는 명식이 맨얼굴로 대문을 들어설 때의 표정이 야말로 영락없이 가면을 쓰고 있는 것처럼 뻣뻣하고 변화 없고 그리고 모종 뻔뻔스런 피곤기 같은 것이 온통 그를 가리고 있는 듯한 느낌이 들곤 했다. ii) 날마다 겹쳐 쌓인 피로감 같은 것이 이젠 변장하지 않은 명식의 맨얼굴을 완전히 뒤덮어버려, 그것을 묘하게 뻔뻔스럽고 그리고 어떤 스스럼이나 망설임 같은 것도 엿볼 수 없는 당당한 것으로 만들어가고 있었다. 지연은 그런 때의 명식에게서 오히려 더 짙은 가면기를 느꼈다. 명식은 새로운 가면을 만들고 있었다.

8) **수석 채집**: 이청준은 돌에 대한 글을 여러 편 남길 만큼 돌에 깊은 관심을 갖고 있었다. 그는 여행을 다녀올 때면 기념사진이나 메모, 일기 대신 여행지를 기억할 만한 작은 돌을 하나씩 가져왔다고 한다. 그가 생각하는 돌과 '돌쟁이'의 덕목은 수필 「역사를 품은 돌」에, '평생석'에 대한 이야기는 수필 「돌의 상상력」에 나온다(76쪽 1행).

- 수필 「역사를 품은 돌」: 요컨대 어떤 돌멩이들은 때로 그렇듯 아득한 침묵 속에서도 우리의 상상력을 자극, 촉발하여 유한한 우리 삶의 경계를 한참 더 넓고 자유롭게 열어주는 숨은 덕목이 있어 보이는 것이다. 조금 과장을 섞어 말하면 진정한 돌쟁이들은 그 돌주름 하나에서도 수십 수백억 연륜의 흐름과 태초의 별빛, 영겁의 바람 소리까지 들을 수 있다니까.

9) **배반**: 홍 마담은 '여왕봉'이 일사불란하게 자신의 지배 아래 있을 때도 줄곧 배반의 예감에 시달린다. 그것은 권력의 파국에 대한 예감이다. 「들어보면 아시겠지만」에 대해 쓴 수필 「배신의 결말」은 「예언자」를 이해

하는 데도 유용하다. 「배신의 결말」은 '권력이라는 것의 속성과 그 권력의 파국에 대해 생각해본 글'이기 때문이다.

> ## 「거룩한 밤」
> | 발표 | 『뿌리 깊은 나무』 1977년 11월호.
> | 최초의 단행본 수록 | 『예언자』, 문학과지성사, 1977.

1. 실증적 정보

1) **개제(改題)**: 「불알 깐 마을의 밤」이었던 발표작의 표제가 1977년 단행본에 「거룩한 밤」으로 개제되어 수록된다.

2) **수필 「소음에 대하여」**: 이청준은 '안 들을 권리만이라도'라는 부제(副題)가 붙은 수필 「소음에 대하여」에서, 「거룩한 밤」의 '나'를 괴롭히는 소음을 비롯해 다양한 소음에 대해 말한다.

- 「소음에 대하여」: 우리는 만원 버스에 올라타서 상품 선전을 하거나 구걸 연설을 하는 사람들의 목소리를 피할 수가 없다. 새벽녘부터 이웃 교회 스피커에서 흘러나오는 성가 소리에 잠을 설친 사람들도 그 달콤한 아침잠의 손해분만큼 믿는 사람들의 예배를 함부로 방해할 수가 없다. 방음시설이 허술한 서민 아파트의 피아노 소리, 먼지 낀 길거리의 조화(造花)치장, 거짓과 협박기가 완연한 각종 상품 광고 말, 누구나 조금씩은 편견과 혐오감을 지니고 있기 마련인 타지방 사람들의 당당한 사투리, 이런 것들은 모두 우리가 기분에 맞지 않는다고 마음대로 외면이 되어질 수 있는 것들이 아니다. 안 듣고 안 볼 권리마저 없는 것이다.

3) **수필 「알리바이 문학」**: 이청준은 이 수필에서 「거룩한 밤」에 대해 '한 독자로부터 호된 질책과 힐난의 글'을 받았음을 고백한다. 그 독자는 '비인간적 풍속의 폭력에 대항하여 주인공으로 하여금 영웅적으로 자신의

인간성을 지켜내게 할 용기가 없다면, 주인공을 그런 식으로 무참스럽게 타락시키는 슬픈 패배주의밖에 보여줄 수가 없다면, 그따위 글을 쓰는 작가가 되느니 차라리 꿀 먹은 벙어리가 되라'고 주문한다.

4) **전기와 연관성**: 수필 「작가의 자기 취재」에는 「거룩한 밤」을 쓰게 된 과정이 고스란히 들어 있다. 거기에 따르면 소설의 소재란 '나 자신의 삶의 체험과, 나의 관심권 안으로 들어와 나의 이야기가 된 남의 이야기'에서 나온다. 그중 전자에 속한 작품으로 이청준은 「거룩한 밤」과 「눈길」을 들고 있다. 「거룩한 밤」은 당시 그가 살고 있던 아파트에서 직접 겪은 생활 경험을 쓴 소설이다. 소설에서 번역가인 '나'가 술에 취해 맨홀 뚜껑을 들어 팽개치고, 고함을 지르고, 관리소에 전화해서 수캐를 구해달라고 하는 행동은 모두 이청준이 실제로 한 것이다. 당시 그는 '나'처럼 5층에 살고 있었고, 아내도 집을 비우고 없었다. 그가 이 일화를 소설로 쓰게 된 계기는 이야기를 들은 친구의 반응 때문이었다. 그 친구는 아파트에 사는 노인들의 여름나기를 예로 들며 '사람 사는 동네의 꼴'에 대해서 말한다.

2. 텍스트의 변모

1) 『뿌리 깊은 나무』(1977년 11월호)에서 『예언자』(문학과지성사, 1977)로
   * 단행본 수록작은 개제(改題)와 함께 장 구분이 없던 발표작과 달리 4장으로 나뉜다.
2) 『예언자』(문학과지성사, 1977)에서 『예언자』(열림원, 2001)로
   * '작자'가 대부분 '위인'으로 바뀐다.
   - 106쪽 20행: 이상하다. → 비정상이다.
   - 108쪽 12행: 고함을 치는 듯한 노래 소리였다. → 고함을 쳐대는 막노랫 소리였다.
   - 117쪽 6행: 밤낮으로 → 〔삭제〕
   - 128쪽 23행: 부탁 내용 → 광고 내용

- 129쪽 16행: 몇 동 몇 호지요? → 〔삽입〕
- 130쪽 11행: 합리적이고 → 〔삭제〕
- 130쪽 16행: 그래 선생 집이 도대체 어디요? → 〔삭제〕
- 130쪽 20행: 이쪽 정체는 왜 쓸데없이 → 그런 건 왜
- 131쪽 15행: 한 사발 → 〔삽입〕

3. 소재 및 주제

1) 남자들의 여성화: 수필 「가정적인 것에 대하여」의 부제는 '남자들의 여성화 현상'이다. 남자들의 여성화 현상의 연장선에 있는 것이 '여성화된 아파트' '여성화된 도시'다. 『이제 우리들의 잔을』의 2장 '여성도시'가 보여주는 여성화된 도시는, 견디기 어려운 것을 견디며 살아가야 하는 삶에 대한 회의와 피곤을 낳는다. 『씌어지지 않은 자서전』도 온통 여자들로 넘쳐나는 동네에서 시작된다(120쪽).

- 「가정적인 것에 대하여」: 요즘 주위에서 보면 많은 남자들이 차차 가정적이 되어 가고 있는 경향을 볼 수 있다. 잠옷 차림으로 유모차를 끌며 유유히 주택가를 거니는 아저씨를 볼 때, 택시 정류소 같은 데서 처자 권속을 위해서는 염치불구 새치기도 불사하고 덤비는 얌체파나 단거리 선수가 무색할 그 질풍노도 같은 질주를 서슴지 않는 억척파 아저씨들을 볼 때, 수돗물만 끊어졌다 하면 동네방네 떠들썩하게 물통 둘러메고 급수차로 내달려 가는 극성파 아저씨들을 볼 때, 그리고 일요일 저녁 반바지 슬리퍼 차림으로 나란히 아이스크림을 핥으며 골목길을 배회하는 팔짱낀 다정파 부부들을 볼 때, 우린 참으로 이젠 많은 남자들이 지극히 가정적이 돼 가고 있구나 하는 느낌을 금할 수가 없다.

2) 불임: '남자들의 여성화' 현상은 불임과 불가분의 관계를 가진다. 「무서운 토요일」의 인위적인 불임 역시 남자들의 왜소화, 여성화와 무관하지 않다. 불임은 「거룩한 밤」의 핵심어라고 할 수 있다. 이 소설의 원제

(原題)가 「불 안 깐 마을의 밤」이었음을 기억해야 한다.

- 수필 「알리바이 문학」: 그 소설(「거룩한 밤」)은 한 젊은이가 불임수술을 받은 사람들만 모여 사는 자기 동네 아파트의 분위기가 너무도 여성화하고 일상화해 가는 현상을 견디지 못해 그곳을 떠나고자 하나 결국은 그 비인간적 안일성과 획일화된 풍속의 힘 앞에 자신의 존재가 너무 보잘것없고 미력함을 느끼면서, 차라리 그 자신마저 불임수술을 각오하게 되는 비극적 자기 상실의 과정을 그린 것 [……].

「눈길」

| 발표 | 『문예중앙』 1977년 겨울호.
| 최초의 단행본 수록 | 『예언자』, 문학과지성사, 1977.

1. 실증적 정보

1) **초고**: 대학노트에 쓴 육필 초고가 남아 있다.

2) **발표작**: 「눈길」의 발표 시기는 문학사 책에 따라 달리 표기되어 부정확하다. 왜 이런 일이 생긴 것일까?『문예중앙』은 1978년 봄에 창간되었다. 창간호인 1978년 봄호에는 〈『文藝中央』을 내며〉라는 창간사도 실려 있다. '앞으로『文藝中央』은 더욱 더 눈부신 모습으로 발전할 것을 기약하며 우선 여기 呱呱의 聲을 咎합니다'로 끝나는 창간사에, 이희승의 축하글 「구원과 소망의 文學을」이 이어진다: '『문예중앙』의 창간에 즈음해서 문학인, 편집인, 독자들 모두가 합심하여 훌륭한 민족문화를 창조하는 데 이바지해 줄 것을 바라마지 않는다.'『문예중앙』은 국립중앙도서관에도 창간호인 1978년 봄호부터 소장되어 있다. 문제는『문예중앙』이 공식 창간 전에 1977년 겨울호를 발간했다는 점이다. 이청준의 「눈길」은 바로 그『문예중앙』 1977년 겨울호에 실렸다.

3) 「새가 운들」: 이청준은 2000년 작품집에 실린 「눈길」의 작가노트 「나는〈눈길〉을 이렇게 썼다」에서, 「눈길」을 「새가 운들」과 비교해서 읽어 볼 것을 권한다. 「새가 운들」은 「눈길」과 같은 소재를 다루었다.

4) 전기와 연관성: 「눈길」은 작가의 말대로 '소설 전체의 진행이 실제와 일치'한다. 앞의 「거룩한 밤」주석 참조.

2. 텍스트의 변모

1) 『문예중앙』(1977년 겨울호)에서 『예언자』(문학과지성사, 1977)로
  - 143쪽 12행: 실한 것 → 성한 것
  - 155쪽 21행: 사연을 → 〔삭제〕
  - 167쪽 10행: 오히려 → 〔삽입〕

2) 『예언자』(문학과지성사, 1977)에서 『눈길』(홍성사, 1984)로
  - 137쪽 15행: 어딘지 아득하고 무연스러울 뿐이었다./너무도 간단하고 무연스러운 그 노인의 체념에 나는 오히려 짜증이 돋았다. → 차라리 무표정에 가까운 것이었다./나는 그 너무도 간단한 노인의 체념에 오히려 불쑥 짜증이 치솟았다.
  - 138쪽 8행: 빚 → 빚문서
  - 139쪽 20행: 빚 → 것
  - 147쪽 2행: 일테면 → 〔삽입〕
  - 147쪽 4행: 나의 빚이었다. → 서로간의 빚의 문제였다.
  - 147쪽 11행: 어떤 신념을 → 자신을
  - 147쪽 13행: 아닌 게 아니라 → 거기 과연
  - 150쪽 5행: 따뜻한 햇볕을 즐기고 온다던 → 햇볕바래기를 하다가 내려온다던
  - 150쪽 20행: 일단 → 당분간 다시
  - 154쪽 3행: 아내는 일부러 그 옷궤 이야기를 꺼낸 것이었다. 혹은 바깥에

서 내가 두 사람의 이야기를 엿듣고 있는 걸 알고서 하는 소리일 수도 있었다. → 더우기 내가 바깥에서 두 사람의 이야기를 엿듣고 있는 걸 알고서 그랬을 수도 있었다.
- 157쪽 16행: 왠지 → 차츰
- 160쪽 20행: 의견을 물어왔을 뿐이었다. → 내심을 한 번 더 떠 왔을 뿐이었다.
- 164쪽 2행: 끝까지 → 〔삽입〕

3) 『눈길』(홍성사, 1984)에서 『눈길』(열림원, 2000)로
- 142쪽 3행: 좋은 집 → 좋은 집으로 손봐
- 142쪽 15행: 왠지 → 이제 그만, 슬쩍
- 144쪽 3행: 한숨 → 한숨기
- 145쪽 13행: 한사코 그 보조금 → 예의 면 보조금
- 147쪽 11행: 자신을 → 마음을
- 148쪽 13행: 노인의 소망을 더 이상 어떻게 외면할 수가 없도록 노골화시켜 버리고 싶었던 것일까. → 내가 그 노인의 소망을 더 어떻게 외면할 수 없도록 드러내버리고 싶었던 것일까.
- 153쪽 2행: 옛날의 분위기 속에 자고 가게 해주고 싶어서였는지 모른다. 하지만 문간을 들어설 때부터 집안 분위기는 이사를 나간 빈 집이 분명했었다. → 옛날 같은 분위기 속에 맘 편히 눈을 붙이고 가게 해주고 싶어서였을 터이다. 아무리 그렇더라도 문간을 들어설 때부터 썰렁한 집안 분위기가 이사를 나간 빈집이 분명했건만.
- 154쪽 2행: 아내는 일부러 그 옷궤 이야기를 꺼냈음이 분명했다. → 〔삽입〕
- 155쪽 16행: 새판잽이 → 〔삽입〕
- 158쪽 12행: 독해서 → 모질어
- 160쪽 17행: 언제나 잠을 자기를 권하는 것이었다. → 낮참부터 늘 잠자기를 권했다.

- 160쪽 23행: 화가 치민 → 짜증기 선
- 163쪽 6행: 가벼운 → 애시린
- 166쪽 15행: 추궁 → 채근
- 167쪽 20행: 아침 햇살이 너무 눈에 시리더구나. 그때는 벌써 동네 아래까지 햇살이 활짝 퍼져 들어 있는디. → 아침 햇살이 활짝 퍼져 들어 있는디.

3. 소재 및 주제

1) 집의 묘사: 집을 버섯에 비유한 묘사는 다른 작품들에도 여러 번 나온다. 「석화촌」「매잡이」「자서전들 쓰십시다」「선학동 나그네」(138쪽 6행).
- 「석화촌」: 거기 50여 채의 초가들이 마치 장마 뒤의 고목나무 밑동에 돋아난 버섯처럼 오르르 모여 앉아 있었다.
- 「매잡이」: i) 마을이라기엔 좀 뭣한 데가 있을 만큼 40호가량의 초가집들이 산비탈을 타고 버섯처럼 돋아나 있는 작은 산촌이었다. ii) 아까 마을로 들어와서부터 지금까지 보아온 것, 이 버섯 떼 같은 초가 마을의 풍경이라든가.
- 「선학동 나그네」: 주막은 마을 초입께에 마른 버섯처럼 낮게 쪼그려 붙어 앉아 있었다.

2) 집터: 「새가 운들」을 비롯해 「해변 아리랑」 등 여러 작품에서 묘터는 집터로 불린다(150쪽 4행).
- 「해변 아리랑」: 바닷가 산밭에는 다시 묘지들만 고즈넉했다. 살아서 일찍 고향을 떠난 사람들이 죽어 다시 만난 혼백들의 집터였다.

3) 부끄러움: 이청준은 「귀향연습」을 언급하면서, 귀향에 그런 연습까지 필요한 것은 '바로 부끄러움과 두려움 때문'이라고 말한다. '남도 사람' 연작과 「눈길」「새가 운들」「여름의 추상」 들은 모두 그 귀향연습과 관련된 작품들이다. 이청준에게 부끄러움은 삶의 원죄성, 사는 것 자체와

관련이 있다. 「눈길」의 어머니에게도 그것은 마찬가지다. 이청준은 수필 「자신을 씻겨온 소설질」에서 부끄러움을 글로 씻으면서 세상살이를 지탱해왔으며, 「눈길」은 '그런 씻김의 한 과정'이었다고 고백한다. 그에 따르면 '〈눈〉은 원죄의식과 같은 자기부끄러움을 비춰주는 순결성, 혹은 사랑의 꿈 같은 것'이다(167쪽 23행).

- 수필 「부끄러움 견디기의 소설질」: 내 소설들은 한마디로 제 삶의 부끄러움 때문에 씌어지기 시작했고, 그러므로 그 소설쓰기는 젖은 속옷과도 같은 제 괴로운 삶의 부끄러움을 자신의 인내로 감내해 벗어나 보려는 일에 다름 아니었을 듯싶다.

- 수필 「빼앗긴 부끄러움」: 옛 어른들은 흔히 자기 집안이나 신상의 불상사를 자신의 부덕(不德)과 허물 탓으로 돌려 스스로 부끄러움을 금치 못했다. 〔……〕 우환과 상사(喪事)가 잇따를 때, 심지어는 논밭 농사가 남보다 못해 보일 때마저도 어른들은 그 재난과 불운의 원인을 따지기에 앞서 자신의 덕없음과 박복(薄福)을 먼저 부끄러워 하곤 하였다.

- 대담 〈남도창(南道唱)이 흐르는 아파트의 공간〉: 우리 고향 사람들은 남편이 죽거나 자식이 죽어도 울음소리 한번 크게 못 내보고 자기의 재난을 자기의 덕없음과 박복으로 돌리고, 그 부끄러움 때문에 밝은 빛 앞에 나서기를 두려워 하는 일종의 원죄의식을 가지고 있는데 창작집 《남도 사람》을 꾸며 놓고 나니, 나 역시도 그 빛에 대한 두려움과 원죄의식 비슷한 것에서 크게 벗어나지는 못하고 있다는 것을 알게 되겠더군요. 나의 혈관과 뼛속에는 애초부터 그런 두려움과 원죄의식이 숙명으로 깃들여진 듯싶어요. 그리고 당분간은 빛에 대한 부끄러움과 원죄의식을 굳이 외면하거나 넘어서려 하지는 않을 작정이에요. 그것을 이겨내고 나면 좀더 허심탄회한 사고와 삶의 빛이 내게 비출지는 모르지만, 그 때가 되면 아마 소설이란 걸 쓸 수 없을 것 같아서……

「불 머금은 항아리」

| **발표** | 『문학과지성』 1977년 겨울호.
| **최초의 단행본 수록** | 『예언자』, 문학과지성사, 1977.

1. 실증적 정보
1) 초고: 대학노트에 쓴 육필 초고가 남아 있다.
2) 수필 「깨어진 상처로 완형을 이룬 그릇」: 「깨어진 상처로 완형을 이룬 그릇」은 1994년 간행된 산문집 『사라진 밀실을 찾아서』에 실린 수필이다. 이 수필이 2000년 작품집에 「불 머금은 항아리」의 '작가노트'로 수록된다.

2. 텍스트의 변모
1) 『문학과지성』(1977년 겨울호)에서 『예언자』(문학과지성사, 1977)로
* 발표작의 제목 「불을 머금은 항아리」에서 '을'이 삭제된다.
 - 189쪽 6행: 언제부턴가 → 〔삭제〕
 - 189쪽 8행: 선생 → 노인
 - 193쪽 10행: 들으시기가 거북해도 난 노형의 생각을 용납해 들이고 반길 수가 없구려. → 〔삭제〕
 - 193쪽 12행: "내 요즘은 그렇지 않아도 서둘러 마무리를 지어두고 싶은 일이 있어 이 시험을 끝내게 할 바깥 사람이 한 사람쯤 찾아들길 기다리고 있긴 했었소만 그게 하필 노형 같은 분이었다니… 듣기 거북할진 모르겠소만 아무래도 난 노형 생각을 용납해 들이고 반길 수가 없구려." → 〔삽입〕
 - 196쪽 6행: 오늘 밤은 이미 노형한테서 녀석이 몹쓸 잡념을 옮겨 지니고 말았는지 모르지만…… → 싫거나 좋거나 기다리던 사람이 노형으로 점

지되어온 인연일진대, 재수만 좋으면 혹 내일 아침 쯤엔 노형과 함께 이 늙은 것의 생애가 걸린 시험을 끝내게 될 수 있을지도 모르구요…….
- 199쪽 1행: 결함이 → 죽은 데가
- 200쪽 1행: 아랫마을 → 〔삽입〕
- 202쪽 16행: 그렇게 웃어대기만 하더랬다. 그리고 그 간지가 번득이는 → 오히려 어떤 무거운 집념의 짐이라도 벗고난 사람처럼 허탈스럽게 그렇게 웃어대더라 하였다. 그리고 그 역시 달관의 지혜를 머금은 듯한
- 206쪽 6행: 그러나 이 말을 들은 사람들은 문득 이런 해석이 그럴 듯 하다는 생각이 드는 것 같기도 했다. 아니, 사실은 경섭의 이런 농중 진담 같은 해설 때문에 항아리의 품위가 새삼 돋보이는 것이었다. → 〔삽입〕

2)『예언자』(문학과지성사, 1977)에서『시간의 문』(열림원, 2000)으로
- 169쪽 22행: 파행 → 괴벽
- 173쪽 4행: 가끔 → 몇 곳이
- 177쪽 7행: 한 번도 → 거의
- 177쪽 20행: 노인의 고집 → 행투
- 178쪽 1행: 장난처럼 → 타작하듯 간단간단
- 178쪽 6행: 가마에까지 → 불길에
- 179쪽 5행: 젊은 청년이 → 중년고개의 사내가
- 179쪽 11행: 자주 → 생각 없이
- 180쪽 9행: 죽은 사기를 원해 온 사람들에게 → 〔삭제〕
- 180쪽 10행: 그건 어차피 노인의 선천적인 인색스러움의 허물일 수밖에 없었다. → 〔삭제〕
- 181쪽 3행: 그러자 청년이 다시 물었다. → 한데도 사내가 다시 매달리고 들었다.
- 181쪽 7행: 여느 방문객들과는 달리 간절하고 끈질긴 데가 있는 위인이었다. → 〔삽입〕

- 181쪽 11행: 싫어하시는 → 꺼리는
- 184쪽 3행: 괜찮은 → 흠이 덜한
- 186쪽 17행: 자기 허락 없이 제 손새에 → 〔삽입〕
- 187쪽 7행: 네 것 내 것 가림없이 마구 → 〔삽입〕
- 187쪽 11행: 하는 일도 없이 남의 → 〔삭제〕
- 188쪽 7행: 조용히 → 나지막하면서도 무겁게
- 188쪽 21행: 결정 → 분별
- 189쪽 15행: 속내를 알 수 없는 손과의 일로 하여 → 〔삽입〕
- 191쪽 23행: 운명이라고나 → 몹쓸 행투라고나
- 192쪽 7행: 노인이 다시 사내에게 말했다. → 노인이 나무라고 나서 다시 사내 앞에 유별스럴 만큼 긴 사설을 늘어놓았다.
- 195쪽 4행: 심신 → 심혼
- 196쪽 3행: 요즘은 아이가 많이 나아졌어요. → 괴로움 속에도 차츰 허허하고 의연한 심지가 엿보이기 시작했소.

3. 인물형
- 백용술: 『춤추는 사제』에도 백제 유물에 상당한 지식을 가진 도굴꾼 출신으로 짐작되는 인물 백용술이 나온다.

4. 소재 및 주제
1) 장인소설: 이청준의 소설에는 「줄광대」나 「매잡이」처럼 장인을 다룬 계열이 있다. 「불 머금은 항아리」도 여기에 속한다. 그중 「날개의 집」은 장인과 말썽꾸러기 제자, 혹독한 수련 등, 여러 면에서 「불 머금은 항아리」와 함께 읽어볼 만하다. 「대장장이의 자(尺)」는 장인과 장인의식에 대한 수필이다.
- 수필 「대장장이의 자(尺)」: 이 장인이라는 말에는 그가 종사하고 있는 일

에 대한 뛰어난 숙련도와 오로지 그 한 가지 일에만 종사하는 전문인의 의미가 깊게 스며들어 있다./대개는 자기의 일에 일생을 걸고들 있다. 그리고 그 일생을 걸 만큼한 기나긴 숙련의 세월 속에 장인의식이 탄생한다. 아마도 장인의식이란 그 한 가지 작은 일에서나마 자신의 생을 지탱해 나갈 만큼한 움직이지 않는 보람과 삶의 의미를 발견하는 데서 비롯되는 것이 아닌가 생각된다.〔……〕이들은 인생을 걸고 나선 자기 일을 통해서 움직이지 않는 삶의 자(尺)로 우리들의 삶까지도 함께 재어낼 수 있는 삶의 어떤 보편성에 눈금을 대고 있기 때문이다.

  2) **상처**: 수필「삶과 예술의 불완전성」은 미완 모티프 설화를 중심으로 예술 작품에 남겨진 상처의 의미에 대해 말한다. 거기에 따르면 '완전성과 극치'는 하늘의 몫으로 신앙과 경배의 대상일 뿐, 삶과 예술에서 완성이 있을 수 없는 인간의 삶이 누릴 몫은 아니다. '우리는 그 결락과 모자람을 통해 오히려 따뜻한 예술 정신의 절정을 맛보고 그 아름다움을 보다 가깝게 누릴 수도 있기 때문이다.'

  3) **상처의 내력**: 경섭은 상처를 지닌 항아리의 내력에 대한 이야기를 민족의 역사와 연결시키며 마무리한다. 이청준 역시 수필「깨어진 상처로 완형을 이룬 그릇」에서, '상처와 상처의 내력으로 이루어져 가는 것'이 우리의 역사라고 생각한다. 하지만 그는 한편으로 '상처와 흉터들을 평가하고 그 사연들을 중심으로 역사를 써나가는 것이 바람직스러운 일인지' 모르겠다고 한다(206쪽 5행).

  – 수필「깨어진 상처로 완형을 이룬 그릇」: 깨어진 그릇의 사연이 그렇듯 의미심장하더라도 역사 속으로 묻혀 간 사자의 삶이 아닌 담에야 오늘 우리삶이 누려야 할 그릇은 깨어진 것보다는 역시 온전한 것이어야 하지 않을까.

「소리의 빛」

| 발표 | 1978년.
| 최초의 단행본 수록 | 『남도 사람』, 문학과비평사, 1988.

1. 실증적 정보

1) **초고**: 대학노트에 쓴 육필 초고가 남아 있다. 초고에서 여자와 천 씨는 사내가 떠난 뒤, 발표작에 비해 다양한 내용이 담긴 긴 대화를 나눈다.
2) **수필 「「서편제」의 희원」**: 1993년 쓴 수필 「「서편제」의 희원」이 1998년 작품집에 「소리의 빛」의 '작가노트'로 수록된다. 「서편제」 주석 참조.
3) **'남도 사람' 연작**: 「소리의 빛」은 1988년 간행된 작품집에 연작 '남도 사람'의 두번째 작품으로 수록된다.
4) **기묘년과 임자년**: 이청준은 한 독자의 지적으로, 1998년 작품집에 실린 「소리의 빛」에서 이전까지 일관되게 기묘년으로 표기하던 연도(年度)를 임자년으로 고쳐 쓴다.

   – 수필 「독자와 함께 쓰는 소설?」: 「서편제」 영화 바람이 한창이던 시절에는 미국의 한 교민으로부터 '소리의 빛'에 나오는 햇수 계산이 거꾸로 된 게 아니냐는 편지 지적을 받고 애초의 '기묘년'을 '임자년'으로(무려 27년의 차) 바로잡은 일도 있었다.

2. 텍스트의 변모

– 『남도 사람』(문학과비평사, 1988)에서 『서편제』(열림원, 1998)로
  * '여인'이 대부분 '여자'로 바뀐다.
– 210쪽 1행: 기묘년(己卯年) → 임자년(壬子年)
– 212쪽 13행: 남도 → 남쪽
– 214쪽 21행: 갑자기 그녀의 모든 동작을 멈추게 하고 있었다. → 문득

그녀의 소리 동작을 멈추게 하였다.
- 216쪽 5행: 이상스럽게 → 〔삭제〕
- 216쪽 6행: 사내에겐 눈썹을 불태울 듯이 → 〔삭제〕
- 216쪽 7행, 10행: 태양 → 햇덩이
- 219쪽 9행: 계집아이 형상 → 〔삽입〕
- 219쪽 21행: 나이가 들어가도 → 나이가 들어가도 마찬가지였다. 사정이 달라져 버린 소리의 사내가 핏덩이 같은 갓난애와 소년을 데리고 이 고을 저 고을로 소리를 하며 밥구걸을 다니고 있었을 때도,
- 223쪽 19행: 요부의 → 음양간의 기막힌
- 223쪽 20행: 기막힌 요술이었다. 요술이라기보다는 → 〔삭제〕
- 226쪽 15행: 누이 → 어린 그녀
- 230쪽 7행: 사연 → 곡절
- 230쪽 19행: 한(恨) → 정한(情恨)
- 232쪽 21행: 몸을 떨기 → 무너져 내리기

3. 인물형
- 천 씨(氏): '천'은 흔한 성(姓)이 아니다. 「그 가을의 내력」과 「이어도」에도 이름을 알 수 없는 '천 영감'과 '천 가'가 나온다.

4. 소재 및 주제
1) 피곤기: 앞의 「예언자」 주석 참조(210쪽 5행).
2) 내력: 내력은 사람이든 사물이든 살아온 '삶의 역사'다. 그것은 「눈길」의 옷궤처럼 어떤 사물이나 사람이 간직한 그만의 이야기다. 그래서 이청준은 내력을 「퇴원」에서처럼 '이야기'로 바꿔 부르기도 한다. 앞의 「불 머금은 항아리」 주석 참조(215쪽).
3) 한(恨): 한은 '남도 사람' 연작의 핵심 정서다. 「서편제」 주석 참조.

「누님 있습니다」

| 발표 | 1978년.

| 최초의 단행본 수록 | 「남도 사람」, 예조각, 1978.

1. 실증적 정보
1) 대학노트에 쓴 육필 초고가 남아 있다.

「잔인한 도시」

| 발표 | 『한국문학』, 1978년 7월호.
* 제2회 이상문학상 수상작 (수상 심사평 및 수상 소감 → 자료집 참조).
| 최초의 단행본 수록 | 「잔인한 도시」, 홍성사, 1978.

1. 실증적 정보
1) 초고: 다른 작품들에 섞여 대학노트 두 권에 분산된 육필 초고가 남아 있다.
2) 「집단의 꿈과 개인의 진실」 「문학의 신발가게」: 1998년 작품집에 '이상문학상' 수상식 답사 「집단의 꿈과 개인의 진실」과 수상소감 「문학의 신발가게」가 작가노트 대신 실린다.
3) 오른쪽 주머니와 왼쪽 주머니: 「잔인한 도시」 발표작에는 오른쪽 주머니와 왼쪽 주머니를 잘못 표기한 부분이 있다. 이 오류는 「소리의 빛」의 경우처럼 한 독자의 지적으로 1988년 작품집에서 수정된다.
 - 수필 「독자와 함께 쓰는 소설?」: 앞서의 사례 이외에도 중편소설 「잔인한 도시」 때에는 갓 교도소를 나온 사내가 근처 공원에 머물며 자신이 피울 담배꽁초와 뒤에 남은 동료 죄수들의 행운을 빌어줄 방생용 새를 사기 위

한 동전닢을 줍고 다니는 장면에 대해 '꽁초는 오른쪽 주머니에, 동전닢은 왼쪽 주머니에 넣어 간직했는데 꺼낼 때는 오른쪽 주머니에서 동전이 나오는 요술(?)을 부렸다'는 한 시골 독자의 장거리 시외전화를 받았는가 하면 〔……〕.

2. 텍스트의 변모

1) 『한국문학』(1978년 7월호)에서 『잔인한 도시』(홍성사, 1978)로
   - 243쪽 22행: 부끄러움이나 망설임 → 부끄러움
   - 251쪽 9행: 겨드랑이 밑에 → 〔삭제〕
   - 260쪽 11행: 황송스런 → 자신이 송구스러워진
   - 265쪽 7행: 늙은이고말고 → 편이고 말고
   - 272쪽 19행: 실망이 얼마나 크겠소. → 낭패가 얼마나 하겠소.
   - 273쪽 9행: 자랑스런 → 효성스런
   - 274쪽 10행: 계속해서 → 〔삭제〕
   - 277쪽 15행: 그리고 그래 어떤 사람들은 여기서 새를 사는 일을 날개를 산다고 말하는 사람들도 있답니다. → 〔삭제〕
   - 284쪽 14행: 사내는 그러나 그것으로 그만 안심을 해 버릴 수는 없었다. → 〔삭제〕
   - 295쪽 4행: 경각심을 → 주의를
   - 298쪽 19행: 부담스런 → 낙담스런
   - 302쪽 13행: 하지만 그는 새장문을 열고 나서도 녀석을 금세 장에서 내보내 버리질 않았다. → 〔삭제〕

2) 『잔인한 도시』(홍성사, 1978)에서 『소문의 벽』(열림원, 1998)으로
   * 1장이 둘로 나뉘어 총 8장이 총 9장으로 변한다.
   - 249쪽 16행: 일손을 → 〔삽입〕
   - 261쪽 6행: 자신이 → 그것이

- 261쪽 23행: 가막소 → 철대문
- 268쪽 6행: 내 새가 아니라 → [삭제]
- 268쪽 11행: 가막소 → 벽돌집
- 270쪽 7행: 결과 → 뒷일
- 272쪽 13행: 전날과 같은 → 그
- 273쪽 17행: 시간을 마련해 주는 → 말미를 두는
- 275쪽 4행, 22행: 참새 → 잡새
- 283쪽 7행: 그를 쏘아 맞춘 빛줄기는 사내가 둘러쓴 → 그 빛줄기가 그의
- 285쪽 14행: 그만 수고쯤 대신해 줄 수가 있어야구 말구… → 대신해 줘야구말구…
- 285쪽 23행: 전날의 허물도 있고 해서 → [삭제]
- 286쪽 14행: 말이 없는 젊은이 → 젊은이의 침묵
- 288쪽 7행: 사내는 그러니까 실제로 그 전짓불의 불빛을 본 건 아니었다. 그는 그 빛줄기의 꿈을 꾼 것이었다. → [삭제]
- 288쪽 18행: 가게는 이미 문이 열려 있었고, 여느 때 못지않게 손님도 붐볐다. → [삭제]
- 290쪽 23행: 슬픈 눈길로 → [삭제]
- 294쪽 5행: 사내라 안심이 되어버리기라도 한 듯 → 사내의 따스한 손바닥에 마음이 놓인 것일까. 녀석이 이윽고
- 295쪽 12행: 낮 → 눈
- 304쪽 2행: 간절한 모습으로 → 오래도록

3. 소재 및 주제

1) 전짓불: 「퇴원」 이후 여러 작품에 반복해서 나타나는 전짓불은 자기 정체를 감춘 모든 폭력의 원형을 나타낸다. 이청준은 그에게 깊이 각인된 전짓불이 난무하던 시대, 한국전쟁 때를 '백정시대'로 지칭한다. 『씌어지

지 않은 자서전』「소문의 벽」「전짓불 앞의 방백」 등.
- 대담 〈문학의 토양을 이룬 반성의 정신〉: '전짓불'은 정체를 드러내지 않는 폭력이나 강제, 강압적인 요소로 해석할 수 있고, '소금물'은 어떤 욕구에 대한 최소한의 충족을 말합니다.

2) **부끄러움**: 앞의 「눈길」 주석 참조(243쪽 22행).

3) **방생**: 인위적인 방생으로 동물들이 얻은 자유가 진정한 자유일까. 「잔인한 도시」는 이청준이 경험한 방생행사에서 나온 작품이다.
- 수필「내 소설 속을 흘러간 사람들—내 글벗과 선생님들」: 이 밖에도 어느 해 대보름날 광나루 술자리에서 희한한 방생행사를 함께 목격한 N형의 '거짓 자유'와 독선적 인간들의 허장성세에 대한 개탄은 졸작「잔인한 도시」의 계기가 되었고 〔……〕.

4) **날개**: 「날개의 집」에서도 날개는 새와 같은 뜻이다. 새는 이청준의 작품에서 중요한 상징망을 형성한다(268쪽 23행).

「얼굴 없는 방문객」

| 발표 | 1978년.
| 최초의 단행본 수록 | 『살아있는 늪』, 홍성사, 1980.

1. 실증적 정보

1) **초고**: 대학노트에 쓴 육필 초고가 남아 있다.

2) **수필「우정의 문」과「따뜻한 마음의 길」**: 두 수필에는 「얼굴 없는 방문객」에 나오는 소설가 P 씨와 친구 이야기의 원화가 들어 있다. 「우정의 문」에 따르면 서양인에게 우정은 상호 독립적인 인격의 독자성과 조화의 형식 속에서 찾아지고, 동양인의 우정은 그보다 더 몰아적(沒我的)이고 적극적이다(330~31쪽).

- 수필 「우정의 문」: i) 하지만 동양인의 우정의 특성은 가령 저 유명한 관중(管仲)과 포숙아(鮑叔牙)의 교유를 우정의 표상으로 말하고 있듯이, 아무래도 인격의 독자성이나 조화에서보다는 그 인격의 합일(合一)과 상호귀의 속에서 찾아질 수가 있는 게 아닌가 생각된다. ii) 동양인의 우정은 이렇듯 대립보다는 합일을, 주고받음보다는 바침을, 조화보다는 자기 소멸의 길 쪽에서 그 특성이 드러난다는 이야기다.
3) 수필 「돌의 상상력」: 이 수필에는 「얼굴 없는 방문객」에서 손정현이 자석(紫石)을 캐면서 겪는 기이한 이야기의 원화가 들어 있다.

2. 텍스트의 변모
1) 『살아있는 늪』(홍성사, 1980)에서 『황홀한 실종』(나남, 1984)으로
   - 309쪽 16행: 있는 것이다. → 종종 생긴다.
   - 331쪽 5행: 자기소멸 → 자기 없앰
2) 『황홀한 실종』(나남, 1984)에서 『별을 보여드립니다』(열림원, 2001)로
   - 310쪽 17행: 수석채집 → 탐석
   - 312쪽 2행: 사무실 출근시 숙부는 조카의 아침인사 한번 제대로 받아 준 일이 없었다. → 〔삭제〕
   - 312쪽 20행: 20년 만에 → 입사 이래
   - 313쪽 14행: 해질 무렵 → 해거름
   - 313쪽 19행: 은밀히 → 〔삽입〕
   - 316쪽 16행: 정다워지거나 → 곰살맞아지거나
   - 321쪽 15행: 갑자기 가슴을 답답하게 → 서서히 가슴을 무겁게
   - 322쪽 7행: 푸드득 → 날갯짓
   - 325쪽 15행: 예감 → '예감'용
   - 330쪽 21행: 인격 → 품성
   - 330쪽 23행: 귀의 → 합일

3. 인물형
   - 손정현과 소설가 P씨: 앞의 「예언자」 주석 참조.

4. 소재 및 주제
1) 예언: 앞의 「예언자」 주석 참조.
2) 수석채집: 앞의 「예언자」 주석 참조.

> 「겨울 광장」
> | 발표 | 『문학사상』 1979년 2월호.
> | 최초의 단행본 수록 | 『살아있는 늪』, 홍성사, 1980.

1. 텍스트의 변모
1) 『문학사상』(1979년 2월호)에서 『살아있는 늪』(홍성사, 1980)으로
   - 347쪽 6행: 그건 차라리 완행댁 자신의 처녀 적 일이나 된다면 제격일 이야기였다. → 〔삭제〕
   - 347쪽 20행: 애소를 → 하소연을
   - 362쪽 19행: 모든 딸들 → 두 딸들
   - 366쪽 19행: 사연이 → 〔삽입〕
   - 371쪽 14행: 저는 조금도 고의가 아니었거든요. → 저는 생각조차 못했던 일이었거든요.
   - 375쪽 23행: 꿈을 즐기고 → 꿈속을 헤매고
   - 376쪽 5행: 꿈 → 망상
   - 377쪽 9행: 싫어하는 → 살아가는
2) 『살아있는 늪』(홍성사, 1980)에서 『소문의 벽』(열림원, 1998)으로

- 342쪽 14행: 잠시 잠깐 스쳐 → 〔삽입〕
- 347쪽 13행: 날마다 광장을 → 이후로도 어느 하루 빠짐없이 그 광장으로
- 348쪽 10행: 아직 이삼일 → 다시 며칠
- 357쪽 4행: "그러니 내가 그 불쌍한 것을 어찌케 잊어 불고 살겠냐." → 〔삽입〕
- 357쪽 11행: 딸을 찾고 기다리는 데에 완행댁이 그렇듯 애가 탈 만한 사연이었다. → 〔삽입〕
- 366쪽 19행: 비밀은 → 수수께끼는
- 368쪽 9행: 보름쯤 → 달 반쯤이나
- 369쪽 19행: 비밀 → 수수께끼
- 373쪽 4행: 다음날부터 그는 아예 광장 근처에는 그림자도 얼씬을 하지 않으려 해오고 있었던 것이다. → 다음날부터는 그가 아예 광장 근처론 손님을 받으러 나타난 일이 없었던 게 그랬다.

2. 인물형

1) **완행댁**: 「소문의 벽」의 박준, 『조율사』의 지훈, 「황홀한 실종」의 윤일섭, 「조만득 씨」의 조만득도 완행댁처럼 미치는 사람들이다.

2) **검표원**: 「겨울광장」에서 검표원은 「소문의 벽」의 김 박사, 「황홀한 실종」의 손 박사, 「조만득 씨」의 민 박사의 역할을 초보적으로 수행한다.

3. 소재 및 주제

- 실종: 미치는 것은 내가 나 자신에게서 실종되는 것이다. 완행댁이 보여주는 자기 실종의 욕구는 현실이 살 만하지 않다는 증언인 동시에 더 나은 세상에 대한 갈망의 표현이다. 미친 삶은 진짜 삶이 아니지만 완행댁에게 진짜 삶을 사는 것은 얼마나 가혹한가. 우리는 때로 원망과 좌절의 기억들에서 자신을 실종시키는 완행댁이 되고 싶다. 그래서 광장 사람들

은 완행댁 한 사람에게만은 감당해야 할 현실의 무게를 면제해 준다. 그들도 완행댁처럼, 완행댁의 꿈을 빌려 광장을 떠나가고 싶기 때문이다. 「황홀한 실종」은 표제처럼 자기 실종을 다룬 소설이다(366쪽).